James Agee
Walker Evans

[美] 詹姆斯 · 艾吉 著
[美] 沃克 · 埃文斯
程玗 译

现在，让我们赞美伟大的人

Let Us Now Praise Famous Men

上海人民出版社

SILAS GREEN SHOW

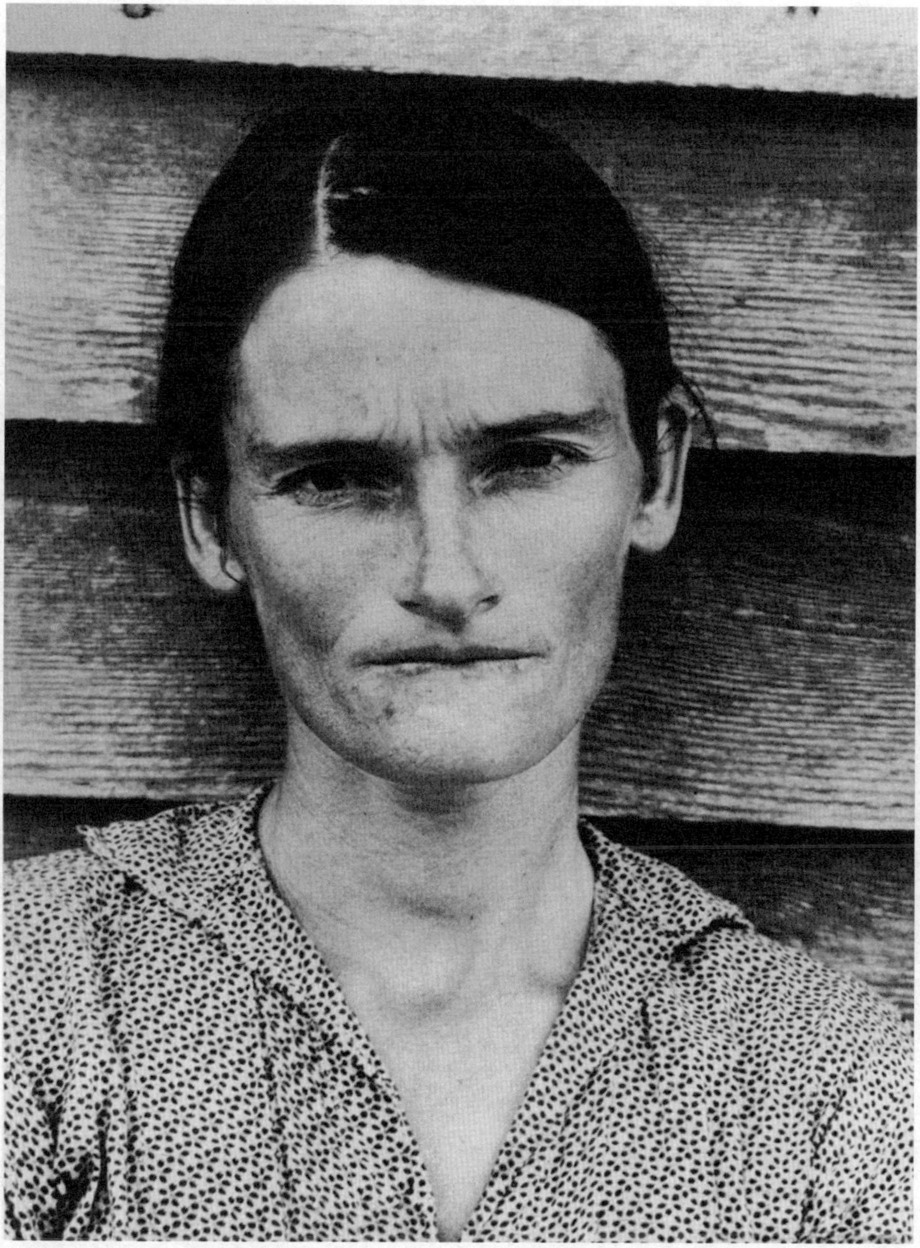

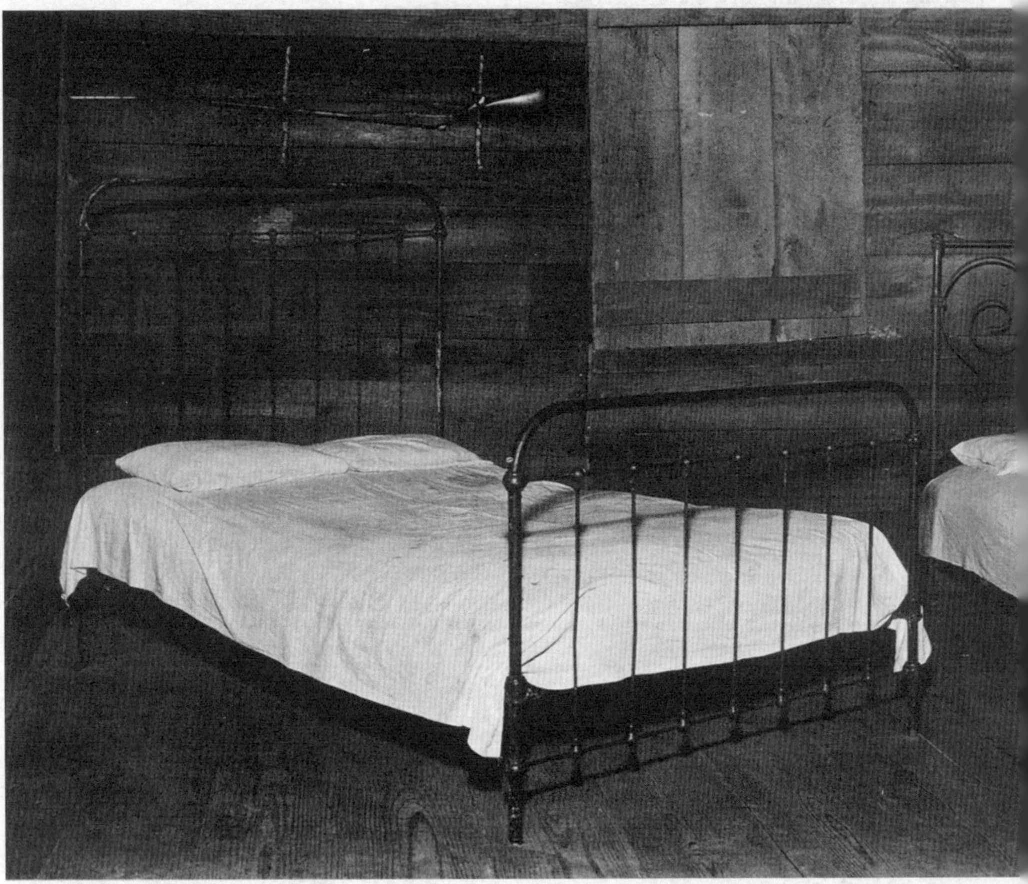

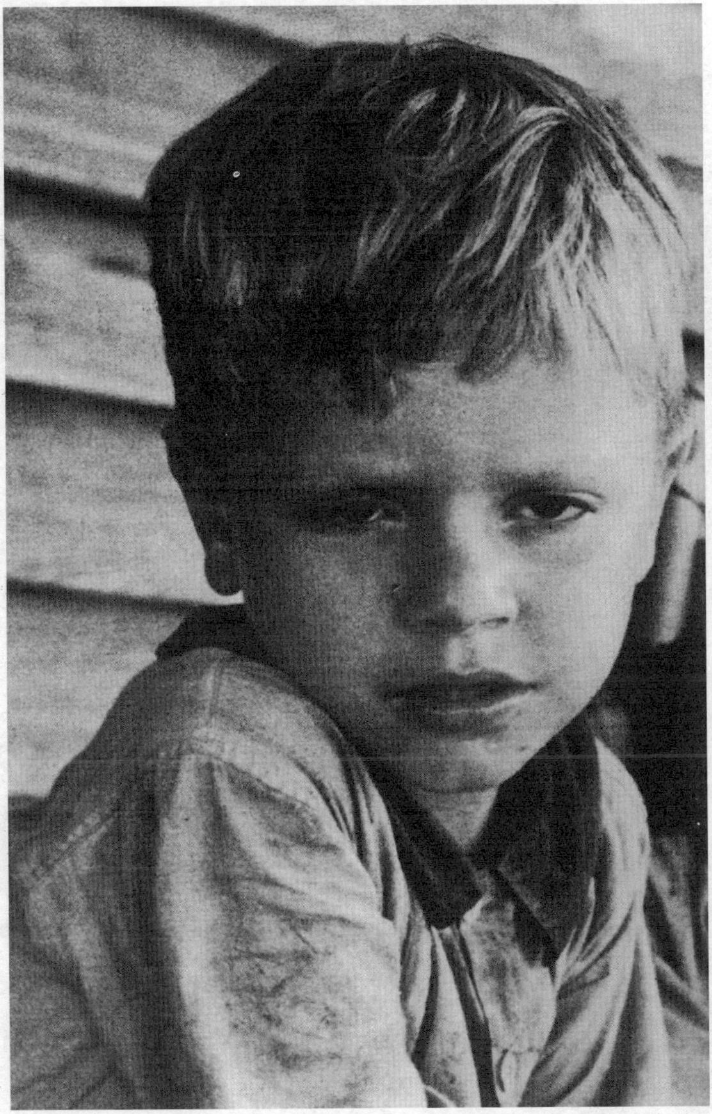

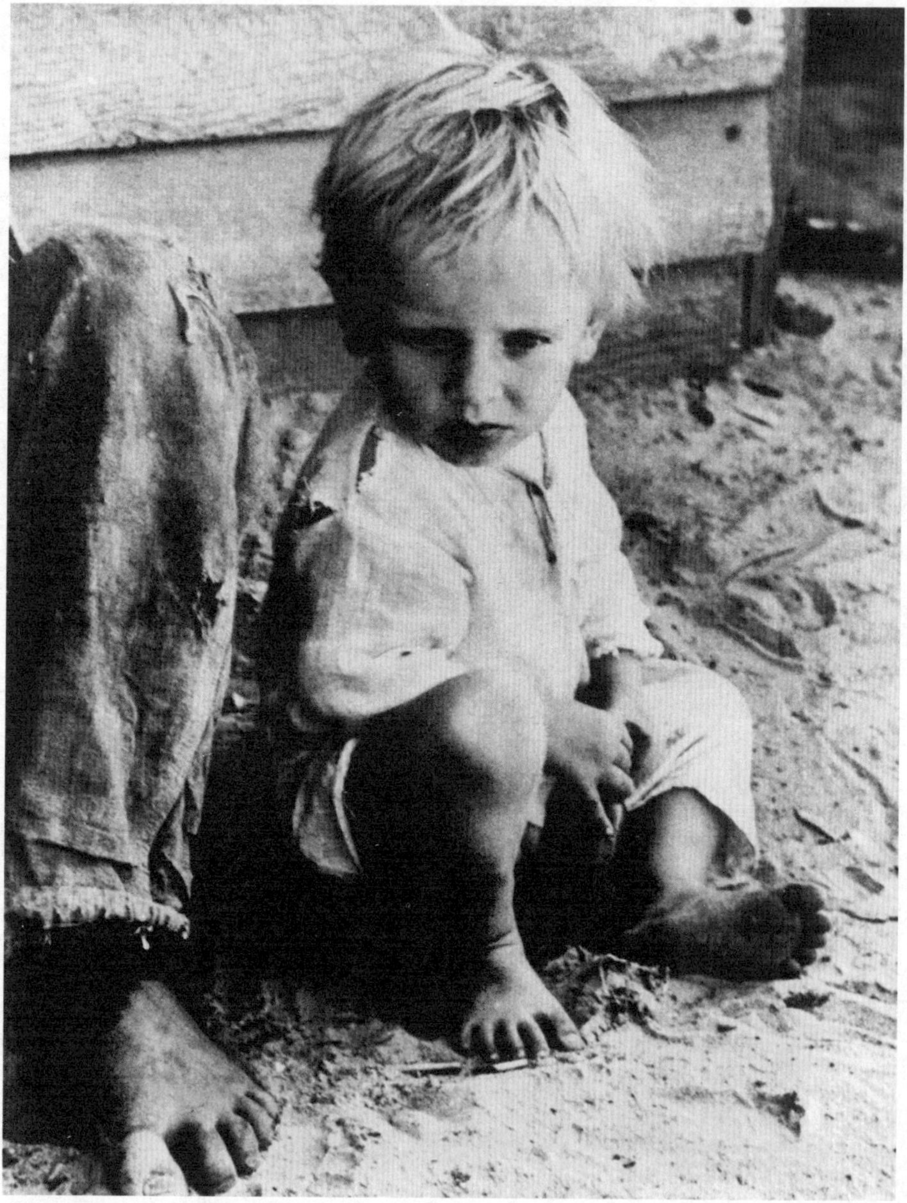

FINDLAY'S
AUGUST
Peters Shoes

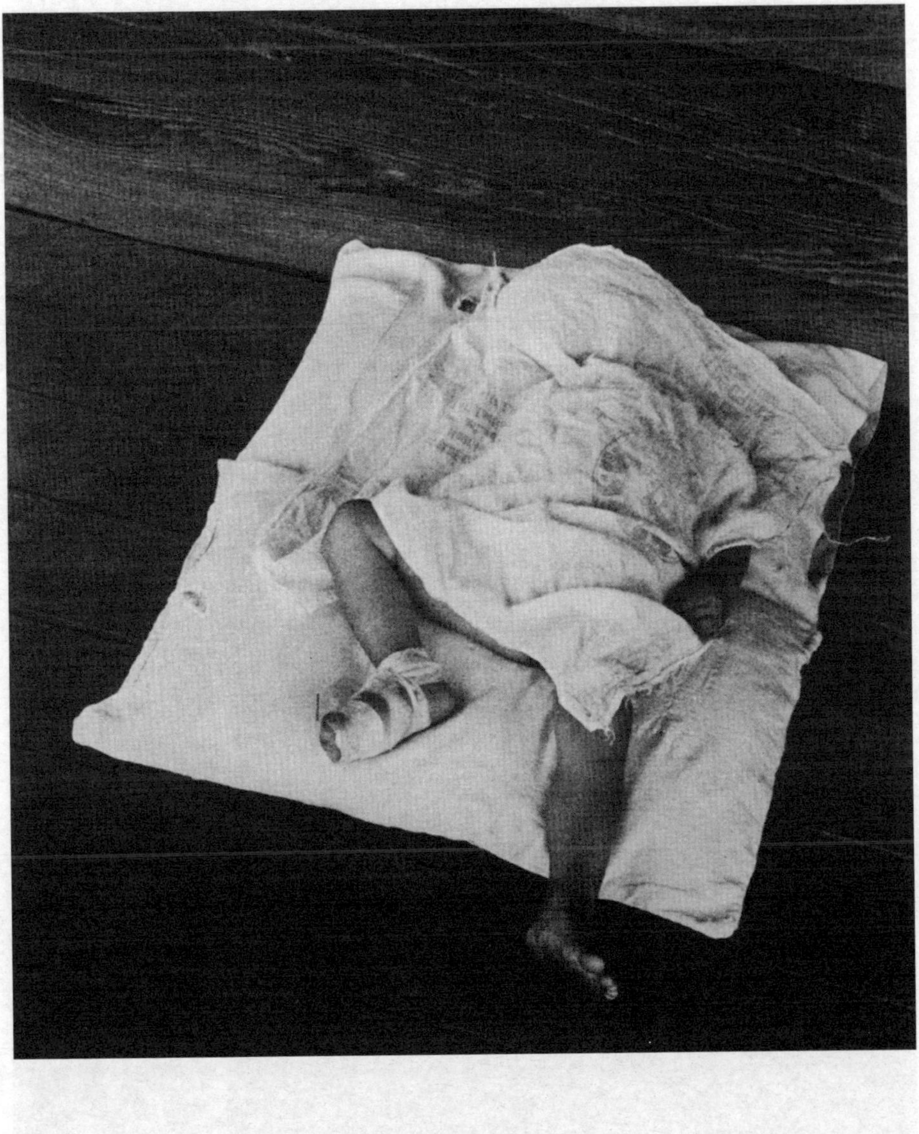

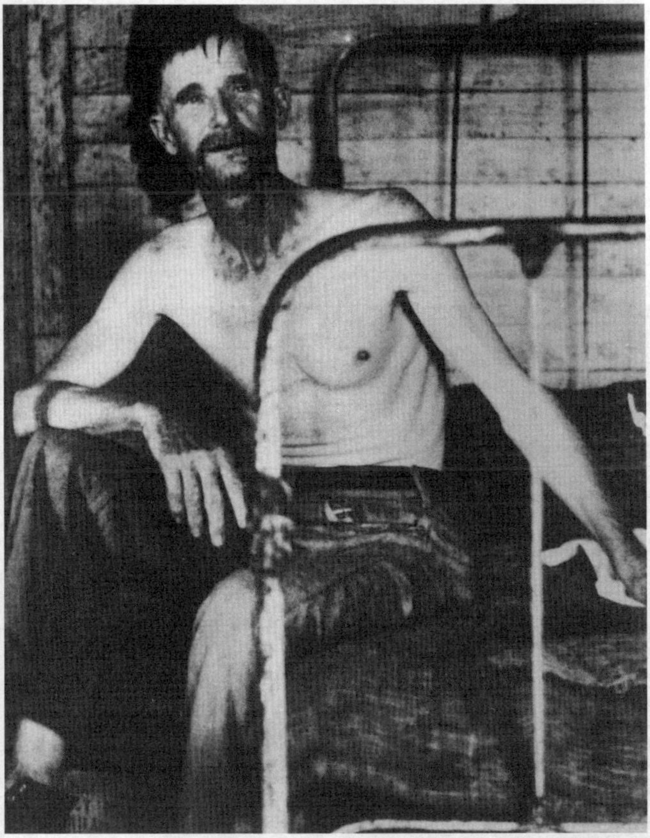

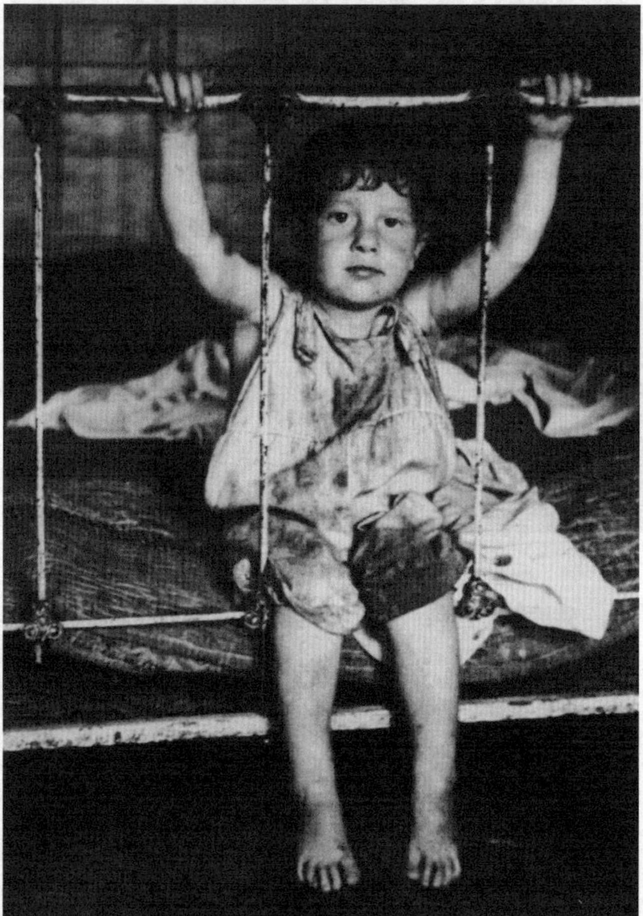

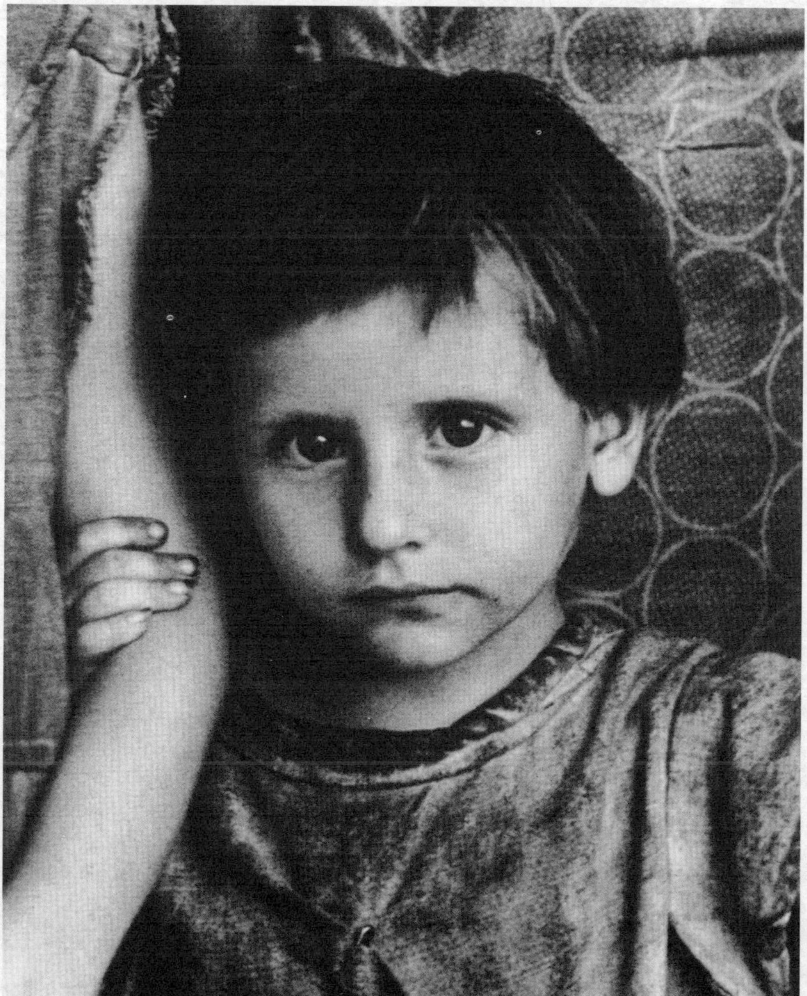

QUITE
Welcome

ogressive Farmer
General Merchandise
Famous
Family Laxative
THEDFORD'S BLACK-DRAUGHT
1936 JULY 1936
CARDUI
AUGUST
Alka-Seltzer
1935
Owens & Owen
CARDUI
A Purely Vegetable Medi
1934 JUNE

C.A.JOHNSON & SON
STORE
Coca-Cola
GROCERY CO.

NEHI

FREE
DANCE
S.M.A
GYM
Tonite
9 TIL

MAYORS OFFICE

DRINK
Coca-Cola
RINGLING
BROS
MONTGOMERY
CHERO
DRINK
NEHI
GROVES
CHILL
TONIC

666
COLDS
FEVER
666
COLDS
FEVER
666
COLDS
FEVER

FURNISHED

ST. MATTHEW
SCHOOL

SHOP

SCHOOL

U.S.POST OFFICE SPROTT ALA.
DRINK
Coca-Cola
PAN-AM

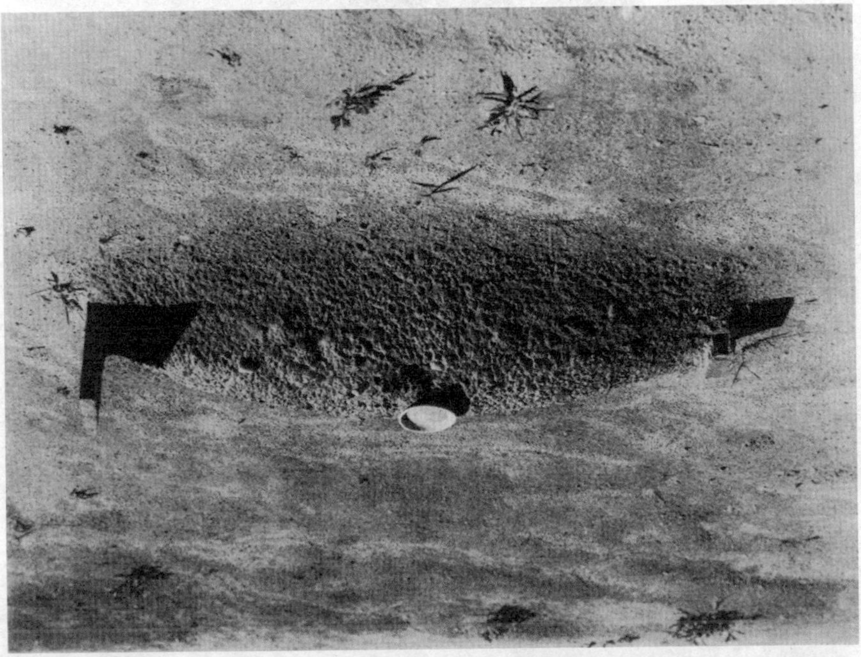

序言

（建议有心的读者读完序言的第一部分后直接开始阅读正文。其余部分稍后再读，并无坏处。）

1936年七、八月的时候，我和沃克·埃文斯（Walker Evans）在美国中部偏南一带旅行。自打一开始，我就对即将开展的工作充满期待。此次我们应纽约一家杂志所托撰写一篇关于美国棉农的文章①。这篇文章将以照片和文字的方式记录普通白人佃农家庭的日常生活和居住环境。这次旅行的目的正是为了寻找这样的农户，并记录他们的生活。

然而在我们旅居的村子并没有一户佃农能够代表所有家庭，于是我们决定选取相对熟悉些的三家农户作为代表，因此工作完成得也还算差强人意。在和这三户较具代表性的家庭居住的近四周时间，我们全天候、多维度地观察并融入他们的生活。八月末，怀着恋恋不舍的心情，我们不得不回到北方继续完成这部作品。

一开始，因为某些不想再提的原因，这篇文章并没有获准出版。没想到在1937年年底，又传出消息告诉我们说可以发表。到了1938年春季，我们收到一份合约，同时一家纽约的出版商请求将这篇作品印刷成册。本以为这下就一帆风顺了，结果一年半之后那些恼人的说辞又蹦了出来，导致本书再次被拒。1940年春季，这本书由现在的出版商接手，条件是必须删除一些在马萨诸塞州非法的字眼。

考虑到出版商保留了这个带有反讽色彩、却又直击主旨的标题，而

① 埃文斯有联邦政府的资助。

并没有选用一个落俗套的书名，我们觉得他们开出的条件倒是可以接受。

这本书的作用有二，一则为其他宏伟巨著抛砖引玉；二则也是自成体系，并直接不作为其他作品的前传或后续。本书的书名是，“现在让我们赞美伟大的人”。包含本书在内的整部作品的标题是：“三户佃农家庭”。这本书以北美棉花佃农的日常为主题，集中体现了三户白人佃农家庭的普通生活。实际上，本书最有价值的地方是将那些对于读者而言难以想象的存在转化成身边有形之人的模样。我们设法用各种各样的方式来转述属于他们的回忆、对话、对世界的理解和反抗。这不仅是一次普通的记录考察，更是对置于饥馑穷困中的神性与人性的拷问。

我们用到最直接的工具只有两件：无感情的相机和白纸黑字。而整项工作的核心工具，则是我们那颗独立的、反权威的人文意识之心。这本书试图用记录和分析的方式来为读者呈现一幅宏观的画面，对细枝末节并不斤斤计较。然而那些未被提及又紧密相关的家常琐碎却又无处不在，润物无声，呵护着佃农社会亘古未变的记忆，求而难得的智慧，以及未曾忘却的初心。

纵使初衷如此，本书却只能将热血苍生抽离成干瘪的缩影，将一些琐碎充填其中，不断尝试，却也只能写下如此苍白的序言。但我们相信，在这个对尔虞我诈、仗势欺人行为等闲视之的社会洪流中，读者心智明朗，一定能够明辨我们作者苦苦追寻探问的主旨。如果疑虑重生，那正是因为读者抛开了记者、社会学家、政治家、艺人、人权主义者、神父或是艺术家的有色眼镜，以本心在认真地阅读。

在这本书里，照片可不只是装饰性的插图。这些照片与文字同等重要，它们相互独立，也相辅相成。然而因为照片数量总是占少数，读者也总是匆匆略过，这些珍贵而重要的图像资料太容易被忽视和误读。我这么说可不是抱怨，只不过是陈述事实罢了，毕竟古往今来，摄影的地位从来没有就此发生过改变。

· 3 ·

这本书的文字是对我脑中宏声吟诵的记录。我并不推荐读者也将文本大声朗读出来，但我希望读者在阅读每一页的时候让听觉也参与其中。因为在这文字里，不同的声调、语速、发音口型，停顿重音将会带来意想不到的解读效果，单靠眼睛是无法想象出其中精华的，一个不留神，那些深沉的含义就会溜开视线，不见踪影。

同时，我希望各位能保持阅读的连贯性，像听音乐或看电影那样，只在作品需要呼吸的时候稍事休息。

对于任何想要粉饰或修改这部作品的出版商或其他机构，很遗憾，我们两位作者不得不拒绝您的请求。而对于期待从这部作品获得新视角的读者，我们向您表示最诚挚的感谢。

这本书事关要紧。由于本书研究的是人类现状，读者同我们作者，以及笔下的佃农们一样挣扎在现实的水深火热之中。论道无谓对错，求真不分友敌，欢迎想要参与讨论的读者致信出版社转交我们。根据相关法律规定，无论私人来信还是公开信，来信者的姓名都不会公开。

寒风暴雨宿旧屋，雷鸣震天掩恸哭。
霜雪做米泥做衣，乳下婴孩饥噬骨。

故时锄犁成断木，血汗赤膊翻旧土。
夏末飓风冬暴雪，春秋辛劳无所入。

柏油银带如星舞，车影瞬息不驻足。
冷眼欢歌向阳去，两岸墨棉暖新墓。

暖客貂裘敬玉露，轧机声声诉咽呜。
泪浸彩云坠人间，锦衣丝线皆辛苦。

无产者在这个革命中失去的只是锁链。他们获得的将是整个世界。*

——《共产党宣言》

* 在这本书中没有对这段话的直接阐述，但它们对本书依然至关重要，因为对于整本书而言这段话就像奏鸣曲的第二主题一样，相较而言，与此相应的诗才是第一主题。我并不知道读者的想法，也不知道读者究竟是老实人，还是聪明人，还是生性敏感的人。但为了避免任何麻烦，我必须说，这本书中的每一个字，以及作者本人都不受任何政治党派、宗教信仰及派系的左右。

1. 我们的地球大家园

这个世界是属于我们的家园，也属于许许多多居住在远方的孩子们。他们是我们的兄弟姐妹……

2. 食物，陋屋，衣服

这个世界到底要如何规划，才能称之为宜居？我们究竟需要些什么，才能有舒适的生活？让我们想象一下，假设我们是在遥远的乡野。苦寒烈风，暴雪冻雨，而我们却没有食物，也没有衣物，饱受饥馑寒冷之苦。忽然之间，精灵女王从天而降，许诺帮我们实现三个愿望。

我们要如何选择？

“我要食物！我太饿了……”彼得说。

“我要衣服！这儿太冷了……”约翰说。

“那我想要一间房子，能为我遮风挡雨。”小内尔打着哆嗦道。

每个人都需要食物来果腹，衣物来暖身，以及一间陋屋来避寒。这微不足道的需求却是世界上大多数人终其一生也求而不得的。在这次旅行中，我们希望知道我们的兄弟姐妹们吃些什么，这些食物又来自哪里；我们希望知道我们的兄弟姐妹们住在哪里，这幢房子又是如何盖起；我们希望知道我们的兄弟姐妹们穿些什么，这些衣物是怎样为他们遮烈日挡风雨。

人物及地点

弗雷德·加尔因·瑞科特斯:佃农,有两头骡子,五十四岁。

赛迪(伍兹)·瑞科特斯:瑞科特斯之妻,四十九岁。

玛格丽特:二十岁。

帕拉李:十九岁。

约翰·加尔因:十二岁。

弗洛拉·玛丽·李:十岁。

凯蒂:九岁。

克莱尔·贝尔:四岁。

托马斯·加勒廷·伍兹(巴德):佃农,有一头骡子,五十九岁。

艾薇·伍兹:伍兹的第二个妻子,二十五六岁。

莫莉夫人:艾薇的母亲,五十岁出头。

加勒廷:伍兹第一次结婚时所生的儿子,兼职采棉工,三十五六岁。

艾玛:伍兹第一次结婚时所生的女儿,十八岁,已婚。

波尔:艾薇和前夫所生的女儿,八岁。

托马斯:伍兹和艾薇所生的儿子,三岁。

艾伦:伍兹和艾薇所生的女儿,二十个月大。

乔治·古杰尔:小佃农,有一头骡子,三十一岁。

安妮·梅·(伍兹)·古杰尔:古杰尔之妻,二十七岁。

麦吉·路易斯:十岁。

乔治·朱尼尔:八岁。

伯特·维斯特里:四岁。

维利·菲尔(斯昆其):二十个月。

切斯特·博勒斯:古杰尔的地主。

T.哈德森·马格瑞夫斯、米歇尔·马格瑞夫斯:伍兹和瑞科特斯的地主。

马蒙:地主,罗斯福新政执行官。

埃斯特尔:女性中产阶级青年。

詹姆斯·艾吉:以记者身份而四处旅行的谍报人员。

沃克·伊万斯:以摄影师身份而跟随艾吉到处旅行的密探助手。

威廉·布莱克(英国诗人、画家)

路易-费迪南·塞利纳(法国作家)

林·拉德纳(美国体育新闻记者,幽默作家)

耶稣基督

西格蒙德·弗洛伊德(奥地利心理学家,精神分析学家,哲学家)

洛尼·约翰逊(美国蓝调音乐家)

欧文·阿珀姆(? ——?):没付工资的群众演员

伯明翰市:南方大型工业城市

切诺基市:郡政府所在地,大约七千人

伯罗镇中心:佃农社区政府所在地,大约一千五百人

库克镇:地主居住区,大约三百人

马德里:一条交叉路,两个店铺,四间房子

霍比之丘:低矮的小山包,佃农居住地

距离高速公路两英里,距离马德里三英里,距离库克镇七英里,距

离伯罗镇中心十七英里，距离切罗基市二十七英里，距离伯明翰市八十公里。这些佃农家庭仅有的交通工具就是驴子、驴车或是自己的双脚。这里距离北美棉花带的地理中心并不遥远。

赛迪·瑞科特斯是伍兹同父异母的姐姐，安妮·梅·古杰尔是伍兹的女儿。

本书中每个故事、每一章节都是根据真实故事而写，因此本书出现的人名和地点都有相应更改。

为避免读者误读，本书中所出现的年龄，以及行文中所使用的时态都以 1936 年夏季为坐标原点。

现在，让我们赞美伟大的人

目录

致沃克·埃文斯

时常感叹，似水流年催人老，
仿佛河中石子，溪流冲刷，棱角渐消，
也总有一些人，不肯向命运妥协，
浴火涅槃，凤鸣九霄。

他是潜伏于敌人内部的密探，
他是被逐出家门的可怜汤姆，装疯卖傻，躲避手足刁难，
衣不遮体，满口胡言，
如履薄冰，只为捍卫最后的尊严。

悲伤的埃德加来到多佛尔的峭壁旁，
带着他瞎眼的父亲，小心翼翼将真相隐藏，
纵身一跃，再将父亲摇醒，告诉他这已是开满鲜花的草原上，
卧薪尝胆，东山破晓。

穷途末路时，最让人成长，
扬起不屈的风帆，与魔鬼拔剑相向，
少年志在远方，与野兽角逐，追随烈日朝阳，
隐忍却不迷茫，自荒野为王①。

① 全诗以自莎士比亚著名悲剧《李尔王》为背景而作。——译者注

在故事开始之前，我想最好解释一下，我写这本书是为满足我们的“好奇心”。

我一直感到奇怪，可以说是无比厌恶，总有一些商业或者新闻组织要跑去贫民窟，用大部头的摄影机对准穿开裆裤小脏孩儿和惊恐无助的妇女，在一片泥泞之中非要挖出点故事来。他们这么做无非是为了抢在另一拨自称笃信“真实新闻”（这本身就是个可笑的悖论）的记者之前收集到更有用的素材。这些故事打着科学、人文、温馨社会的旗号与名头用来换取金钱和社会地位。对银行家和政客来说，精彩又丰满的故事就等同于黄金白银，等同于选票，等同于政府补助，等同于亚伯·林肯主义的幻想①。这些人似乎从没有考虑过自己是否有资格与苦难相处，他们满心欢喜，想的只不过是如何赚钱，如何获得更高的支持率。我也一直感到不解，这么重要的工作难道不应该由那些对苦难充满关怀且对苦难有共鸣的人来担任吗？也许他们也要依赖雇主以维持生活，也许他们还要寻求政府资助来获得调查资格。这些外界条件只是敲门砖，当他们真正潜入社会底层，像谍报人员一样伪装起来，才真正能与苦难融为一体。而另一方面，就算这项工作困难重重，而最后的结果不出所料只会让人失望，他们仍然愿意只身冒险。这种执着让我惊讶不已。他们视金钱如粪土，视社会地位如草芥，他们却尊重农民，自尊自爱，不忘初心。他们分明知道这不是一件易事，却义无反顾担起人类的义务。只有这样的人，才有资格与苦难相处，才有能力完成这项

① 即金钱。

工作。

这一切对于我来说难以理解，整个社会如此扭曲、恐怖、充满矛盾。

对于苦难本身也是一样，这些难以理解的矛盾存在于每一个细节之中。那些有能力且有心之人苦苦寻找的，是他们个人与苦难的天然联系，却无力抓住那些本可以挽救、然而未曾出口就已成灰烬的愿景。记录苦难这件事本身也让人感到两难，他们既要旁观，也要亲历。很难定义那些故事的缔造者，那些穷困卑微的生命，却在尊严的光环下闪烁异彩。这一切的矛盾交织成更为精彩的故事，不书不快。

但是随着工作展开，麻烦一点点地出现。起初被拒绝出版，后来只得寻找其他出版商，重新设计、重新编校。此外，摄影师遇到一系列麻烦，而我在落笔的时候也不得不面对那些无法回避的问题：是谁来阅读这些文字，翻阅这些照片？他们为什么读？怎样读？读过之后又要怎样做？同样的，我们也要问自己，从宏观意义上看，究竟为什么要写这本书？为何人而写，又要怎样写？这本书是要带来希望？还是陈述绝望？关于南方那六百英里土地的记忆犹如花园中无处可逃而注定凋零的花朵。明晃晃的城市面子工程，街道，酒店，煞人的酷热，旷野一般的孤寂在这片悲伤的土地上循环上演。湍急的河水，干枯的花，晒蔫了的庄稼构成了这张巨幅的棉农生活图景。穷苦，脆弱，诡诈，悲哀的情绪在这里滋生。在这幅巨大的农人生活图景中，爱与愤怒被真实的还原，然而在穷困悲伤的情绪前，一切似乎变得毫无意义。苦难依然笼罩着这里，它们彻夜不眠的游走在农人周围，化作星空对村庄虎视眈眈，化作羊皮灯中渐渐暗淡的光影将这里送入黑暗，再化作梦魇与农人纠缠不休。与苦难相伴太久，村里人也渐渐习惯了这样的生活，于是他们沉默寡言，不再抱怨，永远用无助的眼光审视这个世界。而世界对他们却视而不见。他们渺小如尘埃，可他们也有无可取代的存在意义。尽管生活中有太多的泪水与绝望，他们仍会在礼拜日盛装打扮，打开自己的松木盒子梳妆一番，坐在漏雨的屋子里聊聊天，直到雨水大的将一切美好回忆淹没。衣服皱在身上像结痂的伤口，房间里汪洋一片没处躲没处藏。那个时候，恐慌，无助，惊吓和梦中的困境再次复活，控制了他们的意识和身体。困窘一次次袭来，仿佛是命运的诅咒一般，上帝已将这里遗弃。

我怀着惶恐的心情接近这片谜一样的土地。在尚未踏入那里之前，我对如何开展这项工作充满不安，有太多的疑惑与担忧困扰着我。很抱歉用了这么长的篇幅作为开场白，但那时我太年轻，没经验，也缺乏见微知著的天赋，很难用简短几句话来描述这项工作的困难程度。我忠于事实，几乎事无巨细，毫不隐瞒，但尽管如此，依然很难将整幅画面完整的用文字记叙下来。很惭愧，我的文笔不足以用纸墨创造出一个与我们这个世界相互依存、却有彼此独立的生态社会系统，但是我也逐渐发现，在我所记录的这个社会中每一寸世界都在发生着变化。我没有艺术家的天赋，可是在某些情况下，我所记录的那个世界似乎遵循着内在的规律发生改变，自我衍化，直到与所谓的“真实”融为一体。我只是一个普通人，没有资格把描写对象困在条条框框里。我这样说并不是想要为自己开脱，如果是这样我完全可以把责任推得一干二净。然而我认为，这项工作的确应该由更有能力的贤者来完成。他们不拘泥于现状，勇于突破局限，从新的视角看到的是摒弃了悲伤的呐喊与真相。

对于有能力认知这个世界的人来说，他们总是可以通过简单的办法感知一切。他们不需要将这个世界剖析成科学，也不需要分解成艺术，他们只要全身心地感受它，就可以呼吸相连。他们可以倾听日光下街道的咆哮，此起彼伏，犹如一场磅礴的交响乐。一切想象力都灰飞烟灭，只留下直白到残忍的现实。

这也就是摄影于本书的意义。除了我们的孤立无援的认知力之外，照相机是我们最好的伙伴。正如前文所说的，我很担心读者会不重视这些照片。世界上太多人对照片一扫而过就丢在一旁，恐怕只有极少数的人才能体会照片对我们的意义。

正如在前文中所述，本书力图还原一副鲜活的画面。这也许会破坏田园牧歌式的幻想，在我们的偏见先入为主之前，我想要为读者呈现出一个繁密厚重的细节世界。自然与人文的荣光，在一呼一吸之间已与我们融为一体。唯有这样，读者所触碰沟通的世界才比艺术化之后的世界更加贴近真实。在小说创作中，一屋一人都有其存在的意义，而这个意义很大程度上取决于作者的安排。然而在这本书里，我却只能将住所或人物的意义放在有限的篇幅中：他们原本的意义要远大于我所记录的内容。如同你我一样，作为真实社会的一员，书中的人物与我们一样都不是想象出来的。也正是因此，书中人物谜一样的身世，独一无二的重要性及生而为人的尊严都真实存在着。至于我，我只能如实告诉读者我所见所知的一切。我之所以能这样做并不是因为我有多重要，而是因为我本身也是作为笔下世界的一部分真实存在着的。这本书不是一本小说，它所记录描写的，是真实的人们。真实的力量永远高于想象力，这种真实的力量不可估量也无可比拟。我写下的每个字都无法与这种力量比肩，因此唯有尽我所能，哪怕勾勒出真实的点滴也好。

这样的沟通绝不是件易事。首先，我必须得寻找合适的工具来完成沟通，其次，还要有能力来培养彼此的信任。多年努力之后，我仅仅完成了微不足道的一小部分。我逐渐意识到，作为作者，就算解释再多，都不如如实呈现故事本身的纬度与质感，让读者能够身临其境。这件事对我来说至关重要。我写下的是有血有肉的人，他们生活的真实世界，他们所经历的困扰与忧愁，他们的居住环境，他们与其他人的关系与情感——家长里短，仰慕长者，亲友相爱，路见不平，以及与雇主的纠葛和无奈。他们的生活就像一本书，你怀着同情，冷漠，好奇翻看它，抛弃那些固有的成见，也无所谓公德良知，你只是远远地看着在这片土地上的风起云涌。

如果可以，我本不必写下那些所谓的“真实”。它们可以是相片，甚至可以是衣服的碎片，破烂的棉絮，地上的煤渣，对话的片段，一小块木头和铁块，一小瓶乌烟瘴气，一盘子残羹剩饭，甚至是屎尿横流的茅房。印刷商可能会觉得这些东西挺新颖，文学评判家可能颇有微词——但不管怎样，这都是艺术。我想大多数读者只会将这样的文字当做无聊的室内游戏，把玩之后就再也想不起来。

唯有当振聋发聩的质问撕裂开我们身心之时，我们才终于认真思考这个世界的意义。

我只有尽我所能来写下这一切。可惜我才疏学浅，不能写下全然的实情。即使我拥有呈现真实的能力，恐怕读者也不敢靠近那真相分毫。真实之残酷，如烈阳灼人。

就算我有能力将事实写下来，这个世界也不会有任何改变。所以这份“真实”还是寄托于纸墨为好。如果想让这本书看上去不那么危险，只要冠上“科学”，“政治”或“革命”的头衔。要是想吓唬住读者，最好用“文学”、“宗教”、“未解之谜”，或是“艺术”做关键字，但就算是这样也依然会有人想要去翻开它阅读。最好是用套上“边缘化作品”或者“非主流”的外衣，这样才能拒人千里之外，达到骇人的效果。前人所记述的情感、愤怒、平静、凶残、治愈、真理和爱恋对于这个世界似乎都是那么的不可思议，似乎在顷刻间便可以灰飞烟灭。但生而为人，你已与它们融为一体。孤注一掷时也会畏缩，犹豫不决后也最终果敢，矛盾的感情是人类的一部分，我们依赖它们而生，也注定背负它们而亡。人们或是在音乐厅里聆听贝多芬的作品，或是为打桥牌解闷儿，或是纯粹为了放松；人们将塞尚的作品临摹装裱，挂在墙上；割掉自己耳朵的梵高让黄色成了这一季窗棂装饰的流行色；斯威夫特①坚持个人主义但憎恨人类；卡夫卡是文学界红人；布莱克②的作品在现代图书馆里沉默的

① 爱尔兰作家。——译者注
② 英国浪漫主义文学家。——译者注

抗议；弗洛伊德成了现代图书馆大咖；与爱因斯坦审美相同的人不喜欢杜甫仁科①的“前线”风格；如今不再有人读乔伊斯的《没有人》；塞林女士招惹了一群阿尔弗莱德·卡津②的仇家，他们认为这个为纽约先驱报工作的评论员是个法西斯；我想我更不用提那位被钉在十字架上的耶稣基督。

然而，这本书写的是佃农。是为那些心底仍有一块柔软的人所写的。通过这篇文字，我们仿佛能穿越千里，听到触到那片土地上的笑与泪。有能力购买这本书的人，想必至少都能付得起房租吧……希望能通过这本书或多或少唤起一点读者的沉思，并想想如何能拯救南方佃农走出不幸，同时珍惜我们所拥有的生活，珍惜每一餐食物。也希望读者能有机会将这本书推荐给同样怀着同情心的朋友，至少我们的出版商不亏本印制这册书。若是还有什么奢侈的愿望，我希望读者会怀着与我们相仿的心情观察这个社会，你们的资助也会帮助我们做得更好。

还有，最最重要的是，请千万别把这本书看做是一件阳春白雪的艺术品。

人类的悲愤经过时间的打磨，转化做艺术、宗教或是被权威解构成其他模样。来自人类灵魂最致命的一击往往与尊严荣誉相关。斯威夫特、布莱克、贝多芬、基督、乔伊斯、卡夫卡，没有人能从这一遭重击中幸免。而大众的冷漠往往是压倒弥赛亚的最后一根稻草，那才是最致命的伤疤，是犹大的背叛之吻③。

这种尊严上的致命伤往往是一种轮回。这是基于科学的现实，是一种疾病，也是可以预防的。我们只需做好心理准备，从一开始防患于未然，情况也许就不会那么糟糕。看看贝多芬是多么受人尊敬；看看博物馆和名流收藏家是多么钟爱塞尚；布莱克是多么受人爱戴，然而依然

---

① 苏联导演。——译者注
② 美国社会评论家。——译者注
③ 犹大以亲吻耶稣来向罗马告发。——译者注

有许多精彩绝伦的作品命途多舛,出版之前就已经夭折。这种残酷的不公让人受挫的如坠冰窟,就算是最伟大的作曲家也不知道接下来要如何盘活全局。

找一台收音机或留声机,将音量调到最大,播放贝多芬的第七交响曲或舒伯特的C大调第九交响曲。但是请不要只是听听而已,我希望你尽可能的将音量调大,然后坐在地上,用音箱封闭自己的耳朵,轻轻呼吸,不要移动,也不要点烟或者喝酒。请你全神贯注地聆听,并将这音乐带入自己的身体。也许你不会感到舒服,也许声音大的有些刺耳,但请记住这个时刻,感受它,将耳朵贴的更近,此时你将置身于音乐。顷刻,你不仅仅是置身于音乐殿堂,你与旋律融为一体。身体化于无形,意识随乐律旋转,你与音乐合二为一,与时光等长,永生不朽。

耳畔的乐曲是否动听?是否和谐?是否遵循乐律之道?是否政治正确或是否能被其他社会文明所接受?这一切都不再重要,在真正的人性面前,社会中肮脏的现实,危险的暗流,凶残的诅咒都不再重要,黑暗注定被真理的光芒所驱散。

贝多芬曾说,最好的作品是气质与速度并存。我印象里,他说:“识我音乐者,自此不知愁滋味。”对此我深信不疑,也诚惶诚恐于自己的作品能否带给人同样的感受。

在命运与恐慌中,表现力则是另外一回事了。

瓦砾沉沦，

阿拉巴马州，灯火阑珊。

门廊前：1

房子和屋里的家具都无声中沉沦，同屋里沉闷的空气一起，缓缓下沉。在松木板搭起来的火柴盒子里，三十来岁的男主人和他的妻子躺在铁架床薄薄的床褥上，孩子们则横七竖八地倒在硬邦邦的地板上，狗趴在走廊里。寂静之中，睡眠如同死亡一样眷顾着这家人。与这家人同在一个屋檐下的牲畜和禽类大概也受了瞌睡的传染，昏昏欲睡。仿佛这世界上群居而生的人，与构成世界的土壤、空气、水源都懒洋洋地发酵了一样。没多久，我们所处的这块地方就沉到了地球这块大石头的里面，嵌入地心。在隐天蔽日的黑暗中睁开眼，借着微弱的光线我们才恍然大悟，原来我们对于赖以生存的环境几乎一无所知。屋子笼罩在死寂中，连一滴水、一根针的声音都听不见了。松木制的骨节挂在钉子上，好像十字架上无助的耶稣一般，一动不动。屋子里寂静得如同真空，浅眠的一家人似乎丧失了自理能力——体力、脑力全都被一股脑地卷入疲惫的黑洞里，呼吸几乎也不存在了。破碎的尸骨，凝固的血液，被肢解的肉体长眠于地下，从噩梦中惊醒，悲剧正在发生。一潭死水里迟钝的鱼类瞪大双眼，呆呆地睡着，呼吸着，与水中正在腐烂的植物同生共死。沉睡的人类和动物，木讷寡言的植物，琥珀里无法躁动的虫子，全部在午夜凌晨失声，在秋风萧瑟中发抖，在寒风刺骨中哽咽。死寂之下，唯有午夜与睡眠唱着沉默的歌。

在这个奇异的空间里，一开始它们还怯怯不肯出声，然而很快，它们便像植物那样摇摆枝叶，踮起脚尖似乎要脱离土壤，举起双手要与日光比高。黑暗的真面目带着噪音的面具粉墨登场，所到之处一片靡靡之像，君临天下一般接过光明的权杖。轻轻一扬手，将屋里的安眠收进袖口，将仅存的尊严塞进口袋。草场上煤油灯微弱的光线下，看得见头顶星光依然。午夜已经远去，它消失在时空尽头。

百年不遇的大雨冲垮了河堤，树木被连根拔起，随波逐流，颠沛流离。阴云密布，一片漆黑，人们躲在营地里打算生火照明，然而柴堆已经湿透，丁点火星都打不着。黄昏袭来，佃农们只好和衣而眠。几小时之后，有人从空气中嗅出了一丝警觉，夏末的暴雨说来就来。洪水咆哮，沉浮在水里的人们只得抱住浮木，抬头望着天，任凭生死。

老天似乎也已经抛弃了这里的人。她就像个冷眼旁观的女人，离我们远远的，以清高、冷峻的姿态看戏。她的眼睛黑白分明，像是夜空中的银河，破石惊天涌出一股清泉，地动山摇点燃一把烈焰。

屋里的寂静被一枚脱落的纽扣和一根断掉的蛛丝打破。纵使噩梦只是记忆沙滩上浅浅的一个脚印，稍纵即逝，然而瞬间的失重记忆犹新，让人预感灾难临头。从梦中惊醒，脱离了不断下沉的噩梦，却进入了新一轮震荡之中。他们却不再是单独沉沦，而是与整个世界一同下陷，无止无休。

1936 年 7 月

周日上午

他们走进来的时候我们刚刚在咖啡厅吃完早饭。哈尔蒙为我们作了介绍，我忘了对面那人的名字，只记得他带法语口音。他身材中等，皮肤黝黑，头发已经花白，打成一缕一缕的绺。他有着核桃一样褶皱浑圆的身材，顶着一张棱角分明，看上去还算友好的猴脸。他穿着一条深色的裤子，洗得浆硬的白色无领衬衫，戴着一顶质地柔软的草帽，上面还用花色布条系了一条带子。他的鞋子很旧了，最近才打过油，但恐怕已经有段时间没刷了。吊裤带倒是挺新的，是蓝色的，缀有金色的花边。他彬彬有礼，毫不拘谨，谈吐友善，一点也看不出来紧张的情绪。他说话的当儿，哈尔蒙从他眼镜的反光里看着我们。街上的行人缓缓移动，好像要故意盯着我们看似的。沃克说，如果能让我们照相就太好了。他说，照相没问题，只要我们不会吓跑黑人，拍到什么算什么。他们装作不经意地扫了一眼我们车子里的采访设备，眼睛里写的清楚，他们想要占我们便宜，可嘴上什么都没说。

哈尔蒙和沃克拼一辆车，我和其他人一辆车。我们的车子行驶在宽阔的水泥路上，一直向城市的西北方向开去。临近正午，烈日当空，灰色的公路在日光下蒸发成炽白，一粒粒灰尘在空气中躁动不安。我们这趟车上的司机有一搭没一搭地和我聊天，可能是出于礼貌，也可能是想先发制人避开话题，免得我提些他不想回答的问题。我对此没什么意见，他的大部分佃农都是黑人，这不是我的研究对象。况且我也没那么多问题要现在问，彼此尚不熟悉的时候，还是先保持友好轻松的气氛为妙。不过听他闲扯倒是印证了一点，他的确有法语口音，他的父母在海地黑人起义的时候逃到美国来。至于他本人,虽说是个土生土长的中产地主,但就外貌而言,倒是更像个农民。他开着一辆有些年头的黄色小轿车,和大多数北方工人开的那种差不多。他一边开车一边对着道路两旁指指点点,跟我说这附近的棉田收成绝对好不了,传闻地主吝啬得很,不肯给棉花施好肥;路旁的沙包袋可以将雨水引进棉田,虽然雨水充足的年份里这很可能适得其反,但靠天吃饭的事儿都难说,没人知道一年到头收成到底怎样,所以只管埋头干就是了。

细绒棉田后面大约距离四百码的地方长着几棵橡树,树荫下面有一间房子。我们走到树林后面,土地沿着蔓藤,向树林的方向淡出,我们看到远远近近零星散落着几间两居室的窝棚。我大致数了一下,可能有十二间左右,有些躲在楝树丛投下的树荫里,有些就暴露在白晃晃的阳光下。每一间窝棚都被晒得发白,看上去乱糟糟的像个马蜂窝。离我们最近的是一个四居室,显然那是工头住的。那些房子的门都关着,我们尽力躲在橡树林的树荫下,就算这样也还是晒得够呛。这儿的佃农都是黑人。沃克和哈尔蒙在我们后面停了下来。一棵橡树的枝上垂下条拴着铁环的链子,树根的附近还散落着几条铁链。在最近的两户佃农窝棚里出现了几个黑人,有两个人走向第三间屋子,另外一个正在洗他的工装裤。其余的穿着黑色的裤子,白衬衫,里面穿着没系扣子的黑背心。

我们作为不速之客拜访了工头儿的家。他的亲戚远远的看着我们,他们大多人到中年,穿着礼拜日的便装,挂着一张愁苦得展不开的脸。有三四个孩子跑来凑热闹,他们看上去玩儿的还挺开心。一般来说,礼拜日男人们会聚在房子另一侧闲聊,女人们则负责准备晚餐,我们这次来访打破了日常的平静。工头儿对我们很客气,其他人没有招待我们的义务,对我们不冷不热。女人们则在一旁看着我们,警惕地眨巴着眼睛。另一些人在屋里来回溜达,或是聚在一角谈些事情,等到他们闹明白自己的任务之后就静静的离开房子。他们会很小心的看地主的颜色行事，然后用眼神和肢体语言向地主表示他们明白了。他们点头，微笑，摸摸额头，然后从我们的视线里消失。从第三间房子里过来两个人，很快又来了三个人，是一个四十多岁的黑人，带了两个窄脑壳儿的小男孩儿。他们没有进屋，只是在树荫下面站着，一眼一眼的往我们这边瞄，然后转过去说悄悄话。好像他们是种了某种巫术才忽然在我们面前显形了似的。地主开始问工头儿地里的情况，“那个谁谁谁怎么样啦？我叫她打扫两次他扫完了没?”工头就木讷地回答，“是、是老板。您说的她都做完了”。那个谁谁就在一旁讪讪地搭笑，机灵一点儿的棉农瞅着她那副傻样笑得不行，其他人就在一边儿杵着腮帮子，聋了一样木呆呆的盯着空气发呆。“那你呢，老东西，你最近收了不少棉花是不是?”一个老得皱巴巴的黑人转过身来，他的胡子几乎都灰白了，一侧的头发梳成好看的发髻，龇着牙傻笑。“好啦，那个谁谁，你知道我跟这儿扎根儿了，该结婚了，你不能……”话没说完，门口那个四十来岁的黑人就一口啐在他脸上，露出一个龇牙咧嘴的笑，“他这个老不死的，那个谁谁，他根本干不动你!”这番话引来哄堂大笑，地主说:“这几年你俩是不一直搞在一起?”那个老黑人说是的，然后地主又说，“那你赶紧把小崽子从林子里找出来，免得门口的混蛋先得手。”老黑人说，他们是合法结婚的，不怕别人说。门口两个小男孩儿挠着光亮亮的脑瓜，很羞涩的朝屋里瞥了一眼。他们怯怯的笑了一下，害羞的像个小姑娘，大伙儿都瞅着他俩笑。趁这个当儿，地主解开裤裆，把胳膊伸进去使劲掏了两下。

现在门外又多了三个人，他们还很年轻，大概也就二三十岁左右，不过看上去已经相当老成了。他们的皮肤黑的像碳块儿，一点儿光泽都没有。咧嘴一笑，脏兮兮的，好像吃了墨水一样，牙都蓝了。眼珠里带着浊色，远看是脏兮兮的金色。他们穿着印染的裤子，水洗布做的鞋，白衬衫，系着亮色的领带，手里捏着新的白色草帽，在胸口的位置别着一枚紫色镀金的宗教墓葬协会徽章。地主找他们来给我和沃克唱歌，为的是弘扬一下当地的黑人音乐（虽然我们都觉得这个不是很必要）。他们在橡树的树荫下站成一排，帽子和衣服上光斑着闪烁。歌手交换了几个眼神，谁也没笑，最年长的乐手用脚趾头打起了拍子，伴着歌声，尘土在阳光照透的空气里不安的躁动。果然不出我所料，这不是温柔悦耳的菲斯克四重奏式[1]（Fisk Quartette）黑人音乐，而是我之前听过的圣米切尔教堂颂歌录音带。那算不上是歌，是咬牙切齿，哼哼唧唧，夹着不规则的巴掌声和各种各样的口音调和出来的声音杂烩。听那东西就好像是用锤子和冰凿在耳朵上开个洞，灌进来的全是不断重复的噪音。不规则的音符如同火药一样爆破神经，西方音乐几个世纪遗留下来的复调和旋律一瞬间全都灰飞烟灭。但对于正在唱歌的黑人歌手来说，发出这种声音完全是出于本能。他们就像三株长在地上的植物，气运丹田，把歌唱得响彻天际。他们的哪儿也没看，高音中音一齐发声，一个比一个嗓门大，他们的喉咙好像忽然收紧的拳头，一拳就让人晕厥。低音像一辆坦克里的铁轮，他的手时而抓紧时而松弛，将整块乐曲巨石推向前方。歌声戛然而止，他们的表情一下子都凝固了。地主看看他们，皮笑肉不笑地撇了撇嘴。这没什么好说的。我装作欣喜的样子接上他们的目光，"你们唱得真好，能再给我们唱一首吗？"这句话好像什么魔法一样，让他们的目光里有了焦点。于是他们又给我们唱了一首，这次调子慢了许多。我忽然有一种感觉，或许对于这些黑人歌手而言，开场前的沉默才是他们最喜欢、也最引以为骄傲的部分。高音的声线一路飙升，在空气中劈开一道细长而阵阵作痛的疤，殷红一片，如同天堂之火温暖灼人。此时余音绕梁，我们坠入落霞之中，狭窄艳丽的地平线上金光夺目。低音的吟唱如同十字架上的哀伤，曲调缓慢，音域如同大地般宽厚。中音在半空中刺下一道意味不明的纹路，如滴入汪洋的墨色渐渐消散。他们的声音悠长，像是波涛汹涌的海面上

① Fisk Quartette，一种起源于菲斯克大学的非裔音乐形式。——译者注

盘旋的海鸟，是撞碎在礁石上的巨浪，是颠簸在梦境中的风帆。随着歌手吟唱，时空隧道訇然中开，天旋地转，海浪在高音与低音间来回荡漾，碾碎成雾气，又凝结成雨滴。高音忽然化作号角，如海鹰腾空，冲破乌云，灼眼的阳光如百万利箭刺穿云朵，也刺中海鹰的心脏，从高空跌入海中，惊浪千尺。一瞬间海上风平浪静。哼唱再起，波浪缓缓随韵律荡漾，声音渐远，云雨退去，世界一片宁静。

地主摇摇头，他觉得这首曲子太娘娘腔，结尾好像强行涂抹上浓厚的宗教色彩。他建议把现实生活的轻快加进去。

歌手们明白老板的意思，但对于他们来说做出这样的音效实在有点难。他们挪动了一下僵硬的身体，眼神里满是疑虑。几秒之后，他们彼此对视了一下，然后低音点点头，忽然吹了一声口哨，绷着脸发出一连串快速的音节，歌词不清，大致是戏剧化的性隐喻。副歌像是一个急速旋转的轮子，对句一连串，将整个故事的梗要呈现出来。在这首曲子里他们大概唱了三四组熟悉的旋律，声音越来越尖，在高音住戛然而止。他们看了看老板，知道今晚赚到了。

他们唱歌的时候，我发现他们是为了表演给我和沃克看才故意唱得那么夸张。这场带着自残倾向的作秀中，我们成了主角。我给了他们五毛五，同时看着他们的眼睛说，很抱歉耽误你们的时间。我希望他们没有耽搁其他事儿。领头的接过钱，声音沙哑地谢过我，但并没有看我的眼睛。他们分了钱，把手里的白草帽一巴掌扣在脑袋上，转身消失在同样白炽的阳光里。

三岔路口

午后，我们的车子飞驰在树影稀疏的公路上。离城镇渐远，我们对城市的归属感正在慢慢消减。很快，我们一行便来到一个阳光刺眼的三岔路口，附近没有耕地，我们得花点儿时间来决定方向。

中心镇(Centerville)应该是往右边的路上；马里恩觉得我们最好朝左边那条路开上几英里找找感觉。但现在树这么多，根本看不出来哪条路会通向农场。我们在岔路口把地图颠来倒去的研究了一番，周围除了树之外没有什么特殊的标志，这让我们耽搁了不少时间。

后来我们才想起来，刚才开过来的时候看到一座房子，于是只好又折回去几英里去找房子的主人问路。司机小心翼翼地把车停在离房子不远的地方，我下了车，慢吞吞地走过去。房子里的住户在门廊上安静而警惕地看着我们。我心里有点打鼓，一边琢磨到底要怎么和他们搭话，一边磨磨蹭蹭地靠近。

门廊上的三个人都目不转睛地盯着我看。我想他们可能是很久没见过陌生人了，天这么晒，门口这条路又少有车经过，像我们这样的过客应该很少吧。他们家门口的细绒棉田已经被太阳晒蔫儿了，庄稼都死了。走近一看，门口那三个人是一对年轻的男女和一个老人，之后从屋里又跑出来两个小孩儿，下巴外凸，额头抵在木板钉成的墙上，眨巴着眼睛看着我，好像是从头盔下面偷窥外面的世界似的。

这家人的神态很奇妙，很难形容。有点异域的美感，但缺少神话里的那种传奇感。他们看上去很与众不同，所以我想为此多写几笔。

那个年纪较轻的男人长了一双乌黑的眼睛，亮晶晶的像猫眼石。

我被他看得心虚，只好把注意力转移到他形状奇特的下巴上。青年女性的肤色发黄，好像黄铜做的宝物盒一样。她的皮肤略微有点金色质地，穿着灰白色的棉裙，胳膊和裸露的腿都像是精心雕刻出来的。灰白色的头发被紧紧的扎在脑后，脸部皮肤绷得紧紧的，一举一动里都镌着波罗的海风情。我再次把目光移到旁边年轻男子的身上，他的脸阴沉沉的，留着短短的胡子，阴郁得很。他轻嗤一声，瘪起嘴来，倒有点像地中海人。他们僵硬地坐在椅子上，眼睛还是盯着我瞧。我走过去，看到他们胳膊像干柴一样粗糙，上面爬满青筋和血管的纹路，完全不像是年轻人的手。这一下我看清他们眼睛里闪烁的东西了，是恨、无力与失望交织而成的愤世嫉俗。他们憎恨这个世界上除了自己之外的一切，他们也憎恨自己所承受的痛苦，然而恰恰是周遭的一切不幸与痛感佐证了他们卑微的生命。

这两个人坐得僵硬，好像一个木雕一个铁塑守在门口。他们所坐的长椅离背后的墙大概三寸左右，我走过去的时候他们就这么不声不响的盯着我，什么也不说，什么也不做，不知道他们是不是在用意念交流。

另外一个男的看起来大概有五十岁左右，但他的手，头发和皮肤看起来都像婴儿般细软。我一度以为他可能只有二十来岁，但脸上的表情和皱纹泄露了他的真实岁数。这个男人身材矮小，骨节宽大，表情看起来像个小孩儿，留着卡通画里布尔什维克党人那种扎人毛糙的胡子，看上去像个心烦意乱、走错片场的预言家。这身不协调的装扮让人想起与监护医生对着干的大卫·赫伯特·劳伦斯①。乱糟糟的头发下面是一双充满敌意的眼睛，他盯着我看了一会儿，好像草丛中的猎豹。然后老头不屑的翻了个白眼，靠着墙慢慢蹲下，又把目光聚在我身上。

自打我出现在他们视野范围内，他们仨的目光没一刻离开过我的

① 20世纪英国作家，代表作《虹》。

脸。没办法，我只能一边说话一边和他们轮流交换眼神，以便能取得他们的信任。我问他们路该怎么走，告诉他们我们的目的地，也跟他们说了我们是来做什么的。听了这些，他们似乎放松了警惕，开始对我友好起来。然而，即便我们是在友好的气氛下进行的交流，我依然感觉到他们的信任和友善是相当有限的。好像从一开始，他们就认定我是“上头”派来的间谍，是来离间他们的。对于我这种人，他们肯定不会表示出什么百分百的友好或信任。

这家人在培植中心登记过，但他们只拿到了一把破锄头作为耕种棉田的工具。这块地上已经没有树了，唯一剩下的木头就是这座已经破烂不堪的房子。五月过完了都还没有肥料和种子发下来。他们手头的作物只够种几平方英寸的土地，现在也都快被太阳晒死了。他们本来可以向政府申请锄头、肥料、房子、土地和种子的，但自从当家的病得起不来床，最后一线希望也消失了。政府知道这户棉农老的老小的小，失去了劳动能力，就干脆扣着肥料和种子不发下来。耕种无法按时开始，棉农只得自生自灭。

老头儿忽的一下闪到我身后，猝不及防，我的手肘一下戳在他凹陷的肋骨上。他啊呜啊呜的叫了好几声，目露凶光，恶狠狠地剜了我两眼。我吓得有点反应迟钝，一下失去了平衡。恍惚了一阵，我赶紧挂上一副礼貌的笑脸，问他刚刚说什么，我没听清楚。他努努嘴，试图说出整句来，但一张嘴却是啊呜啊呜的叫声，胡子邋遢，上面挂着像精液一样黏糊糊的口水。我慌忙点点头，冲他礼节性地笑了一下，不知所措，就见他龇牙咧嘴地露出一个不算是微笑的表情，凶巴巴地扯住我的袖子，像野狼一样大声嚎叫起来。一旁年轻的女人赶忙过来训斥他，并不是凶狠的咒骂，只是叫他安静下来（与此同时，年轻的男人对这一切都无动于衷）。女人的神态好像是在教训一条狗。老头瞅了瞅女人，就放开了我的衣服，径自爬到门廊的另一侧，跪坐在地上，哼哧哼哧地抠起地板来，眼睛仍然瞪着我。女人见状，起身到屋里拿了一块硬得像石头的玉米饼丢给老头，他接过饼子，叼在嘴里，用双手使劲拉扯想把玉米饼弄成小块儿咽下去。喉咙里发出呜呜的声响，好像一台工作不良的切饼机。我转过头不看他，继续和那对年轻人说话。整个对话中基本都是那个女的在说，男的不怎么说话。感觉上女人对男人又敬又怕，话里话外又很袒护他。

原来男人是患了哮喘，前一阵差点病死。他不知道什么时候他的病才能有所好转，什么时候才能下地干活。到现在为止，都是他老婆在忙家里和地里的活。说到这儿，女人转过脸去，不再直视男人的眼睛。男人叹口气说，他在家里只不过是多了一张吃饭的嘴。他们的口气里并没有抱怨，这种平铺直叙的叙述反而更让人心碎。对于他们而言，这个世界没有那么多善意，也没有恶意。没有骄傲，没有羞耻，没有不满，这个世界完完全全地遗忘了他们。

一开始，几英里外住着的黑人棉农还会给他们送些玉米和豆子充饥，如果没有那些黑人的救助，他们现在恐怕早就饿死了。黑人有余粮的时候会分一些给他们，但人人都要养家，这段日子救助来的粮食越来越少了。天气大旱，收成不好，新结的玉米和豆子几乎所剩无几，棉农的日子都不好过。

这时候，那老头儿又从门廊的另一边跑了过来，手里多了一卷农业杂志。我不知道是不是自己又干了什么蠢事吸引了他的注意力，还是他想让我给他读一读这上面的字。于是我就带着疑惑的眼神看着他，可他什么也没说，只是一个劲儿的把杂志塞给我。那个女的轻嗤了一声，我不知道那是什么意思，可能是说我比这老头儿还傻。然后她提高嗓门说，你拿着，他想把这个送给你。那个瞬间我觉得很开心，刚刚悬着的心一下子放下来，愉快地接过老头递来的杂志，微笑着轻声感谢他。这是老头示好的象征，他看我收下了杂志，眼神一下变得友好起来，然后就静静地坐在一边听我们对话。

他们告诉我，沿着右侧的岔路走不久就能看到一座农场。据说那里很安静，是那种典型的美国式村庄，有石灰石盖成的房子，还有大片的向日葵和长绒棉田。那里的女人都戴太阳帽，待人大方亲切。他们耸耸肩，说恐怕我们不会在那里找到想找的东西。无论怎样，我想我应该走了，就与他们在门廊上道谢并告别。我这个人总是不知道如何说再见。究竟是“再见”，还是“再不见”？琢磨了一下，我只好说，祝你们好运。这样敷衍的一句话传达不出我的心情，但我却不知道说什么好。回到车上，我感到肩膀和脖子都被太阳烤得火辣辣的疼，碰也碰不得。车子开动，我回过头，挥了挥手以示告别。那个老头儿瘫坐在地上，满手都是泥巴，他目不转睛地盯着脏兮兮的手看，根本没注意到我离开。那对年轻的夫妇也没有挥手，男人慢慢地抬起头，而女人则站在一旁微笑，看不出眼睛里的情绪。开上右侧的小路时，我再次回头。男人盯着树林在看，擦擦嘴角，用另外一只手挠了挠肚皮。女人看向我们这边，有那么一瞬间，我以为和她对上了视线。下一秒她就转过头，走进屋，消失在我的视野里。

教堂附近

随着车子行进，弯道外侧的景色逐渐变得开阔，一座教堂进入我们的视野。但当我们迎着阳光绕到它正面的时候，才发现这座教堂通透明亮得难以置信。大家不约而同地感叹着："天啊！"我踩下刹车，慢慢往后倒，同时观察着教堂上方的光线变化，直到我们退到明暗交界的塔顶落影下面。我们看着这座建筑，思索着它究竟为何如此吸引我们，稍坐了一会儿我们才推开车门，走近这座教堂。

在寂静无声中，教堂从光线的纠缠中挣脱出来，呈现在我们眼前的一板一眼的古典线条：刷了水泥的墙，简易的楼体，附近没有树，只有一些杂草。每一丝纹理，每一颗钉子相间隔的距离都完全一致，即使再无序的东西也都本着对称的原则雕刻出来（不过这倒也说明工匠的确花了不少功夫）。生硬造作的装潢将我们带进一个充满奇异平衡感的世界。我双手的骨骼咯吱作响，似乎想要冲破两掌之间隔阂，在赞美声中合掌，为这个奇异的空间喝彩。空灵，闭塞，压抑构成了这座建筑的主旋律，上帝的面具，木雕的尸骨在烈日的冥思中暴露无遗。阳光太过耀眼，它将一切都笼罩在圣洁的白光之下。光影流转，我们准备好照相机，聚精会神，大概还有一刻钟左右，最佳光线最佳视角将会收入我们的相机。

我帮忙准备好照相机，然后退到一旁四处游览一番，想看看在这个难得宽敞的教堂里还能找到什么有趣的东西。我的手指划过每一道线条，触摸植物的叶子，感受建筑之间的张力，顺着墙壁上的花纹来到侧门旁。我仔细检查了那附近的一切，从木头纹理到每一颗钉子，事无巨细。在门的左上方有三层长度不同的夹板，门上是一个小巧可爱的陶瓷把手，旁边是轻型爬梯，用大号的钉子钉起来。门上还有一根木钉已经弹出来了，直愣愣的指向天空。年久失修的搭扣，新置的挂锁，透过快门，窗户上的玻璃色彩斑斓，仿佛泉水中倒映的彩虹。一只肥硕的金色苍蝇在旁边嗡嗡作响，一头撞上玻璃，就没了声音。透过窗户，我看到硬邦邦的长椅，装箱的管风琴，墙上的绘画，掉在地上的赞美诗乐谱，松木的站台，捏成一团的桌巾，印花的大水罐，悬浮在空中的羊皮灯，四把葬礼用的椅子，一只小小的、有着细长颈的铝制火炉在阴影里瑟瑟发抖。还有一颗纽扣大的太阳，空气中穿梭的线头，以及被孩子拥簇的耶稣画片被撕成碎片，掉在地上。

正在我们犹豫是不是要破窗而入的时候，一对年轻的黑人夫妇从路口经过。他们直勾勾地盯着我们看，打量着我们的车子、三脚架和照相机，一点儿都没有掩饰自己的好奇。他们看了我们好久，丝毫没有因为我们的设备和肤色而避让的意思。我们点点头，冲他们友好地笑了笑，他们也冲我们点点头。他们一边走，一边回过头继续往这边看，依然是那种毫无顾忌，也毫无嘲笑之意的眼神。他们看得我们很不好意思，尤其是想到刚刚还想破窗而入就觉得更加尴尬了。我们觉得也许可以问问他们，犹豫了一两分钟，我赶过去，想要问他们是否知道哪里能找到牧师，或是什么其他负责人能让我们进入教堂里面去。

他们已经离开马路约五十码左右，慢悠悠地走着。我赶忙跟上去，离他们不太远，能够清楚的看见他们脸上的表情和眼神(因为周围的一切都太亮了，离得远了什么也看不清)。他们很年轻，步伐轻盈，身材结实。男的肌肉紧实，女的身形俏丽。我记得他们温柔端庄的面容，女人温柔、矜持的声线里带着笑吟吟的礼貌，而男的看上去很是机灵，谈吐之间是那样的真诚。他们有着优雅的气质，与那种扭捏造作的扮相不同，他们的脸上洋溢着少年般纯净、迷人、无价的笑颜。我对此心生好感，赶上他们的脚步，烈日当空却觉得有一丝清凉之感。绚丽的日光在他们的衣料上影影绰绰，好像脚步轻盈的舞者，在劳顿中依然保持微笑。他穿着黑色的裤子，黑色的鞋子，身上新洗的白衬衫干净得发亮。淡黄色的软草帽上是一条花纹条带，一朵小菊花轻快的跳着。她赤着一双皮肤光洁的腿，穿着乳白色的高跟鞋，身上是一件缀花的粉色棉裙，一顶大号的太阳帽洋气的挂在脑后。每一次摆臂，他们的指尖会轻触一下对方的手，但一直没有挽在一起。我悄悄地加快了步伐，走了十来步，他们彼此对视了一下然后转过头来上下打量我，像是原野上的马匹一样，然后又回过身继续向前走。我十分肯定，并不是我的声音泄露了行踪，而是某种感觉告诉他们我在后面跟着。之前我们举手向他们求助的时候他们大概是没有看到，所以我这样跟着他们不太礼貌。但他们里没有对“跟踪”的不满。我走得更快了一点，但并没有超过他们，而是耐心的跟在他们后面。很快，阳光已经斜向最适合拍照的角度，我知道依沃克的性格，他大概会闯进教堂去取景，于是我索性小跑起来，想要追上他们寻求帮助。

我的鞋子陷进砂石里唰唰作响，前面那个姑娘听见这么大动静吓了一跳，一下失去了重心，后脚没有站稳，嘭的一声跌倒在地上。她挣扎着要站起来，像试图爬上岸的牛犊，仰起脖子，下颔抬高，瞪着眼睛，呼哧呼哧的像受惊的小兽。旁边的男人愣住了，右手拉着姑娘，转过头，眼睛里说不清是愤怒还是恐惧。他拉着姑娘走了几步，女孩好像受了伤，步履蹒跚的只能停下来。他握住她缀满碎花的肩膀，劝她还是继续赶路，又同时警惕的往我这边看了看。我也吓坏了，连忙摇头表示没有恶意(不不不，天，不是这样)，一边向他们靠近。在离他们大概还有几码距离的时候停了下来，看着他们的眼睛。小伙子不知所措，姑娘泪眼婆娑，她试图让自己的呼吸恢复平静，却喘得更厉害了，好像我都能听到怦怦的心跳。我像个傻子一样一边摆手，一边靠近他们。我试图解释，但似乎越抹越黑。我本来没想吓唬他们的，他们刚刚那么优雅那么愉快，我怎么忍心打断这么惬意的时刻。于是我试图微笑着缓解气氛，我希望他们能放松，我是他们的朋友，然后不住地道歉："对不起！对不起吓到你了！我不是故意的……请你们原谅！"

他们只是看着我，什么也没说。该道歉的是我啊，但我什么也做不了，我多想冲过去抱住他们请他们原谅！这种冲动鼓动着我的每一根血管、每一丝神经，催我跳下罪恶感的悬崖。我的理智紧紧拉住我，我的冲动可能更会吓到他们，而且动手动脚哪里解释得清？我无助地看着他们，希望能获得他们的原谅。老天，我真想找个地缝钻进去算了！过了一会儿，小伙子轻轻润了一下喉咙，说没关系的，您没有吓到这位姑娘。她怯怯地摇了摇头，以示她没事儿，不用担心。那双明亮的眼睛盯在我身上，一时间万种情绪融于一瞥，唯独没有信任和理解。他们之所以没有逃走，还留在原地听我语无伦次，是因为在这里没有一个黑人能从白人面前安全离开。如果不听白人说话就跑掉，那简直是罪加一等。可能因为我没有做出什么出格的举动，更抑制住自己的冲动没有动手动脚，他们似乎没那么紧张了。我假装轻松地挂起了个笑脸，向他们解释我并不是有意跟踪他们，只是想问他们一些关于教堂的问题。他们说，对于黑人来说最不会惹麻烦的答案就是"不知道"。我只得苦笑着向他们道谢，又絮絮叨叨地向他们再次道歉，如果给他们添麻烦就太不好意思了。年轻人的声音里没有起伏，"没关系的，没事的"，但眼睛里仍然是警惕和恐惧，好像我会随时跑过来打他们似的。我点点头，转过身去，径直跑回车子旁边，没敢再回头看他们。

阿拉巴马州的土地上，华灯初上，万家灯火。叶子湿淋淋的挂在枝条上，蜘蛛网被雨淋湿，凝成沉甸甸的水滴。道路宽广，却无人使用；田地肥沃，却无人问津，连野兽都不曾出没。耕犁的木把手已经湿透，两个车轮之间是湿漉漉的皮带，被雨打蔫了的杂草和雨水汪汪的车辙。雨就这样安静的下着，没有万里奔腾的雷鸣，也没有千里传声的呼啸。这座小小的城浸在雨里，粉刷成灰白色的房子一排又一排，像是木讷又耿直的大个子，撑起乌云与黑夜，细心庇护着屋里的点点灯光。在伯明翰市，一英里接一英里，货车冲破暗夜，一路尖声咆哮而过，震得石块踮起脚避开，目光随飞驰而过的车子探向远方。卷起的烟尘在路面华丽地转了个身，然后优雅地落下。路灯眨巴眨巴眼睛，慢悠悠地点起，鹅黄色的灯光仿佛照向来生彼岸的灯塔。新奥尔良则是活泼轻快的化身，空气里充斥着夏日鲜花的芳香，整座城市看上去青春而充满魅力。出租车停泊在王妃大街路旁，充满乳香的空气与街道上叮叮作响的高跟鞋那样般配。架子鼓与小号奏出完美的旋律，此曲只应天上有，落到人间怕是要让路易斯·阿姆斯特朗①心碎了。在城市的角落里，总有一些不和谐的音符，与都市的欲望和匆忙毫不相关，它们只在夜深无人的时候悄悄奏响。雨打窗棂，海浪拍岸，在海湾下沉睡着一位母亲的本能。在广袤的美国中部地带，沉睡着她的温柔。她守护着一座城市的矿藏与沃土，也守护着它们忧郁的沉默。午夜降临，泉水息声，城市安眠，石灰路两旁的路灯安静而高傲地倾听暗夜吐露心声。

---

① 美国爵士乐音乐家。

第一部分

乡村来信

乡村来信

夏夜渐消，黎明未醒。万物沉睡的棉田间，只剩下这一间屋子透出点点光亮，与星空无言地对望。我坐在桌前，对面是一堵龇牙咧嘴的墙。我盯着左手边的一盏煤油灯发呆，灯芯跳动，舞动的裙摆在墙面和桌角上闪烁不定。右手握着一只软碳芯儿的铅笔，刚刚还在一个学生用的作文本上写作，这会儿的注意力全被煤油灯和晃动的火光吸引了。

煤油灯的灯筒由玻璃吹制而成，底座被漆成淡淡的金色，棉绳做的灯捻正噼啪燃烧着。

我想象着煤油灯还在工匠手里的样子。将玻璃融化后注入模具，大肚子的灯筒和窄窄的玻璃基座一气呵成。玻璃的质地很厚实，晶莹剔透的，火光似从冰晶中流淌出来，倒是多了几分温柔。玻璃基座呈空心裙摆状，可以嵌进金属底座里面。灯筒上窄下宽，玻璃平滑细腻；底座用来注煤油，黝黑发亮的水平线清晰可见。

这盏灯所用的煤油并不是纯度很高的那种，看上去有点稀，燃烧不完全。用手指蘸一点，在食指和拇指中间摩擦，能感觉到粗糙的颗粒，尖尖的扎手，好像沿着硬币的边缘划过一圈的感觉，或是猛地扎入凉水时凸起的乳首。煤油有股干净喜人的味道，比汽油好闻很多，那是一种湿漉漉的气味。细灯颈内壁上凝结了少许的雾气，逐个结成水珠，汗津津的好像闷热房间里的一扎冰水罐。我不明白水珠是怎么凝上去的，但却对这个发现感到欢喜。我将拇指伸进去，在灯颈附近抹了一圈，水印留在玻璃壁上。我将手抽回来，在裤子上抹干，然后又目不转睛的盯着煤油灯看。

灯筒的大肚子里，煤油支持着火光燃烧，光线清澈得如同水波。我想起一些类似形状的酒罐里浸泡着的物体——蛇，绦虫，癞蛤蟆，动物胚胎的尸体浸泡在褐色的罐子里。也有成束的、干枯的花泡在罐子里，想要回到子宫等待重生(也是浸在褐色的玻璃里，软踏踏的，散发着死亡的恶臭。它们活着的时候是爱与宽容的象征，被博物馆谋杀后抛弃在展架上)。灯筒里闪烁的是沉思，是梦幻，是未来。灯芯的捻子坠在煤油里，一闪一闪地绽放出一个突兀的笑容。一缕黑烟顺着灯颈飘出，火焰依然澄澈明亮。

一

屋内孤灯一盏。干涩的火光透过玻璃，光影婆娑。夜深人静，黎明之前，万物俱寂，黑夜幻化成圣洁祥和的湖面风平浪静。我还醒着，努力让自己融入这片寂静中，让自己浸在湖底，不发出丁点声响。这里是最接近上帝的地方，在宁静中感受神的安详，与万物同律，与神明对话。

我屏住呼吸，沉浸在这颗星球上仲夏的午夜，仿佛潮汐拍岸般惬意。今夕何年？今朝何日？此刻何时？时间的概念已经瓦解，我与此时此刻融为一体。眼前是我两三天前花了几美元买来的手表，旁边还有我花了一毛钱买的自动铅笔。前天早晨十时十七分的时候，它忽然坏掉了，我还挺庆幸在它寿终正寝前至少为我工作了一小会儿。虽然很清楚眼下正是午夜，我却感到温暖与光明。仿佛是从远古沉睡至今才苏醒，我凝视着黑暗，如同在透亮的水中前行，溯游从之，宛在水中沚。然而夜却没有以真面目示人，混沌之中百感归一。整个城市沉睡在魔法中，仙期从天而降，笼罩大地，像是石碑上的花冠，悄无声息的来临。落地那一瞬间，魔咒绽放出温柔的光，像蜂群归巢一样合拢，有四散飞出。整个过程那样安详，那样宁静。命运的齿轮温柔地转动，我们不得不随时光向前。马儿苍白的鬃毛在阳光下飞舞如银丝，蜂巢涌动，新的一日终于来临。生生世世，岁岁年年，只是寻常一日罢了。

我以轻松地笔触写下这些内容，只是想将诸多细节逐一呈现出来。我所栖之所，我所见之物，全然构筑于这些点滴细节之上。

鹅黄色的灯光孤独地守护着午夜。松木的香气在烈日后的余热中沉淀。正午的白色的阁楼里躁动的灰尘终于落定。墙上粼粼荡漾的是灯光的涟漪，像是松林落影间隐世的湖泊，摇晃着氤氲美妙的月银色光泽，一呼一吸，安静的蜷缩在暖黄色的屋内。头顶是墨色浓重的黑夜，梁木在微弱的光线下忽明忽暗。我凝视着这番景象，千言万语却不知如何说起，仿佛如鲠在喉，落笔无处。牵绊思绪，都盘绕在梁木上，纠缠不开。黑夜骇人，越过屋顶闪进室内。它踮起脚，拾级而上，将影子藏在火光摇曳的叹息中，不动声响。它就躲在阁楼虚掩的门缝边，目光扫过桌边的你，又盯上一旁的床铺。背后冷风卷过，你知道它就在门外。究竟是什么在门外？那种被偷窥的感觉好像脖颈后面挂着一群蝙蝠。它们聚成一群，沉甸甸的挂在房梁上，目不转睛地盯着正在埋头耕笔的我。在我猛地转过头的一瞬间，它们迅速藏进黑暗中，不见踪影。我不明白，它们究竟为什么要躲着我。它们数量众多，摩肩擦翼，而我寡不敌众，我显然不是它们的对手。我们中间隔着一道想象空间，让我躲在想象的十字架后，惊恐的环顾着黑暗中的恶魔。我相信，只有意识到自己身处幻觉之中才能有一丝丝的安全感。在恐惧的深海中飘荡，我声嘶力竭也无人营救，无人知晓，只有寒意充斥着所有的空间。我完完全全被黑暗中的它们震慑住了。

地平线之上，比玻璃更脆弱的稀薄大气遮挡不了骇人的星月。天堂静如白垩，死寂一片。我们蜷缩在旷野之上，仰望苍茫，像极地冰霜中生出的花朵，凭着一丁点儿火柴的温暖守护狂风呼啸的雪原，静观北斗挪移，无声无息，无始无终。小小的王国在雪原上落户，又在岁月的车轮下如露珠一样消失，我们始终冷眼旁观。总是好奇，我们对于故乡的眷恋究竟有多深？躲在母亲的裙子下面过夜，看她露出闭月醉星的笑容。当星月在故乡轰然陨落，我们也许就不复存在。

世界偌大，吾非归人，只是过客。

我心我愿，散落苍穹，星月银河。

吾亲吾友，岁月如梭，天人两隔。

如此大千，一蓑烟雨，只作过客。

在这样的世界里，所有的家庭都拥有着相似的悲伤，相仿的孤独，承受着相同的亲友离散之苦。人人如此，也就没有了对彼此的怜悯，更没有想象的空间来安置同情。当人们坐在羊皮灯下吃着晚餐，讲着彼此的笑话时，他们也许并不觉得好笑，只是自娱自乐罢了。一个小小的男孩一动不动地站在木条长椅上，脸上的食物碎屑在暖色的灯光下亮晶晶的。他是别家的孩子，另一个女人挪过来擦掉他脸上的食物，把他抱上大腿，轻轻摇晃，让他在自己怀里沉沉睡去。一个男人将一块湿淋淋的布搭在肩上生了疮的地方，他老婆在一旁看着，他儿子躺在地上睡着了，小嘴一张一合，浑身赤裸，像个草坪上打滚儿的小狗。邻街的情形与这里也差不了多少。黑人们消失在百叶窗后，灯光一闪一闪，如同蜂蜜黏稠的午夜。无论喜悦或悲伤，都无人关心。

茫茫大千世界中，不论哪座城市、哪个城镇，人们所能拥有的只是小小一隅房间。千百万个相似的家庭，相似的金鱼缸，椅子，书桌，缝纫机，桌牌游戏。人们或各忙各的，或轻声交谈，或放声大笑，举杯豪饮，守在收音机旁，狼吞虎咽，翻出去年衣裳，郑重着装，献殷勤，坠入爱河，经受诱惑，脱光衣服，闯入无人无灯的房间，独自一人，着急忙慌的写信，婚礼上，分开摆的椅子，家庭聚会，同性聚会，准备床铺，准备入眠。这小小的一隅就是整个世界，一道屋门之外，没有人关心屋内的人和事；而屋内的人与事，都同外界毫不相关。仅仅一墙之隔，两个世界擦肩而过。母亲绝望地抓住儿子，青筋暴起，像吸血鬼一样吸干他的血肉，微弱的灯光薄如蝉翼。母亲要失去自己的孩子，一而再，再而三，直到生命终止，才能在这种痛苦中忍受永生的炼狱之火。

男人女人精疲力竭地躺在床上。他们会有一个孩子。几年之后，又有许多孩子。

他们起初只是嗷嗷待哺的小婴儿，长大后就成了家里的顶梁柱。他们也要离开，成为父亲母亲，成为祖父祖母。

他们的父亲母亲也曾为人儿女，也远离家乡，终有一日做了一家之主。

这就是亘古不变的循环，比星月更久远，比末日更漫长，无始无终。

当孩子围着父母挤在窄窄的屋檐下时，这就是一个家。

一个家庭是独立的，它自成一套生态。作为独立个体的家庭没有父亲母亲，没有其他居所，自己养活自己，无法从别处得到爱、力量、安慰。家庭成员必须同甘共苦，风雨同舟。每个家庭都拖着沉重的脚步在烈火狂风中前行，同样的孤独，同样的无助，同样的煎熬。踽踽独行在这个世界上，每个家庭都备尝艰辛。

对于每一个家庭来说，孩子都曾是生活的中心。像磁石一样，世界围绕他们旋转。

岁月流逝，磁石的凝聚力越发衰弱，家庭里的每个人都要面临成长与衰老的烦恼，忍受子女远离的苦楚，承受外界的压力，看着一代一代孩子走出家门，走向属于他们的生活与悲伤。

离开家的孩子们，各奔前程。在孤独的路上他们会遇到另一个孤独的人，寒夜中拥簇而行，疲惫不堪时相拥而眠，于是另一个家庭的轮回再度转动。

相遇、相知、相爱随时随地都在发生，像是永不停息的水流充斥着整个世界。这是从未变更的生存模式，每一次相遇的结点密密织成人类社会的关系网，每一针、每一线都是社会中的一个人，千千万万个灵魂相遇，人类文明由此而生。

每个人都在时间的蒸馏中凝结升华。每个人的灵魂都与周围的一切息息相关，从大海到星辰，从雨露到尘埃，都是灵魂的一部分。

每个人的每段经历，每一次身体与意识的觉醒，不同的生命历程构筑了不同的性格与灵魂。人们所经历的一切即自身，天地万物，与人合一。没有任何一段经历可以复制，没有任何一个人可以被其他什么取代，也没有任何事可以作为效仿的对象。这就是生活不可言道的秘密，每一次呼吸之间都感到刺痛，如此频繁，如此痛入骨髓。人类就是这样的无助，面对整个世界的恶意，却毫无还击之力。

草木砂砾，日月星辰，要如何承载人类的叹息。牙牙幼童，如何承担生命的剧痛。生命不止，无休无尽的苦难铸成高山，万物生灵如何承受生存的苦楚，天罗地网中竟没有一丝希望。这就是生活的真相，或称它悲苦，或说它坚韧，生活不值得歌颂。

在离我这面墙半英尺的地方是另外一间屋子，家徒四壁，屋内闷热得令人窒息。里面有两张铁架床，地上还铺着一张简陋的床铺。这间屋子住着男人和他的妻子，还有他的小姑子，以及四个孩子——一个女孩儿，三个伤痕累累的男孩儿。

他们的灯早就熄了，入夜已深，屋内没有声响。然而我却能够隔着墙板听到他们深深浅浅的呼吸声，或者说，能感知到他们在午夜深深的叹息。似乎他们的灵魂已升上了未知的天堂，我能够从这片安宁中嗅到他们的疲惫不堪。我仿佛能够穿墙而过，与他们共处一室，与他们血脉相通。乔治的皮肤被晒得发红，才三十出头，身体已经被生活的重担压得不成样子，手指粗糙得像橡树的树瘤。他穿着干净的白色夏季棉工装酣然入睡。他的妻子侧卧在他身旁，安妮·梅身材娇小，瘦骨嶙峋，不过可以料想时光倒流十年，大概也是个美人。现在的她胸口脉纹清晰可见，皮肤苍白得几近透明，如同午夜的花朵一样优雅的枯萎了。她和她的妹妹艾玛穿着普通的棉布衬衣。她妹妹艾玛则大不一样，她高大厚实，有着宽大高耸的胸脯，圆润紧实的乳房，她还未发育成一个真正的女人，却已有了壮实的身体。路易斯有着柔软稚嫩的身体，宽宽的肩膀，和深色的乳首。她有一双白皙的长腿，从臀部到膝盖的皮肤上泛着微微的光亮。后脑勺枕在地板上，一声不响，下巴抬高，她翻了个身，叉开双腿，睡得很舒服。小乔治是个顽皮的小家伙，很皮实，看来挨过不少打。他的脚上生了疮。看起来奶声奶气，柔柔弱弱的是伯特，月光下他的血管清晰可见。他们像尚未绽放的花一样毫无生气的枯萎着，蜷缩着身体，似乎永远也不会长大了。

我所了解的不仅仅是他们的身体和躺着的姿势，更是他们的沉甸甸压在床板和地板上的重量。我试图进入每个人的意识中，代替他们倒在床上。那一刻我不仅仅是我，我不再拥有自己的身体，自己的重量，自己的灵魂，我是他们每一个人，像石头一样沉沉睡去。于是，我便知道了他们会做什么样的梦，他们七个人的灵魂与肉体。他们在这间屋里睡着，呼吸声如同耳畔的乐曲，此起彼此，声声相连，他们的呼吸与声音形成了一个独立的有机体，对外接展开一道无法逾越的结界。他们在这片绝对安宁的领域中沉睡。

伯特半睡半醒，撇着小嘴，和母亲呜呜嘟哝着刚刚逃离的噩梦。床铺嘎吱，我听到她赤裸的双脚缓慢地相互摩擦，她温柔的安抚他，"快睡啦，回去继续睡，它们不会吃了你的，快睡吧"，绵长的声音安抚着小屋内的躁动，对于伯特而言，简单的语言胜过治愈的音乐。乔治听到响声，呼哧呼哧地翻了个身，继续酣眠，她的话他大概一点也没听到。床铺上的响动压得弹簧咯吱作响，鼾声梦话声逐渐归于平静，呼吸声缓慢而悠长，安稳降落在小屋内。抽离成细而柔软的光丝，隐没在星月的光辉中，深沉入夜。

我很喜欢艾玛，很遗憾，也许在几个小时之后我就再也见不到她了。我想和你们多说说她的事儿。

艾玛是个大块头姑娘。虽然说不上胖，但也要比她姐姐大上一圈儿。她像是童话故事里流落民间的女王。每天都要操劳繁重的农事、和泥土打交道，这使她看起来疲惫不堪。但她的举止依然优雅，不矫揉造作，眼神里闪烁着坚毅、迷人却悲伤的光。她柔软细顺的棕发剪成了整齐的短发，显得她脑袋略大，看上去像个大龄儿童，而不是一个成熟性感的年轻女性。稚气未退的脸让人一时间分不出她的年龄，她光滑的皮肤，姣好的身材只属于青春当下，这些美好将在多年之后消失殆尽。她戴着一串从一元店买来的项链，穿着一条棉布印花裙当做礼拜日常服，这一套着装将她与乡下人区分开来。她是从城里来此探亲的。见到姐姐安妮·梅的时候她脱掉了脚上的拖鞋，毫不犹豫的卷起衣袖跟着她下地干活。她父亲说她就和她们母亲年轻时候一模一样。安妮·梅和父亲那边更像一点，他们一家都是矮矮小小的。

艾玛很爱她的父亲，也很同情他。和她姐姐一样，她们俩都无法忍受她们的继母。我一直觉得艾玛现在的婚姻是为了和父亲赌气，老头子不看好这门婚事，艾玛偏要气他。父亲在艾玛十三岁的时候再婚，他们有相当长的一段时间都处不来，我等会儿再回来写老头子这段破事儿。总之，艾玛在十六岁的时候和一个跟她父亲一样老的男人结婚了，那男人是切罗基城的木匠。他们结婚两年了，还没有孩子。艾玛喜欢玩乐，喜欢城镇，喜欢同龄人，他嫉妒她的青春年华，对她非常不好，总是疑心重重。他不给她钱买衣服，也不给她布料做衣服。在家里的每分钟他都紧紧盯着她，好像她要图谋不轨一样。他很少让她离开屋子，每次她想要出去，他就把她锁起来。有两次她已经跑回了娘家，他就来找她，求她，哭着喊着指天发誓以后会善待她。无论她要什么他都会给她，要是她走了他也活不了了。一哭二闹三上吊，艾玛回到了他的身边。就算在娘家艾玛也并不舒坦，她讨厌她的继母，又因为她早早结了婚，年轻人有什么乐子也不会叫上她了。而现在她丈夫也不住在城里了（我猜不仅仅是因为经济大萧条，很可能是因为他担心她在城里遇上什么其他人跑了，还有就是离她娘家太近，她随时都能跑回家去）。他在临近密西西比的种植园的红磨坊找了份工，托人给艾玛捎信说明天会有熟人来接她。他们要带走所有家当离开这里。她不想搬走，这两天她和她姐姐在屋里话别，眼泪都几乎哭干了，嗓子都要哭哑了，泣不成声以至再也哭不出来。安妮·梅强烈反对她搬走，那个男人将她抛在这里，只知道发布号令说一声“快来”。乔治觉得自己应该回避，他和这件事没有关系。那男人是他小姑子的丈夫，和他非亲非故。安妮·梅嘴上说着她保证艾玛不会离开这里太久，艾玛不是那种会甩下亲戚跟一个老男人跑路的姑娘。安妮和艾玛、乔治甚至和我都这么说了好几次，但在这世上只有她最清楚不过，她可能再也见不到她的妹妹了。

安妮为艾玛伤心，她们即将分离，艾玛要独自承受孤单与寂寞。她们那么相亲相爱，安妮知道艾玛将要无依无靠，她绚丽的青春就要这样枯萎，安妮似乎已看到艾玛十年后的模样。她还那么年轻，举手投足之间都风情万种。乔治还傻傻地相信艾玛这些小动作是出于无意识，要是哪天她忽然跟他开始调情，恐怕要吓着这个傻大个儿了。这出注定结局的悲剧以无言告终，我们都不知道还能为艾玛做些什么，所有人都同样无助。艾玛对我们每个人都感兴趣，不仅仅是性别上的吸引，也是作为社会符号的吸引。我们代表着不同的人生，而这些人生经历艾玛也许永远也不会拥有了。我们都喜欢艾玛，也被她的故事所吸引。对她而言，我们不仅仅是陌生人，我们来完全陌生未知的世界。我们在她面前表现的关怀，羞涩与冷静是她从未见过的，艾玛相信我们是真的了解她、喜爱她并且全心全意为她着想。她虽然不太明白我们为何会对她这么好，但很高兴能交到我们这样的朋友，这让她暂时忘记了要离开家乡的悲伤。在她的眉宇之间闪烁着温柔，甜美与一瞬间的欢乐，这样的青春风情怎能被压抑制止？世界如此残酷，归结于不同的风俗，无穷无尽的误解，尚未萌芽便被扼杀的可能性，有多少年轻的笑颜被岁月之苦掩盖。现实如此残酷，世人有目共睹。我想每个人都意识到了，我们无力将艾玛从婚姻的枷锁中拯救出来。她也许仍要去那个她根本不想去的地方。若是艾玛能够在最后这几天里好好享受人间喜乐该有多好。睡宿好觉，和对她很好的姐夫聊聊天；或是与沃克和我说说话，她一直对我们一直充满好奇，我们已经成了无话不谈的好朋友，分享了许多心事与秘密。

在过去的几天里我们聊得一直愉快，在我们几个成人之间慢慢达成一种默契。这种默契建立在勇敢与无所畏惧的心之上，流淌在眼睛里，绽放在嘴角边。我们虽然不能肯定自己已经完全具备了这样的勇气，但我们十分肯定，无论生活多么不堪，多么坚信，多么疯狂，多么卑贱，我们都必须抵挡风雨，与命运抗争。在这场持久的战争中，每一个人，无论穷困潦倒或是疾病缠身，无论饥寒交迫或是饱尝辛酸，他都一定拥有自己所未察觉的天赋与乐观的心态挺过难关。也正是因此他不再恐惧,不会畏缩,他知道他将会在风雪中成长,在暴雨里痊愈,于乱世间踽踽独行。

行文至此,我想我应该调转笔锋,写写第二天早晨可能发生的事。(别紧张,我只是想保持文章的连贯性)

第二天早晨一切都乱套了。本应寻常的一天被计划之中却意料之外的"突发"事件打破:艾玛要离开了。我本来带着她和她姐姐安妮·梅去找她们在住在库克镇的哥哥加勒廷,在半路就遇见了那个"熟人"和他的卡车。我在门廊外面一边等着一边写我的笔记,阳光逐渐变得灼人,早晨的时候一切家务都要尽快做好才行。(一小时之前,大家闷声不响的吃完早饭,乔治就离开了。在这里人们总是慢悠悠地吃完早饭,彼此并不交谈,故意找点话题打破尴尬这件事本身就已经很尴尬了。我拖了一会儿才来吃早饭,我和乔治说我可以用车子载他。他唐突地打断我的话:"那个……吉米[詹姆士的昵称],我能不能……"所有人脑子里想的都是,"能不能吻别艾玛?"他的脸涨成了猪肝色。乔治看见艾玛半坐在椅子上,他们离得很近,仅有几英寸的距离。但是他实在太害羞了,甚至都没能碰一下她的手,更别提握手说再见了。安妮·梅拖长声调,笑嘻嘻的说:"乔治你怎么啦? 她又不会咬你。"大家都笑起来,艾玛站起来,他们相互拥抱了一下,彼此对视而笑。他轻轻吻了她的脸颊,像父亲和成年的子女告别那样。他向她道别,祝她一切顺利。我和乔治上了车,送他去工作之后又绕回来接姑娘们。然后现在我就在这个门廊前,像刚才说的那样。)

我在门廊前捧着小本子,一边琢磨着写点儿什么,一边留心周围嘈杂的声音。屋子里忙碌的妇人嗓门高高低低,皮鞋在地上磨出干涩的声响,整装待发的人们在门口熙熙攘攘。一只老母鸡砰的一声从天而降,落在门口的橡木底板上埋头找西瓜子吃,脑袋一缩一缩的,活像趴在地上找眼镜的近视者。门廊前向下是一片宽阔的空场。越过矮矮的墙，风吹过树林，叶子在阳光下油亮亮的，整个林子泛着金光，伴随汩汩的河水沙沙作响。老母鸡跳上门廊，居高临下地掉下几泡鸡屎。拉撒之后它异常得意，抻抻腿脚，抖抖小翅膀，得意洋洋的扑腾进小树林里去了，快活的好像周六不用上学的孩子一样，可惜树叶子要遭殃了，非被它哆烂不可。

我听到艾玛的脚步声渐近，她已经收拾打点完毕，整个人看起来局促不安，好像要宣布一件我尚不知道的惊天大事。她定了定神，找回了一如既往的状态，直截了当，不善措辞，不急不缓。她看着我的眼睛，里面是甜甜的笑意。她说，希望你和沃克先生能明白我们是多么喜欢你们，这些天与你们相处得十分愉快。我们不是故意做作客套才这么说的，我们喜欢你们就像喜欢这镇上住的其他人一样。你们对我们实在太好了，倾听我们的心事，帮我们解围，我多希望你们能一直住在这儿，不用再回去工作啊……能认识你们真是这镇子上最棒的事儿了！安妮·梅说了同样的话，并叮嘱我说，她们可能走之前见不到沃克了，叫我一定要把这些话转告给他。（她其实不用一遍遍叮嘱我的，我肯定会告诉他。）

哎，问我的感受还有什么用呢？她已经下了那么大的决心才把这番话说出来，艾玛本来是不善表达情感的姑娘，这已经足够难为她的了。她站在这儿，久久地与我对视，好几次我都想试图逃开她的视线。我愿意为她做任何事（我猜人性便是如此吧，总能在最炙热的爱面前沦陷——甚至为喜爱的人献身都甘愿），然而我唯一能做的却是假装不在乎她的话，试图不去替她想未来的生活。这个可爱的女孩儿很快就要从我的世界里离开了，独自奔赴无助而残酷的未来。我甚至不敢祝她一切都好，我知道她不会好，这样空洞的祝福无非徒劳。在她对我讲话的时候，我几次按捺住想要冲上去抱住她的冲动。我想抱着她胖嘟嘟的身子，抚摸她湿漉漉的头发，像亲吻一个孩子一样吻上她的额头。她一定会理解的，这是我们之间纯粹的默契。然而我现在却只能独自懊悔，恳求神将时光倒流，再给我一个机会。

而胆怯的我却只敢在心里与她对视，看着她柔软的脸庞（至少不会因为我自己的羞赧而让她尴尬），忍住泪水不让它们冲出眼眶，努力保持微笑，坦诚地告诉她这番话对我至关重要，我感激这段友谊（的确是这样的）。我希望她们也能知道我是多么的喜爱她们，尤其是艾玛。我也不希望离开，我也喜欢这里的村民，我们已经像是一家人了，大家相知相熟，打成一片，这是我从业生涯中最快乐的事了。我相信沃克也是这么想的（他的确是这么想的）。

在她出现在门廊并开始讲话的时候，我下意识地站起来，那感觉就像参加什么庄严神圣的仪式一样。我们就这么面对面站着，中间隔了大概有三英寸那么远，没有拥抱，甚至没握一下手，只是愣愣地站着。我还是和她说，无论未来发生什么希望她都能打起精神好好生活，希望她记住这一点，没人能被剥夺快乐的权利，条条大路通快活。别害怕，也别管别人说了什么。每个人都有自己的生活，轮不到其他人来品头论足。她的脸颊上缓缓染上了一道明亮的霞云，睫毛粘上雾气，日月星辰在眼眸中蒸腾成一片明亮。她眨眨眼睛，认真地道了一声珍重。然后我们就陷入沉默，也并没有想找个话题打破这种尴尬，两人相视而笑。艾玛顿了顿，说，好啦，她还是走吧，还得帮安妮·梅收拾东西呢。我点点头，目送她离开。半小时后之后，我开车载着她，安妮·梅，还有她们的父亲，小路易斯和伯特宝宝一齐去她们在库克镇的兄长家。孩子们上车之后很兴奋，出于礼貌只能忍着心花不让它怒放出来。车子飞驰起来的时候，孩子们齐齐挤到后座的窗边上，小狗一样新奇地看着外面的风景。只有小路易斯没有动弹，每次我看反光镜的时候都能看到他灰色的眼睛一眨不眨地盯着我。艾玛坐在我和她父亲中间，她穿着无袖的衬衫，圆乎乎的胳膊抱在胸前。我的袖子也是高高卷起，在狭小的空间难免碰上她的胳膊。前几次碰上我们很尴尬，都是迅速弹开，大概十五分钟之后我们就不再觉得尴尬，大大方方地靠在一起。天气很热，我们的体温也随之升高，整个车厢里充满了汗味与闷热的空气，皮肤上挂着蒸馏出来的盐粒，令人窒息的气味几乎要让人窒息。有好一会儿，我甚至觉得时间静止，短短七英里的路成了永不会完结的征程。我们的车子晃晃悠悠驶过水泥和煤渣混合铺成的路，终于慢慢开进了库克镇（到处都能感受到帽檐儿下面意味不明的目光），然后车子又不急不慌地开上砂路，来到安妮和艾玛的兄长家门口。我曾经见过他一次，大哥三十岁出头，有着一张饱经风霜，见多识广的瘦脸。他身边是他那愁眉不展的老婆，几个面黄肌瘦的孩子。屋里还有另外一个男人，看样子四十岁左右，身形高大结实，脸上胡子拉碴，带着一顶黑帽子，穿着靴子，他有着刀片儿似的薄嘴唇，嘴里叼着一根稻草，露出一口大黄牙，蓝灰色的眼珠里写满了冷漠刻薄。他站在这儿不耐烦地等着，卡车停在院子的树荫底下，上面装着椅子和床架。男人毫不客气的上下打量艾玛，她竭力避开他的目光，但依然被他盯得发毛。我们在大哥家小坐了一会儿，捧着小杯柠檬汁默默喝着。柠檬汁装在一只圆滚滚的玻璃水罐里，我们已经喝了两杯了。这个尴尬的聚会原本是为艾玛践行而举办的，大水罐满满的，只漂着两片儿柠檬，没有冰，没有酸味儿，喝一口齁得要命（大概是因为柠檬供应不足，大哥毫无诚意的加了很多很多糖）。我们每个人只有小半杯的柠檬汁，分在五个玻璃杯里，大家动动眼睛，都知趣的分给孩子们喝了。两家的孩子倒是很乖巧，有点害羞，不爱说话。其他人，尤其是那个戴黑帽子的男人，总想试图挑起点话头，但似乎没人愿意接茬的样子。艾玛忽然起身，像是要呕吐的样子快步闪进隔壁房间，安妮·梅紧跟着她也进屋去了，屋门关上后，男人们议论的更起劲了。加勒廷清清嗓子说，年纪轻轻的姑娘要离开父老乡亲远走他乡，真是不容易啊。黑帽子男人撇撇嘴，稻草在嘴里转了两转，哼唧着说“是吗?”，显然不同意加勒廷的话。我们尽量不去听隔壁屋传来的声响，那是之前好几晚都能听到的无助、悲凉、断断续续的哭声，过了一会儿，屋内陷入一片窘迫的沉默。片刻，姑娘们从屋里出来了，艾玛眼圈红红的，她使劲揉揉眼睛，像是故意要揉出迷眼的沙子。黑帽子男人看见艾玛，下意识做了一个冒犯的手势——我是第一次看见他做这个手势，但我猜他肯定已经对不少姑娘做过了。“得了，我们可没工夫跟这儿耗一天。想走的话赶紧的！”

艾玛闻声走向父亲，别扭又害羞地亲了亲父亲的脸颊，像小孩子和家长之间那样笨拙。然后她转向大哥，又与安妮·梅紧紧拥抱，握着我的手说再见。这一切发生得太快了，让我以为是在站台上一样。一家人站在站台上，运输工正把最后一箱行李运上火车，铁皮火车整装待发。汽笛轰鸣，车子缓缓移动，艾玛把身子探出窗子，恋恋不舍的挥着手。家乡的一切在风声呼啸与车轮咣当声中留在身后，成为一抹记忆中剪影。黑帽男人将艾玛那只硬纸壳做的行李箱搬上卡车，就安置在钢丝床旁边。这张床将在未来许多年里陪艾玛度过无尽而绝望的黑夜。他扶她上车，艾玛坐在副驾驶的硬皮椅子上，下面就是热气腾腾的发动机，为了避免被烫到，她只能扭着坐，将双脚放到靠窗的一侧。发动机猛地一声巨响，不知道是不是年久失修，上了年纪的机器呼哧带喘地喷出一股滚烫干燥的白烟，吭哧吭哧地转动起来，整台车子都跟着一起哆嗦。车子开起来，像一头野牛一样蹿出几英尺，然后才逐渐恢复正常，卷起院子里的泥土，风尘仆仆地开走了。我们不住的挥手，艾玛也回过头来向我挥手告别。黑帽子男人径直向前开着车，艾玛终于转过身去，忍住不再看我们。每一次回头只会让她对家乡更加恋恋不舍。我们的手耷拉下来，无精打采地站在苍白的烈日下。

随着艾玛离开，库克镇的时间又变得缓慢。而另一方面，在未来的几个小时里，车子将会在烈日高阳下急速飞驰，一路奔向下一段旅程。无论是迷茫还是不安，是恐惧还是无助，葡萄藤总要翻出高墙寻找雨水与阳光，它必须一直成长，像身材娇小的运动员，像摸索向前的小蛇，像义无反顾的细流，去闯荡，去探索未知的可能性。唯有这样，它才能长成结实的藤条，酿出玉露美酒。这，一定是艾玛未来的模样。

但是这一切都没有发生，她还在隔壁沉沉睡着，和隔壁另外六个人一起，将他们生活中至关重要的一部分呈现在我的眼前。他们像是等待手术的患者，等着我读取他们脑中那些零碎的信息。我将他们的头轻轻抬起，这是人类身体最重要、最强大的器官之一，也是最脆弱，最需要保护的部分。温暖的血液，温和的皮肤支撑起鲜活的生命，他们就在这里。他们的身体也许在几小时之后才会真正完全放松，不久之前，他们才在悲伤的气氛里吃完晚餐。因为艾玛的到访以及即将远行，这顿饭准备的格外丰盛，几乎与盛大的宴席同一规格。晚餐的甜点是用可可豆和淀粉烘焙的糖霜巧克力布丁，大人们不断找话茬来避免窘迫的沉默，强颜欢笑地聊着关于恐惧与悲伤的话题，艾玛小心翼翼地掩藏起自己的羞涩，真诚地表达了对我和沃克的喜爱。桌子中间摆着一瓶花，在羊皮灯下面显得比日光下更为亲人，更娇羞好看。晚餐结束后，一家人该干活的干活，该上床睡觉的上床睡觉。安妮·梅，艾玛和路易斯三个女人继续忙她们手里的活（她们为了给我们做饭上菜，只能捡空吃两口），她们忙着洗洗刷刷，用浸湿了的抹布擦桌子，一边闲聊一边洗碗刷盘子（路易斯没有说话，只是安静的听着两位年长的女士聊天，沉沉地叹气，一句一句，一声一声，她想逃也逃不掉）。孩子们则在地板上玩耍得精疲力竭，一个个小脸通红，像跑了五英里似的。我们跟着乔治来到门厅，离厨房也就几寸的距离，背靠在椅子上，撇开双腿，尽量舒展我们的四肢。乔治熟练地把工靴蹬掉，猛灌了几口啤酒，然后脑袋耷拉着，像老马那样，一动不动地盯着门口的砂石发呆。他不是不想讲话，只是累得说不出话了。他润湿了烟纸，熟练的做了一支手卷烟，在他那石头一样硬的手指间点燃，享受片刻饭后闲暇。然后像个孩子一样，胳膊还架在膝盖上，手托着脑袋就睡着了。

女人们忙活完了也不愿意从厨房出来，她们的裙子前面都是洗碗时溅上的水，手被泡得又软又皱，难看极了。她们还得陪男人们稍微坐会儿聊聊天，但也不太久，毕竟每个人都很累了。天蒙蒙亮就起床工作，太阳下山才拖着沉重的步伐回家，披星戴月。日光像一滴褪色剂掉入墨池，晨雾磅礴退隐，万物复苏，呈现原本的鲜亮色彩。蟋蟀，蝉鸣，鸟声，在夜露中沉寂，傍晚香云织成斑斓的花纹，午夜降临。饭后闲谈，有一搭无一搭地聊上几句后，便陷入尴尬的沉默。组成句子单词的音节都变得沉重又缓慢，说话都变得费力，每一句都拖得长，得到的回答却非常简短。这似乎都不是有意义的对话，只是一种交流方式，由沉默构成的韵律贯穿时间空间，酝酿出一首无声的歌。像是疲惫的马儿咀嚼饲料，像奔波的鸟儿在日暮息于枝头，吱喳几声，便与森林一同进入梦乡。下班之后的他们闲聊了大约十五分钟，至多半个小时，沉默一阵，便各自归家睡觉去了。

这家人很爱干净，他们用光滑的花岗岩大盆准备了一盆冷水给家人洗脚用。一个接一个的洗好之后，准备就寝。先是孩子们，然后是女人们，最后是乔治。简陋的床已经铺好，微弱的灯光在屋里一闪一闪。乔治坐在门廊下的暗处等待，默默地又抽了一支烟。小乔治困得没精打采，嘟嘟哝哝的拽下衣服，从领口爬了出来，然后脱得精光，窝在棉被单上，盖着衣服就睡着了。伯特的衣服被妹妹揪在手里，小姑娘软乎乎的像个小面团儿，哥哥翻了个身，一声不响。他枕着妹妹的胳膊，沉沉地睡着了，嘴巴大张着，眼睛上油光发亮的，他妈妈穿着一条单纽扣长裙，从他大腿上跨过去。女人们把衣柜门打开，隔成一间更衣室。她们小心地换衣服，尽量不看对方。安妮·梅才 27 岁，身体就已经干干瘪瘪了。她的皮肤松弛缺少光泽，整个人骨瘦如柴，看上去疲惫极了，像受伤的羊羔一样，似乎再也无法奔跑，下一秒就会倒下。她的妹妹很壮实，稚气未脱，圆满得像一轮新月，朝气健壮，十分健谈，有时甚至口无遮拦。她愉快地说着话，说得漫天坠地，云里雾里。她们巧妙地回避了不愿触碰的话题，尽量不去想伤心事。两位年长的女性在聊天(那个小女孩在一旁静静听着，“我能听懂女人们说什么，我已经是个女人了，不再是小姑娘了，这就是女人之间的小秘密啊”)，平平淡淡的东扯一句西扯一句，声音里没有波澜，也没有过多的情绪，随性而聊，想到哪里就是哪里，没有过多的客套恭维，你一言我一语，对歌一样缓缓地唱了出来。等到她们就寝，乔治匆匆将烟蒂丢掉赶回房间，大家都闭着眼不看他，因为他没穿衣服。他翻出一件干净的棉服套上，扯扯衣角，抻平褶皱，侧身躺下。女人们又聊了一会儿，孩子们已经睡着了，路易斯睁着眼睛静静地听着，灯还燃着，女人们越说越开心，开着玩笑，捂着嘴嗤嗤地笑。又过了一会儿，空气逐渐安静下来，声音渐消，乔治说："好啦"，然后起身熄灯，屋内一片漆黑，我这间屋子的灯光在墙的裂缝里若隐若现。乔治慢吞吞地回答了两个女人的问题，不一会儿就睡着了。艾玛嘟嘟哝哝地说着梦话，接着安妮·梅也嘟哝了几句什么好像是回应她。宁静在屋内缓缓盘旋，温和地抚上他们的睡颜。寂静是睡眠的伴奏，比热闹的星辰更古老，比喧嚣的未来更持久。路易斯说，晚安易默尔；艾玛说，晚安路易斯；路易斯说，晚安妈妈；安妮·梅说，晚安路易斯；路易斯说，晚安爸爸；乔治说，晚安路易斯。晚安，乔治；晚安，易默尔；晚安，安妮·梅，祝你们好梦。

来吧，来吧，
将你的悲伤陈列于诸星之前，
荒野大地，缓缓溪流，平静安详，
宏远当前，水漫沃土，平静安详。

哦，婴孩的尸骨，从星光的臂弯中滑落，消失在明亮的广场前。
哦，万物与众生，沉默在苦难的方舟上，寻不到泊船的阿勒山[①]。

哦，女孩的胸怀。

① 阿勒山(Mountains of Ararat)，位于土耳其境内。圣经《创世记》中记载，诺亚方舟在洪水之后最后就停留在阿勒山上。

二

我还想要给诸位介绍这个村庄里的另外三户：住在隔壁的古杰尔一家；艾玛和安妮·梅的娘家伍兹；还有离伍兹家稍远一点的瑞科斯特一家。我们都会一一讲到。

从古杰尔家的屋子走出去，悄悄穿过门厅，就来到屋子的另一端，走过卧室门口，狗正趴在外面酣睡，推开后门，穿过后院可以一直走到山上。我走过工具棚和鸡舍中间（院子在左手边），左转，沿着长而低矮的棚舍走就来到牲口棚对面。不要走左边的小路，那条路直通水井。从斜岔路走出去，绕开棉田，远处是一片树林，种了松树，山核桃，黑莓，地上七零八落的散着掉落的残枝败叶（晚上的时候潮乎乎的蜘蛛网可能会粘一脸，除此之外这条路还算好走）。再往前走，是一片深深浅浅的泥巴地，将玉米田隔开。绕过玉米田，穿过棚屋之后再向左转是一片黑人居住的小屋。这些房子都很破，走过的时候要小心不要吵醒狗，它们一点儿都不友好，凶神恶煞的，半夜三更很吓人，叫起来能把全村都吵醒。黑夜里，它们俯下身子目露凶光，爪子在地上磨得咯咯直响。这些恶犬在脑海里挥之不去，充满诡异，恶毒和危险的隐喻。

但它们会安静的。

是的，它们安静下来，脑袋耷在爪子上呼呼大睡，夜鹰在高空盘旋而过，在黑暗中消失。从浓雾中脱身，摸索着回到主路上，继续向山顶行进。在这里又有一片小房子，左手边是百码长的松林，遮天蔽日，郁郁葱葱。数十英亩的棉田位于右侧，软软绵绵。身后是山崖，上面那一间小小的屋子里住着伍兹一家。在星光的聚焦下，这间屋子显得更渺小了，锡制的屋顶闪闪反光，与白色的棉花连成一片。

向东四百码左右的树荫下面则住着瑞科斯特一家。树荫下的泥土更加湿润,木质也更加脆弱易腐。瑞科特斯家的门廊已经破破烂烂,上面还挂着一堆破烂。有废弃的铁片,卷成团儿的金属线,秃线头的麻绳散发着腐旧的气味。这些东西都不能用了,佃农却总是不肯丢弃。树冠上沉甸甸的驮着季节沉重的财富,棚屋在亮晶晶的空气中熠熠发光。在院子里长着十来英尺的花丛,棕黄色的花苞依旧沉睡。屋内,瑞科特斯家的孩子们光着身子睡得正香,漂亮的睫毛忽闪忽闪。一家之主是个疯癫、滑稽、油头滑脑的老头,他身旁躺着孩子们的母亲。两个年长的女儿蜷缩在破破烂烂的床上睡着了。

瑞科特斯家由弗雷德·瑞思科特,赛迪,玛格丽特,帕拉李,加尔因,理查德,弗洛拉·玛丽·李,凯蒂和克莱尔·贝尔组成,此外还有重要的家庭成员:狗,猫,老母鸡,骡子,母猪,老黄牛和小牛犊……

伍兹和他年轻的妻子,他丈母娘,妻子改嫁前生的女儿,伍兹和前妻的儿子,他们的宝贝女儿,还有妻子肚子里的小家伙住在一起。伍兹家的家庭成员有巴德(托马斯),艾薇,莫莉夫人,波尔,艾伦,还有一大堆性别未知的植物,以及猫、狗、骡子、母猪、牛、母鸡和一群小鸡。

乔治和他妻子,小姨子艾玛,他们的孩子,家禽家畜以及无穷无尽的黄蜂、蚊子、苍蝇和耗子住在一起。

就这样,山村一片平静。

托马斯·伍兹同父异母的妹妹赛迪还记得他们小时候一起爬的烟囱,爬上窝棚的屋顶,站在铺满晒干的玉米芯儿的泥板岩上俯看整个村庄。他们爬了很久,那时她还年轻漂亮,他充满活力且刚刚娶了媳妇。站在那里,他们像是看到了并不遥远的未来。

乔治出生时家里穷困潦倒,没有土地可给他,他在雪杉和小溪之间长大,在山谷的岩石上数着星星度过无数个夜晚。

对弗雷德的事儿我总是猜不透。安妮·梅有顶帽子,破破烂烂的,散发着古旧的气味,缎子上涂着薄荷脑,在抽屉里压得皱皱巴巴。她心情好的时候就会把帽子拿出来，戴起来在镜子前自我欣赏，或者是戴上给她丈夫看。

她现在做噩梦，梦见面对一把可怕的猎枪。乔治拿着那把枪，指着她，上面没有扳机。

艾薇和她妈不约而同地问：那关于狗的梦呢？

已婚的玛格丽特和她的女伴们正在一片肥沃的田地里漫步。

还有那些孩子：

这些孩子年纪尚小，青涩而充满活力，他们将来也会追忆现在，也会为这片土地感到悲伤。人类和动物都要面临无休止的工作，寻觅食物，直至死去那天。收成不佳时更要埋头耕种，像不会思考、没有情绪的生物那样，日出而作，日落而息。

我们还要走很多很多路，渐渐变老。然后我们会找处地方歇歇脚，不怨天尤人，不会满头大汗，不会腰酸背痛，没有疾病，没有悲伤，没有期望，也没有天堂。别人从我们这里什么也拿不走，也无法用什么东西折磨我们。无论是电闪雷鸣，还是蠕虫硕鼠，无论是滚水铜壶，还是哭泣孩童，都无法让我们从安歇中醒来。这些是别人的事，是我们的子辈孙辈要操心的事，和我们无关，我们应当尽情休息。

我们是怎样被困住了脚步？在哪儿？是我们的错吗？如果我们做出了不同的选择，那么结局究竟会有什么不同？何时不同？在哪里不同？怎样不同？我们不得而知。没了健康的时候总要后悔，但究竟是什么让生活落魄？没有希望，没有欲求，没有念想。位高权重，日进斗金的时候，我们总会追忆年轻时候穷苦饥饿的日子，那时缺衣少食，却拥有最烈焰的青春。这些到底是怎样从我们身边溜走？像秋季的云，天际渐暗，随风飘散，在风中吹散成泡沫，随溪流消失在天地尽头。这些，究竟是怎样发生的？

我们还住在河滨的时候，每日捕鱼，有新鲜的牛奶，吃不掉的时候还可以拿出去兜售，换来的钱足够买两头骡子。

后来我们搬家了，搬进大房子里，我每天想着的就是怎样把房子装饰得美观好看。我设计了很多花纹图样，剪成漂亮的蕾丝花边，挂在壁炉台上面。但现在我已经不在乎了，再也不在乎它们好不好看了。

母亲为我缝制了一件特别漂亮的裙子，那时学校还没人穿这样的衣服。上学第一天，我穿着它去了学校，大家都嘲笑我，开我的玩笑，因为它和其他的裙子不一样，布料、剪裁都那么扎眼。我就再也……

“我给她做了一条挺漂亮的裙子，她就穿了一次就再也没穿着去过学校了……”

哎，谢天谢地，现在没人知道过去我老爸怎么被人嘲笑了。

我们的采访对象可能是这村里最不招人待见的人了。

乔治·古杰尔？你在哪儿把他挖出来的？那条路我估计得有二十五年都没走过啦！

弗雷德·瑞科斯特？什么？那个婊子养的？他吹牛说他已经五年没给家里买过半块儿肥皂了！

瑞科斯特一家？他们都不是什么好东西。听说他们家跟磨坊主私通。这家孩子在学校调皮捣蛋，招人恨。

什么？艾薇·皮里切特可是这一代远近闻名的臭婊子！她老妈比她更胜一筹！她们一家简直不能更垃圾。

哼，她在林子里藏了个男人，两年之后他们才结婚，在那之前就生了两个娃了。

古杰尔？他是个老实农民，老老实实种棉花。但他根本赚不到一个子儿。

这群人木讷得很，根本一点儿脑子都没有。要是他们有脑子，就不会在这儿种田吃土了！

给他们钱？他们迟早都给你造完了！

倒也不是没嫉妒……但我也不想跟他们一样。他们吃的穿的都是从自家地里长出来的。

你跟古杰尔一家住一起？那你觉得他们家伙食咋样？哈哈哈哈，他们家饭菜可还行？纯天然，无污染！

跟你说句大实话，他们欠我们好多钱。得了，你看，要不是欠钱，这群老农肯定不会老老实实的。这究竟是怎么了？为什么所有事都和我们逆着来？为什么生活中就没一丁点儿欢乐？我实在太累了，永远都休息不够。起床的时候累，睡觉的时候累。有时真觉得这样的折磨无止无休……有时候风调雨顺，感觉一切都还挺好，可一年到头还是存不下来什么钱，这种事儿时有发生。

我跟你说，要是真到死那一天我肯定不会难过的。要不是为了路易斯他们……要是能永远都这么睡下去就好了……

（但我还年轻，我还年轻，强壮，健康。我还年轻，面容姣好。我这么年轻，没什么可担心的。母亲这么爱我，我们像小兽一样在新鲜的空气中奔跑，赤着脚，才在软软的土地上。自然界包围着我们，像温润的湖水，像暖心的微笑，我们在这里自由的生长。我们一个个长大，一个个变得空虚，变得无暇顾及自己的恐惧与欲望。我们在这里迷失自我，结婚生子，变成了自己最不想成为的人。我们与爱人举案齐眉，安家置业，耕种，播种，施肥，好像一切都有条不紊，本应如此。然而这与儿时的期待早已大不相同。）

这究竟是怎么了？

会发生什么？这样生活下去，究竟会发生什么？

孩子们也不会永远是现在这副模样。

她美丽不再，

他不再关心我，他只有需要我的时候才来找我。

工作堆积如山，永无尽头。

煮饭时候的燥热已经让我疲惫至极，再没胃口坐下来好好品尝自己烹饪的佳肴。

这究竟是怎么了？

他（耶稣）见众人，就上了山，既已坐下，门徒到他跟前来。

他就开口教训他们说，

虚心的人有福了，因为天国是他们的。

哀恸的人有福了，因为他们必得安慰。

温柔的人有福了，因为他们必承受地土。

饥渴慕义的人有福了，因为他们必得饱足。

怜恤人的人有福了，因为他们必得怜恤。

清心的人有福了，因为他们必得见神。

使人和睦的人有福了，因为他们必称神的儿子。

为义受逼迫的人有福了，因为天国是他们的。

人若因我辱骂你们、逼迫你们、捏造各样的坏话会帮你们，你们就有福了。

应当欢喜快乐，因为你们在天上的赏赐是大的，在你们以前的先知，人也是这样逼迫他们。①

---

① 马太福音 5:1—12。

三

只可惜，

哎，事与愿违啊。

拨开晨雾，欧洲城市露出庄严华丽的塔尖。前线的战士手握刀枪，以钢铁之躯捍卫欧洲的尊严。

大西洋的世界正磨刀霍霍，轮船卷起海浪滚滚前行，海风猎猎，烈阳耀眼。

摩肩接踵，从巴西到拉布拉多，星火燎原。

岩石峭壁，枯木厉枝，倦飞的鸟儿在枝头收起羽翼。远行的人们挺直脊梁，昂起头，接受又一个即将到来的炎炎夏日。

在向东行进的征程中，他们不得不去面对残酷的挑战。疲劳得像不堪重负的植物，拖着沉重的双腿，满眼倦怠。每天一觉醒来，压力已从屋顶倾泻而下，充斥着所有空间。他们是否有机会逃跑？但是逃跑也没有用，在床上的双腿，在底板上的双脚，以及全部身体都浸没在压力之中，脊柱承担着巨大的重量，压弯了腰，压垮了背，不堪重负。他们驮着千斤重压，从家里慢慢走出去，在静默的日光下走向劳累的一天。

不止这些，

躺在吱嘎作响的床上，越过屋顶，看着夜空的群星，倦怠地一眨一眨。

夜晚如此疲惫。

屋里什么都看不见，但我们却总知道家具的位置。散发着古怪气味的墙在微弱的灯光下面面相觑，精心摆放的家具，立在角落的衣柜，面对着床挂着的镜子里什么也没有。铁架子床，缝纫机，锡制衣箱，柳藤椅，墙上挂着的美人像。

在外面不远处传来一阵不常听见的声音。最近每天晚上都有，叫声凄厉。听说是几只金色的大肥公鸡，怕母鸡怕得不行。它们扯着破锣嗓子凄厉的叫了几声，又悄悄咕叽了起来，好像是在自言自语，只是想打破午夜的寂静罢了。但并没有人在听，不过在它们咕咕声的衬托下，夜显得更加孤寂漫长了。

公鸡并没有停的意思，过了一阵它们就安静片刻。迷迷蒙蒙之间，听得它们低鸣自语，才意识到它们都叫了好一会儿了。

它们一直在那里咕咕叫着，没有观众没有掌声，只是自顾自地嘟哝着，黑暗在它们身后连绵不绝，像水风琴一样此起彼伏。忽然大雨滂沱，公鸡的叫声戛然而止，慌忙谢幕，没有了一声声的鸡鸣，雨声混入黑夜，浸入死亡的梦幻中，从夜鹰湿漉漉的翅膀下滤过，悼念在这个夏夜中逝去的生命与智慧。湿透了的小鸟在枝头瑟瑟发抖，模糊的夜色将这曲哀歌带向树林深处。

大地之上，苍白的田野，黑漆漆的树林，夜灯在公路两侧若隐若现，引向遥不可及的城市。新奥尔良，伯明翰，这些城市的真面目赤裸裸地暴露在路灯下，惊恐万分。

境栖鲲鹏，疆域还在无限扩张。

像泛起涟漪的水面，由内而外，波光粼粼。然后它忽然静止，没有一片落叶的坠落，没有一根草丝的干扰，纹丝不动。紧接着它又继续生长，生长，生长。等待(咆哮时发出尖锐刺耳的嘶吼)；等待(夜鹰在树梢静候，喉咙发出咕噜声，欲言又止)

没有地动山摇，没有惊世骇俗，没有边界，也没有始终，一切就在空气中悄悄变化，在睡眠中慢慢过渡。现在看来，就像是施了魔法那样，世界上的每一片树叶都在无声的颤抖，那么脆弱，在惊恐中睡去，叶尖尽力摇晃，用尽力气触碰最遥远的世界。近乎纯粹的沉静，又或者是喃喃低语，在悼念一个时代的逝去，悼念遥远的世界分崩离析。离开大约一码左右，就什么也听不到了。

然而树叶仍然在风中颤抖，战战兢兢，无助可怜。它们不住的颤抖（不仅仅是这里的树叶，在百英里之外，从加拿大到安第斯山脉），从落日余晖到暗夜降临，满天星辰。

黄昏降临时它们知道黎明一定会来临，那时会有朝阳，会有鸡鸣，会有日光在宝剑上闪闪发光。

他还神游在远方，在无尽的旅途上，在宇宙的边缘，远行东方。还有一会儿他才会醒来。醒来之后，意识逐渐恢复，渐渐意识到自己从黑暗中挣扎回人世间，在屋里还有一些其他人。他圆圆的眼睛盯住墙壁上黑色的按钮，重重地拍下，重新找回视觉和听觉。这是什么，这是什么，激动与好奇的心情被调动起来，是一种充满喜悦的忧虑，毛刺刺的扎得人痒痒。

从懒洋洋的身体中复苏，他活动身体，恢复对身体的控制权。公鸡打鸣，大概是从地平线上瞄到了一片璀璨，在那之后温暖迅速蔓延，光明重现。他找回了自己的身体，力量重新充斥全身，他握紧拳头，伸向空中，疏松筋骨。

又一声鸡鸣。千里之外，声音嘹亮，如同军营的号角，如同男高音震动的歌喉，震耳欲聋，只是尚且无人回应。

而后，回应声在我沉沉的脑海中才缓缓出现。

（那种声音是灰紫色的，像在墙的落影里潜伏。）

安静，夜鹰，恳求，哀悼。

一声又一声，一声响过一声，

树林后，第三次的回应，震耳欲聋。

（呼啦啦!!! 哗啦啦!!!）

第二种回应又响了一次，最后一次像是故作镇定的讥笑声。第一种（乡村正在成型），现在是第三种（声音急促，可以无差池地看到屋里的墙，还有地球上伟大的城市）。接着又有三种新的声音，一声未平一声又起，高声吹起号角。

现在户外明亮得如同水洗过的镜面，纯粹，雪白，无影，冷空气中散发着猪肉和湿泥土的味道，在屋顶信庭闲步的公鸡已经是司空见惯的了。夜鹰在沟坝上休息，它躲在那棵显眼的灰树上自言自语，然后抖抖翅膀飞走了，留下摇晃的枝丫和愉快旋转的羽毛。另外一些小鸟立刻飞来占领了这块宝地，轻轻叫着，叽叽喳喳。不知从什么地方跑来一条狗，四处闻闻嗅嗅，围着屋子的一角绕圈。炊烟袅袅，光线愈发明亮。

在天亮起来之前，公鸡已经打了两次鸣。安妮·梅才慢慢醒来，翻过身，盯着天花板愣神。这时玛格丽特·瑞科斯特已经起床半小时了，火炉发出噼里啪啦的响声。她借着灯光在厨房忙活着，窗外还只是蒙蒙亮，光线不足。她要给父亲准备早饭，父亲饱受鸡眼之苦，每天还必须要徒步四英里去干活。弗雷德和他妻子，以及帕拉李还躺在床上，努力挣扎着要起床来。其他孩子们还在睡梦中。

安妮·梅抬头盯着天花板，沉重的压迫感让她感到不安，仿佛睡眠也变得疲惫。她躺在丈夫身边，盯着黑暗目不转睛。天花板又逐渐变得清晰，出现在视野中，如同每一天必须背负起的重担一般。她几乎已经不知道什么是疲劳了，疲惫已经成为她身体的一部分。还是个姑娘的时候，她就已经习惯于劳累相处了。每天和肢体抗争要比强迫自己入眠艰难太多，尤其是起床时候所承受的苦楚更是不可言尽。然而当视野逐渐清晰，也就失去了与身体搏斗的必要。起身来，穿好裙子，光着脚从门廊走到水池边，把水舀到桶里，双手捧出一些，将脸浸在里面，冷得她一激灵。然后用旁边挂着的麻布抹干，现在可以开始新的一天了，准备去工作。

她的第一项工作是生活，烤饼干，准备鸡蛋和肉，以及煮咖啡。

火炉里噼啪作响，乔治也醒来了。还没睡醒，他先翻下床去找他的烟纸和烟丝，然后从阿尔伯特亲王锡盒裁成的防潮火柴盒里磨出火柴来，娴熟的做成一卷烟，然后拖着脑袋，默默吸起来，目光呆滞地盯着墙上繁复的花纹看,鸟儿在一旁叽喳啄食。

(此时艾薇也起来了,平静安详得如同木质的小动物,睡得不算好,但也不觉得累,像淌过清水那样平淡无异。她有一双显大的脚,在地板上落实。托马斯也醒来了,他看起来有点不满,有点迷糊,有点搞不清状况,像小男孩儿一样猛地抬起头来,被子盖到了他的下巴上。孩子们还睡着。波尔,白皙又美丽。托马斯睡得像个舞蹈家,叉着腿,像青蛙一样,手握成拳放在眼睛上。小宝宝艾伦张着小鱼嘴,脸颊肉嘟嘟的。)

日光清凉。瑞科特斯家年长一点儿的孩子都帮着准备早餐,克莱尔·贝尔跟在兄长后面,父亲在离开家去工作之前总要亲亲她,和她道别。他们把小姑娘抱在腿上,免得她够不着,还能顺便给她喝点咖啡。

在我还是个年幼无知的孩童的时候,又一次曾爬下床,穿过坎布兰郡清晨冰冷的河水去寻找古老的祭坛。先民的话语如同溪流的河水,他们的灵魂围着墓碑舞蹈。在伸开的双手与基督的鲜血之间,神的话语从圣钟传来。穿过遥远空旷的教堂,安详的寡妇,大病初愈的病人,温柔的盲人,他们双膝跪地在手掌上,口中喃喃自语。在这一切结束之后,清晨降临,那是如此平静的一日。以如此安静而孤独的姿态开启一天,没有比这更美妙的了。扭开铁盖,堆好木柴,点燃炉火,很快炉子就热起来了。用滤网筛过面粉,与猪油、苏打、水混合,加少量的盐。咖啡已经架在炉子上,棕色的粉末浮在冷水上。又添了一把柴,火烧得更旺了。饼干捏成团,送进炉子里面烤了。所有这一切有条不紊,一气呵成。安妮·梅赤着双脚,瘦弱的胳膊,纤细的手指,小小的身躯迸发出不可思议的力量。把肉切成片,用黑色的煎锅煎好。鸡蛋磕开一个口,丢掉蛋壳。把椅子从门廊搬到餐厅,高粱面包,黄油,糖,盐,胡椒一一端上桌。勺子码齐,桌灯放在中央,煮沸的咖啡放在一边,肉加热完毕,饼干喷香。安妮·梅黑色的头发汗津津得拧成一团,身上也散发着熏肉时的烟味,她用别针把头发盘起来。饼干焦黄,鸡蛋嫩软,咖啡喷香,肉味诱人,早餐一切准备就绪。

然后一家人按照年龄顺序依次进入厨房，脸上还留着冷水洗过的水渍，迷迷糊糊的还没睡醒，谁也没说话。家里养的动物们穿过走廊慢吞吞地坐到桌旁，也抬起头来。

早餐是顿正餐，不适宜闲聊。虽说刚刚睡醒，也吃不下什么东西，但考虑到还要翻山越岭去工作，早餐还是必需的。像弗莱德和乔治，他们中午只有冷餐可吃，下午又要卖命干活，这一顿热乎饭就显得特别重要，一整天就指着这一顿了。出发前的工人就像一只麻袋，里面要装上食物、钱财和力气，肚皮越大越好。然后靠着这个撑过一天，像坚硬的石块那样一声不吭。缓缓地释放能量，慢慢消化储存的食物，力气就能更持久一点。

伍兹家的情况也差不太多，只是有一点点不同。艾薇说话慢慢吞吞，像挤牙膏一样，她稀疏的头发散开披在脑后。波尔把小脑袋垫在桌边，睫毛上还湿漉漉的。托马斯略显老态，不复当年，他盯着早晨的阳光出神，不知他木讷的脑袋里想些什么。在他说话的时候脸上露出一丝不易察觉的微笑，显得绝望苦楚。

瑞科斯特家显得活泼一点，毕竟是一大家子人。父亲很健谈，直到要出门工作还是念念叨叨个不停。他跳着脚走到门口，小心不要踩到地上的食物和打闹的孩子们。家里一团混乱，分工不明，闹成一片。

早餐结束，屋子的门砰地打开，像在太阳底下晒爆的豆荚。一家之主走出门去，为一天的生计奔走。

（我们怎么就被吸引了呢？）

四

东北方向四英里之外，低矮不平的小山上有一片闲适平坦的森林种在半山腰上。这里码放着切割整齐的木材，周围则是参天松柏。

长方形的木料按照采伐的时间顺序堆叠在一起，背后是一片金灿灿的云彩。在一大片湿漉漉的杂草地前，路分成两道叉开，绕开草地后又汇合在一起。锯木厂阴冷漆黑，脚手架还没有拆除，上面脏兮兮的。用来做点火装置的巨大黑色蜡烛上的火焰歪歪扭扭，冒着锈迹斑斑的烟，像一展破烂的旗帜。一个黑人在一旁等待，不住地看表，时间不多了。从一个兴奋的学童到身担重任的成熟技师，他早已习惯了这一切。人群涌了进来，虽然人数并不算多，但在这片小树林里已经显得十分拥挤。人们推着小推车，拉着拖板钻回充满山核桃木气息的林子里了，树影婆娑，日光灼人。

工人们走向林子深处，步伐矫健，像吹着号角踩着步子一样。走了许久，来到松柏林中，一把火烧起来，蛛网脱落，一株株参天大树轰然倒地，火光明亮，烟熏火燎。人们将倒下的树木缓缓拖走，像一条条长长的彩带，迷人的光彩在空气中跳跃，烈焰刺眼，泪眼婆娑。

左手边堆放着新加工好的木材和马具，用铜锁拴起来。狗在前面开路，后面跟着几头骡子拉着拖车，一字排开。它们吐着舌头，像一列夹道欢迎的小象。拖车专门为拖木材而设计，车身很长，木梁制作得很粗糙，没有两侧挡板。有一些拖车有两个橡胶轮胎。橡木已经烤得炽热，金属工具缓缓冷却，骡子用蹄子在泥巴地里踩来踩去，树荫落下一片棕黄色的阴影，缝隙中透着银色的阳光。骡子伸长脖子去吃树上的叶子，又在树皮上蹭痒痒，它们戴上马具的时候更听话一点，不过谁叫骡子本来就是倔脾气，天性使然罢了。它们或是站着，或是四处闲逛，或是等待，或是在刺眼的阳光下啃着嫩叶，逃避繁重的体力劳动。骡子昂着脑袋倔强地吃着叶子。人们总是觉得，给它们吃喝、能驱使它们干活就算真的驯服它们了。有些的确容易驯服；有些套上缰绳的时候会呼哧呼哧地生气；有些则会安安静静的在泥地里等待命令，以示服从。有几头骡子跑到树林更深的地方，栅栏挡住了它们的去路，它们连跑带叫，踢到肚皮，划破下巴和眼睛。在这些黑色的骡子里有一头是纯白色的，它像是被施了魔法的独角兽。一声吆喝，骡子们回到主人跟前，绳索和马具叮当直响。工人们现在可以稍事休息了，人们轻松地聊天，卷几根烟，终于腾出点儿功夫消化一下肚子里的早餐。一个黑人给他的骡子套上马具，站直了身子，咳嗽了三声清清嗓子，然后开始大声唱歌。他唱的是那种调子缓慢的黑人乐曲，悲伤，沧桑，多种曲调混合在一起，语义模糊。这是他们宣告一天开始的颂歌。工人们依然在等待，拍拍骡子，帮它们驱赶耳边的蚊蝇。天气还算凉爽，空气里充斥着湿漉漉的草香。汗珠爬上额头，手腕，肩膀和后背，巨大的机器像一座黑色的祭坛一样立在那里，影子随阳光迁移逐渐缩小，气温升高。黑人工头搭下来的那只手里攥着一个三角形的铁丝，他盯着那个铁丝等了一会儿，忽然用力把它向下拉。机器轰鸣，刺耳的噪声穿破空气，震得阳光都成了碎片。骡子的缰绳拉紧，黑人爬上看守台，只有一根鞋带和他胸口的小盒子连在一起组成安全装置。哨声忽然终止，令人心慌的安静从四面八方涌入中央，冲淡了刚刚喧闹燥热的空气。就像漫山遍野的钢铁玫瑰一样，忽然缩回土壤里了。骡子继续拉紧绳索，拖着沉重的拖板车，上面堆满了松木。它们把木材拖过机器前，继续上坡，拖过宽宽的沟壑，越过树桩和杂草，终于把木材拖回了木厂，准备加工处理，继续昨天的工作。切，锯，劈，搬，刨……现在是六时三十二分，这群工人中我看到了乔治·古杰尔和……

结　尾

幕前致辞

凡事都会有一个结局。干净利落的收尾，没有丝毫余音。宝剑归鞘，一个崭新的黎明即将到来。

因此我在这里请求诸位先抛弃成见，暂且将先入为主的概念放一放。我很抱歉让诸位在如此美好的一天中面临生活残酷的现实，这是我能想到最浅显的描述。但我们必须去适应、去接受，用诸位温暖的心与情怀去接纳这件事。

我们不能淡漠视之，不能视而不见，不能坐享其成，也不能报以任何幻想。

请每个人扪心自问，追问那个最真的自我，注视着自己的眼睛，审视自己的人生：是否看得到自己那颗冰冷躁动的野心？在心灵的窗户后面，在自我怀疑的暗流之下，风起云涌，惊涛拍浪，将自己深深锁入地牢之中。那双眼睛里闪烁着暴怒与荣耀，如同困兽，如同暴怒的天使被钉住翅膀。或者说，究竟是由谁来定义人类灵魂的概念，什么是暴怒，什么是狂暴，什么是倔强，什么是有益，什么是神圣，什么是一切人类最渴望的元素，什么是人类所拥有的最珍贵的知识。在不可知的未来里，世界毁灭，万物凋零，百口莫辩，血流成河，止步不前，身陷囹圄，自我欺骗，这所有的一切，究竟什么是好，什么是坏？置身十字架前，人们终于可以将最本真，最光辉，也最为碎片化的自我呈现在上帝面前。地球上二十亿人，每一个人都在神的面前重新活过，以人的姿态站立起来，大声歌唱主的荣耀。折磨与苦楚从不怜悯任何人，它们随着血脉一代代的传递下去。人的一生总要面对无数次挫折，伤害，侮辱，囚禁，恶毒，诡计，也许未来不会太过美好，然而勇气、智慧与力量总能给了人类救赎的机会，那就是希望之光。看着我们自己的眼睛，注视我们的心底，我们到底有多少人从来不曾存在过，又有多少人此生足矣？有多少人特立独行，又有多少人拥有伟大的灵魂？有多少人心怀天下，又有多少人度日如年？我要怎样代表你们“佃农”或者“农民”？如何代表你们的“阶级”？是要代表这个邪恶经济系统中的社会群体？还是代表你们个人——作为父亲，妻子，儿子，女儿，或是我熟悉的朋友们？每个人都有属于自我的特点，这才构成了一个特殊的人。这些特点清晰明显，无需赘言，直接来自他人对你的认知。然而非要给一个人贴上什么标签，划分成什么组，这是多么荒谬，伤害了他人的特性，违背了人性与理性。但没有标签和分组似乎又不可能，所以我只能抛开常理，不得不选择对诸位的职业身份作为倾诉对象。

身份、职业都是构建出来的。这种逻辑世界通用。社会分成十八、二十层，每一层环环相扣，激流撞出的泡沫中总有一个属于你的世界。心跳、脉搏，所有的一切都围绕着这个世界的中央旋转，我们的个人生活就是这泡沫的中心。

从古至今，放眼四海，我们要问的这些问题覆盖了一切时间空间。灵与肉究竟从何而来？一粒灰尘、一颗精子、一粒花粉的偏差会如何影响我们这个广袤而年轻的世界？在这个世界上最惊奇的生命是否已经诞生？在未来它要如何成长？万物如何开花结果？人类又怎样认知自己的存在，怎样发挥潜能，又怎样自我毁灭？未来是苦是甜？如何才能在肉体与精神上脱颖而出？我们的意志与认知能够容纳天地广厦，没有什么比它们更微小，却比它们更有力。它们让我们领略人生的意义，也让我们拥有能力去改变未来。

在此我们种下这粒种子，开花结果。他的家族要荣耀整个历史，他是荣誉，是奇迹，是才智，是值得万代铭记的神话。我们试图去发掘一个人的温柔，感受他的真挚与坦诚。去体谅他所经历的苦楚，去分享他的喜悦，能量与美好。

一个人永远不能沉浸在祖先与家族的光辉中，而是应当以此作为资源，照亮自己的时空。他要如何将悲伤结成天罗地网，又要如何在灾难的电闪雷鸣中勇往直前。这些无尽的遭遇在千百年折磨了成百上千的人，它们源自人类盲目的深渊，在明媚的阳光中获得释放。苦难编织成形状怪异的陆地，浮出海面，漂向更新更远的世界。有几代人生于自由丛林而死于城市的囚困与奴役，受疾病折磨，水土不服，在烈日下被繁重的劳动炙烤，无人问津。在苦难中挣扎，丢失信仰，身体受伤，器官损坏，整个人纸皮破碎，成为经济社会的奴隶。

我们的灵魂有两面，分别承受着这世界的折磨。在铁锈斑斑的床上留下男女欢爱的喜悦，痛苦处不在，折磨女人的子宫，鞭笞男人的精子。它们的结合成了生命的中心，组成我们的神经。在这一瞬间，一个人的全部世界已经形成，是王国，也是监狱。这一切始于茫茫无边的血脉之中，纠缠在恐惧与悲伤的梦境里，无关乎爱与恨，放下思想的防备，世间万物，无不受这个自然法则的约束。如果一个人生而为劳作，为主或为奴，那不仅仅是因为他继承了统领四方的天赋，或因为受父母、国家的约束，而是因为他曲解了自己生存的意义。这些压力来自四面八方，他缔结的婚约，所孕育的生命，所面临的挑战，以及所拥有的血缘都是向生命施以重负的源泉。在沉重的世界前，花仍要开放，微小的生物也仍要穿越无尽的黑暗海洋，攀登天梯，也曾畏缩恐惧。直到浮出海面的瞬间，捂住畏光的双眼，双膝双脚仍然麻木，阳光启动神经与血液系统，他平稳的漂浮着，什么也听不见，什么也感受不到，肺部猛烈收缩，新鲜的空气滋润身心。

他发现，他那可怜的父母永远都在真诚地期盼他日新月异，但从不给予任何帮助。他们忽略他的痛苦，他们不理解他的喜悦。父母总想帮上点什么忙，但他们能做的却百害而无一利。

他发现，父母带来的伤害远超过他们所能想象，所幸他们树立的榜样也会相伴一生。做为子女他无权选择抵抗或聆听，年幼的孩子又怎么会有明辨是非的知识，又如何有为自己选择的能力？

现在，他才明白这些道理。

啊，让我们说说那些伟大的灵魂。那些曾被毒害，被恐吓，被扭曲，被陷害也仍保持微笑的传说中的英雄人物。他们胆大心细，强壮有力，受上天眷顾才能走到旅途的最后，跨过重重艰难，巡游天地之间。他的心脏剧烈跳动，全身赤裸，折戟沉沙，只能游泳渡江。他浑身染着鲜血，气喘吁吁，像但以理那样被围困在野兽之中。但困住英雄的不仅仅是野兽，而是无处不在的折磨与苦难。他必须坦然面对。

要成为这样一个人，必须要掌握一些技能。这些技能可能是知识，是本真，是智慧，是爱心，是助力的魔法。这些能力可以保护这个人，为他代言，用温柔的话语让野兽屈服，让人们流着热泪屈服于他，击败贪婪，幻化奇迹。

但如果一个人缺少了这样的能力，他就会在人生的旅途中沦陷。在这一刻，他的大限已至，化作一缕白光升天。

他的死亡与毁灭是如此的安宁。肉体一点点逝去，连绵如云，缓慢如歌，像是永远不会离开。他是如此的慈爱，他的仇敌面对此景也哑口无言，深感罪恶。他为世人抵挡苦楚。

这样一个人，是万物的中心，灵魂与精神。世界见证了他的出生，我们不禁要问，世界究竟是如何围绕他而旋转，又有什么能对他造成伤害？世界究竟如何构成？又是怎样的力量支撑他行善爱人？

基督在圣母的宝血中复活，因此我们也无需再询问这世界的始终。在世界震荡的这短短几个小时中，我们又能说些什么？在这个广袤的世界中，耶稣替我们这群野蛮无知，残暴危险的人赎了罪，如果可以从一片苍白重新开始，人类是否会变得更好？

传说，人有五官二十感。我们总以为感官无限，但其实它们根本没有想象的那么强大。所谓感官无非是神经杂乱的堆叠在一起，织成粗糙繁密的网络。凭借这张做工粗糙的网络,我们可以潜入梦中,可以询天问地,可以看到钻石般的光亮,可以触摸天堂的大门,可以品尝泥土的芳香。当人们陷入极端的绝望与无助时,感官将会赐予人类强大的力量去审时度势,一个人像一支队伍一样战斗,学习,与思考。人生中总有失神落魄的时候,不过我们不用畏惧,认知的力量扎根在我们脑中,延伸在我们血液中,这是一个持续永久的过程。进步缓缓而至,一点一滴积累而成。在这个过程中,每一个细节都可以扭转乾坤。成长的结果不能量化而定,而是在超过我们计数范围的循环往复中不断历练结晶而成,又在我们所无法想象的未来里左右我们的灵与肉。每一次循环都会带来不同的结果,损失、收益、前进、后退,这些经验勾勒出我们的模样,帮助我们获得必须的力量去实现最终的目标。然而经历得愈多,感官也愈发麻木,直到海洋消沉,万物无光,希望被淹没,生命被埋葬,曾经经历的一切渐渐被忽视遗忘。麻木,冰冷,心如铁石,面对风雨丧失怜悯之心,随波逐流,直到窒息的瞬间才想得起原来生命也曾有过许多可能。

这些无处不在的毁灭性打击总是以各种各样的形态,各种各样的程度,各种各样的模样出现。不同的感觉,心智各异,所作出的反应也会大不相同。多灾多难才是世界本来的模样,苦难是客观实在的,关乎头脑,关乎情绪,关乎经济水平,关乎激情,关乎治疗境况,关乎信仰,关乎习惯,关乎道德,关乎恐惧,骄傲,需要爱,温暖和赞美来赋予语言,意愿,行动,物体和符号以意义。所有这一切复杂错综的纠缠在一起,相互影响,相互作用,相互依存。

在这变化莫测的世界里,人类置于这天地之间,孕育,出生,静候风雨降临。

让我们假设这是我们当中的一员。他是我们劳苦大众中的一位,是一位来自阿拉巴马州南方的佃农,自给自足,辛勤劳动。他带着一家人住在一幢房子里,他们有自己的耕地,有自己的邻里,有自己的地主,这些虽然无不足道，但都是这个人生活中无法割舍的部分。

忽然一下子，他着了魔，生活一下子变了样。比如说，有一天他来到一个小屋，里面有许多不义之财，在这世界上有钱能使鬼推磨，更别说收买人的灵魂了。这么多钱让他良心不安，以至于无法面对自己的良知。他会不知所措，不知道如何面对这样的情形，不知道如何向自己的地主交代。屋子里的不义之财只是个例子，但这已足够成为那人一生的转折点，会改变他的想法，精神，心智，有些品质会消失，有些坚持会被人情世故打磨掉棱角。我们要知道，面对很多事我们都要去抗争，去忍受，去承担生活的重担，去学习为他人分担，闯入无人之境而不改初心。或许，我们也会禁不住诱惑，欺骗自我，变成一个恶毒之人，因而也不得不去承受未来更多的痛苦和罪孽。人心惶惶，再也没有快乐，麻木不仁，感官退化迟钝。对世界的感知，或许才是他面对的最大挑战。杀戮，疾病，痛苦，欺诈，都会在人脆弱的感官世界中遵循他的意念一一呈现。存在于感官中的欲望才是最大的敌人。他也许会产生幻觉，以为在自己感官构建的世界里获得完全的自由，鲜有危险存在，这样的世界之存在他儿时的幻想中。他触摸这个世界，嗅着泥土的方向，看着日出日落，拥抱花草树木，他独自生活在这片想象出来的孤岛上。万物寂静之时，这个世界一齐向他压来，而他只有很小的机会改变这个空间，逃离出去。在这个变化莫测的想象空间里瞬间充满了病痛与疯狂，他只有十万分之一的机会改变命运，在世界坍塌之前，他能否离开这里？

他在这里，她在这里，等待着无助的命运降临。千钧一发，命悬一线，坠入无限恐惧的未来。如山如海般沉重的悲伤一齐向他们压下来，覆盖了他们颤抖的身体，血污遍地，瘦弱的肩膀上是几代人吞咽的苦楚。铺天盖地，愈发沉重，不堪重负。悲伤，疲惫和困顿勒得他们无法呼吸，无法思考。被迫放弃挚爱，不再知道希望为何物，忘记如何爱，如何享受欢乐，为何身陷此处。眼前远古血腥的斗争不断呈现，血肉横飞，狂风肆虐，残酷的景象就在他们那一张小小的木床上方轮番上演，撕扯着他们的神经。在这一片血腥之中他看到无助的父母。他看到母亲默默从他丢弃的碎屑中捡拾食物充饥。胃里一阵痉挛,他感到胸口不停地抽搐,几乎要让他窒息。他想起了小时候与兄弟姐妹的争吵,父亲的皮鞭,母亲的眼泪。他们如今在血腥的世界里飘摇无助。一种缓慢、安静、温暖却极其尖锐的感情在逐渐扩大,所带来的震撼无法估量。早些年他还是个牙牙学语的幼儿,对这个世界毫无反击之力。时间流逝,他逐渐长大,五六岁的时候跌跌撞撞地站到自己小小世界的中心,带着憧憬面对广袤的宇宙。新世界如花朵开放那般一层层向他展开,一层一层,他愈发惊愕于这个如此苦难的世界。他第一次受伤时痛得撕心裂肺,伤疤上撒盐,像雪白的天使翩翩起舞,他痛得几乎忘了自己还活着。多次之后,他必须要接受现实,扛起全部的重担。辛苦劳作,想办法生活,在辱骂虐打中委曲求全,吞下不甘与不愿,只为了生存下去。让一个人面对自己在这个世界中卑微的位置并强迫他去接受,这本身就是诸多残酷中的一种。经历炼狱般的成长之后,他们终于成人,又被婚姻与家庭锁住,过着永远缺钱、缺吃、缺穿,一无所有的日子。被人欺骗,丢掉工作,地主辱骂,生意失败……诸多苦楚,只欠一个结尾。

万物之中皆有神迹。我们的责任就是将这奇迹活出来,每秒每分,每日每年,他存在于我们之中,炮火利箭不足以让我们恐惧,风雨暴雪不足以让我们畏缩,妖魔鬼怪不足以让我们惶恐,因为他与我们同在。最完美、最伟大的一切皆因他之名而得以成就。

世界是我们的,我们要向天下昭告,亿万星辰与我息息相关,我得以救赎,它们也得以救赎。然而这已超越了我等凡夫俗子的能力,我们唯一可以做的,可以想的,只是在这世上留下尽可能多的善行。少些猜忌,少些怀疑,一人所承担的重担有千万人都与你同在。

我们拥有的并不多。他的房子什么样？他为谁工作？每日的安排如何？结果又如何？他做些什么工作？他是谁？从哪里来？现在在这里做什么？他经历过些什么事？他的妻子和孩子都是谁？他们穿什么？吃什么？想些什么？每天、每季、每年都会做些什么？他们的文化风俗是怎样的？

所有罗列的这一切都是生活不可或缺的组成部分，只得我们去观察，去记录，去计算，去分析，去预测。仿佛一个简单的句子能够幻化成千万种诗词曲调，不能用单纯的音节草草了。多种多样的生活构成了人类生命的重心，我们要大声歌颂他们。然而，我们一次只能写一个字，如果生活中要经历的实在太多，零零散散，充满失败，丧失动力，毫无进展，那么请记住我的期望，期望你们能够竭尽全力一搏，不论结果。所以我想要告诉你们，这番话不是说说笑笑，我也不希望你们当笑话一听而过，这是人类所必须做出的努力，我们必须团结。

请仔细回想我刚刚所说的一切，我们现在回到寂静中，我希望能有机会游览遍这片山河。让我们记住，遇到不顺不过是为了体验每一分真实的生活。人生在世，许多事都会同时发生，那才是生活真实的模样，这点不容忽视。在这片山河，我们走过每一个角落，才能说真正活过。

第二部分

一些发现和评论

金钱

你们是农民，我本人也是农民。

——富兰克林·德拉诺·罗斯福①

伍兹和瑞科特斯为米歇尔和T·哈德森·马格瑞夫斯工作。米歇尔和T·哈德森是两兄弟，也是合伙人，他们住在库克镇。古杰尔为马格瑞夫家工作了三年，从今年(1936年)开始，他为切斯特·博勒斯工作，博勒斯住在库克镇偏南两英里。

这一章讲的是关于地主的生意规划，佃农的劳动史，以及劳动薪酬的事。本章涵盖内容颇多，篇幅较长，我希望能够事无巨细的把观察到的事物包括在内。在这里我先简单的列出一个摘要。

古杰尔没有房子，没有土地，也没有骡子。重要耕种工具他一样也没有。因此，他必须得向地主领取这些工具。博勒斯分给他一些玉米，棉花和化肥。每年三月到六月，还得借给古杰尔一些钱用于解决口粮问题。

古杰尔用他和他家人的劳动作为对地主的回报。

收获之后，古杰尔要进一步偿还地主。他要给博勒斯带上一半的玉米，一半的棉花，还有一半的棉花籽。在卖掉自己留下的那部分农作物后，他要偿还博勒斯口粮钱加利息，化肥钱加利息，还有一些零七八碎的债务。

再刨去医药费和其他债务，剩下的就是一年所得。

---

① 富兰克林·德拉诺·罗斯福，美国第三十二任总统。

古杰尔是一名按收益五五分成的佃农，或者说是小佃农①。

伍兹和瑞科特斯也有房子没土地，但伍兹有一头骡子，瑞科特斯有两头，他们都有自己的耕种工具。由于他们可以自力更生，不用向地主租借工具和牲畜，他们的工作和偿还规则就有所不同。他们只要给地主三分之一的棉花和四分之一的玉米就行了。除了农作物，他们还欠地主三分之二的棉花肥料钱，四分之三的玉米肥料钱，再算上利息；与此同时，也得偿还从地主那儿借来的口粮钱。

伍兹和瑞科特斯都是佃农，他们是四六分和三七分成的佃农。

很少有佃农用现金付租。在南方大部分地区，基本上只有作物和现金两种支付方法，根据不同地区租赁形式不同而方法各异（公司收购，用食物支付口粮钱，不同作物的支付方法也不一样）。

每年三月到六月，正是棉花的生长季节，青黄不接，佃农只能依靠地主接济的口粮钱过活。

从七月到八月末，棉花准备收割，佃农得自寻出路。

八月末到十月，或者十一月，采棉轧棉，佃农靠出售棉花籽赚点小钱养活家。

再之后到来年三月，佃农出售作物，能赚多少是多少。

每年有六到七个月，佃农的劳动对于地主来说至关重要，他们会辛勤种植棉花。这个时候佃农通常都能得到地主借的口粮钱还能用棉花籽赚钱。

而另外五到六个月里，至少有三个月对于佃农来说最为难熬。天气恶劣，屋子漏雨，缺少食物，卫生条件糟糕，佃农们对这段时间都已经习以为常。他们没什么可指望的，最多是期望活不下去的时候地主能可怜可怜他们。

---

① 小佃农(Sharecropper)，即没有自己生产工具的佃农。本书中所提到的“佃农”(tenant)是所有雇佣棉农的统称，同时也指拥有自己生产工具的农民。本书中，小佃农是佃农的一种。

古杰尔一家有六口人，每年大概有四个月要靠微薄的口粮钱过活，每个月有十美元。他们可能会花掉六到八美元。伍兹一家人也是六口，今年之前每月生活费从没超过八美元。他希望今年有机会申请到十美元。瑞科特斯一家有九口人，从今年春季到夏初就靠每月十美元过日子了。

通常，秋季向地主还债的时候要加上百分之八的利息。化肥和其他债务的借贷利息也都是百分之八左右。

以正常市价而言，一个五五分成的佃农每卖出一包棉花籽能赚六美元。有一头骡子的五五分成佃农平均可以卖出三包棉花籽。分成佃农，比如说古杰尔，采棉轧棉之后一次可以赚到十八美元左右。不过在他卖出第一包之前可什么都赚不到。

对三七分和四六分的佃农来说，一包棉花籽有三分之二能装进自己的腰包，一般来说是九美元。伍兹有一头骡子，一次卖三包，赚二十七美元。瑞科特斯有两头骡子，赚的比伍兹多一倍，足够从夏天到秋天的生计了。

一年到头究竟能赚多少老天爷说了都不算，佃农就更无法预测了。有时候最冷的那几个月，作物被低温冻死，最终只能颗粒无收；有时候情况则会好一些。有些年头棉花稀薄，花了两个月洒药驱虫，最多也只能挺一个月或者六个星期。很多时候劳作一年，根本毫无意义，到头来一无所获，留给佃农的只有无尽的绝望，绝望中又生出希望，希望来年有个好收成。就算今年老天爷开眼，是个丰收年，佃农们绝不敢指望这样的好运明年会再来一次。

伍兹一家挣得最多的一次还是在战乱时候，一年净赚 1 300 美元。在他十几岁、二十几岁的时候攒了大概三百美元，每年能赚 50 美元左右，有那么两三次伍兹还清了债务。大萧条这几年他每年也就赚 50 美元，或者更少一些。去年他本来已经有 150 美元的存款了，结果年底的严冬把这笔钱消耗殆尽。

古杰尔最多的一次是赚了 125 美元，那一年刚刚翻耕完。赚到钱之后他特别激动，赶紧买了一头骡子。但是当他的地主警告他下一年恐怕没那么好讨的时候,他不得已把骡子又卖掉了。通常他一年能赚25到30美元,总是还不上债,入不敷出。前年他欠了80美元的债,去年他欠了12美元。在跟了新地主博勒斯之后,古杰尔做的第一件事就是借了15美金,以便在口粮钱到账之前度过下一个寒冬。

前些年瑞科特斯还算成功。除了种棉花之外他还有十头奶牛,可以卖牛奶。一家人住在小溪旁边,捕鱼为食。瑞科特斯借了400美元的债买了一对儿小骡子,在开工之前死了一头,另一头第二年也死了。他越害怕的事儿好像反倒来得越快,成了分成佃农之后他的存款几乎所剩无。瑞科特斯不停地欠别人钱,买进品相很差的便宜骡子。奶牛有的用来抵债,有的死掉了。他患上了疟疾,他妻子得了癞皮病①,孩子们也一个个死去。不久,他又患了阑尾炎,每天只能在床上躺着,更不幸的是,妻子的癞皮病长到了脑子里面。十年来,他们只能靠微薄的口粮钱勉强过活,卖出棉花籽所赚的微薄收入都用来还债了。一年到头,几乎一个子儿都剩不下。

大多数情况下,秋季结束的时候佃农能省下来的钱连户口都不够,就更别提过冬了。更残酷的是,从秋末天气变冷,到初春重新开工领取口粮钱的漫漫四个月严冬中,佃农们不可能指望从任何人那里借俩钱,地主也不会帮助他们。仲夏时节,大约有六周时间左右他们也是身无分文,只能等着快快卖出作物换点现钱。换言之,一年之中佃农有六个多月都处于极度困窘的境地,他们一无所有,必须倾尽全力为生活奔命。佃农不能指望地主施舍,他们只能一家人抱团取暖。这段时间里,他们唯一能期望的就是找份零工,但这实在太困难了,因为这座小镇本来就业率就不高,招聘高峰有和农闲时间不匹配。在过去两个收成不佳的季节里,根本没有工作可做。今年和往年相比,也没有更多的职位供应给佃农,这个城镇里有上百上千的佃农,全都如饥似渴的想要找一

① 癞皮病,又称糙皮病,一种维生素缺乏疾病。

份零工，但情况俨然是僧多粥少。

有时地主会在特定时间找一些人做工，他们会额外支付一些钱，不过这种工作只招住在地主家附近的那些佃农，或者和地主关系比较好的农民。地主付的工筹实在不能算多。

如果在农田附近有林场，地主通常会允许佃农去伐木卖柴火赚钱。最能干的佃农卖一拖车的木头可以赚一美元(市场饱和，因为有太多的人在这时候跑出来卖木材了)。运气好的时候能卖个四五毛，一般佃农辛苦一天，眼见天黑了，就干脆以一两毛的价格卖掉，省得还得拖着这堆木头走上几英里带回家来。总之，干这行真的没什么钱可赚。话说回来，在南方佃农做木材买卖的情况毕竟还是少见，树林不多，而且这个行当主要是由黑人承包的。在 1935 到 1936 年的严冬，人们烧了自家栅栏、家具和房屋，还是有很多人死于肺炎和其他肺病。

公共事业振兴署①只对很少一部分佃农有帮助，就算是农闲时候，佃农也不能算是失业者，因此就不能接受公共事业振兴属安排的工作。如果他们想跟着振兴署干，地主肯定会不乐意，他们觉得这样偿还债务的性质就变了。所以，佃农如果为振兴署工作的话，一般都是背着地主做的。在这个村里，也没有什么公共服务来救助孤寡老人。

今年古杰尔和瑞科特斯相当走运。古杰尔推掉了振兴署的工作之后，他们在锯木厂找了一份零工。他们可以在那里干到工厂搬迁为止，这些都是经过地主允许的。工头没法保证他们到底要干多长时间，因此地主小心地考虑了很久才答应让他们外出做工，特别提醒他们不能耽误回来采棉。古杰尔找了个帮手，八美元一个月。瑞科特斯没有请帮手，他们家人手已经够多了。古杰尔和瑞科特斯平时一天赚 1.25 美元，一天工作十小时，周六能赚 75 美分，一周就能收入 7 美元。伍兹没有外出找工，他太老太虚弱了。

① 公共事业振兴署(WPA)，大萧条时期美国总统罗斯福实施新政时建立的一个政府机构，以助于解决当时大规模的实业问题。

陋　屋

我将到神的祭坛[1]

① 《诗篇》43:4。——译者注

陋屋：提纲

农田里的家

泉眼，院子，棚屋

古杰尔的房子

一间孤零零的小屋

房子正面：大致结构

房子正面：表面

屋子下面的空间

玄关

四间屋子的结构

气味

地板和房间

一　前侧卧室

概况：家具摆放

家具

圣坛

神龛

二　后方卧室

概况

壁炉

壁炉台

陋屋

农田里的家

乔治·古杰尔为切斯特·博勒斯耕种二十英亩左右的田地，还帮他看护山坡上的几英亩树林。在那里坐落着一间小屋，有一个牲口圈，一间伙房，一个鸡舍，一个院子，还有一眼泉开在山路的尽头，方圆半英里之内都没有别的住户。古杰尔的田有一部分在山顶上，还有一些零零碎碎的开在树林间和山坡上。房子和其余的建筑，院子、泉眼在坐落在这片土地大概中央的位置，斜依在半山腰上。

最大的三块田是棉田，红色的泥砖将它们围成了一个个长方形。在山顶的田地和牲口圈前院之间什么也没种，杂草丛生，荆棘遍野，只有一条细细的小路供人通过。站在棉田的田埂上，你就能看到那幢房子和牲口圈的前院，好像一个巨大的博物馆，又像一个巨大的娃娃头，呆呆地趴在半山腰，后脑勺对着你，脸朝着正西方。前面两片广阔的田地基本就组成了农场的全貌，田埂上种着高耸的树，挡住了视线。忽然一阵微弱却刺耳的声音从树林后面传来，大概持续了有两秒钟，不知道究竟发生了什么。原来在树林后面有一条疏于使用的小路，一辆装满货物的卡车没有想到会有行人使用这条小路，直到那人跟前才慌忙急刹车。

这些田里有一块里房子特别近，靠左边的棉花几乎都要长到墙上去了，这片田里种的大部分都是棉花。在房子后面种的是高大的树木，还有一小片玉米。这片地再往前两百码就是一大片独立的玉米田,金灿灿的。玉米田边上是一片高大的树林,叶子摇晃起来像是热浪里的银色麦穗。房子右侧的半山上光秃秃的,被雨水淹了。那附近没有种植作物,只有一些杂草和长了野果子的荆棘。新生的松树苗一点点向外延伸,逐渐与一排新种的树木连成一片。房子前面的主路向北,这里有几块银色的田地,但应该都不足一英亩。这些面积较小的田地散落在潮湿的小树林里,种有棉花、玉米、高粱、花生、西瓜和甜薯。土壤也有很多种,古杰尔的大部分田地里是沙土,呈暗红色或者黄色,也有黑色的沙土,还有一部分土壤比较肥沃。古杰尔用大概十一英亩种棉花,九英亩种玉米,四分之一英亩种高粱,半英亩分成好几份,分别种了西瓜、花生和甜薯,在玉米田中间还种了一些豆角。

这些田地就是古杰尔的工作室。土壤散发着自然的芳香,却十分贫瘠。古杰尔的工作室没有墙,抬头是一望无际的苍穹作为屋顶。这里有着他的恐惧,沉思与祷告,像纷飞的花瓣一样零落成泥。

农场像是水蜘蛛轻盈的触角划过后毫无波澜的水面。田地保持这优雅的模样,田埂分明,分工清晰,作为一个整体回馈大自然的恩赐。

农场哺育着古杰尔一家人,也为地主提供了生活的保证。河水是它的血脉,谷物是它的奶水。坐落在农田中间的房子,集结着古杰尔一家的期望与未来,急切地吸吮着大地的乳房。这对乳房厚实温润,正如印度神话中描绘的大地之母那样。

田地是万物之始,在自然的轮回中孕育新的生命,也为佃农一家提供工作和其他一切必需品。泉眼,院子,棚屋,还有房子本身。

泉眼,院子,棚屋

泉眼在屋子后面靠右侧的位置,大概一百五十码开外。每一滴日常用水都要到这里来接，这段距离可算不上方便。通向泉眼的小路从屋后穿出，通过鸡舍和伙房中间，路过仓房门前，向左拐，再顺着山上窄窄的小路走上一会儿就到了。山路上是明晃晃的杂草，矮矮的灌木丛和高大的树木绿油油的一片。四周很寂静，风吹草动都能立刻察觉得到。再向下不到五英尺的距离就能嗅到湿漉漉的水汽味，树荫之下很凉爽，迎面一阵清凉的风，像是打开冰箱门的瞬间那样舒爽，接着就能听到潺潺细流的声音。从树林向下再走十英尺，向右上方看去，一个泉眼就枯枝烂叶中里汩汩的冒着水，泥土与树叶的气味扑鼻而来。枯黄的树叶在泉水里重新焕发生机，跟着水波涌动，像一个个肥皂泡。泉水从石缝间流出，快速流进下面大约一英尺深的池塘里，上面漂浮着枯萎了的橡树叶和断掉的枝丫。池塘里的小石块像是黄油，奶油和牛奶结成的块儿一样，加上湿乎乎的面粉揉在一起。池塘周围是一排嫩嫩的小树苗，有的被砍断留下树桩，上面挂着一个锈迹斑斑的咖啡罐子。这里的泉水并不深，尝起来清清爽爽的，入口的感觉晶莹剔透，有种淡淡的苦情味。说不上是新鲜，但也绝不是咸湿的汗味，这泉水的味道倒是和伍兹家里用水的味道一模一样。

再往下十英尺，树林边上有一个小房间，水流从一个生锈的罐子可以流进屋子里，屋外有一个橡木做的长板凳，可以坐在上面清洗管子①。附近是一圈烧过的石头，石圈中间还留着一撮烧过的木灰。灰烬旁边是一个黑乎乎的大铁壶，样子还不错。看样子这儿的人打算用古老的方法制作肥皂。

从古杰尔的房子向外，一条荆棘丛生的小路尽头正盛开着一朵湿漉漉却汩汩涌动的花朵：正是那口泉眼。

院子在房子右后方，有三分之二个网球场那么大，周围竖起了篱笆，为了防止那些饥饿危险的动物入侵。篱笆是用细长的松木半条围

① 在那儿也有一个被劈开的，又重新修理好的搓衣板，从齿棱来看应该是从一个厚重的松木板上锯下来的。

成的，大约有 3.5 英尺那么高，1.5 英寸宽，相互搭在一起。木条上的裂纹和斑纹让每一条木板都是那么与众不同，南方的气候让整个篱笆看上去像银色的缎子，在强烈的日光下竟也显得精致细腻。这些木条并不是垂直钉在一起的，所以当太阳照在上面，院子被篱笆的影子分割成不规则的形状，其中有着难以叙述的美感，让人能默默地看上一整天。在篱笆外面，被雨水浸泡发霉的野草湿漉漉的倒在半山腰上，篱笆里面的土地尽可能物尽其用种上各种各样的作物。有绿油油的、长着蜡制粉色脉纹的油豆角，矮小的番茄一簇簇的垂到地面上，还有毛茸茸的秋葵……这些作物从杂草里探出头来，艰难地招展着叶子努力呼吸。它们像夏季不堪重负的气球，沉甸甸地落回人间，各类昆虫在它们的叶子上漫步，而它们只能以气味作为抵抗的武器和沟通的工具。植物们毛茸茸的叶子相互摩擦着，倚在栅栏上，像动物园里的笼子一样锁住了蠢蠢欲动的生命力。从及腰高的作物中穿过去，必须得拨开它们的叶子，让出一条通道来，举步维艰，像是在大雪里前行。古杰尔一家会将成熟的作物采摘下来，装进篮子，穿过旁边那扇被晒成灰白色的门来到厨房，将它们烹制成饭菜。

房子后面是一滩褐色的泥地，只有零零星星一些杂草。人走得多了，倒踩出一条泥泞的小路来。这摊泥地一直延伸到山上，大概有五英尺宽二十码长。从顶端到牲口圈前是二十码距离，离房子右后面大概有几英尺远。以牲口圈和屋子的最短距离为对称轴，鸡舍和伙房对称面向而立，中间有十二英尺远。

像这幢房子一样，大部分的木板都是没有刷过油漆的。有些木板纹理清晰，有些木板上的纹理几乎看不见。我总觉得木头的质地和风华的骨头一样，能够读出岁月的痕迹。

鸡舍大概有七平方英尺大，五英尺高，屋顶上覆盖着杂乱的木瓦，瓦片的宽度都不一样，从一英尺到四英寸都有，用楔子连在一起，中间留着细细的缝隙。在靠近山坡的一侧有一根短粗的小棍撑住房顶，里面用碎布和木棍固定住,房顶上钉着一个木盒子,里面塞满稻草。大多数的鸡蛋是孩子们从鸡笼里找出来的。母鸡三四只一组分隔在笼位里,这样它们不会打起架来弄得脏兮兮的。栏杆在它们脚下踩来踩去。刺眼的阳光从隔板照进来,木头被烤的暖暖的。鸡舍的鸡屎味愈发刺鼻,让人几乎窒息。

伙房大约八平方英尺大,到屋顶最高处有七英尺。这间屋子倒是横平竖直,建造得像个样子。门镶嵌在墙上,没有门框,门栓上是一个木扣,将门板与墙连接在一起。在靠近山坡的那一侧的墙体上挂了一个崭新的洗衣盆,盆地一圈圈的花纹像靶心一样。洗衣盆上镀了锌,阳光下发出冷灰色的光,显得很有质感,相比之下墙体的木材就逊色了许多。本来伙房是用来熏制和储藏肉食的,但是在古杰尔家肉并不在这里熏制,所以他们家的伙房就变成了一个仓库。这里堆了很多罐头盒子,大小各异,清空之前用处不同,现在都用来装高粱了。仓库里还有四把锄头,一把扫帚,一把破犁架,散架了的冰箱,一盒子生了锈的钉子,几只马掌,一捆白拖鞋,一双生了霉的、皱皱巴巴的工靴,鞋邦已经坏了,鞋底都穿了,还散发着臭脚丫的气味。此外还有一捆蓝色的软铁丝,几码长的生了锈的带刺铁线,一个坏了的马颈轭,还有一些七七八八的杂物①。这里和瑞科特斯家的门廊一样,两家人永无止境的收藏着数不清的破烂儿。

至于牲口圈,其实严格意义上来说这根本算不上是"圈",它太窄太小了。窝棚地下用浅浅的木板隔成三个小间,还用铁丝网围了个栅栏,那里是猪打滚儿的地方,旁边还有个脏兮兮的猪圈。有一间用薄厚不一的木板搭成,又用泥巴黏合在一起,这里是给骡子留的厩,隔壁那间

---

① 我不想发明什么,但这儿的东西真的太多了,可怜我记忆里有限。我能记得清楚的是那些装满高粱的罐头盒子,扫把,锄头,工靴,钉子。好像还有一些马具的碎片和破烂的机器。这儿还有一盏坏了的灯,一个湿乎乎的男孩儿戴的破帽子。顺带一说,在这儿好像只有高粱罐头看起来比较新,古杰尔可能是买回来的新罐头盒子。如果真是买的,那可是件了不得的事儿,佃农很少买新东西的。

是给牛留的，都是用松木板搭成的。铁丝网围成的一角，地上都是泥巴和猪粪，旁边的猪圈也是用细木板围成的。最后一个隔间是用来储存玉米的，有时也会存一些待轧的棉花。这里没有干草棚。整个牲口圈也就二十英尺长，不足七英尺高，七八英尺宽。除了玉米仓之外其他隔间都没有铺地板。

无论如何在这儿我必须得说，我不可能事无巨细把每个细节都记得那么清楚。这个房子里朴实的佃农正安静地站在南方乡村清晨的阳光里。在这个早晨，每一样我见到的物品都是从永恒中遁出，而呈现于我们冰冷的视角之前。在这里，每一样物品都有着恢宏的光辉，以忧郁的模样存在，人类短浅的目光不足以意识到它们的永恒之美，正如我们面对沉默的摆设，苍白的地板与穿流其中的潺潺溪水时，很难意识到自然的歌声要比任何音乐更要动听。这间方方正正的小屋，置于天堂与大地之间的无影灯下，不是为我们任何人而存在，它自成一片领域，在平静中走向未知的永恒，以难以捕捉的美感而独立于世。这种美丽存在于不可征服的大自然之中，也承载着人类的残忍无奈，在无法愈合的时间裂痕中长存。唯有诞生于天堂的圣徒，才能消受得起这样的朴素之美。

我本没有资格记录这样的波澜壮阔，我现在面对这些物件，不知所措。在这里，我只能稍稍为诸位转述关于这个家庭的点滴。我在这个普通的房子里住过一段时间①，与古杰尔一家朝夕相处，体会一番佃农的生活。房子里面装饰得很朴素，我打算慢慢写一写这间村舍，也请诸位细细品读。

---

① 尽管这里具有非凡的美感，但如果我以沉浸的视角来描写，那还是先假设它是一个普通的房子好了。

古杰尔的房子

一间孤零零的小屋

他们沿着山路慢慢走着。她和她的女儿、三个儿子在斜阳里悠闲地漫步。母亲走在前面，她的女儿紧随其后，长子不紧不慢的跟在队伍最后，轻声抱怨着。他们赤裸的双脚踩在炽热黄土地上，金砂飞扬。她抱着最小的儿子，他像个小猴子一样双腿环住母亲的腰，手搭在母亲的脖子上，抬起头，眼眸中映着黑夜正缓缓降临。他左右环顾，静静地凝视着奇妙的大千世界。大黄狗在他们身边来回转悠，护送着一家主人穿过荆棘小路。看到我们，母亲有点不好意思，因为她正戴着一顶花哨的大草帽。看见我们的时候他们还在山坡上，聊天一下子变成了讲悄悄话，我们听不到他们说些什么。他们的斜影逐渐变直，从地平线的边缘跌落下去，缓缓消失。先是黄狗，然后是孩子的影子，一个比一个长，母亲的影子最长，晃着蛇步，在夕阳下闪着金光。

他们都离开了。

家中空无一人，屋内空无一人，田间空无一人。离他们回家还有一会儿的时间，他们相信我不会到处乱跑，我也不应该随便离开这间屋子。我没有触碰家具，但我却能触碰到这家人最脆弱的伤疤，那才是这个屋子里最脆弱的东西。

每天清晨，宁静的日光在这间房子里渐渐铺满，透过金色的棱镜，温暖的颜色从天而降。所有物件都披上了亮色，房子本身也是金光闪闪。

我将在此见证独一无二的景色。

阳光照进屋子，我的胸口怦怦直跳。悄悄起身，生怕一丁点声响惊动屋内的安宁，我环顾四周，一切都是那么的平静美好。我从水桶里捧了一些热水洗脸，抹干净汗和水渍。这让我想起辛勤工作的乔治，每天也是这样在燥热中煎熬，汗流浃背，面朝黄土，皮肤也晒成了大地色。在这片劳苦之地上，棉花向阳生长，九百万个渺小的佃农像蚂蚁一样在太阳底下辛苦劳作。我想起青春期时候的自己，那时的我还是个躁动的男孩儿。父母不在，我一个人孤零零的在祖父家度过了许多个无聊的午后。有时我像条蛇一样扭来扭去，从一个房间爬到另外一个，小心地探索房间里不为人知的秘密。有时会翻开地板看看下面的菌丝。在仲夏时节，爬上屋顶眺望远处黑绿黑绿的锰铁矿山。我也会试着阅读，试着弹钢琴，如饥似渴地翻看着裸体画册，然后再看看镜子里尚未成熟的自己。我翻箱倒柜，翻遍抽屉，衣柜，装杂物的盒子，只为了把那些陈年的衣物、珠宝甚至留下来的发丝放到唇上吻一吻，放到鼻子前闻一闻。我也抽烟，偷来几口小酒，有滋有味儿地呷么两口。我躲在阁楼里，拆开旧木箱里丝带绑着的老调情书，最后我脱光自己的衣服，躺在冰冷的床单上，看着镜子生出许多下流的念头，它们潜伏在我的脑海里如大海一样潮涨潮落。没有任何一种情绪能从我的指尖溜走，而我也不能允许自己像个没有感情的冷血动物那样，更不会对自己的欲望感到羞愧。

深陷此刻的孤独之中，我的感觉与儿时已经大不相同。眼前也曾有赤裸而熟睡的身体，这些灵魂暂居的肉体并没有亵渎神明的旨意。与青春的躁动最大的不同是，这里没有性欲，没有不安，没有绝望，没有羞耻，只有如同打了麻醉剂的睡眠，为奔波的一天积蓄体力和能量。在这间屋子里，生命的荣耀悄然绽放。作为访客的我正站在这间屋子的门廊后面，沐浴在阿拉巴马的田园气息中，明晃晃的阳光照在我的身上。我看到树叶落在天地上，最终会化为养分，继续滋润大地。我呼吸着清新的空气，拥抱着田园黎明。这是古杰尔一家的房子，他们逐个离开，只剩下我一个人。现在轮到我来倾听屋子怦怦的心跳，滴答滴答，一台快了两小时的破时钟正欢快作响。这是人类的居所,是人类搭建的巢穴。人类砍伐了松木又将木板用钉子缝合在一起,为一家人遮风挡雨。

我们第一次看到这幢房子是在一个宁静祥和的八月清晨。

房子面对我们,在明媚的阳光下不声不响,露出羞涩的影子。

房子正面:大致结构

房子分成两部分,每部分都有两间屋子,一前一后。在两部分中间是走廊,有地板,也有顶棚,前后通透。这两部分的形状都很像是长方形的木筏,或者是漂浮的水箱,或者是棺材板。这两部分分别用墙体围成正方形的小屋,房顶从前向后倾斜,像两张扑克牌斜搭在一起,然后用钉子固定住。房子正面就是田地,左边一侧的两间屋子都是正方形的,右边一侧是后来建的,正面的墙是用挡风板钉成的,靠近厨房那一侧的墙只有正面这堵墙的一半大。

在每个房间的外墙上都开了一扇窗户。靠近厨房那一侧是一扇小玻璃窗,形状细长。其他房间的窗户都是正方形的,是木质的百叶窗。

每间房都有通向走廊的门,以走廊为对称轴,左右两侧的两组房间的门相向而开。房间前后是相通的,中间的隔墙上也开了一扇门。

在房子左侧,屋檐从第一间屋子外窗的位置探出来一点,主人用一根木棍支在地上,抵住屋顶,这里当做手推车或者汽车的车库。房子右侧的窗户底下摆着一个大工具箱,用钉子镶在墙板上。

从走廊到前门廊之间的空地大概有五英尺长十英尺宽,在窗户下面都留了个缝隙,这儿是房子前端的死角。有四条同样大小的木板条斜搭在一起,探出走廊外面。

从走廊到达屋子中心有三级台阶,是用橡木板垒成的最底下的那一层比较脆弱,因为选的木板比较薄。台阶下面是一些石子,歪歪扭扭的摆放在一起，有些已经掉落出来了。旁边还有一大块灰褐色的石板，已经掉下来好几块，埋进泥土里了。

门前的院子有四十平方英尺大，没有一棵树或者灌木。院子附近几乎没有比房子更高的东西了，暴晒的时候也没有树荫可以乘凉。在不远处有一团火红的草丛，原来是干草和已经干枯了的茴香，晒干了水分，只有死寂一般的红色与黄色，在阳光下看上去像一团火焰。草根和荆条纠缠在一起，像某种非智慧生物风干了的尸骨一样。

我们面对着房子，左右完全对称，有两面外墙，都是正方形的，大小一致，走廊将两侧从中间隔开。屋顶是倾斜的，中间的墙上都有方形的百叶窗，门廊到房顶之间钉了四条木板，远看像四根蜡烛似的。

每扇窗户都有木条装订的窗框，包成长方形或者方形。

从前窗到院子有十到十二英尺长的地都用木板给围了起来，像窗户投下来的倒影一样方方正正，可丁可卯。这里不会被阳光直接照到，但也不会太过阴暗，通风很好。主人把这两块地用作花圃，左边种了一些茴香，右边原本也种了一点茴香，但长得并不好，看上去病恹恹的。后来这块地就索性用来种红色的牵牛花，数着墙壁一直向上爬了挺高。农场附近都是类似的野花。

现在慢慢抬起头，直视阳光。一片白光之下，这幢房子隐没其中。

房子正面：表面

门廊：立在方形的落影里

门厅：也浸在落影中。后面是一堵墙，阳光斜照在上面，落在地上的影子大约有十五英尺那么长。

在这面墙远处是一片开阔的小土坡，地上是光秃秃的、干涸了的土地。从这里向外看，能看到伙房和鸡舍的正面，还有牲口圈的一角。门廊的柱子和房梁就像是给远处的画面镶了画框一样，这组色彩明亮的风景画点亮了阴暗的走廊。

正幢房子像是漂浮在大海上,宽广的海面上吹来凉爽的风。走廊旁边有四个方盒子,正面是两堵正方形的墙,与地面垂直而立。我们站在墙前面,院子是宽阔的甲板,迎风破浪,扬帆起航。屋檐的影子落在地上,像粼粼波动的浪花。

墙面:

一条条木板用钉子紧紧钉在一起,很结实,整面墙朝向风口。墙上开了扇窗,木片做的百叶搭下来遮住阳光。细长条的挡风板将墙体水平隔成了一条条,窗户的边框也是用同样细长的木板围成的。百叶窗的叶片排列得很整齐,功能良好,没有重叠在一起。墙板上的木头是从松木上锯下来的。从伐木场运回加工厂,一条条锯成同样大小,用绑带缠起来。曾经直立的擎天大树如今横过来看世界,木板之间没有缝隙,紧密的叠在一起。阳光照在挡风板上,棱角被拉成长长的斜影,如利刃一样直愣愣地立在地上。

房顶:

房顶是由短而厚的手工木瓦搭制而成的,这让房子看上去很有年代感。木板纵向排列,用钉子钉合在一起,每一片离下一片的距离固定,边角相搭,叠落在一起。房子两侧的木瓦并不是完全对称的,而是根据薄厚不一稍作调整。木瓦对接的边角飞起,像振翅欲飞的鸟儿。但是与鸟儿的翅膀不同,木瓦没有经过每日精心的呵护与修正,它们在风吹日晒下已经退去了原有的颜色。屋内其他木制品都多少还有机会修补,木瓦暴露在蓝天之下,被强烈的阳光晒成了银色,与老旧的木地板交相呼应,如同海滩上温柔的细沙包裹着双脚,又如沉浸在林海中感受微风的爱抚。

日光下的屋顶被照得明晃晃的。

木瓦整齐地铺排在屋顶上,形状规则,接缝之间的影子犹如墨迹点点,另一侧则沐浴在阳光中。褪了色的木片被阳光烤成银色,雪白一片，如同千树万树梨花开，很是耀眼。太过明亮的屋顶让人不敢靠近观察细节，我知道每片木板都有独特的纹理，独特的形状，这些都是大自然鬼斧神工般的奇迹。每一根钉头也都与众不同，它们或是嵌在木板里，或是探出半截身子，有的则是弯着腰。木孔随意分布在板子上，年轮的痕迹像是独特的指纹，时光流逝，这些痕迹再也磨灭不掉。靠近仔细观看，变形的木板微微拱起，落下一轮车轮形状的影子。简朴陈旧的木板构成朴素的模样，比古希腊的多利安柱更显得高贵，色彩鲜亮得像浸了水的绸缎，与整幢房子的材质交相呼应。

木瓦选用的是那种最便宜的松木，有一些已经被水胀裂，内部的纤维也暴露在雨露之中。三四片瓦叠在一起为一组，用最传统的工艺钉在一起。这手艺一看就是半斤八两，匠人似乎也没心情精益求精，带着不耐烦与愤世嫉俗，房顶草草修好了事。所以房顶的瓦片就是已最简单，最省钱的方式草草排列着。许多线条，许多缝隙，从瓦缝中的泥土延伸出来，打破了一沉不变的格局，让修缮房顶的工程看上去颇有艺术气质。像是孩子们的画作，小心翼翼，笔触下是热爱与耐心，一笔笔勾画出想象中的无暇世界。没有过分的装饰，没有矫揉造作的花纹，这是一份浑然天成的杰作。没有一片瓦是相同的，没有一道裂纹可以被复制，从结构到材料，全部源于自然，源于天赐。线条平铺在木瓦上，弯弯曲曲，钉头固定在几何中心，保证瓦片受力均匀。廉价的木材上随处可见木孔，像是每一片木材独特的签名。木瓦排列成特定的角度，木孔跳跃穿梭其中，如同一张乐谱，在自由的天空下奏出美妙的乐曲。朴素的瓦片在不同天气的映衬下，能够慢慢变幻出与天空完美契合的明亮色彩。

或者说，“在这间房子里，没有一寸木材用于奢华的装饰，没有精心雕琢，甚至没有用于加工墙体。每一分、每一寸都用得恰到好处，充分发挥了木材独特的纹理与结构，墙板、房顶严丝合缝。不得不说，没有经过擦拭上漆的木材保留了最原汁原味的风采。底板，房顶，屋子，天花板,都是最纯天然的木色。完美的平行结构让整间屋子的格局一目了然,选用的建筑材料自然美感十足,通透的布局让屋内屋外都充满阳光,仿佛伸手就可以触到天空。”

还有,“对于整幢房子的机构而言,这里就像是孩子的画作,没有过多的装饰,干干净净,肃穆得如同多利安柱一样。笼统一看,房子的对称结构似乎无处不在,细致观察之后会发现有许多细节上的不同。房子有一个角落的木头是竖立过来钉的,挡风板上的木片偶有脱落,窗户的边框不是方方正正,可能是因为技术有限,也可能是因为年久失修。这些细微的差别反而更突出了房间有序的布局。抛开中规中矩,精密计算之后,这座房子有一种非对称的美。简朴,干净的设计,让人耳目一新。而且这里的所有家具几乎都是手工制作的,相比大都市而言,这里更为舒适。住在自己用双手建造的房屋里,这里是骑上战马开疆僻岭,征服无数野兽,躲过无数危险,才能拥有的属于自己的王国。这里精妙的如同巴赫的乐曲,管弦轰鸣,在轻松愉快的乐曲中推进听觉与感官盛宴的顶峰。”

“再说说材质:屋子的表面和内部结构主要都是木质。墙壁,房顶,窗框,百叶窗等之前提到的诸多家具,都是由纹理独特的木材建成的。门廊是由 12×2 英尺的橡木板搭成的,木板很厚实,下面是四根支撑柱,看样子是新木,被打磨成淡淡的乳白色。磨掉树皮之后可以看到浅浅的纹理,牢牢支撑住门廊。房子里其余的家具都是松木的,松木是镇上最便宜的建筑材料,古杰尔一家选用的也是松木里最便宜的。松木建造的房子表面有着三种永恒而清晰的美感。其一,是每一块木材都那样独特,有着属于自己的纹理,有着不可复制的斑纹。其二,是每一块木材的弧度都有所不同,在锯开时产生了微妙的差别。其三,是经过风吹雨打之后,木板在自然之力的作用下展现出绸缎一样的光泽,阳光之下柔软的闪着银光。木板三种性质都随着光线的增强更具美感。因为选用的都是廉价材质,木孔到处都是,这反倒增加了木板的独特感。

绕开木孔的纹理如同凌乱的五线谱，耳聋之后的贝多芬曾彻夜作曲，写下的手稿就如同这些弯曲的木板一样。木孔独特的分布与纹理奇特的搭配组成了房子最特殊的标记，如同滔天巨浪，如同狂野的乐曲，展现着大自然最纯真的本色。被制成木板的瞬间，树木的生长就此定格，于是整幢房子就成了自然界的一帧定格，从这里我们仍能读到那个瞬间的惊心动魄。没有绝对的对称，没有完美的线条（过于追求完美简直是对人类的折磨，是自然与科学之间的拉锯），由不规则纹理和钉子组成的图案格外好看。这件杰出的艺术品充分运用了大自然的馈赠：阳光，天空，风雨，冷热，而最终形成了独一无二的美。生于自然而又最终成为自然的一部分，这样的美才无可取代。在炽热的阳光下，屋子的表面银光灿灿，落下的影子如同印度墨那样浓重，然而纹理却仍然清晰。日光倾斜，影子也变得陡峭柔和。柔和的日光下，一切都氤氲温柔，如同静止的生命。午夜降临，万籁俱寂。大雨倾盆，多种色彩与银色房屋混合在一起，如同斑斓的玛瑙，墙面斑驳得像斑马的条纹，雨水冲刷之下，像绸缎一般的波纹流淌下来。小屋的走廊黑漆漆的，像花岗岩砌成的石窟一样。墙壁坚硬，锯齿形的纹路摸上去扎手，在昏暗的灯光下看上去白森森的吓人。房间里则大不一样，黄色、红色、金棕色的原木在夏日的炙烤下逐渐变成灰色，在漫漫夏日中，凝固成水泥的色调。”

就说到这里吧。

房子下面的空间

房子后侧是用石块和泥土垫起来的，因地质原因，这部分地基正在缓慢下沉，所以房子的侧面和前面都要比后面高一点点。房子前面的门廊和底板离地距离大概是两个半英尺。

房子投下的阴影如同地上一块黑黢黢的浮板，光线将它切割成房子的形状，让它与周围的黄土区分开来。户外的墙上挂着一幅有些年头的画，图纸发黄得已经看不出到底画的是什么。也许是田地，也许是牧场，也许是森林，反正现在看起来也没什么区别。

艳阳之下，这片土地似乎从未经历沧海桑田，它宁静得一如既往。黄色的装载车咔嗒咔嗒地开进来，运进木材，叮咚作响，空气不再安宁。建起祭坛，庙宇，神殿，人类的居所，在轮回无数的四季中成为自然与尘埃的一部分。这些历史终有一天要被时光的雪花掩埋，又在春暖花开，冰雪融化的时节绽放出新的生命。

冰冷的灰尘在门廊下累积成堆，小小的蚂蚁在上面爬来爬去，破烂的扫帚倒在一边。雨水降下来的时候，地上的土就变成黏糊糊的泥巴。枯藤老树昏鸦，却没有小桥流水人家，泥地里只有残枝败叶，锈迹斑斑的铁钉，穿孔了的扣子，没了表盘的闹钟，折断的画笔，生了绿锈的子弹壳上面的字依然清晰可见，千疮百孔的凉鞋……老母鸡在泥地里闲庭信步，吧唧吧唧地把泥巴和鸡屎踩得响，摇摇晃晃，艰难地转过脖子，倒一倒羽毛，啄出一两只跳蚤，然后又趾高气扬地走到院子中央晒太阳。忽然听到一阵窸窸窣窣的声音，一群小小的蚂蚁正排队通过门廊前。在房子地下室另外一个世界，冰冷黑暗的地下有一群小生命同样也在为生计而奔波。阴暗潮湿的泥土散发出一股霉味，各种小昆虫在土壤的裂缝里隐没出现，它们纤细的小脚要撑起硕大的身躯，更别说身上背负的口粮。不远处有一只死去的大蜘蛛，雨水浸泡后发灰发白，肿得像一只蘑菇，正在等待残余的肢体慢慢瓦解。昆虫们躲在暗处，亮晶晶的眼睛盯着你慢慢移动，然后一个瞬间，它们就消失的不见踪影。房子下面巨大的松木板驮着沉重的房屋，像一只托起宇宙的大龟。阳光雨露，风霜暴雪，木板像是百毒不侵的模样，看上去和新的别无二致，与屋内破败的景象简直天壤之别。这让人想起，百岁老太也有做姑娘的时候，破旧的房子也曾经光彩照人，只是时过境迁，谁也不往事重提了。

（哦，在这片宁静之中，我们拥有平静的希望，嗅到甜美的香气，看到每一户家人都在辛勤忙碌。年轻的容颜挂上愁容，苦苦哀求谁来救我出谷底，无人应答，只有一只狐狸跳过头顶，坏笑着远去。

烈日当头，远处是新娘甜美的微笑，揉揉眼，竟又是可口的饭菜。残酷的命运捉弄我，直到走近才发现是海市蜃楼。

覆灭，希望的覆灭。绝望，无边的绝望。）

昆虫在黑暗冰冷的泥土中生来有死去，它们这一生都与潮湿和霉味作伴。在寂静而多变的地下王国，轻轻掀开一块砖石，那便是它们的屋顶与无尽的天空。

对于朝生暮死的昆虫来说，天地之间似乎并不太过遥远。它们小小的巢穴，最终也会变成它们永远安眠的墓穴，承载短暂的生命。最后，尸骸与残羹、杂草混在一起重新轮回为泥土尘埃。老母鸡在上面啄来啄去，狗子在地上打着哈欠，小孩儿哒哒跑过扬起灰尘。日光倾斜，万物的落影围绕中心不断变换角度；秋风萧瑟，寒冷的空气像狡猾的蛇，所到之处冰封三尺。寒冷带来新的秩序，净化一年的污浊，也统领一方水土，所有生命必屈服于冰雪的威严。回到尘世，地基之上也是另一番生活。宽厚的实木地板上留着一撮撮稻草，显然主人家并不经常清扫。肥皂泡和温水流过缝隙，在缝隙中汇成溪流，用力扫几下，把灰尘除净。从墙角擦到墙头，墙上还留着移动家具时候磕碰出的凹痕，清晰的记录着一家人的生活——渴望，欲求，工作，以及萎靡。地板是人类生活的支撑。孩子们和小狗在上面嬉戏休息，他们会睡在地板上。架起简陋的婴儿床，盖上面粉袋子，据说能防止蚊虫叮咬。婴儿躺在小床上，看着苍蝇落在铁制的床头上，落在木质的椅子上，落在缝纫机的脚踏板上，飞过一面面木墙，停留在他的视线范围里，手忙角落地清理纤细的腿。然后他看到灰色的水泥，在地板上打滚的动物，一个女人忙碌而认真的身影——这大概就是一个小小的孩子对世界最初的印象吧。

玄关

四间屋子的结构

走廊的墙平行相对，是由一片片防风板搭成的，大约长六英尺。墙上没有任何装饰，只有两扇对着开的门。走廊上面没有封顶，抬头看是高高的，黑黢黢的屋顶。大概是因为墙上光秃秃的，总觉得两堵墙贴得特别近，走廊显得闭塞又狭窄，于是，走廊两段的空地就显得格外开阔，上面竖着几根承重柱，以支撑屋顶的重量。在房子后面的那几根似乎不堪重负，雨天泥泞的时候陷下地面好几尺。

在走廊尽头仅有的一件家具是一个架子，就在厨房门后面。这个木制的架子大概到腰这么高，架子上摆放着一只水桶、一个长柄勺、一个盆，还有一块肥皂，墙上钉着一根钉子，上面挂了条毛巾。盆子是花岗岩制的，比男士的手掌要小一号，盆地锈迹斑斑。水桶是那种普通的镀锌桶，容量两加仑，上面有细微的划痕，闻上去有一点金属的腥味，摸上去油腻腻的，似乎从来没清洗过。桶里装了一半的常温水，用来洗脸不会太冷。这水有点脏，并不能喝，但用来洗漱已经足够了。肥皂从大块的厨房洗碗皂上切下来的，有时候这儿摆的是一小块白白香香的薰衣草洗脸皂。肥皂摆在浅浅的小盘里。长柄勺和盆应该是一套，勺子也是花岗岩制的，尾部有着细小的气泡和锈迹。有时勺子杵在桶里，有时就倒在桶旁边。毛巾是半块面粉袋，蓝色、红色和黑色相间的印刷字已经洗的快没了颜色。毛巾刚洗晾干的时候会有那种衣物干净的气味，其余时候总是湿乎乎、黏拽拽的，脏得让人不想用。

还有一些观察和评论可能会用得上：

大多数农家用的毛巾都是面粉袋。有用一块“厨房专用毛巾”那基本就是农民中的中产阶级。要是还有一块“面巾”或者“土耳其毛巾”，那估计只有皇帝家了。

没有一户贫下中农家用得起厕所用的香皂。实际上，大多数佃农家里都没有肥皂。如果他们肯花一点钱买块肥皂的话，基本也就只有三种，而且他们还想方设法让小镇上的十元店老板留点货才行。第一种是“火山”或者“燕麦”牌香皂，上面印有模糊而粗糙的花纹，在手里翻滚的时候让人有很真实的清洁感。第二种是白肥皂，碱味特别冲，但无论如何闻上去都让人有很干净的感觉。第三种就更花哨一点，经常是粉色或者柠黄色或者是紫色的，有着廉价而强烈的香味，总能打出来很多泡沫。最贵的就是很好闻的“力士”牌肥皂，但那太贵了，很少有人用。

一般来说，长柄勺和盆都应该有上釉的，但是眼前的这两样东西都没有。我胡乱猜想，可能是为了省几分钱买的便宜货。没有上釉的东西很快就会变臭、变咸、变得油腻腻的。可能对于佃农来说，上釉的物件是“品位”、“阶级”的象征，是一种高端的审美，只有有品位的人才会选用。他们选择了灰色而不是白色也是与众不同的一点。而且他们买的是最小号的盆，也是为了省几分钱，这点不言而喻。这样一来说不定他们就有钱买另外一个盆了，这个小盆连手都不够洗，更别提洗脚了。

有的时候，佃农也会把镜子和梳子摆在这里。但更多时候这两样是卧室专属。

走廊和门廊下面都是比较开阔的空间，古杰尔夫人和孩子们经常在早晨或下午空闲的时候坐在这里休息。走廊另一侧则是晚上休息的场所，在晚饭开始之前或者吃过晚餐之后，一家人会坐在那里聊聊天。后面的空间没有几把椅子，所以大家要想坐在一起就得满屋子的找椅子，然后搬到后面去。在门廊上有一排板凳和一把摇椅。摇椅的做工很粗糙，想必十分廉价，这张椅子是用山核桃木做的，还留着树皮在上面。在门廊的地上散落着一些鹅卵石，走过地板的时候，石头也会跟着跳起来，震得咯吱直响。板凳倒是挺结实的，看上去也不算旧，估计得花个一美元左右才能买到。门廊下面还有一把厨房椅，椅背是镂空的，椅子腿稍微有点瘸了。

最开始我们认识古杰尔一家的时候，他们的餐桌是摆在走廊里的。当时他们觉得走廊比较凉快，过堂风吹着可能会很舒服。对于大多数佃农家庭而言，厨房才是真正吃饭的地方，但古杰尔家的厨房实在太热了，根本没胃口吃饭了。于是，他们想试试能不能在走廊里吃饭。可是古杰尔家的走廊又太窄，一家人挤不下。要是走廊再宽个两英寸就再好不过了，但这得怪当初建房子的人没有考虑那么多，现在再改造就太过费时费力了。

古杰尔家有四间房，这在佃农家庭中来说是比较少见的。有些家有三间，有些家有两间，还有的一大家子人挤在一个房间里睡觉。古杰尔家的四间房里其中三间都相当宽敞，足足有十二平方英寸大。但是由于各种各样的原因，当初建房的人没有考虑周全，这四个屋子实际上只有靠内侧的卧室和厨房能用。靠屋子正面的两个房间没有屋顶，墙头只能架上木板，可惜技术有限，这些木板总是漏雨。到底是把木板敲掉重新搭个房顶，还是在原来的基础上那个修修补补，古杰尔一家举棋不定，于是就这么耽搁下来了。从屋后的承重柱到房檐，后墙的顶部已经出现了很多裂缝。右侧靠正面的屋子顶上的防风板破了一个大洞，大得足够一头牛掉下来。从这间屋子抬头看，都能看到屋檐和尖尖的屋顶。还有墙、百叶窗、地板，没有一样足够结实。这些部件都年久失修，四处漏光。屋子里的大部分窗户都没有窗纱，除了屋后的那间卧室。这个地方夏季蚊蝇奇多，春秋又暴雨不断，冬季的时候则狂风呼啸，除了后面这间卧室能睡人，其他的都另做他用。像是正面左侧的屋子，就用来摆放缝纫机，有时也做起居室用。有的时候孩子们也会睡在那里，有访客的时候（比如我们）也会让给我们睡。但是暴风，蚊子的不定时袭击，总归只能让一家人挤在里屋卧室睡觉。

我想我应该逐一介绍一下这四间屋子，或多或少给诸位简单说说每间房子都是做什么的，都长什么样。但我想在那之前，还有一些没有说完。

气味

地板和房间

在古杰尔家，只有八岁左右的小孩子闻起来有着干净清爽的味道，比较近似木头的香味。古杰尔家的味道和大多数白人佃农家不太一样，他们家的味道我在别的地方从来没有闻到过。但尽管如此，味道却很熟悉。在被世界无视的穷苦佃农家里，这种典型的味道也被无视了。气味里混合着多种元素，要细细分辨才能弄清楚究竟都有些什么。我深深呼吸。是松木的味道，被刨成细长条，在太阳下晾晒发热，又在黑夜里逐渐降温冷却。是焦木的味道，松枝被丢进柴火堆，不，不仅仅是松枝，还有核桃木，橡木和雪松。是烹饪的味道。在诸多油烟中，经久不散的是炸咸猪排和熬猪油的味道，其次是烤玉米的味道。空气中还有不同年龄的劳动者的汗味，从猪肉排，猪油，玉米，焦木，松木和氨中蒸馏出来。有睡眠的味道，在空气不流通的房间里，床铺和呼吸留下的味道。有泥土混合着棉被和床垫的味道。有脏兮兮的衣物和许久未洗的床单的馊味。我应该再说说玉米的味道：玉米味残留在汗水里，牙齿上，呼吸之间口腔内返上来消化不良的恶臭，与婴儿黄棕色的粪便味混合在一起。所有味道不是混合成一种难以辨别的气味存在的，它们在空气中相安无事，并不让人觉得难闻，只是黏着在床铺和衣物上，就算洗涤过之后也散不去。这些多种多样的味道有的好闻，有的难闻，混合起来反倒有种很怀旧的感觉。当你身处一间老房子的时候，潮湿的空气和发霉的木头总免不了有这种味道。瑞科特斯家房子的味道就让人难以忍受，伍兹家的味道则是潮湿而脏兮兮的。古杰尔家呢，像我刚刚提到的那样，是浅浅的、清新的、干净的味道。除此之外，还有一种特殊的味道值得一提，干巴巴的，也很少闻道。这种味道里有着古老的油墨味，还有住过病人的维多利亚式卧室的味道。曾经有老人睡过这里，在这里接受治疗，服用大量的药物，然后死去，用消毒剂清洁过整个房间，依然残留着褐色的药片味道。干涸的躯体，死亡降临的味道附着在床垫和墙纸上。

地板和房间对我来说实在很难描述，我甚至不应该尝试去写这方面的。但既然开了头，就稍微写写两间卧室的情况好了。

地板是用很宽的木板铺成的，阳光照过来的时候，还能看到地板缝隙间的灰尘。地板上也没有地毯，光秃秃的什么都没铺，连一块油布都没有，光着脚从上面走过去，感到很舒服。没有装饰、未经修饰的地板对我而言倒是有一种特殊的美感。光洁的地板能够让整间屋子亮堂起来，再摆上家具也不显眼花缭乱，能够保持屋子的通透与整洁。墙壁和屋顶是整个房子的主要骨架。卧室有十二平方英尺那么大，屋里没有过多的家具，房间显得宽敞明亮，就连远处架子上密密麻麻排放的物件都显得不再拥挤。真正简单而单纯的人①几乎都会倾向于采用绝对对称的格局，他们对留白的要求也相对较高。所以，在这里几乎所有的椅子、床铺、办公桌，从内衣内裤到小饰品等一些奇奇怪怪的东西，几乎都不靠墙，且与别的物品保持一定距离。摆放的顺序是从中轴线开始，对称向左右两端延伸。物件在架子上或面面相对，或冲着卧室，所有东西都有自己的私人空间。这对于穷困的古杰尔一家来说实在很难得，在这样艰苦的环境下还想着如何过得舒适整洁。像伍兹或者瑞科特斯一家来说，凌乱已经成为常态，也没人想去改变什么了。

① 大部分人都是简单不单纯，或是单纯不简单，很少有人是简单而单纯。

一　前侧卧室

概况:家具摆放

房子正面朝西,卧室西侧的墙也正是房子的门脸,北边靠走廊,南边的墙已经裂开。在这堵裂开的墙中间有一个壁炉,南墙和西墙的正中间分别有一扇方形的窗,大约九平方英尺。北墙上有一扇门,直通屋子后端的卧室。这扇门是一条条木板竖着钉成的,又用横木钉了一个之字形固定木板。门下面有一个木栓,不用的时候门就会保持关闭的状态。方形的百叶片从窗上的金属条上垂下来,上面已经锈迹斑斑,稍微一动就会刺啦作响,叶片参差不齐,有几片粘在一起。百叶窗的皮绳松松垮垮的挂在窗角的钉子上,叶片整日整宿合着,免得每次开窗都要大动干戈。调整好叶片,光线照不进来,屋子里黑漆漆的一片,黑暗的气味和温度在屋内慢慢蒸腾。有时候星光和阳光会从墙上和屋顶上的裂缝中钻进屋来照在地板上,映出平静的波纹,如同一汪湖水清澈见底。在银灰色的光线下,地上的光斑一闪一闪,点亮了房间的每个角落。拉开一扇窗,暖融融的阳光照进屋子,所有物件都披上一层毛茸茸的光,像是藏匿多年的秘密终于被发现,如同封尘千年的古埃及金字塔中第一束来自考古学家手电筒的光。然而黑暗的气息和感觉从没有离开屋子,它们仍停留在光洁的地板上,夹在两面墙板之间,落在家具上。床头柜上面盖着一块布,邻近墙和架子,柜子里有几个盒子和抽屉,这附近的地板擦得锃光瓦亮,像是小动物舔过的一样。床旁边是缝纫机和梳妆台,再远一点还有一个大号的衣柜。墙是松木板钉成的,墙体历经风雨,灰白的木板上呈现出红色和黄色的斑纹,纹路清晰。另一侧的挡风板与这块一样,锈迹斑斑,破碎的木屑掉下来,露出里面新鲜的纤维来。

在靠近走廊的门和西墙中间,摆放着那张铁床。床身与墙面平行,床头对着西侧的墙,脚对着窗,离墙面六英尺的距离。

在靠近走廊的门的另一侧与东侧的墙之间,是一张不大的沙发。

壁炉正前方摆着一张小桌,壁炉上面悬挂这壁炉架。

东墙的右侧拐角处,靠近梳妆台的位置上,立着一面巨大的镜子。

南墙的窗户下面是一只衣箱,没有靠墙。

房间的西南角上放着缝纫机,也没有贴在墙上。

离缝纫机不远的地方放着一个方形座方形罩的落地灯,灯罩上是干净的,有沉甸甸的玻璃装饰。上面虽然有灰尘,但并不脏,灯脚下是几片灯座的碎片,但主人家并没有把它们粘回去的意思。

小桌正后方的地板上摆着一双半新的男士牛津鞋,鞋头冲着壁炉,鞋跟有点脏,皮子黑亮黑亮的,上面有细细的皱纹,还粘了一些黄褐色的泥土。

梳妆台的架子上,壁炉架上,还有墙上,桌上摆着各种各样小巧,简单的东西,这些小物件给房间增添了不少生活气息。

家具

缝纫机的铸铁脚踏板咯吱咯吱的叫着,中间一根柱子上写着商标"征服者"。看得出来字原本是金色的,但现在已经斑驳得看不出颜色了。

沙发:沙发是用藤条编成的,歪歪扭扭,破破烂烂,坐上去很不舒服,所以已经被弃置了。上面有一个薄薄的手工坐垫,廉价的棉布里塞着破烂的棉花,旧得发黄,布料上点缀着一朵巨大的粉玫瑰。

小小的衣箱已经有些年头了,斑驳褪色的木板上依稀还能看出来曾经灰色的漆,犹见当年的风采。衣箱的盖子微微拱起,像一个小小的房顶一样盖在箱子上面。表面是镀锡的,曾经是鲜亮的红色和蓝色,现在颜色已经褪成深棕色，上面雕刻着几多雏菊，边缘上镶嵌着几颗金色的钉子。箱身是木头钉成的，上面有几根生锈了的铁钉。灰绿色的皮质把手已经坏掉了，铰链脱落，锁也锈死了。打开箱子，里面散发出一股陈腐的肉桂味，灰尘飞扬。里面的小夹盒有着出人意料的鲜明色泽，好像一盒子寡淡的阳光。盒子的边缘绷着白色和棕色相间的棉线，盒身是崭新的黄色木头，上面雕着淡紫色的小雏菊。衣箱里装着一块老旧的，但质量还算结实的棉布；一个便宜的灰色男帽；一条婴儿裙；一双灰白色的婴儿鞋；一双一元店里买来的电光蓝色的僵硬的袜子，脚跟上已经破了好几个洞，一只袜子上用绿色的格子布补上了破洞，另一只用粉色的小花布。衣箱的一角上了蜡，中间是黑色的，旁边渐渐变成蓝色。光线照进来有点亮亮的，反光的地方像是洋娃娃的眼睛。

床架既不高也不华丽，只是一张普通的架子床罢了。床头的表面原本上了白漆，现在已经磨损的完全看不出颜色了，露出青棕色的铁管。这张床比普通的单人床要大一点，这也说明在佃农的家里对床铺的选择还是比较慎重的。因为这张床有时也会做客床或者摆在起居室，所以上面盖着一块薄薄的大红色人造丝布料。

在佃农看来，梳妆台是一种中产阶级①的家具。梳妆台很宽很重。装饰用的木质雕花是灰沉沉的红色木头雕成的，三个抽屉上七扭八歪的钉着把手，镜子大概有三英寸高，机器刨制的边框将镜身保护起来。雕花现在已经开始脱色，露出黄色的软木底，三个抽屉的把手中有两个的原配扣已经丢失，所以要想打开抽屉并不是那么容易。镜子显得很旧，镜面呈现出灰色，有些地方的银色已经磨掉，变得斑驳不清。镜子的边框破旧的不知道用了多久，带着那种时光尘封的美感。这让人想到在新奥尔良十九世纪二十年代早期，一家人坐在旧家具坊听着爵士乐，那种年轻、疯狂、不顾一切的摇摆的情景。梳妆台的表面盖着一块

① 更准确地说，是低一中产阶级模仿中产阶级家具的重量、容量、光泽、装饰。

旧毛巾,但质量却好的出奇,与整个房间格格不入。在这块毛巾上面摆着以下物件:一个旧的黑梳子,闻起来像是发霉了,上面还有一股塑胶的味道,几乎所有的梳齿都掉光了。梳子上面还有一个白色的贝母装饰。旁边是一个粉色仿丝的针垫,还有一个穿着带马甲的连衣裙的红发瓷娃娃,她的脸和一条胳膊都坏掉了。桌上还有一只奶油色的瓷兔子,大约三四英尺高,瓷器有着柔和的光泽,有一只耳朵是卷曲的。兔子的背后已经裂成碎片,后来又被拼合起来,但并没有上胶,感觉会随时碎掉。一只瓷器做的斗牛犬和她的三只小狗坐在旁边,小狗的眼睛都是看着母狗的。这些是路易斯去年得到的圣诞礼物,是她最珍藏的宝物之一。一本厚厚的棕皮圣经摆在一旁,被翻阅的次数太多,已经脆弱的如同雪片一般。圣经有着一种冰冷的无法言喻的味道,构成我在这房子第一晚的独家记忆。

梳妆台的抽屉里装着太多东西,我无法一一赘述。这里还有一些学校用的书本,在一个抽屉里装着一打包装纸,每一张都小心翼翼地叠好,尽量避免出现新的折痕。有几张包装纸是深蓝色的,上面印着金色的铃铛和金色的房子。有几张是白色的,上面画着红色和绿色的圣诞树。还有几张是棕色的,以小狗、圣诞树还有铃铛为主题。这些包装纸已经开始泛黄,时光把它们的边角悄悄卷起,散发着古旧陈腐的气味。抽屉里还有红色、金色和银色的线,缠在火柴或者钉子上。

这间屋子的墙和窗户都是正方形的。小桌子和壁炉将整个房间的空间隔开,形成一个小小的祷告台。

圣坛

除了南面这堵裂开的墙之外,剩下三堵墙都凹凸不平的松木板搭成的。这堵裂开的墙是用细而干净的木条钉成,木条的边缘紧紧压在一起。尽管这堵墙的木材依然是松木,但质感却大不一样。一条条的木片成金红色，线条柔和，仿佛被打磨加工过一样，在光线下有着温柔的光泽，有的地方闪亮亮的如镜面一般。可以说，这是屋里唯一一面带点装饰的墙了。在壁炉架和方形的壁炉上画着一些蓝白相间的图案。壁炉前摆着一张不大的桌子，桌子后方则是灰色的砖头砌成的炉台。那双男士牛津鞋也摆在这里。接下来我要说说在桌上，炉架上和墙上挂着的东西。

在桌上：桌子被漆成了蓝色，盖着白色布，边上稍微垂下来一点。在桌子中间摆着一只带凹槽的绿色玻璃碗，中间卧了一只白色的瓷天鹅，面朝北方。

在离壁炉大约六英尺左右，两侧的墙面上分别靠着一个书架，上面摆着一对儿花瓶，款式简洁，玻璃凹凸不平，光线下呈渐变色。在两只花瓶中间摆着一个浅浅的茶盏，边缘粗糙，玻璃的颜色像牛奶一样。这是路易斯的妈妈给她的第一个礼物，她视这个小茶盏为珍宝。壁炉架的栅栏上缠着许多白色的纸巾，古杰尔太太把它们叠了许多折，然后剪成蕾丝花边。古杰尔太太说她已经尽力让家里看起来好看了。

墙上的装饰或是钉上去的，或是粘上去的，或是贴上去的，或是画上去的，每一样都和周围的物件保持一段空隙，装饰也并不遵循对称的原则。

一个柳条做的小八边形镜框上缠着黑白相间的彩带，里面的玻璃已经破碎。从这个镜框向外看去，周围的景色就像站在一个台式照相机的后面：低矮、灰色、死气沉沉的土地陷落在黑色的地平线边缘。二十码以外，这户佃农的房子的一角挂着一幅两个女人的照片，安妮·梅的妹妹艾玛 12 岁时候的样子，她穿着袜子，踩着拖鞋，身上是一件周日穿的裙子，睡眼惺忪，含胸驼背想要掩饰自己正在发育的身体。还有她们的母亲，身材宽大，身上的裙子因为打扫屋子还湿漉漉的，她的两只大手松弛的垂下，她看上去很壮实，也很疲倦，但抹不去她的骄傲。母亲的脸上有着不屈不挠的皱纹，仿佛她直面死亡也无所畏惧，这种女人绝不肯靠男人过活。母亲的这种精神无疑遗传给了两个女儿。

照片一侧是一本日历，上面画着一个黑皮肤的女人，抹着艳丽的口红，戴着一顶宽边帽子，抱着一捧红色的花。题目是“切丽”，落款用铅笔写了两次，出自稚嫩的小手：路易斯，路易斯。

这本日历原本是用来做免费家具广告的，封面上是一张彩色照片，一个穿着整洁，一身新衣的十二岁男孩站在画中间，戴着一顶新草帽，摄影师给他摆了造型，他正做出钓鱼的姿势。题目是“垂钓者”。

日历挂在一颗细细的钉子上，上面还有一个椭圆形的玻璃锁。在锁的一面绘制着彩色的耶稣像，他的右手做出赐福的手势，身后是金色的光环。在另一面是艺术家绘制的“圣母赐福”像，圣母身穿蓝袍，她的身后也有光环，下面刻着七把小剑①。

架子上还有一些廉价的儿童书，上面彩色鲜亮的画面格外吸引孩子的注意力。题目是：

哈伯坐在他的火堆边时比当国王还快乐。

她把她的小王子搂在怀里，然后亲吻了她。（“她”是一个放鹅女）

架子上还有一个锡罐头，上面裹了一层猩红色的纸，还画了一条白色的鱼。上面写着：

萨洛玛

质量极佳的鲭鱼罐头

壁炉架的右侧用石灰水涂起来了，上面还有孩子的小手印。

神龛

在桌上的抽屉情况如下：

打开抽屉可以嗅到一股被虫蛀过的松木味，还有汗津津的衣服，以

① 如果古杰尔知道这是一个罗马天主教的饰物，他可能会感到很惊讶并把它换掉。奇怪的是，在这个如同魁北克一样几乎反天主教的地区总能找到很多类似的圣物或饰品，这让我迷惑不已。

及一股浓浓的霉味。

抽屉里还有一条长款的婴儿裙，有浓浓的穆斯林少女风格，上面刺着三朵小白花。裙子底边用廉价的蕾丝绣了花边。这条裙子一看就是手工小心缝制的。裙子皱皱巴巴，但还能穿，可惜不太干净。

另外有一条普通的白棉婴儿裙，以及一块支离破碎的布，裙子是手工缝的，折得整整齐齐。

旁边还有一件白色的衣服，袖口是羽毛状的刺绣，有点破了，但没有折痕。

另一件衣服用蓝灰色的线缝制，领口是白色的。衣服上有两只已经褪色的了黄兔子的轮廓，应该是在外面找人做的，在衣服的正面还用粉色的线缝了一些图案。

旁边有一个蓝色布料和黑色棉线缝制的玩偶猫，应该是手工做的，猫有着蓝色的尾巴，已经露出棉絮。

抽屉里有一顶宽边的帽子，帽子的边缘已经破成了好几片。帽子上面是金色的，材质是细长的绒线或者是便宜的天鹅绒。宽大的横纹缎带呈现出珍珠的橙色光泽，上面分布的条纹则是雅致的金色。帽檐上用金线镶了边，下面用廉价的棉线绷紧，上面仍然能看到墨水笔的痕迹。从帽檐裂开的边际看来，里面的纸壳应该是从鞋盒上剪下来的，然后小心翼翼的缝进绒布里。帽子破破烂烂，还有点湿乎乎的，似乎已经发霉了。

我找到一只蓝色的长方形盒子，上面写着："彼得·罗斯博士滑石粉"。空了的盒子用于装一些小物件。滑石粉残存的气味有点像剧院厕所的味道……

还有一件粉白格子的婴儿裙。

一条支离破碎的蓝线缝制的婴儿裙。

一个棕色的儿童手套(只有右手)，大拇指的底端有个洞。

一张六角形的剪报

汗报

周四中午,5 月 5 日,1936 年

价格:3 分

在 G

(其他)

千

全都在 D

到处

根据它的

为了

(印在两张照片旁)

玻璃,游行中的警棍

(节选)

现在在警方和游行支持者之间

约。一位摄影师认为

第二街

(两张照片都是在午夜用闪光灯拍摄的)

1. 一个穿着普通衣服的男子正背对着镜头忙活着,他面前大概是一扇电梯门。

2. 一条街。两个警察。其中一位正摆出射击的姿势,脸上表情模糊不清。另一位戴着眼镜,看上去职位比同班高一级,他的警棍正对着一个没戴帽子的人高高扬起,那人蹲在地上,头就到他腰的位置,地上有一摊模糊不清的液体,也许是血液。黑乎乎的背景里有很多人,有些举起双手,有的正准备逃跑,有的惊慌失措。

(从左起)

又一轮游行进行

作为和平

不幸

仲裁

真实

集团

地主

谈判

劳工

扩大武器应用

HASES

MPLETION

计划项目

保持节奏

伟大的军队

(在小照片上面)

中越战争

上帝预备

共产危机

(下面)

阎锡山将军

10 000 名中国共产党员试图发动一起针对中国山西省太原战争之王阎锡山将军的革命,阎锡山宣布太原进入紧急状态。26 名美国人可能陷入危险(附图)。

忏悔

他已经获得救赎

英国讽刺文学家承认他的

错误,自世界之

不会对他造成干扰

（在照片上面）

许多面孔

（下面）

即使老肯特·豪斯已有四个月，小

物理学家用X光监控整个过程

他在六日之前进食过，

手术可能对此有所缓解。

的母亲，在丹佛的贝蒂·豪斯夫人，

国家变迁

接第一页

TOU

把报纸举起对着亮处，两侧的文字一目了然。

抽屉里还有一个碎成两半的扣子。

抽屉的锁眼里还有一个黑色的小钩子。

另一只黑色的小钩子

在抽屉的一角，木质已经开始变得灰白。还堆着一撮灰色和棕色的尘土，无法分辨究竟为何物。

在最底层的抽屉里有一颗小小的，亮色的针，指着北方，就像桌山那只天鹅那样。

二　后方卧室

概况

房间有一半的空间宽敞明亮，呈半开放式(开放的面积应该要比一半还多)设计。房间在我们离开之后又立刻陷入黑暗中。除了侧墙上之外的其他窗户上的百叶窗都紧闭起来，四周钉着亚灰色的窗纱。一分钟后，房间变得毫无生气，黯淡无光。为了缓解这种光线差，穿过侧墙的窗户，一片巨大的光影落在地板上，尽管不是由太阳直接照射，对面的墙体依旧被映得通透明亮。但是后壁和右边的角落并没有照到，就显得比较暗淡了。

房间里有两张床，都是正常尺寸的四分之三，平行拜访，床头顶在后墙上，侧面分别靠近两个侧墙。其中一张床与隔间的门正对着，它的脚架刚好短于厨房门。另一张则是正对着隔间门和衣柜中间的区域的。隔墙上的壁炉面向封闭的后挡板，在它们之间是铺满横木板的通道，通道上空空如也。这两张床几乎占满了房间大半部分。床上铺着平整的白床单，床头方向的正中央摆了一只硬质斑白的枕头，枕头在床垫子上挺得僵直。这些床单上可能会落过一整窝的黑苍蝇吧。有时一只，有时一群，没头没脑地乱窜，或者忽然停下来，趴在窗纱上。又过几分钟，它们有扎堆成群地飞起来了。这两张床都是铁制的。我们正对着的这张床是乔治和他妻子的，铁架子黝黑光滑，被打磨成平整的模样，横平竖直，做工倒是一板一眼毫不马虎。另一张是更单薄一些，上面有被弯成特定曲线的着白色杖杆。

在这张更近的床上方，两颗钉子将一杆轻型猎枪固定在墙上。在窗帘旁边的钉子上挂着白色工装，这是乔治的睡衣。侧窗下有一个树墩子,和前房的树墩大概是同一种树吧。

壁炉

壁炉的装框和材质都是黑漆漆的。壁炉固定在洁白的墙壁上,呈正方形,边长五英尺半。墙上还有一些其他框架的痕迹,又被粉刷掩盖。在很久以前大概是做他用,谷物坚硬的外壳从这水洗的疤痕中穿墙而过,现在只留下冷峻的白色边缘,冷眼观世。在壁炉的右边,是一些参差不齐的横木板,在以壁炉为中心的狭小空间中凭借自身结构撑起一方审美独特的世界。墙上白色的泥浆涂了厚厚的一层,顺着木材的纹理仔细涂刷,使壁炉在它的大白色框架内的中心凸出了几英尺。凸出的壁炉让周围一切都黯然失色,整面墙上只留的它万众瞩目。

壁炉台

在壁炉台上有一个小的圆形纸盒。

(正面写着:)丝绒花香面霜

(背面写着:)面霜中的贵族。质量与50¢(分)硬币相同。

在盒子里面有一个小粉扑。盒子的底部和粉扑的底部蘸着细碎的浅色粉末,这些粉末闻起来香喷喷的。

台子上还有一罐薄荷脑药膏,最小尺寸,已经用掉了三分之二。

一个50号白色棉线的小线轴,用了一半,另一半是散开的。

一只雕着玫瑰花的瓷杯,沿着边缘裂开了缝。里面杵着一只大约有一英寸宽的、严重磨损的刷子。在杯子里还有十一个生锈的钉子,一个蓝色的图钉,一枚假的珍珠大头针,三根脏兮兮的厨房用火柴,一块肥皂。

一个粉红色的新月塑料梳子,有二十七根梳齿,其中三个断掉不见了,上面有十六颗仿制钻石。

一个指甲挫。

一个干干净净的简易小立镜。

在壁炉所在的这面墙上镶着一颗钉子，上面挂着一打七零八落的扑克牌。

角落里还钉着一颗钉子，上面挂着一个方形的针垫子。上面插着许多针，几根一般的针，两个稍大一点的针上带着针别儿；三到四个针尾上有着白色或彩色玻璃装饰；在镀金锡的绿色玻璃小胸针；一根针尾上拖着十八英寸长的粗白线。

在壁炉台上方，右侧的正中心上挂着一个日历：上面是一幅有着红棕色阴影的图片，隐约看得出是一个舒适的壁炉的剪影，笼罩在红色和黄色的灯光里。一个年轻的、有着一头黑发的母亲坐在壁炉旁的椅子上。一个穿着长长的白色睡衣的小女孩跪在她的膝盖间，双手合十。母亲看上去慈爱又温柔。下面写的标题是："黄昏中的祷告"。

衣柜

在浅层衣柜的门内侧有一颗钉子挂着这些东西：

一件破破烂烂的短款白色棉质居家服，胳膊下方有一块方形的补丁连接前襟和后背。在右肩上面打了一个小小的结。

一件自己缝制的婴儿衣服。上衣是灰色牛仔布做的；领子被装饰成粉红色；裙子是黄白相间的棋格纹，材质更为轻薄。

一件穿破了的长款白色棉质居家服，与短款的设计相同。上面是汗渍和雄性荷尔蒙的味道。

在衣柜附近的地板上，一堆工作服堆在左侧，连衣裙、衬衫、床上用品等，准备拿去洗涤。

在一个架子上面，摊了三条或四条拼布被子。大小不一，材质不同，形状甚至都不太一样，布料粗糙磨损程度参差不齐，使用的年头应该不短了，布料已经褪色，边角都是污垢，成了病菌的温床，填充棉散发出难闻的气味。

墙上钉着一排钉子，上面挂着连体衣、连衣裙、儿童服装；连体衣大概是因为经常穿，膝盖处还是鼓起的形状，能闻到汗液的味道。

在右边的地板上放着两个儿童托板，上面整齐叠放着薄薄的矩形布袋，里面有少量的填充棉。

在地板中间摆着一双女士矮跟黑色拖鞋，两只鞋尖都对着墙。还有一古老的双工靴，鞋底都发了霉。一双女孩的拖鞋，上面蘸着的泥土一块块脱落。一双小男孩的黑色靴子，脚趾的断开来，裂痕一直穿过鞋底，松散的鞋带被鞋跟踩得稀巴烂，上面也蘸着泥巴。一双小女孩的栗色纽扣鞋，鞋背细长，皮质柔软，和前几双一样严重磨损，沾满泥巴。一双小男孩的黑色纽扣靴，磨损得很厉害，也很脏。一个婴儿的棕色凉鞋。这些鞋子，特别是童鞋，总是穿得特别苦。在地板上有鼠屎。

床

后方房间的儿童床下面是一张破旧生锈的弹簧网。其他两张床的弹簧是网同样锈迹斑斑，损坏严重。除了中间一道不明显的拼接缝外，这两张床看起来就像一张。两站床垫都很薄，里面不知道塞了些什么当天宠物，我才大概是破棉花和玉米叶吧。它们闻起来古老、陈旧、潮湿，我觉得里面肯定有不少的臭虫和虱子寄居。床垫是自制的。床罩也不是很厚，里面塞着薄薄的、未经漂白的棉花。为了延长床罩的使用寿命，女主人已经几次缝缝补补，确保它能继续使用，然而床罩上已经多处破损露棉，变成一层单布。床单也是美丽干净的白棉布做的，手工缝制而成。针脚细细密密的把整张床单从中心分成了好几部分，仔细看应该是拼接而成，这些布料应该都是同一种，吸热还吸水，总是黏糊糊的贴在身上，并不舒服。枕头是商店买的，应该是最便宜的那种，又硬又薄，脑袋一动就像撞在木板上，吧嗒一声。枕头和床垫一样，估计里面也住着为数不少的小生物吧。枕头套是自制的，扁扁的一片。一个是洗过的，摸上去相对柔软，原来是一个装五十磅面粉的麻袋。条状的纹理清晰分明的分布在布料上。床架并不结实，上床的时候一定要小心谨慎，动作务必轻些，必须经过多次练习才能安心上床而不必担心它会忽然塌掉。不论以怎样的姿势爬上床，床垫里的弹簧吱嘎作响，声音很大。弹簧深陷在床垫里，让人感觉睡在这张床上仿佛像是睡在吊床中间一样。床单铺的很平整，我猜这是整理家务中很重要的一部分，床单服帖的呆在床上，四周垂下来的长度相同。主人显然是精心整理过才让我们参观的。然而也经常失策，整张床看起来就像个倾斜了的蛋糕。

大多数时候，伯特除了在母亲怀里之外都不肯睡觉。一年中的大部分时间里，整个家庭都睡在这一个房间。最小的孩子也不例外。即使有时他们在隔壁房间睡，中间的墙板也薄的好像没有似的。即使没有孩子，在这种条件下，一般的父母根本尴尬的没法做爱，因为总会发出太大的声音。即使没有噪音，床架晃悠，弹簧松弛，床罩结成块，床单也很不舒服。

然而，在这些床上，在他们的孩子中，这对夫妇还是想方设法的享受了属于他们的性爱，尽量降低噪音，尽量保持床的稳定，他们完成了几乎不可能完成的任务。在用三分之二的精力来应付艰苦疲惫的工作和日复一日的唤醒自己的意识、情绪和神经系统之后，他们在这张床上享受了另外三分之一的休息与睡眠。

三　厨房

概况

厨房的屋顶是锡板搭成的。平时倒也还算结实，只是雨下得特别大的时候会沿着锡板和墙缝漏下雨来。相比起漏雨而言，最大的问题是供暖和散热。因为屋子里的空间十分有限，炉子桌子椅子只能紧凑地堆在一起，而且这个倾斜的细长屋顶很低，没有天花板，一抬头能看到一半的锡板。一天之中最热的时候，室外的阳光火辣辣的，温度在34 ℃以上。这种日子能持续上几个星期，薄金属屋顶几乎像燃烧玻璃一样吸收传递着这种灼人的温度。烧饭时燃烧柴火已经非常热，在炉子和桌子之间甚至都没有一码的距离。来自室外阳光的炎热从锡板传递到厨房，又与炉火在此交汇，整个厨房的温度可想而知。这样一个如同蒸笼的厨房正是全家吃午餐的地方，一踏进厨房门，就已经汗流浃背，全身湿漉漉的像被倾盆大雨淋湿一样，太阳穴剧烈地跳动，润润嘴唇，如鲠在喉，这样的屋子最多只能待两三分钟。

厨房的屋顶是单面倾斜的。前面的墙与屋子正面齐平。屋子的正门位于这面墙中间的位置，另一扇门在桌角后面，到房间对面最远端大概有四英尺，从这里可以进入房子的前屋。在后墙的中间开了一扇窗户，在侧墙的中间也有另一扇。这几扇都是玻璃窗，上面有浅浅的波纹，被木条分成两部分。由于没有开关装置，只好用木柴撑住窗边维持打开的状态。炉子被安置在两扇玻璃窗之间的角落里，碗橱贴着正面的墙而立，打开储藏室的门正好能把它挡住。餐桌也是紧贴正面的墙，横在侧门和门厅之间。储藏食物的桶和洗脚盆则立在后墙和门厅那一侧墙的角落里。存放木头的盒子放得里炉子很近，炉子下面是炊具盘。

在炊具盘上摆着咖啡壶和水壶。其他的壶则挂在炉子附近的钉子上，盖子卡在窄窄的墙缝里。一个平底锅水平摆放着，它的手柄被卡在墙的两个板之间的裂缝里。通过这个裂缝，能瞥见屋外的日光。扫帚立桌角旁边，附近的墙上钉着一些钉子，在钉子上挂着扫帚头和一只搅拌器。虽然屋子里没有阳光，但它们看上去依然光彩熠熠。是那种冷静、强烈却又平静安详的光线。那种可以与任何琉璃幻彩相媲美的色泽。

房间虽小但却足够舒适。与其他房间不同，在这里，一切暂且用不上的东西都得挂在墙上。靠墙一侧的桌子旁边没有配备椅子，取而代之的是一个窄长的板凳，与墙靠得很近。桌子靠近墙面，孩子们必须得费点力气才能艰难地爬上桌边来吃饭，虽然这样的确节约了不少空间。桌子探出门厅一些，靠那一侧就多放了一些椅子，当所有人都坐下时，房间就显得满满当当。椅子腿相互挨着，屋内十分拥挤，只剩下门厅和储藏室之间有一点点空间。炉子用完之后要收拾好，放回它原来的角落里，但这也并没有给用餐环境腾出更多的空间。尽管厨房仍属于露天的空间，但这里闻起来烟熏火燎，油烟都渍进了墙里，腻滋滋地把人包围在里面。

橱柜里装着所有厨房用具：瓷器，餐具，以及不易变质的烹饪调料，在南方农村，人们几乎不把这个柜子当成橱柜，而是当成保险柜①。常见的“保险柜”是由大块发黑发脆的木板搭成的，里面会有几层架子，通常是双开门，生锈的锡环作为门把穿过门上凿出的小孔，旁边辅以花纹，凑近时闻到一股闷沉的气味，混杂着母鸡、黄油、炸猪肉和廉价金属叉子的味道。我提到这个，是因为古杰尔的保险柜和普通的保险柜不太一样，在这个屋子里显得格格不入，还让人以为是漫画里跳出来的物件似的，画风颇为超现实主义。古杰尔的这个保险柜更像是冰箱。它是明亮的黄色松木板做成的，门上镶着白色法郎和金属的框架，门闩不

---

① 我不知道怎么开始说这件事，但这对我来说的确有点意思。对于一些佃农家庭而言，最宝贵的财富是他们的食物，所以他们将储存食物的器具命名成中产阶级用于保管钱财和重要文件的“保险柜”。

是爵士乐琴弓那样的按钮,那种按钮倒是在十九世纪生产的保险柜上颇为常见。古杰尔的冰箱上用的是锃亮的镀镍,和真正的冰箱还真有得一比。这台冰箱比传统老套的保险柜更大一些,里面有一个镀了金属边的面粉桶,还有一些带标签的搪瓷罐,上面写着“糖”、“咖啡”、“盐”、“茶”,与冰箱的格调浑然一体,毫无违和之感。这件家具制作精美,带着浓浓的中产阶级气息,让人联想到女性杂志上的广告,甚至广播里在厨房忙碌的女性大声朗读菜谱的声音。想到这些,我反倒为它现在的处境感到惋惜怜悯。从中产阶级的厨房被搬到此处,对这件家具而言,真是造化弄“物”。

炉子被打造成巴洛克式,上面已经锈迹斑斑。炉子上面放了一个烤箱,小小矮矮的,位置刚好可以抵进一个斜坡里。后面摆着一只大黑铁水壶。在后面的钉子上,一些黑乎乎的小茶壶和烤盘挂在角落里,旁边还卡着一只黑色的平底锅。平底锅的手柄卡在墙壁的裂缝中,锅子对着房间。

装食物的桶里装了大概能装五十磅的猪油,现在已经满了一半。上面盖了个筛子用来防蚊虫,筛子是用破窗纱自制的,上面落了三只苍蝇,直勾勾地盯着筛子下面的食物。

扫帚是很廉价的那种,大概三四毛钱一把,还没怎么用过。但千万别误以为能有多新。旧的那把之前用得倒也顺手,现在用得像跛脚老太一样扫把都往一头拐了,只好被丢在一边。

奶油搅拌机里有着牛奶和黄油的香味,味道温和,颜色如同未刷的墙壁一样,是象牙白色的。

椅子下面的地面并不平坦,对于孩子们来说高度也嫌过高。他们喜欢爬上去扮作临危正坐的模样,装模作样,玩起断案或是办公的游戏。

桌子和灯

桌子是为晚餐设置的。

黄绿相间的棋格纹油布已经被磨得很薄，尤其是垫在桌子边缘和桌角的地方，油布表面已经磨出一道脊状的褶皱，有一两处地方也被胳膊磨得发白了，其中一块已经磨出了洞。在这块桌布表面，也许是油污或经常摩擦的缘故，它看上去倒是锃光瓦亮。主人家用湿抹布仔细擦过，但在穿过窗户而透下来的光线下，桌布看上去依然油腻腻的。被抹布擦过的地方散发着木头的酸气和油腻的味道，在桌布接缝的桌缝里藏着一些历史悠久的面包屑，已经开始散发出发霉的气味。这些气味和油布的味道混合在一起，构成了我们每天都能闻到的、作为一个佃农必须面对的日常气味。

桌子上有两套不锈钢刀叉，它们有着黑色而干净的手柄，我猜着大概要值一毛钱吧。虽然不知道这两套刀叉给我们准备出来是要做什么，但毫无疑问，这套餐具是属于这古杰尔和他老婆的。

除了这些刀叉之外，勺子也是非常便宜的，很轻，用的是钝金属，在普通工人阶级家庭极为普遍，大概是慈善机构分发食物时使用的那种餐具，上面似乎还沾着那种食物的臭味，好像从臭烘烘的鱼罐头里刚拿出来一样。几乎所有的叉齿都已经弯了，然后又生愣愣地掰回来。刀子也都卷刃了。

盘子、茶杯、水杯，或是茶托，每一只好像都是残品，花纹样式，尺寸大小，和其他杯子都配不上套。除了一只玻璃杯是透明的之外，其他都是毛玻璃。有一只玻璃杯吹制的很薄，是蓝色的，是乌尔斯沃柳条形玻璃杯的仿制版，这只杯子的把手已经脱落了。另外两只杯子壁稍厚一点，是白色的，像是饭车上面常用的那种搪瓷杯子，不过质量要更差一点，而且也已经磨得相当粗糙了。还有一个边缘有参差不齐的缺口。第四个比其他杯子要高一些，在杯口的地方裂开了。有两只盘子是用来装晚餐的，和餐车上用的午餐瓷盘一样厚。另一个是白色半透明的碟子，大小介于酱料碟和餐盘之间。有一只碟子的颜色是深一些的奶油色，上面有棕色的裂痕花纹，印着玉米和绿色叶子的花环。孩子们主要从酱料碟和碗里拿东西吃。食物从平底锅取出之后分装到各个碟子里,然后也有用来盛汤的汤碗和一个小小的白色厚碟子作为备用。在桌子中间摆了一只装着高粱的泥罐子,一个盛胡椒的盒子,一个装了盐的瓶子,盖子是绿色的。旁边是一盏没有打开电源的灯,像是沐浴在日光下的美丽的裸体女孩。

四　储藏室

两件重要的事

在开始这一篇之前，我要提两件重要的事。虽然说这两件东西微不足道，但我觉得还是占一些笔墨来写写那是什么，以及它们为什么需要记录在案。一件事是关于整幢房子；另一件事在任意一间房间中也都可以感受到。第一件事只有将整幢房子视为一个整体的时候才觉得更为真实。第二件事只针对我现在所处的这间房子而谈。

第一件事是这样的：在任何房子里，站在任何一个房间里，驻足停留，环视四周。感受周围寂静的空气，无声之中缓缓汇集起时常离散的注意力，在接下来的一段时间里尽可能的融入这个空间，观察它的结构，感受空间的构成。不仅仅是用大脑来思考，也不仅仅是用眼睛来记录，这些浅层的感觉都是不可靠的，而是让全部身心融入其中，将感官不断延展，超越自身的限制，与自然融为一体，也就与房屋融为了一体。此时，整个人仿佛处在一个关于建筑的梦幻中，放空自己，想象身处一个宽广的平台之上，没有墙壁，没有屋顶。听得到周围空气的震动，感受得到在静谧中活跃着的粒子。在这块平台的边缘安装了些许木片，如同花瓣一样烘托着舞台中央的你。木板与舞台之间用钉子衔接，两片木板如同蝴蝶的翅膀一样。这时屋顶似乎从天而降，光影流淌到木板上，忽明忽暗，目不转睛地盯着那对翅膀看，就能看到上面坑坑洼洼，斑斑驳驳的痕迹。忽然间它们迅速生长，变成两面墙，木楔相扣，严丝合缝，搭成一间小屋。紧接着其他木板也随之生长，在这个平台上分割出四个房间。这就是古杰尔一家所居住的地方，巧妙地如同弦上奏着的歌。这种韵律动人心弦，所有在这里的家具和物件都如同琥珀一样晶莹剔透。

第二件事，也许对于大多数房间来说都那么不起眼，但了解了这里的结构和材料之后，才更加笃信只有在这间房子里才让人觉得更为真实。通过科学的实地考察及绘制蓝图而建起房屋的雏形，寻找大小合适的木材，在计算好的位置上敲下每一颗钉子，不停地从屋内屋外多重视角来调整工程进展，仔细审查每一件物品，每一件家具，记下它们的位置，存入自己的意识，在脑海中勾勒出想要的模样。然而这一切都是虚无，源自虚无，也将归于尘土，这才是一切的本真。想象一个裸露的平原，一家人耗尽毕生的力气生活在这里。厨房前的房间黑乎乎的，鲜有人用，里面空无一物，除了墙壁、地板、屋顶之外只有一面杉木镜子。

针对这个房间，我想简单说一说。

房间

要通过厨房门才能到达这间屋子。走廊的门和百叶窗被铁钉钉死，因为门窗都出现故障，很难关严。屋内的热气和黑暗中散发出木头腐烂的气味与房子里的其他地方格格不入。这间屋子很少使用，仿佛在静默中积蓄力量，自成一体，将周围的空气都隔绝开来。有一丝光来自屋顶的裂缝，沿着屋檐和墙壁断开的木板间漏下来，落在底板上。抹布的气味和仓库中干燥的空气混杂在一起，让这间储藏室闻起来像个坟墓一样。靠北墙的一侧有长长的货架，上面摆着一些罐子。靠近厨房门的墙上挂着四五个玉米棒子，红黄色相间，看样子已经挂了有些时候了。地板中央躺着一些袋子，有的里面已经空无一物，有的还是满满当当。屋顶上一群黄蜂嗡嗡地飞着，在阳光下翅膀金灿灿的，像一道道流淌的火光。房梁的角落里有一张被烟熏过的蜘蛛网。沿着货架看过去，地上摆着一些麻袋，软塌塌的。老鼠硕大的尾巴在地板的灰尘里拖出几道印记。除此之外，在这里就没有什么特别的东西了。其中一个袋子很重，在扎口和中间段看上去鼓鼓囊囊。这里面装了三分之二的玉米粉和一些豌豆。另一袋子很轻，里面装的是带豆荚的豌豆。其他几个袋子是空的。古杰尔一家在冬天主要以豌豆为主食。在这些袋子左边是烂叶和枯枝，主要是花生叶，是上好的饲料。还有一个装着桃子干的面粉袋。货架上摆大约三打罐子，紧密的凑在一起。其中约十二个罐子是空的，十五个或者二十个是水晶玻璃制成的，其中六个或八个里面有东西。罐子里装着苹果和莓子果酱、罐头桃子、西红柿、豆角。有一些罐子里的食物已经开始变质发霉。冬天结束之后几乎没什么剩下了。夏天的时候，这个货架才开始用来囤食物用。在寒冷的天气，这里的每个瓶子都得派上用场，全听古杰尔夫人调遣。

在前卧室:信号

我躺在寂静的黎明之中。

假使我不在这里。假使我是一个外星人,没有躯体,只有一双眼睛。那就永远不会有人类的感官与情绪吧。

是的,一定没有。我在这里不受欢迎。我的整个肉体,我的整个灵魂都游荡在虚无之中。不论我在哪里,虚无都不曾远离。好像在黑夜中与你对话的生物一样,如影随形。这里发生的事情,每日于沉默中循环往复。虚无充斥在这个房间的各个角落,也介于每一位家庭成员之间。当人们习惯于这种沉默共处的时候,也就意识不到它的存在,或者说,已经与它融为一体,将它藏进日常的习惯之中,谁也不想打破这种默契。无论是欲言又止,还是闭口缄默,没人敢去对这个傲慢的秘密做出任何解释。

在一个丰满的夏季清晨,百叶窗紧闭的屋子里一片漆黑,屋顶上细小的钉孔里漏下来一丝阳光。那时一天之中我能接收到的第一个信号,安静,不起眼。一缕光线垂了下来,幽幽柔柔地掉在了壁炉的左侧,流向一个乳白色的小花瓶。光线慢慢爬上花瓶的外壁,缠住瓶颈,然后小心翼翼的钻进瓶子里面,砰的一下,乳白色的玻璃绽放出明媚的色泽,如同晨雾一般神秘而秀丽。阳光与乳白色瓶子旁若无人地缠绵着,孕育出珍珠一样的光泽,似乎是盛了一轮新月在瓶子之中,如同古老的咒语让人敬畏。半分钟之后,它渐渐退去色彩,变回原形,还原成一只落在光影里的普通瓶子。现在光线彻底从它身上移开,照向它旁边松木板上的纹理,那一块块年轮如同行星一样围着恒星旋转,造出一个深邃的漩涡,又如同绚丽的火焰,解除黑暗的封印,释放出肃穆阴影背后的隐喻。

在这里,他的声音似乎比反应速度要滞后许多,黄蜂奏着小提琴在屋顶盘旋。沉默半分钟之后，犀檐下的光线如水流般倾下。

然而他，他在这里依然不受欢迎。他是房屋的建造者，是个佃农。他没有什么可留意的，也不应该轻易解读任何信号。

归途

我在山岗之上回望他们，他们向我挥着手，如麦浪一般无法停息。我听到她的声音和孩子们的声音。那些隐藏在心底的角落汹涌澎湃，似有海浪肆虐。那些悲伤、美丽，我的行囊、我的嘴唇，都依然带着那里的气息。我将这些珍贵的回忆小心翼翼地收藏。像麦穗一样颔首祷告，虔诚的心敢呈于牧师之前，我感到强烈的情绪在心房跳动。而我能做的只有静静的离开，再不敢回头。

相当长的时间之后，我依然可以听到他们在大厅门后喧哗，费力地取水，搅动长柄勺。那时我总以为自己还坐在门廊前，手里握着一支铅笔，膝盖上摊开一个笔记本，然后一回身就能看到他们。在这些梦境与真实难辨的幻觉里，他们依然爱着我，而我也那样眷恋与他们一起生活的岁月。他们信任我，不论我给他们带来了多大伤害，或是让他们觉得我拒人千里之外，他们还是那样无条件地信任我。

即使在回忆里，我也依然愧于直视他们的眼睛。那种真诚太过明亮，我受之有愧。

对于伍兹和瑞科特斯的房子，我只想简单写写。尽管写得简单，但希望读者不要误会，以为他们的房子就没有良好的装修，或是认为他们两家对我而言不如古杰尔一家重要。

伍兹的房子

如同前文我所写过的那样，伍兹的房子建在相当远的地方。它面向南方。首先映入眼帘的是一小片郁郁葱葱的杂草和隆起的草垛。再往前走，有一块地划出来做花园，其中一半用栅栏围了起来，沿着这个小花园的一块地被分出来种棉花。在房子的右侧一块狭长的土地用来种玉米，旁边盖着一个又小又破的谷仓。在那旁边长着一棵枝繁叶茂的苹果树，可惜产量少得可怜，苹果又酸又小。房子里一共有三个房间，两个房间并排而立，厨房和第三个房间离谷仓较远。坐落在西侧角落的房间开了一扇门，直通屋子的正门。屋子里还有已经拆掉的楼梯的痕迹。打开最靠后那间屋子的门，就能看到门廊。门廊是用松软的松木板钉成的，从一个角落开始破损，然后裂纹就生长得到处都是，一发不可收拾，直到所有的木板都破破烂烂为止。到了下午的时候，主人家会把一张被单挂上钉在柱子上的铁钉，这样可以起到窗帘的作用，暂时遮挡阳光。在西侧的房间里有两扇窗户，都是玻璃做的，配有白色的窗帘。东侧的房间有三扇，也是玻璃做的，但没有窗帘。厨房里有一扇玻璃窗大约十八英寸长宽，主要的光源还是通过两扇对开的门照进房间里。一扇门直通院子，一扇门可以到达前面的房间。西室是一间卧室，大约十乘十二英尺，地板空空如也，没有什么家具，除了一个锡制的箱子，一张破破烂烂的山核桃椅，和一个三分之四标准规格大小的铁艺床，上面铺着一条白色的棉被[①]。在这张床上的墙上，一柄给军官配用的剑已经生锈，大概已经锈死在剑鞘里了。它是伍兹夫人祖先留下来的传家宝。在门旁边挂着一面镜子，锡制镜框的工艺大概可以追溯到十九世纪中早期吧，镜框上刻着星星，一只鹰抓着一柄猎枪。后墙的钉子上挂着几件衬衫，脏兮兮的裙子，还有一件干净裙子，挂在电线弯成的衣架上。

东侧的房间大约十平方英尺，卧室和起居室连在一起。铁架子床已经破破烂烂，摇摇晃晃，伍兹只好把它固定在墙上。床上铺着一条破旧的被子，黑乎乎的，上面都是灰，棉花也从撕破的布条里漏了出来。虽然房子外面看起来还是陈旧的模样，房间里面和厨房的墙壁已经重新分刷过了，在墙壁的纹理和裂缝中，还能看到粉刷留下的痕迹。这里放着一张形如冰淇淋桶似的铁制椅子，上面有一个自制的松树枝盘成的坐垫，颜色还很鲜亮。桌子上放了一盏台灯，一个锡制的花盆，上面依然锃光瓦亮。在墙上也挂着“黄昏中的祷告”那幅画。后墙上有一幅写着标题的挂画，大概是从一本晦涩的杂志上剪下来的。上面是三岁时候的芭芭拉·德拉科和六岁的约翰·B.德拉科三世[②]，这对兄妹来自芝加哥，他们在杂志付梓的时候已经是相当有影响力的人物了，约翰·德拉科正在积极开展他横跨社会学—金融—性领域的事业。下面的标题写着：“小德拉科们”。

---

① 被子是伍兹夫人母亲绣的，她还绣了一对枕套，用粉色和棕色的线绣出简单的线条，如同孩子一样勾出简单的线条和原点，然后绣出一个男人的头像、一些美妙的花朵，另一侧绣了一个头戴鲜花的女人头像。

② 约翰·B.德拉科三世(1872—1964)，黑石酒店及德拉科酒店的创办者。——译者注

厨房大概八平方英尺大，中间有一个小小的、却贡献巨大的木制炉子，它为这个家庭操劳了一生，这家人正准备换掉这个。炉子似乎已经旧得没法再修了，但当他们试图把它移走的时候，它就会回光返照挣扎着再服务一段时间。伍兹觉得它大限将至，决心下次再坏掉就彻底换一台新的。在厨房的另一侧摆了一台小桌子，一家人聚在这里吃饭。墙上挂了一些照片。

伍兹家附近的泉眼

在屋后有一个大约十英尺长宽的院子，用红色栅栏围了起来。院子周围是一个六十英尺长的陡坡，泥土从这里顺流而下，冲出了一块窄窄的堤岸。在这个堤岸的下面是一口小型温泉，有人用木墙把它围了起来。堤岸很陡，可能要手脚并用才能勉强爬下去，但只有当取水的装置坏了的时候才需要人下去维修。这个装置安在靠近院子的地方，人们给它起了个绰号叫做“懒蛋”。它包括一个卷轴机、一根绳子、一个桶和一块很重的石块。这个桶的形状已经扭曲得不成样子，迅速下降的时候会撞到石壁和地面，孩子们拿它取乐。石头也是一样，坠下去的时候水花四起。绳子是由钢丝绳、小绳索和晾衣绳拼接在一起的，有的地方是单股，有的地方打了好几个节，几乎每一英寸都被修补过。卷轴机看上去不太好用，拉桶上来的时候，必须用一只手防止它跑偏，另一只手摇转把手把桶拉上来。但即便如此，等桶提上来的时候，有三分之一的水已经洒出去了。操作比较顺利的时候，每天打个两三次水就够了。不顺利的时候，转轴忽然跑偏，把手忽然脱落，绳索忽然断裂，或是整个桶撞翻在石壁上，那就必须下去维修一两次才能修好。

不出所料，这里的水是温热的，却脏兮兮的，上面漂着不知名的物质，味道让人作呕，人们总说喝了这水一定会生病。他们这么确信是因为这口泉水也和下游的一家黑人共享。有时波尔会躲在岸堤上悄悄观察，等着黑人孩子出现（他们总是结伴而行，几乎从不单独行动），有时也能看到那家的爸爸妈妈。她收集了许多石头子，然后朝他们丢过去，将他们赶走。有时也会丢木块。作为报复，黑人家的孩子会把他们刚装满的桶倒掉，或是把绳子从桶上解下来，让伍兹家的孩子必须爬下来修理。看上面有人下来，他们就停止大笑，慌忙地跑进丛林里。但他们也知道，总捣乱对自己也不是什么好事，所以干脆井水不犯河水，在伍兹家没人的时候他们才来这里取水。

瑞科特斯的房子

古杰尔家和伍兹家的房子都是典型的佃农住房，保持着最开始建造时的模样，住到现在也未曾大规模装修过。瑞科特斯家住在离伍兹家大概几百码距离的另一条路上，与前两家住的地方完全不同。这间房子原先的主人是一户小农，并不属于佃农，所以这间房子是按照原先主人的阶级身份设计和建造的。比如说，这个房子选用的是最简约的木板条，使用面积比建筑面积小了不少，木板条上面磕磕巴巴的不是蛀孔就是没刮干净的树皮，从来没有粉刷过。瑞科特斯一家住的这间房子是典型社会地位中下等人住的房子。房子的地基打得很扎实，整个架构也还算结实，但是二楼却草草了事，连高度和面积都是随便估算了一下就开工了。外墙用的木材是焦黄色的，上面落满了灰尘，码得整整齐齐如同巧克力块一样。整幢房子被两棵巨大的树夹在中间，落下的树荫把房子遮得严严实实。在不远处有一簇花丛，显然是疏于修葺，花丛已经成了干枯的枝杈，茎条裸露在空气中。院子倒是很大，但看不出形状。牲畜棚还在，只是已经支离破碎了，在晃眼的阳光下如同白银一样闪烁。大小适中的牲畜棚里既有马厩，也有堆干草的位置。在离房子稍远的位置有一口石块堆成的井，可以看到井底隐约漂着一些泡沫，阴阴沉沉的看不清究竟是什么。房子后面有一个坑，还有一些腐烂变红的植物，一坨泛白褪色的杂草，似乎在挣扎着证明它们往昔也无人问津的生命力。我第一眼看到这个房子，觉得它的原主人应当是一个与众不同的人，他应当也曾想尽心尽力地建造一所舒适的房子。但是，不论是他究竟是谁，显然没能力继续拥有这间房子，无论多么恋恋不舍，他也不能救自己于水火之中，只得将它抵押给了马格瑞斯夫兄弟。现在这对兄弟是这套房子的主人。如果仔细研究当地的法律条文和信件往来，就会发现在他们所拥有的两千六百英亩的土地上有不少这样农民和佃农家庭。这对兄弟重新安排了所有的住宅，不管谁曾经住在哪里，也不管谁建了哪所房子，他们所掌管的房子被按需分给佃农。根据现在的安排，这间房子分给了弗雷德·瑞科特斯一家。

沿着房子旁边的小路一直走过去，先看到的是门廊和厨房，接下来是卧室。卧室和厨房之间由一间没有窗户的起居厅连接，宽敞，明亮，足够容纳一张四分之三规格大的床及过道。这间卧室位于房子的前侧，出门右转就是我们所在的这条小路了。立在小路前方的是宽敞的门廊，房顶吊得相当高，空间感很强，微弱的光线从高高的顶窗上照进来。除了门廊是独立建筑之外，还有一个正方形的大房间也从纷繁错杂的结构中独立出来。在这个大房间和主要建筑之间是门廊，门廊的边缘超出房子的侧边约十五英寸左右。最靠外的那五英寸被压塌在破碎的屋顶下，那下面是一个散发着恶臭的地下室。除此之外，门廊外还有一大片宽阔而茂密的杂草，这应当是一个花园吧，外面围着一圈栅栏，在前边和左手边种了一些棉花，和伍兹家的地连在了一起。一家人住在这里。瑞科特斯和他的老婆，在这儿的头十五年里他们生了七个孩子。

前廊是用来闲聊和休息的地方，这里总是打扫得很干净，几乎没有垃圾。地板一踩就吱嘎作响，丝毫不容忽视，似乎自带警报功能。椅子稍微摇晃一下，或者体重稍重的人坐下的时候，地板总要发出近乎崩溃的声音，好像下一秒就会塌掉。但总的来说，这山核桃木做的地板还算是结实。同样让人悬着心的还有厨房那把摇椅，已经支离破碎的座椅上放了一个垫子，垫子是从厨房餐椅上淘汰下来的。垫子和克莱尔·贝尔的婴儿椅一直在那个位置放着。

靠近厨房那一侧的门廊最为实用。这里东西成灾，堆得乱七八糟，在一个角落里有许多猪油罐头、马掌钉，坏了的机器和用途不明的工具。这些杂七杂八的破烂我拿不准到底是不是垃圾，瑞科特斯一家大概觉得放在这儿找起来比较顺手。洗手池和水箱也安置在这里。洗手池是那种普通常见的款式，古老陈旧，中间有一个十字水龙头，没有肥皂。把钱浪费在肥皂而非食物上是件愚蠢的事情，在乡下这种地方，水已经足够“干净”了。饮用水和烹饪用水是从屋顶接下来的，用一个凹槽形的管子做一道水渠，把水从屋顶引到门廊下面的地下室去。安装水箱的这面墙在我看来安置得恰到好处，至少从美学角度上无可挑剔。地下室上方大约十五英寸外的门廊上面开了一个宽宽的口子，以备夜晚使用方便，由于墙体的存在也不会影响屋内人休息。蓄水池里的水是用来饮用和做饭的，一定要节约使用。瑞科特斯尽力避免和伍兹一家分享那口“带病菌的水”。然而省下来的水在夏天又很容易蒸发干。春天的时候，瑞科特斯家的女人会走上三英里，翻过山坡，去伍兹家那口泉水附近洗衣服。因为水源匮乏，每天下地干活也对尘土习以为常等诸多原因，瑞科特斯一家很少洗衣服。所以，他们一家人脏兮兮的，除了脸和手，贴身的衣服和寝具，平底锅和菜盘子稍微干净一点之外，全家都脏得难以想象。我无法想象他们是不是还能更脏点儿，但这恐怕是我见过最不讲卫生的一家子了。

这里的格局和古杰尔家的四个房间格局类似，但又不完全一样。后面那一间从房子里独立出来，空间很大，光线也很充足，但却不适宜居住。几个窗户上的玻璃已经掉下来了，有一些用破布和纸板塞起来，但这也无法阻光线和风蹿进屋子。后墙上镶着一个壁炉，上面破了个大洞，日光直落落地照了进来，空气中颗粒状的烟尘清晰可见，几乎要将这个壁炉淹没。房间里没有什么生活气息，也没有家具，只有苹果的气味和香瓜清新诱人的甜味。在采摘时节，这里又热又闷，堆满了等待晾晒的棉花，味道刺鼻，可想而知。两扇窗户中间是一个石烟囱，上面有光透下来，感觉十分明亮。窗户旁边挂着帽子和铭牌，帽子是一定圆形的高脚帽，是用玉米叶子手工编成的。铭牌是用瓦楞纸板光滑那一面做的，上面用蓝色蜡笔盖住了原本的印刷字体，写着：“请安静！”关于这件东西我等会儿再说。

生活基本是围绕另外三个房间展开的。厨房很宽敞,大约有十五英尺长,十二英尺宽。本来就不多的家具和空旷的地板就衬得这里更加空空荡荡。前侧的卧室大约有十二平方英尺大,屋内的格局让人觉得压抑,里面摆了两张床。第三个与之相连的房子更小,更暗,根本算不上是个房间。

三间屋子都是阴阴沉沉的,这其中的原因还是值得一说。这首先是因为窗户安装的位置不对,而且内壁粉刷之后窗户就更脏了。经年累月的灰尘、汗味、油泥、污垢积累在一起,窗户上黑乎乎的连成一片,边角处泛着恶心的铜绿,木材千锤百炼已经被刮成了铁板一样的锈色。厨房的窗子也好不到哪去,虽然没有门廊或树木的遮挡,可以看到湛蓝色闪亮的天空,阳光透进来,依然像是接触不良的灯泡,光线微弱,忽明忽暗的映在铁锈斑斑的墙上。

面面相觑的墙把铁锈的味道也困在了屋里,在空气中毛毛躁躁,如同西班牙苔藓一样让人不舒服。空气中还有潮得发霉的衣服味,变质了的肉味,汗津津的被褥味和说不上香还是让人麻木的油腻味。人们就在这样的环境中发酵,入睡,仿佛这古怪的一切竟成了他们生活的支柱。由于长久的浸在这种味道中,就不再觉得刺鼻难忍,渐渐习以为常,仿佛厨房和餐桌上的气味就是生活的常态。桌面上的油布上已经磨出一块黑乎乎的窟窿,布料和木材之间已经藏了许多烟灰、臭烘烘的油脂块,干巴巴的玉米和已经变质了的肉碎。这些残渣腻成一层厚厚的油脂贴在桌上,让人难以直视。

前侧的房间里并行摆了两张床,对面的墙上是一个壁炉,这个壁炉几乎沾满了整个角落,只留下一条窄窄的过道供人通过。两张床并非铁艺床架,而是木板钉成的。其中一张设计简单,用的是比较轻盈的木材。另外一个是深色的,使用的是厚重华丽的维多利亚木。高大而华丽的床头顶在深色的木板墙上,墙上已经刻下了多年使用的痕迹。床上也是一片狼藉,脏兮兮的被褥让人产生幻觉,好像一觉醒来就置身垃圾堆里。枕头的芯已经掉出来了,枕套也成了破布条,一撇头就能看到烟灰印和尿黄色的污渍和毛发。

瑞科特斯家的壁炉

床对面的壁炉很宽敞,也很高,在希腊木板的映衬下显得很漂亮。

瑞科特斯家比一般佃农家更喜爱漂亮的物件,他们也比其他家在这儿住的时间更长。瑞科特斯一家想尽办法来装饰这堵壁炉墙。他们四处收集漂亮的纸片摆成婚礼蛋糕的形状,或是把它们叠成各种形状,当做白孔雀开屏的模样。墙上挂着日历,日历上印着一张白雪皑皑的狩猎图片,上面还有凸出来的浅浅的浮雕,以及红色、蓝色、绿色和金色的粉末闪闪发亮,绚丽耀眼。墙上还有许多其他图片,可能是某个农场杂志的广告,上面还印着爱狗协会的广告,聚在火炉旁接受祝福的穷人们。还有印第安少女和她们性感的乳房,月光照耀的树叶和林荫小道,丰满的金发女郎穿着华丽的衣服斜靠在秋千上,噘着吸管小口小口地喝可乐。还有夜晚棕榈树下成群的年轻男人们穿着宽大的白袍子,边抽香烟边聊天。阳光灿烂的厨房里主妇们欢快地忙碌在炉灶旁。丈夫们身着华服,像客人展示着壁炉。老人靠在摇椅上,手里打着针线活,幸福洋溢在她们脸上。调皮的小狗,活泼的小男孩,可爱的小女孩,有着一双漂亮蓝色眼睛的小婴儿吸吮着手指好奇望着湛蓝天空中粉白色的云朵。年轻女孩面部特写,勇敢无畏的眼睛直面生活残酷的现实。图片里还有蛋糕、烤牛肉、烤火鸡,切成片的火腿,印着圣经故事和节选的小卡片,拖拉机和山村美景,喵喵叫的小猫,戴着眼镜的山羊,带着单片眼镜的白色牛头犬。人头马和森林女孩亲昵,色彩斑斓的夏季沙拉,长得像山羊一样的老上校端着一杯咖啡,拿着一瓶四玫瑰牌威士忌手舞足蹈的黑人,健美苗条的男孩女孩,青春期的少女,和孩子嬉戏的护士。画上还有许许多多的衣服,成套的连衣裙,校服,套装,运动毛衣,室内居家服,喝下午茶穿的礼服,海滩休闲裤等等。狄更斯和圣诞晚餐,小酒馆里十八世纪扮相的绅士,圣诞聚会上的冥想师,来生病的孩子身边探望的乡村医生,正在全速前进的列车的照片,欣赏锦罗绸缎的年轻夫妇。这些眼花缭乱的图片和贴纸几乎填满了墙壁,在相应的地方还用农历和简单的字句写着一些注释。比如,鞋子,家具,干草垛,粮食和饲料,黄色商店,格林百货,开尔文冷藏箱,赞美,少管我家的事儿,马佐拉,铁路时代,马克斯威尔房子,他们满意,墨西哥墨西哥,暂停刷新,伯明翰,进步农夫,六点以后,民主刚果,农场和炉边,爱的礼物,你不能不付钱,软,可爱的手,你欠她的,你欠他的,你欠他们的,乡绅,耶路撒冷的女儿,别为我哭泣,而是为了你的孩子,以及你的孩子的孩子,激励,保存,最后,别破罐破摔,等等①。

位于连接处的房间被一张四分之三正常规格的床占去了大部分空间,在对面的墙上钉着几枚钉子,上面挂着很重的衣服。两个年长一点的女儿睡在这里,其余四个睡在其他两张床上。瑞科特斯和他老婆及小女儿克莱尔·贝尔睡在大床上。孩子们睡觉的时候要么穿一件短袖,要么就赤身裸体。

厨房里的桌子如上文所述,脏得不可思议。周围摆着椅子和长凳。还有一张椅子摆在厨房的中间。靠着桌子对角的地方立着一个很大很旧很难用的炉子,旁边堆着尚没来得及清洗的锅碗瓢盆。在这堆杂物旁边是一张破桌子,没有涂过漆,表面黑乎乎的,沾着面疙瘩。这就是厨房的全景了。

---

① 这些只是我能记住的一部分,还有很多未能及时记住和写下的。关于这面墙的全景最好还是参看照片而非文字,纸张有限,在此就不赘述了。

备注

这些备注可以看做是正文的延展，或是重新思考之后写下的随笔，再或者仅作为自己追忆往事的线索而写在这里。我想尽量写得简单一些。在这里做出这项声明可能显得不负责任，但我必须指出，在这份笔记里，恐怕提出的问题多于它能回答的问题。还请各位读者相信，在落笔前我已经尽可能周全的考量了故事的背景，所有描述都力图还原回彼时的情景，尽量使之再现，也尽我所能为诸位呈现一个较为完整的视角。

美感

我相信，从某种角度上说，这些房子拥有非凡的美感。人们总会对佃农所居住的陋屋产生误解，这很大程度上是因为人们不了解这些房子，也容易被歪曲了事实的新闻所误导。也有部分原因是由于它们已经破败不堪，作为居所的功能大打折扣。出于我个人的审美见解，在观察这几幢房子的时候，我对美学的兴趣已经远超于它们建筑功能的兴趣。现在我想对这些房子的“美感”稍作评价，暂且将功能性和社会道德等问题放置一边。

这些房子其实建得并不算好，用料吝啬，设计粗糙，模样守旧。它们只是为了满足遮风挡雨而建，按理来说也谈不上什么美感。房子里的家具尽可能精简，留下的都是生活必需品，古老守旧，又带着明显的个人印记。对我来说，这其中就流露出两种不同的古典主义审美，本质也许不同，但同样美妙，而且息息相关。这种古典主义趣味适应时代和地区的经济需求，并具有相当悠久的地方原始传统。如此独特的古典审美只属于社会底层的人民，这是他们为数不多的特权。然而，对于这些拥有和创造如此“美感”的人们来说，它却微不足道，甚至丝毫体现不出其价值。很明显，那些拥有经济优势的人们更难察觉其中的美，他们甚至都羞于承认这一点。在他们看来，他们才是美感规则的制定者，他们认为丑的肮脏的东西就绝不可能有丝毫审美价值。即使不掺杂任何私人感情的话，我也会为他们感到遗憾，那些蔑视美丽与忽视美丽的人在我看来都不够明智。我认为，是否认为这幢房子具有美感，是否认为这幢房子的外形讨巧，都和观赏者的经济社会条件息息相关。换一个角度来看，当一个人敢于面对内心的丑陋与不堪时，才真的有勇气去直面人性的残酷，也才能欣赏不为人知的美感。

由这一点我又想到了很多其他问题。但我恐怕不能自圆其说，还是不要写在这里了①。

另外一个问题是，美丽的事物究竟有意有心有情有感而为之，还是华彩天成妙手偶得？我只能自说自话，试着回答这个问题。第一，有意而为之的美好其实更是一种机缘巧合，也更需要灵感的迸发来促成这种美好事物的产生。而抓住这种稍纵即逝的灵感来完成看似天成的艺术品，就更需要艺术家的直觉和深厚的艺术修养。第二，“偶得”与“天成”这种际遇本身也是“美丽”的一种诠释，是宇宙万物的一种呈现方式。我认为，既然可以说贝多芬第四奏鸣曲是浑然天成的杰作，那古杰尔家前屋卧室的那面隔墙也同样可以是艺术的恩赐，如同伟大的悲剧诗歌一样，耐人寻味。

日常关系与中等水平的生活

简单来说，在这一节我谈谈这些房子和所谓“中等水平的佃农生活”（简称“中等”），同时为大家介绍相关南方住宅的知识。

---

① 在我现在的观点中，甚至以为没有认识到房屋的美感而羞愧难当。

就地理位置和农田格局来说，古杰尔一家的房子远低于中等水平。耕地形状不规范，房子离农田又太远，有一块还算肥沃的耕地却被厚厚的树林围住了。这样的房子，简直跟1800年驻守边疆的士兵的窝棚差不多，就算放到现在，估计也只能给丛林野人住了，怎么能想象这是一户佃农的住宅呢？

伍兹家和瑞科特斯家的地理位置要好一些。他们家门前有一条约两英里的小路盘山腰而过，途中要经过三个到四个废弃的房屋。这样一个不离群索居又不趋于市井的房屋在佃农阶级里应该算是中等水平吧。在那些山林小路里少有人旅行，也没有嘈杂的人群熙熙攘攘，更没有高速公路上飞驰来往的车辆侵占视野。在这儿我还要多添一句，其实大多数佃农都住在平坦的乡村，平常出门也还是能看到几间乡野小屋的，这对于我们来说可能已经是另一个世界了吧。因此，在一两英里之内没有房屋，没有人群，只有一条孤单的小道，天地苍茫之感油然而生，棉田已是佃农的全部世界。相比较之下，三百英里之外那座拥有九百万人口的贸易城市却如沧海一粟，逼仄而拥挤。

如果从外观和房屋架构上来看，恐怕这几间房屋没有一个能算得上中等水平。

要想达到中等水平，在我想象中至少应该满足以下条件：

如果是一件屋子，那屋顶至少得是质量过关的木板，前后两面墙的中间分别有一扇门。方形的百叶窗外面的玻璃最好没有破损，烟囱是水泥和砖块砌成的。除了房顶是倾斜的，房子应该是个完美的立方体。

如果是两个房间，或者不超过三个房间的屋子，一般第三个小屋都是多出来的，会带一个斜坡屋顶。这样的房子也要使用质量优良的纵向木板。有时候也可以用横向的，或者夹心板，甚至挡风板也行。厨房里应该有一个小玻璃窗，其他物资的窗户是正方形的，安了百叶窗。前后两个门，屋顶下面有一个小小的门廊，房间开门相对，结构匀称。

所有佃农的房子几乎都有以下的特点。木头没上过漆，已经风化得不成样子。就算上过漆的，也已经斑驳得看不出颜色了。地基垫得较高，房子离地面有一定距离，阳光明媚的时候能看到地板上厚厚的一层土。大部分房子都用了最简单的设计，院子里基本都是洋灰地，没有树荫。从较高的房子往外看，低矮的房子就像趴在地上，一小簇一小簇的。佃农的院子里几乎没有花。许多房子设计得一模一样，相同的设计随处可见，初来乍到时挺容易分辨不清。在房子外面搭的牲畜棚或是谷仓之类的数量，远远小于一个"农场"所需的比例。这些房子看起来就像是一个大号的集装箱，只不过现在有人搬进去住了而已。每一幢房子看上去都那么弱不禁风，却为一家人遮风挡雨了许多年。

这样的房子在偏僻乡野几乎毫无辨识度，里面住的也大多是最贫穷的小农户。这样的房子看多了，就对佃农的居住条件有了一个大致的印象。

第一次去瑞科特斯家的时候觉得虽然房子马马虎虎，但并不小家子气。在他家住了几天就更觉得，这房子绝不可能属于一个底层农民，原先的主人应该是个有一定身份地位的人。

伍兹和古杰尔的房子原先的主人应该都不是有地位的小农户，甚至跟"有产"一点儿边都沾不上。但无论如何，他们的房子在某种程度上还是不少部分符合佃农的"中等"水平的，纵使房子都是破破烂烂，给人的第一印象并不太好。古杰尔的房子是双并行结构，有一个开放式的走廊，这个设计比较少见，但非常巧妙。对称的两侧都是正方形的设计，很适合住在山林里的农户①。伍兹的房子向外突出，地基不深，屋子稍微前倾。这幢房子也算是最能体现佃农生活水平的房子了。一间屋子，两个前门，却没有一个处在正中的位置。如果房子选用的木材是质量过关的纵向木板，而非周边森林里随便捡来的木材就好了。

① 我记得田纳西州也有类似双层的正方形木板房。写完这篇文章之后，我发现他们经常提到的维克多·迪西尔是一名二十世纪三十年代经常出没在密苏里州的法国旅人。如果我没记错，哈克勒贝瑞·芬写到的也是这个人。

附近其他的房子也都大致如此。在这么乡下的地方，没有谁能过上所谓“像样”或是“体面”的生活。在俄亥俄州或者新英格兰这样的地方，房子的更新换代甚至都赶不上时代的发展速度。总的来说，南方的平均生活水平是赶不上社会经济全面发展的北方社会的。战前种植园豪宅的辉煌时代已经过去，繁华不再，大批佃农甚至抛弃土地去北方某生活。传统沦陷，经济衰落，缺乏安全感与秩序感的时代下，贫困已深深刻在每一道皱纹里。

日常关系与中等水平的生活——复评

佃农的房子对于贫苦的棉农来说只是一个遮风挡雨的工具，没有什么过多装饰的必要，但就建筑来说与大部分南方住宅还是有共通之处。但除此之外，并不能说这样的房子就够佃农居住了，这样想是不负责任的，更是大错特错。让佃农相信房子不漏雨就等同于舒适，这和欺骗他们有什么不同？装修，添置家具，这都是帮助一个陋屋变成一个“家”的基本前提，为什么要让佃农相信装饰是可耻的，是对居住不利的？这些佃农正是众多的贫苦棉农中的一员啊，他们有的人也许有自己的土地，有的也许依然挣扎在贫困线上，但都是面朝黄土背朝天的南方农人啊。佃农的生活太悲惨，他们的经济收入太有限了，这样的生存状况非常值得人们关注，并帮助他们改变这种苦难的循环。靠天吃饭，要仰仗大地与气候的恩惠，这让他们的生活质量变成了一组不确定的数字，更不要谈生活的“舒适”了。生活对他们旁敲侧击，从心理、语言、传统甚至肾上腺素上都丝毫不肯让步。我深深懂得，佃农的生活环境愈发不容乐观，这也是需要变革的焦点之所在①。在举着改革旗帜的领导人眼里，佃农的命运是否已经被忽略，是否已经被当做仕途的炮

① 我们现在正忙于争论民主，对这种尴尬的话题大家都有意而避之。

灰？若不是落进眼里的灰，也没人会为他们落泪驻足吧。

房龄

佃农和房东都不知道这些房子究竟已经建好了多久。几代人建房的模式和选材也并没有什么改变，因此很难猜出一幢房子究竟住过多少代人。比如说，杰西·詹姆士于 1874 年出生，他的出生地和现在南方的房子几乎没有差别。古杰尔家的房子还算比较新，是 1928 年建成的，除了木头的硬度可以证明这一点，从外观上根本看不出新旧分别。伍兹家的房子应该是最老的，我觉得可能有四十年到六十年的历史了。瑞科特斯家的房子应该有五十年的历史吧。不过伍兹家的房子外的奴隶住的小屋并没拆除，仍在使用。所以从很早的时候佃农的生活质量就已经是这样了，到现在也没有什么改变。

居住条件

许多时候，着重写房间里的某一个地方，比如说壁炉，总会或多或少给人一种以偏概全的感觉。也可能由于我对某件家具的偏爱，造成对全局的忽视。所以在这里我想简单回顾一下房子的其他居住条件。

我曾经做过一次房顶和墙壁的“光线测试”，具体来说，就是让屋内一片漆黑，然后观察光线是否会从木板的缝隙里漏下来。实验的结果让人失望，可想而知，四处漏光的房子必然也会四处漏风，到冬天的时候湿冷的空气和阴冷的寒风会从缝隙里渗进屋来。木板只有薄薄一层，屋子里的保温性很差。更糟的是，因为地板是架起来的，中间没有隔层，天花板有时候也省了，所以整个房子根本是六面漏风。佃农们用破布、碎纸片、绳子、棉花和纸板把墙上的洞和碎掉的玻璃塞起来，但显然这法子并不好用。只有瑞科特斯家的墙壁是双层的，他们的卧室里还有一个很大的壁炉,可以为这间屋子提供足够的热量。但其他的屋子都略显空荡,炉子只能温暖附近一丁点地方。他们的烟囱都建得很糟,空气不畅通,壁炉里的火没办法烧整晚。床上的被褥破破烂烂,没铺地毯的地板寒冷噬骨①。装修最好、最温暖的房间是古杰尔家的厨房,但那里夏天还是很热。最糟糕的房间是伍兹家的厨房,冬天简直冷得人受不了。瑞科特斯家的厨房太大,冬天的时候很不舒服。三户佃农家庭唯一安了纱窗的是古杰尔家。除此之外,晚上的时候门窗一定要关紧,冬天的时候可以勉强御寒,夏季的时候则按传统抵御夜风和蚊蝇。我之前也已经提过了,古杰尔家的四间屋子里有两间是不宜居住的,在这种环境下人们很难有隐私。供水系统只够维持最低限度的个人卫生和洗涤衣物所用,因此要格外节约。在最寒冷的那个月里水管被冻住无法使用,在瑞科特斯和伍兹家,几乎没有干净的水可以用。床铺和寝具里不知道藏了多少害虫,在这样一间卧室休息和做爱实在让人遭罪。大部分家具都破破烂烂,餐具的话必须捏住木柄底部才能使用。这些东西都支离破碎、硌手,闻上去有着恶心的味道,但有什么办法呢,穷人的生活就是这样。就这样的破餐具,这些佃农还是满心欢喜地拿回家来当宝贝一样用的,让人于心何忍。至于我刚刚提到过的"审美"概念,在这里必须补上一句。他们生于困苦闭塞,也就造成了无奈、不安和自卑的情绪。他们把这种情绪也带入到生活的表面中,在这幢房子中随处可见,赤裸裸地暴露着他们内心的卑微。同时,他们也在自我麻痹。唯一一位愿意坦诚说出对生活不满的是古杰尔太太,她泪眼婆娑,对我说:"哎!我真讨厌这所破房子!简直没有比这更破的了!我本也可以把它收拾得漂亮些……"这也是一种麻醉,只是可惜,昏迷的人是感受不到自己被麻醉了的。在南方这样的自我麻醉太过普遍,人们对它习以为常,它已经深深根植于每一位南方佃农的生活和生

① 根据我在类似房子中的冬季体验,这里对冬季的描述只是我的推测。

命里。

卫生与照明条件

我对农村的通电工程持保留态度，因为我实在很喜欢煤油灯。也不赞成冲水马桶，因为我不明白为什么美国中产阶级恐惧和生育的词汇以及自己的排泄物。尽管如此，我也不能否认电气灯优于煤油灯，就像汽车飞机作为交通工具要比徒步和骑驴强很多倍，柏油马路比洋灰地更便于行走一样，科技的进步异常强大，纵使科技的发展也会带来体力和脑力的退化。所以，在这里必须承认，冲水马桶对于农村来说也非常重要，但事实却不能让人满意。这里的佃农家庭不仅没有冲水系统，甚至连一间像样的厕所都没有。要知道，厕所可是美国农民家庭的基本配置啊。他们有时候会弄来邮递员派送的黄页纸作为厕纸，大多数时候他们在灌木丛解决问题，然后看看四周有没有丢下的报纸之类的，擦干净就好了。没有报纸就找找玉米棒子，树枝或者叶子。我不想说他们生活得像动物一样，毕竟动物在这点上还是有很多聪明的解决办法的。我只能说，无论广告上登多少“豪华浴室”的广告，在这个向往“豪华浴室”的“文明”国度里依然有着靠原始办法生存的可怜人。

赞歌流离

在伍兹家的牲畜棚外岔出一条小路，路边堆了一捆草垛。安静的夏季能听到这背后有三头骡子吭哧喘气，其中有两头是瑞科特斯的，它们大部分时候被寄养在这里。这些骡子瘦骨嶙峋，皮糙肉厚，身上的伤疤清晰显眼，从它们的眼睛和脑袋就能看出来，这些牲畜肯定没被善待过。三头骡子的脖子都被套具磨得血肉模糊，溃烂的伤口已经变成深红色甚至蝇绿色，活像一张套在骨头架子上的骡子皮。有一头骡子后背上的伤十分严重，上面趴着硕大的苍蝇，像马蜂一样蛰它。骡子痛苦万分，只能不停地驱赶背上的苍蝇，疼痒难忍，难以进食。它从低压压的树枝下走过，站定的时候全身都在抽搐，不住地甩尾巴、甩头，蹄子不安地躁动着乱踢，嘴里嚼着黄色的烂草，身子不停地扭动，把自己一次次摔到地面上试图抑制瘙痒。动静之大在两百码开外的地方都能听得一清二楚。听到蹄子刨地，骨骼作响，肚皮外翻，后背在地上费力的摩擦，整个草坪充斥着它的哀鸣。

这里还有一头名叫莫莉的母牛。伍兹夫人说，真想把这畜生早点宰了。上个冬天，她把伍兹太太撞倒，踩到了她身上，犄角戳破了她的屁股，从头到脚都是伤。莫莉还是一头小母牛呢，自从没了第一个孩子之后就一直疯疯癫癫。

还有一只饥肠辘辘、全身通红的小猪。我记得很清楚，一天早晨它在我脚边窸窸窣窣地嗅着，用下巴在地上哼哧挠着。它有黑色的毛茸茸的尾巴，一直卷着。小猪回头的时候一阵踉跄，大概是因为饥饿造成的眩晕，吭哧一下摔在地上，嘴边有一处擦伤，小声哼唧着。它大概是想找点东西吃，嗅了一阵未果，只得继续前进。过了一会儿它蹲下来，追着它自己小耗子一样的尾巴打转，下巴滴着口水。

实际上，每个佃农家庭都养了很多动物，而且他们的生活也是围着这些动物转的。家畜会帮他们干活，为他们提供食物，还有许许多多的好处。骡子、牛和猪是家里最重要的牲畜，它们组成了农场的中心，且相互平衡。特立独行的狗，浪迹乡野的猫，老母鸡和小鸡养在圈里，田里还有许多硕大的老鼠，害虫，各样的昆虫，蛇和鸟相生相灭。就这样小小一方农田，食物链已经分工分明，人类也作为其中一环也无法独善其身。如果人类把自己当做宇宙中心，很快就会发现无法以这一单独物种存活。他们的生活和这个世界上的其他生物息息相关，他们的恐惧、他们的需求、他们的欲望都在地球表面上一览无余。人类对世界并没有他们自以为是的影响力，我们只能参与其中很小的一部分。

古杰尔家：之前和诸位说过那只蠢肥恶心的大黄公鸡吗？太胖了，母鸡都不敢靠近它了，浑身上下都是泥，淋成落汤鸡之后活像一个拖把。圈里还有几只爱干净的肉鸡，几只羽翼尚未丰满的小鸡，还有几只鸡冠刚刚长出，像蜥蜴的脑袋一样。圈里还养了有一对珍珠鸡，头很小，上面有着些许斑点，身上的羽毛有着金属色的光泽，如同大自然给予的扑朔迷离的梦。家里还有一只精神抖擞、中等大小的小棕狗，名字叫做罗迪。这条狗性格太像安德烈·纪德①了，倔得很。家里还有一条小狗叫西布科。除此之外，古杰尔家养了两只长腿儿的猪，身上的斑纹如同锈迹一样斑斑点点。这些猪很小的时候古杰尔给了房东九块钱买下来了，之后就一直养到现在。他们还养了一头牛，和它的小牛一起拴在一根绿色的绳子上。还有一只小猫叫做小黑②，因为它浑身漆黑，缎子似的皮毛在阳光下泛着油光。最近家里还溜进来一只叫春的虎皮猫。古杰尔家还有一头租来的骡子，我们在古杰尔家暂住的时候它并不在牲畜棚里。

古杰尔用牛换了一台留声机，因为那头奶牛几乎没有产过好的牛

---

① 法国作家。——译者注
② 实在对不住极左分子们了，这只猫其实叫“黑鬼”。

奶。猪已经养得肥肥胖胖，秋天到了就宰掉。这一季母鸡下的蛋倒是挺多的，每天吃一个还能剩下有些。有时候他们也能找到珍珠鸡下的蛋，但都藏得很隐秘，一般得掏到窝很深的地方才能摸到。秋天的时候古杰尔能弄到一些生肉，有时候也出去打猎，打回来的大多是兔子、松鼠和负鼠这类小型动物。罗迪精神头好的时候还算是条称职的猎犬，但它走神的时候就什么忙都帮不上了。但古杰尔还一直养着它，也许是因为已经成了彼此的依靠吧。西布科有时也会跟着去打猎，它会把猎物从人流穿梭的高速公路上叼回来。猫几乎什么用都没有，它连老鼠都不会抓。

伍兹家的动物呢，我之前已经说过他们家的鸡了。他没有狗，在乡下很少有人不养狗。瑞科特斯除了养了骡子之外，还养了奶牛和肉牛，三条狗，几只鸡，一只老猫和一只小猫。狗是很常见的土狗，长着一双楚楚可怜的眼睛，屁股上的皮耷拉下来。看得出来它们在瑞科特斯家的待遇比罗迪在古杰尔家要好，但它们也是吃不饱，骨头架子晃晃悠悠，好像随时会散架。但即使这样，瑞科特斯家的狗也要比他们家的小黑猫胖一些。这只黑色的小猫只有巴掌那么大，总是匍匐在地上，好像一个坏了的玩具。它瘦的只剩皮包骨，伸懒腰的时候就像抻开了一张皮。三只狗中的两只，一个名叫动动，一个叫坤妮。猫的名字叫榛子，很容易认，它又肥又大，什么吃。两只公鸡也有名字，叫汤姆和乔治。两只母鸡叫做艾薇和安妮梅。一般佃农家也不会给家禽起名字，但这也看个人偏好，这可能说明瑞科特斯比较崇尚原始主义风格吧。很难说给家禽起名字在社会学上有什么意义，但对于他们来说可能却是十分重要的一件事。我们呢，只是觉得这是微不足道的小事，不值得浪费时间。所谓精英①永远都不会对这些琐事有丁点兴趣，伍兹夫人的母亲哄鸡宝宝睡觉时会唱歌，在他们看来就是愚昧和幼稚。可笑的是，他们会故作深沉地点头吟诗，还自以为是替这片土地争取反抗压迫的权

---

① 白天穿着恩娜·杰缇克和 W.L.道格拉斯牌的鞋，晚上穿着里格特凉鞋（美国制）和俄罗斯礼品店买来的裤子。

力。我把这两件事写在一起，也许显得太过冒昧，但我必须说，没有什么幼稚或高尚，关乎生活的一切都至关重要。

家长叮嘱小孩不要对奶牛太粗暴，决不能踢它们的乳房，要不然以后就没有牛奶喝了。但对待骡子的态度就完全不一样了，即使用力敲它们的脑袋它们也无法反抗。就像受害人遇上了态度奇差的美国警察，根本没理可讲。可悲的是，社会常态就是这样，错的永远是受害者，又倔又臭的骡子活该被打。实际上，我觉得骡子的倔强反而是一种聪明又不拘常理的表现。它们不像被白人鞭打的黑人一样默默忍受，它们会叫唤，会大声发泄自己的不满。如果骡子很倔，又叫唤个不停，那它可能会遭到白人佃农们更凶残的一顿暴打，没人会来救骡子的。人们说，这是佃农的家务事，教训牲畜是必需的，不然它们还不反了？鞭打动物似乎能提高农民在农场的统治地位，掌握暴力就掌握权力，这大概是农民一生中最大的权力了。进一步说，其实骡子也好，佃农也好，都是受害者。他们都做着劳苦卑微的工作，其因这份工作而存在，工作也就成了其本身，以这样一个卑微的身份来抗击世界的暴力，本身就是一种磨难。在农民眼中的骡子，和这个社会分级里的佃农，其实并没有什么差别。在南方的佃农生活之悲惨实在一言难尽，我想我需要更多空间，时间去理解和思索关于南方虐待主义盛行的原委。在这个国家里，人们口头上说着人人生而平等，每个人的特质、需要、体质都需要平等对待，这好像是再自然不过的道理。然而实际上，我们所有人都冷漠、自私又伪善，我们不关心黑人的生命，面对残忍和杀戮毫不眨眼，冷血无情，从不相信这世界上有什么无辜与不幸。唯有当我们意识到了人类的冷漠之时才有可能不再冷漠，这一切不幸才有可能从根本瓦解。

现在我想再谈谈佃农生活的其他一些细节，可能写得有些随意。这就权当是前文的一个延伸吧。我倒是希望能够理出个头绪，但这在短期之内可能还做不到，我需要更多的时间和空间理清思路，所以添几个简短的随笔在这里吧。

佃农家都是按照家畜的作用重要性给它们分配食物的。首先是牛、骡子和猪，然后是狗和其他动物。猫来去自由，挑肥拣瘦，看不上的东西就不吃，也不让人摸。它们有时从厨房里偷东西吃，也没人怪它们。狗的待遇不一样，除了小狗之外，成人从不温柔地抚摸它们。孩子们和小动物打成一片。古杰尔一家都会从自己的盘子里分食物给罗迪吃，它很少从自己放在地上的食盆里吃东西。瑞科特斯家则要求狗只能从食盆里吃。他们家的小孩儿很淘气，总是虐待小猫，父母就把他们抓过来揍一顿，哭闹的声音此起彼伏，在瑞科特斯家从不消停。狗在瑞科特斯家的待遇也不好，它们要是反应迟钝或者不听话，瑞科特斯一脚踹过去，肋骨都能踢断了。看到母亲和好友在场，他就赶紧道个歉。在佃农家，动物饿死或病死是常有的事，人们都习以为常，没人把它们当回事。

这里的蛇有很多种，黑蛇、袜带蛇、牛奶蛇、衔尾蛇、牛蛇、草蛇、铜头蝮蛇、响尾蛇等等。牛奶蛇盘踞在牲畜棚棚顶上，有时会爬下来咬奶牛的乳头。衔尾蛇把尾巴叼在嘴里，跑起来像一个轮子①。牛蛇力气很大，低吼起来像公牛一样。草蛇是绿色的，很小一条，有着漂亮的颜色。白人和黑人都把响尾蛇当做护身符。铜头蝮蛇是所有蛇里最凶狠的。所有这些蛇都不是很常见，但也绝不罕见，在最炎热的月份里经常有人看到它们出没丛中。不是不想多写点动物，只是觉得如果没有花时间好好观察，写下来的也是一知半解不能成文。对于植物也是一样，我在这里多写几句，只是为了纪念在这静谧而单色调的大地上的些许点缀，这些细腻的彩色线条将木板屋里苍白的人生细细缝了起来。牛皮色的大地上，安眠的沼泽间，奔腾的溪水里，深深浅浅的落影中隐匿着自然的馈赠：山核桃，橡子，枸杞，松枝，桧树枝，雪松藤，栗子壳，蝗虫，黑胡桃，沼泽柳，梅花，冬青，月桂树，苹果，杨梅，金银花，喇叭藤，锦葵，野雏菊，蕨类植物，玉米，棉花，高粱，甘蔗，瓜藤，花生，山药，红薯，

① 一种古老的符号，形为一条蛇咬住自己的尾巴，意为“循环”。——译者注

土豆，豌豆，秋葵，番茄，芜菁，茴香，豚草……

植物通过动物传播种子。蜜蜂、马蜂、大黄蜂和蛇在林间穿梭，兔子、松鼠、浣熊、野猫、狐狸和蜘蛛在林间穿梭，沿着河岸秘密前行，如同林中的幽灵。溪边栖息着青蛙和蝌蚪，梭子鱼在水里游来游去，岸边的泥龟散发着奇怪的味道。高高的树枝上筑着鸟巢，微风习习，鸟雀鸣唱，声线随着风渐渐飘远。麻雀、禾雀、画眉、嘲鸫、知更鸟、松鸡、红翼黑鹂、黑冠黄雀鹀、咕咕叫的鸽子、高声歌唱的杜鹃、嗡嗡飞舞的蜂鸟，月光下的鸣角鸮。月色柔和，青蛙在沼泽边打盹，王蝶翩翩飞过，如同一片金箔缓缓坠落林间。佃农的房子里，母鸡和小鸡被小狗追着满院子跑。最小的孩子把门廊弄脏了，清理干净之后看到他蓝色的眼睛里满是天真，睫毛刷刷如同雨林。黄蜂在黑漆漆的屋子里没头没脑地乱飞，屋顶上被晒得滚烫，所有的植物似乎都要热得晕倒。猫盯着一只蛤蟆一动不动，苍蝇在它们中间飞来飞去，不晓得最后成了谁的晚餐。老鼠窸窸窣窣地溜了出来，猫并没有抓它们的意思，只是追逐了一会儿便作罢了。白色的小狗在树荫下打盹，肚子里咕噜噜的还在消化刚才吃进去的食物。另外一条狗慢悠悠地走到屋后，认真地在地上嗅着，鼻子上都是土。牛站在树荫下，盯着远处一盏灯，无意识地咀嚼着。屋里正在准备晚饭，一家人挤在最热的那个房间，父母，孩子，桌子下面游走着小狗和小猫，桌上昏暗的灯光下苍蝇嗡嗡乱飞。一切梦想都沉沦在地平线上，与阳光一同消失，只剩下自然丰富的馈赠。伯明翰不可言说的苦难，向东向北八十里，延绵不绝。

底板、屋顶、墙壁和家具，屋里的高温很难散去，整间屋子如同一个巨大的热穴，万花筒一般天旋地转。布天鹅上插着针；金红相间的墙壁上挂着一盏褪色了的，椭圆形的灯；黑色的花瓶；整个房子如同苍茫大地上的一艘小小的船，在黑暗之中颠沛流离……

门廊前：2

门廊前：2

我们躺在门廊。底板很厚实，是用未经加工的橡木制成的，长度不均，相互之间用一些大概两毛钱的钉子钉在一起。房顶探出一节，在阳光里落下一方黑色的正方形阴影。周围栽着三柱树苗，但它们的树皮已经开始脱落。门廊下面有四级台阶，橡木做的，每一块木板大概是2×12英寸那么大。第四级台阶嵌在土里。通过这些台阶就来到了门廊的中间。穿过门廊，就可以走进一个没有门但却有很高屋顶的走廊。这间走廊大约六英尺宽，走到中间的时候可以闻到一束丁香花的味道。走廊上铺着底板，地板也是不经打磨的木头制成的。走廊上的房梁相距较远，有一条木板已经耷拉下来了。身后十英尺是一面墙，这堵墙距地面只有一英寸的距离，墙体的底部与土地保持水平。

我们现在正躺在门廊外靠近房子左厅的位置。我俩一个躺在雪佛兰的后座上，一个坐在一块从咖啡厅顺回来的薄棉沙发垫上。我们就这样聊了好几个晚上。汽车座椅并不舒服，主要问题是因为一边高一边矮，有一侧的垫子不见了，连同上面铺的布料都不知去向。坐在后座上，身体不自觉的往矮的那一侧倾，这时必须做出抉择，到底是要肌肉紧张地坐在有软垫的高处，还是浑身放松地坐在硌屁股的矮处。我把头枕在座位上，脚放在陷下去的那一侧，膝盖正好能卡在接缝那。最好是躺着睡，或者侧卧的姿势，这样会舒服一些。如果是趴着睡，那脚就要伸进座位和门之间的弹簧，这样的姿势让人不自觉地想到做爱的体位。在下巴或者脸颊下面垫一块手帕或者毛巾非常有用，这样可以固定住脑袋，不会滚到座位下面去。但睡醒之后脸上会留下红红的、热乎乎的硌印。很长一段时间我们把书放在低的那一侧来垫高座位，但现在我们发现更好的办法，找来一些弹簧固定在底座上，上面放一些闲杂物品来保持两侧座位水平。我们也学会了调整自己的身体位置，即使在无意识的情况下也能保持平衡。

唯一的心理障碍就是堆在座位上的杂物里可能会藏着虱子和臭虫，除此之外我并不觉得有任何不妥。坐垫很薄，下面坚硬的木板和上面的棱角很容易在身上划出一道道的印子来。坐垫也很短，但是因为太薄了所以拼接起来也足够长，腿部不至于腾空在外。上面的布料倒是柔软稀疏，躺在上面的时候依然需要在脸颊侧面垫一块手绢或者毛巾，但睡一会儿之后毛巾也可能不知所踪。醒过来之后脸上有深深浅浅的硌痕，洗过之后用棉布擦干，心里一直担心会不会有臭虫和跳蚤趁熟睡的时候爬过自己的脸上。想起这些就浑身一个激灵，轻微的厌恶和恐惧点起一粒粒鸡皮疙瘩，然后你觉得恶心，摸着自己肿胀潮湿的脸，感到也许细菌正在血管里慢慢爬着，让人浑身不自在。过了几分钟感觉稍微好一些，你坐起身来，力气缓缓恢复，终于又打起精神来了。

我们两个轮流睡在后座上。其实谁都说不上喜欢躺平了睡在后面，而且就那种座椅估计也没人能喜欢得起来吧。相对来说，我还算是愿意躺上去的。可能是因为我喜欢那种地板的质感和硬度，还有一个原因是孩子们很愿意和我躺在这里。汽车的后座，如同我们所有的一切一样，都和这个村子的现实格格不入。腿轻轻一动弹簧就嘎吱作响，稍微一翻身布料就皱起来硌得腰疼，脸颊下的毛巾暖乎乎的，这让我感觉像午夜搭乘硬卧一样。摇摇晃晃间，我们驶入了一个独特的时代，鲜活的回忆，怀旧的色调在两侧闪退，我们在想象与记忆中漂移。只是这个姿势怕是运动员都难以维持太久，如果不是这样，后座还算是一张不错的床呢。

死去的橡木和松木化作土地，雨露与空气重生。我们的身体在自然中消解，我们的灵魂在沉默中翱翔，在寂静中漫步，在尘世间巡游。这是一个充满芬芳的天堂，这里的一切都美丽无比，在这里我们获得解脱,我们感到轻松,愉快又真实。这里由我们的记忆和灵魂构筑。这里充斥着我们所熟悉的气味,艺术与科学。又没有一种学科自恃清高,没有一种艺术居于形式主义,所有的一切完美融合,如同绽放的百合花。我们全身心投入到感官与知识的世界中,心灵与身体一同成长。在这里所接触的一切,心想即成,万事如愿。我们不必担心为实现愿望而跌入谎言与虚伪中,我们可以在真理的护佑下实现自我。自然的本质即使快乐,以艺术为实现手段,由此证明人类存在的价值。

在这里,意识与空间相互交错,一切关于平行世界的幻想皆成为可能。(至少我们能够意识到)我们的意志和感官都处在永恒的孤独之中,孤独带给我们快乐,而愉悦之后我们反倒觉得更加孤独。能够意识到终极的孤独要耗尽多少运气,然而太多时候我们宁愿永远不去体验那种苦涩的甜味。这世上最妙的事,就是意识到作为一粒尘埃与永恒的世界产生了微妙的联系。一即是全,全即是一。在这个瞬间,我们意识到自己正在见证世界变得愈发复杂,而自己也正在成为这复杂的一环。在原始的地球上,是毫无生命可言的,就更不要提什么生活了。毫无疑问,我们高估了生命与死亡之间的差异,狭义上来说这种差异近乎天壤之别,但我们因为惧怕死亡,无意中将这种区别夸大了。不同的时间,不同的地点,不同的际遇,将不同的思绪连接起来。我们关心的无非是享乐或追求真理,往往忽略了中间的灰色地带。奇迹对于仙境来说并不是什么特殊现象,然而我们并非生活在仙境,我们生活在只有一个月亮的现实世界里,银辉洒落人间,仁慈安详,我们称这样的安宁的时刻为神迹。因此,奇迹也只是一种情绪而已,随着成长而逐渐消失了光彩,只有在睡梦中才能重新找回敬畏虔诚的心和那个纯真的自我。原来,在寻觅愉悦与真理途中所丢失的一切,都是珍贵的经历。诚然,生命充满惊奇,是宇宙中难得一见的珍宝,而这个世界里无论是生命还是无生命的沙石,都是宇宙的一部分,作为宇宙能量循环中无可取代的一环而存在着。当然,生命的价值无可取代,每个个体都是独特的,这是呼吸的尊严。但我们也应该意识到，在生命过程中意识的扮演了至关重要的角色。它是我们行于世间的拐杖，为我们明辨是非、判断正邪，我们品性与道德取决于意识的程度。道德水准大多与区域相关，有一个省份遵从同一种习俗，有一个城镇共度同一个节日，像小镇内华达一样，它的风俗如汩汩冒出的泉水滋润了一方水土。又在盐、胡椒调味的辅助下，制成美味的鸡汤供养一方人。

哪怕是仅存于想象中，这种稀世罕见的幸福足以让一切不愉快的意外变得微不足道。日光倾城，化作飞驰的车影略过苍茫大道；炊烟袅袅，日落晚霞随溪水流向夜幕降临的地方。火车嘶吼着穿过午夜与黎明，汽笛声随风飘散，如同模糊缥缈的童年记忆。烧焦的布料散发着糊味，汽车尾气呛得喉咙疼痛，女孩子的香水味，猪肉的腥臭味，蜂蜡在炽热的铁板上呲呲作响，新生树叶的清香，花生和泥土的味道一如昨日。儿时记忆中的剪影闪过，一辆玩具消防车倒在地板上，红色的粗棉布上缀着亮晶晶的水钻如玛瑙，油顺着破裂的枪管滴答坠下。孩子的屁股上挂着一条棉质的按扣腰带，羊毛手套上的雪已经冻成了冰晶。厨房里肥皂的气味，婴儿香皂的香味，还有烧焦的果腹带的糊臭味。扭曲的手，扭曲的膝盖。老人费力的握住把手撑起自己身体，离开座椅。汽车加速拐过弯道，车轮在柏油马路上留下深深的车辙。口腔溃疡，反胃，不知名的粉末附在伤口让人恶心。失眠，咖啡，黎明，廉价的杜松子酒和姜汁混合，不加冰，依然没有睡意。青草苦涩的味道，牙缝里塞着植物的种子，坐在酒店的马桶上喝下一杯黑麦威士忌。从儿童剧院出来时重新呼吸到新鲜空气的爽快感。贝多芬的田园风暴。新版报纸的油墨味。苔藓在炙热的阳光下被烤干。夏夜山峦的微风。摇摇晃晃的火车里灯光忽明忽暗，麦麸和玉米穗在脚下如秋天的落叶。关于圣歌的记忆很快就被童谣取代了，忽然想起以前背过的很多文学常识、物理名词，还有闪闪发亮的舞步，以及花岗岩纹理的扩散方向。仿佛被时光狠狠击中，往昔烂熟于胸的知识都如纸屑灰飞烟灭，仿佛少年时再也追不上的姑娘,手里还握着没送出的礼物。独自游荡,受伤煎熬,在公交车上蜷缩起身体,让酒精把灵魂抽离片刻。很多时候,生活会以出其不意的姿态抵住我们惰性的死穴,磨砺耐性,愈发奋进,克服懒惰。然而在这个时候,我们明明知道奋力一跃对改变生活至关重要,却陷在懒惰之中无法抽身。在耐心枯竭之前,我们尽力尝试,穷尽想象,奔向那个更加美好的自己。然而挣扎的过程让大脑缺氧,眼花缭乱,耳鸣至聋,丧失嗅觉(在我看来,每一次呼吸都加重了这个窘境),唯一能感受到的只是冲动的兴奋。而这种刺激已经超越了艺术所能给予的力量,这是为了生存而激发出的本能。

我们置身于一片寂静之中,中间大概隔了两英尺的距离,睁着眼睛,支起耳朵,屏住呼吸,周围微小的声音也变得清晰。身下的土地柔软而磅礴,我们如同汪洋上的火柴,在连绵起伏的山峦与丘陵间沉浮无主。在巨大的海面之上漂浮,斗转星移,苍穹无垠,愈发感觉身为人类的渺小。

然而,人类却逐渐丧失了对土地的敬畏。磅礴的山河与河流早已化为人类欲求的来源。人们为了生存,或是为了更好的生活在土地上辛勤耕种。有的耕地离佃农的房子很远,大多数房子都和我们现在所躺的地方不一样。小小的木板房分散在乡野树林间。贫困的现实离城市的梦幻太遥远,仿佛是两个世界。

人类驱赶着骡子在这片土地劳作,辛勤耕种,只求能果腹度日。一个人,一家人,一头牲口的力量太过渺小,在这个小小的星球上,人类何其脆弱。要承受痛苦的煎熬,要忍辱负重努力活下去,伤口结成痂,化作勇气的勋章,建立起一座守护家人与牲畜的堡垒。以悲伤为名的疾病遍布传染到了田野,房屋和城镇,逐渐成为生命的一部分。

这种疾病已经深入骨髓,无药可医。生活就是这样复杂多变,而其中最为复杂的元素当属人类的意识。古往今来,至恶至繁都源于人的意识。就算是丁点邪念,最后也会在全身扩散,遍体疤痕。所有的思绪都有可能造成溃烂、生疮，最后成为自我毁灭的咒文。这些留下的疤痕便是复杂无情的世界的罪证。实际上，这些留在身体上的伤口不仅生于世事艰难，更包含了未来尚未成型的无限忧虑。这种刻骨铭心的生命之苦在头颅上留下丑陋的印记，标记着天堂的恐慌；它们出现在随处可见的小餐馆的墙壁上，恐吓人们不要忘记文艺复兴时期几乎毁灭欧洲的疫病。每当遇上超出人类认知范围之外的事，我们就惊慌失措，以为是超自然的力量暗中驱使。然而随着认知的发展，我们终究会认识到这些事只是自然的另外一个侧面，没有什么真实或不真实。神志不清的人总会把臆想当成现实，对他们而言那才是一个正常的世界。在那个黑白颠倒的世界里，愈发求真愈入迷途，强求真理只会将自己推向毁灭。

关于秩序，我还要多说几句：

在这片规整的土地上，有着肥沃的土壤，宜人的气候，处于国土中部偏西的位置，由一条条公路层层包围，周边的城市挤压侵蚀着它的边界，将它吞噬得只剩孤岛一座。坚守的城镇，嘶吼的机器，一贫如洗的乡村，一朵凋零的花，一个强大的教会，一只奏鸣曲或是一只蜂箱，在不断收缩的空间与土地上释放出惊人的能量。大地的形状，天气的变数，人类和牲畜微弱的生产能力，机器偶然失灵，从气象到地质，从历史到地理，从生物到意识，世界复杂多变，所有的无序根本就是秩序的一部分。穷尽人类的想象力，也无法预料到自然的宏伟。在这里，所有的线条都不重合，没有完全相同的两样东西，因果律无形却胜于一切有形之物。因此是否真的有真理，还要更进一步的思考。所有的规则、秩序有都包含着巨大的变数（变成不规则是不可避免的），犹如东方艺术一样①，这也就是不规则的美。而且不规则之美的变化多端，在被修剪成规则之前都具有很强的适应能力。从这个角度上来说，也许对称的美更容易获得自命非凡的贵族的青睐。更复杂，更全面，更微妙，更不经

① 我所说的是基于我了解的中国艺术。

修饰的美感属于世界的大多数，这种不对称构成了多种多样的物质，又构筑了恢弘的宇宙星系。正是这样，万物都在无序中生成秩序，在不对称中摇摆，我们自己也并不是复杂世界中那个简单的二面体。我们与世界一样，拥有不曾修饰的美丽。

目之所及，耳之所闻皆为天籁。音乐之源，听者所感，皆为音乐的本身的一部分。因此音乐本身也早就超出了简单乐器拨弦发声的范畴，它会俘获我们，将听众带向一片未知的世界。我们会受音乐的感染或许不是因为那是什么仙乐，而是因为我们本身就有共情融景的能力，正是这种能力带我们感先人所感，悲先人所悲。当我们意识到，人类对对称美与规则设计的追求已经近乎病态的时候，我们与哲人之间的距离便又近了一步。这或许正是为什么很多时候存在即合理，存在即艺术，而不需要一个冠冕堂皇的理由也能流芳百世。（也可以说这是不入流的艺术，因为很多时候这种美感不被人所理解，也没办法慰藉大多数人的心灵。比如说贝多芬四重奏第 131 号，在有声的沉默中，正是传递着这样的悲伤。）虽然一直都在说艺术不应以阶级区分，但是不同的艺术的确是诞生在不同的社会层次中，只不过产生后的结果不论贵贱，应为全人类所有。艺术带给我们的力量不论时段，不仅是在正式场合，更是在日常生活中，我们都能从中体会到价值、快乐、力量、美感、完满、光辉。不得不承认，艺术已经成为每个人生活中不可缺墒的部分，就这一点而言人人平等。因为有着这些丰富多彩的艺术，人类的存在也变得有了价值。不论是最好还是最坏的生活，都在消化在艺术的视角中，再以别样的方式重熔再生。

我没有资格来挑战、评说其他作品，唯一能做的只是尊重那些超乎想象力的、梦幻般的杰作。我想说，对待一切艺术作品我都一视同仁，这些充满想象力的作品（也许是因为①我也正在创造一些前人不曾写

① 当然也有其他原因，只不过都不够有说服力。

过的作品吧，在前人对人性已做出深刻归纳的基础上，我希望能够花更多的时间来演绎、描述、思考关于心灵的问题）都是以帮助人类为前提，作为漫漫长夜中唯一的精神灯塔。但是艺术和想象力也可能带来弊端，既不利于健康，也不能满足幻想，很多时候它们反而比简单的标签式人生更直率，也更残酷。在我看来，如果想要只看到事物的某一个侧面可能需要花上更大的价值（而且毫无乐趣可言）。人类的记忆和想象力中是有简化事物的能力的，这种能力好比从泥塘中滤出清水，伸手下去的时候又搅起一团混乱。实际上的确如此，因果律总在暗处蛰伏，无序中生出秩序的过程，本身也是无序的一种衍生。

乔治·古杰尔作为一个独一无二的人类，独一无二的男人，和任何人都不一样，他只做他自己。我可以写很多轶事来为他的性格、出生背景、生长环境、未来规划添油加醋，但这不妨碍他拥有一个真实而独立的人格。我所认识的乔治·古杰尔没有改变，他赤诚淳朴的灵魂不会因我的文字或外界的任何影响而发生丝毫挪移。对我而言，如果运气好，这本书也会成为一件艺术品。但是更重要的是，我写下的是关于他最为真实的一面，他是谁，在哪里，做什么。我不能写只凭借自己武断的臆想写作，维持一个人的真实性，那是对他的尊重。他的生活在纸墨中循环延续，而他的肉体、血脉与呼吸则在世界上那个不为人知的角落里默默衰老，可是再与你我无关。除了这点力所能及的尊重之外，我再不知道怎样才能为他的生活刻画一个剪影，只能尽力做到可观真实。这也是尽我所能，给予佃农友人们无上的致敬。

就我在本书中提到的人们，我都是怀着这样的真心来写作的。另外，请诸位记得我在之前提过关于疾病与规则的隐喻，我不想让这部作品成为一个花瓶，只是希望它能够更为真实的传达出复杂的感情与真实的佃农社会百态。不仅仅是自然艺术，我认为从自然到人文社会中的一切，闲暇的时光，放松的心态，都有着纯粹的美。就算没人觉得这些事美丽的艺术，也不妨碍它们千枝尽放，落英缤纷。因此，想要勾勒出绝对的“美”几乎是不可能的，像巴赫那样精准的艺术几乎世间罕见。我也相信，艺术家们若是能够认清这一点对于艺术创作绝对有益无害。哪怕不是为了艺术创作，我们也应当将真实的一面记录下来，观察，思考，将其真实的一面再度呈现。

我也很在乎在纪实文学中相机的作用。就相机本身来说(在摄影界，相机与文字和声音都保持着微妙的距离)，它自成体系，能够干净利落地用自己的语言来突出现实。也许它冰冷不近人情，也许它受技术所限，但它却能作为眼睛的延伸，如同精妙的科学仪器探向远方，以图片的方式储存记忆。相机是牵一发动全身的艺术，与其他艺术形式不同，它追求纯粹而绝对的真相。

通常认为，新闻的主要任务就是刻画人物、事件、时刻、方式(及原因)等要素，但我认为这样的新闻是远远不够的。我还没见过一条新闻不对人物和事件添油加醋，当然也不至于欺骗读者虚报事实。新闻必须基于现实，或者说，事件的真实性才是新闻存在的前提和价值。新闻基于真实[①](也许并不局限于科学和艺术)，并以其真实性为荣。这不是指责或批评现代新闻的自大妄为，但它必须意识到，新闻本身具有相当大的力量，可以误导公众。因此，它必须基于真实，倾诉真实。人们习惯用“好的”“坏的”“真的”“假的”来区分不同新闻，但新闻本身却并不能这些过于简单的标签进行区分。其次，新闻业的职责也不在于帮助公众区分真假，若是因此就来指责新闻，实在有指鹿为马之嫌。尽管有一些鹿真的想成为马，但他们永远也不会像马那样潇洒，生而为鹿就踏实做一匹鹿吧。新闻的血脉中应当流淌着真相，如若谎言癌变，那么新闻之死则不久矣。

我不是说“自然主义”，也不是说“现实主义”，虽然在这次讨论中这

① 不如这么看，一张报纸几乎就是一版信息化石或资讯油画。

两个领域最为敏感尖刻。

让我们试着去归纳和再度创造出一个城市的街道，没有什么比构筑在崇高而诗意的信念上更宏伟的城镇了，这种信念足以穿越时空。然而很不幸，作为一个传递信息的媒介，不是一台或移动或静止的照相机，我们写下的是白纸黑字。所有的比喻、符号、拣选在这单调的黑白世界中都变得异常重要，然而更重要的是，作者拥有抵制诱惑，克服障碍，求真务实，尊重艺术的能力。用尽可能形象的语言（即使是天才，也未见得能得其分毫），赋予街道它本身的特色。这也就是说，无论你是从观察的角度（赋予它人格），还是滤掉人格和偏见，尽可能的让它变得“私人化”，撇开遣词造句的麻烦，撇开霓虹幻彩的炫目，面对着空白线条构成的乐谱才能真正听到振聋发聩的和弦。仔细记录下街道的材料，形式，色彩，体积，纹理，空间关系，光影形状，特殊标记，专业设计，建筑与字牌，电机和制动机以及鞋子踩在地上的声音，空气中难闻的味道，这些都承载了时间的重量，而街道本身其实并不具备与时间对抗的能力。在二维空间中，街道缓缓下沉，如同自然主义小说中最无法预料的段落。眼之所见，心之所往背向而行，真实与意向分道扬镳，真假难辨。

描写“真实”的语言（我们在这里讨论的是广义上的“真实”）是最美丽也是最强大的，在所有的语言文字中，这类描写的分量也是最重的。掌握这项技能，完成重现“真实”的图景，需要敏锐、准确、快速和灵活的直觉，需要拥有这种不可思议的第六感以及训练有素的写作能力。对于这类作者来说也许是为了鲜花掌声，也许只是寒冬舞剑以求自赏罢了。复杂的桥段最好被拆成简单的片段呈现给观众，如果把让人会心一笑的小故事放大十五倍想让每一个片段都好笑，那反而失去了故事浓缩的原汁原味。我知道，这个尺度想要拿捏得当是非常困难的，未经刻苦训练的人恐怕很难做到。

关于相机的问题，大部分从一开始就已经解决了。它能简单的呈现出真实的原貌，轻轻按一下快门就能拍下照片，不得不说，这种简单易得的“真实”却也是对拍出“好”照片最大的挑战。

鉴于人类是种自大又自负的动物，我相信任何话语都可能产生意想不到的效果。话语本身就是艺术的一种手段。然而，话语作为媒介也是有局限的，它总是无法准确表达叙述者的所见所想。诸如鲁布·戈德堡①那样巧妙的把欺骗、妥协巧妙的用简单的形式表达出来是最好的。这里，有两个重点我们需要详细谈谈。弄虚作假(扭曲本意或者扭曲情绪)，以及缺乏时效性的沟通，这两点极大地损害了沟通的价值与完整性。只有根据呈现真实的原则限制某些词汇的使用，才能让表达更为完整，表意更加清晰。但也不必因为没能遵从这个原则就把文章批得一无是处，这就如同批评一头没能说马语的牛。如果你非要说：“但这牛也许正在学马语呢?”我只能说：“这种尝试根本是牵强附会，自然语言律下奶牛是没法学会马语的。”因此在遵从真实的原则的时候，语言不一定可控，也有着不可逾越的界限。语言的逻辑要求清晰有条理，对于描述的物体要有明确的定义和分段，这一点是极其重要的，不要把马的舌头安到牛身上去了。但无论如何，语言的功能都不能跨越两个不同事物的界限，驴唇不对马嘴就糟糕了。人类也许正在觉醒，不再在梦境里自欺欺人。人类需要真实，如同鱼儿需要水源。

我很怀疑纯正的“自然主义者”是否真的了解音乐和诗歌究竟是什么。如果他只是执着的纠结于细节考据，韵律曲调还不如他所在乎的那些东西，那其实也无所谓了。但我觉得他可能甚至连考据的工作也没能做得完善。这也许就是为什么一位“自然主义者”的工作再好也好不过一档纪录片。并不是说考据没意义，考据当然有意义，美丽的诗歌和音乐都是从生活本身中提取出来的。但考据创作者的生活不等于诗歌和音乐本身，后者的价值远超于它们诞生的摇篮。所以说，如果你听

---

① 美国犹太漫画家，普利策奖得主。——译者注

到自然主义者谈及他们对“真实”的看法，希望你能回想起我说的关于音乐和诗歌的比喻，“真实”的价值高于一切，切勿陷入自然主义者那般，以捡拾细枝末节的碎片为生的境地。如果你也这样做了，那真是对不住真理，在探求“真实”这条路上，恐怕你已堕落了。就算不从艺术的角度上说，我仍期望你能意识到你想表达的一切，并试着呈现出来。释放你的不安，预见可能存在的失败，坦然面对自己的原罪。

我知道，就算我尽了最大努力，也依然无法避免掺杂主观情绪这篇文字里。在追求绝对真实的路途上，困难重重。

“描写”是一个值得探讨的词。

毕竟，语言不具有象征性，语言只能用来描述描写某个对象。总有一些与众不同的艺术家，他们既不是诗人也不是散文作家，却打着艺术的旗号否认关于文字和其媒介作用的事实，且不断地制造幻觉，仿佛语言本身也具有象征含义似的。作为一个艺术家，他不会不知道这样做无异于偷梁换柱，但或许偷换概念对他的艺术创作有些许好处吧。有人说，艺术优于科学和所有形式的人类活动，也有人说艺术应排在科学与人文之后，无论如何，我们都必须认识到，艺术海纳百川，既可以用于最危险最不堪的黑市交易，又可以登大雅之堂，无论贵贱皆为艺术。艺术气量之广远超科学或是科学艺术，它们能够接近真理，却不够揭露社会百态；而人类活动虽关乎社会真相，却缺失了自然真理，唯有艺术才能将两者完满体现。

大多数青年作者和艺术家沉迷于细节描写，就像新婚恋人一样难舍难分。描写是纪实文学中最容易的一步。经过多年的训练，描写的功底早已成为许多作家的看家本领，因为用得顺手，所以理所当然地大书特书。当然，描写的欲望和对动作捕捉的欲望并不是什么坏事。一个未加修饰的描写对象和尚未成型的环境氛围总是有种天然的美感，将这种美记录在纸上没有任何可耻的。但如果描写对象是处于微妙而秘密的氛围中，那把这一段韵事写成故事或诗歌更为适宜，过多的描写会造成混沌，作家应当扬长避短，且忠于构思和内容。风景画家不必要为画了一幅风景画感到抱歉①，我又有什么必要强行让一头牛扮成马，或逼迫马像牛一样在耕地呢？

比如说乔治·古杰尔这个人，我只能尽我可能呈现出一个我所认识的他，尽管我知道我对他的认识是有限的。我只认识那个他选择呈现给我看的他，我也只在他愿意展现的这些许方面对他稍微了解，他究竟愿意展现给我看多少，这完全却取决于他对我是怎样一个人的揣测和估量。

我相信，在我了解他的那些方面已经获得真相了，我对我所认识的朋友古杰尔绝对坦诚，而我也以本色出现在他的现实和精神生活中（至少我是这么认为的，也这么观察到的）。当然，所有"真理"其实也都是相对而言的。

倘若能告诉我一个人世间的"真理"是绝对的，那我一定会为上面的论断深深道一歉。

出于各种各样的原因，我只能尽力淡化自己在这张画卷里的存在感，用简单的字符来描绘地点人物和社会氛围。我将会把一系列的真相编织其中，这是我想表达的整卷画幅的脉络，虽然没有了粉饰太平，但它绝对真实。在这次采访中，我最为兴奋的是发现古杰尔等佃农如此真实，性格鲜明。他们不是艺术家或记者或摄影师臆想出来的形象，他们是真实的人类。在这个基础上，我才能对他进行真实的还原和书写，不再仅仅是作为文学意义上的"角色"而存在。

一个抱着怀疑态度开始书写的作者对一本文学作品或是一件艺术品来说，是非常必要的。但在这种心境下写出的作品也总会留下一些蛀孔亟待修缮。这意味着，一切以艺术为名的东西都必须具有艺术的"真实性"，这与我们通常所谓的"现实"还是大有不同的。无论多么鲜

---

① 为毕加索立传的法国艺术家谷克多认为物象是绘画的唯一原因，而毕加索认为这只是原因之一。

活的描写，文字的力量和再现能力都应当以打开天窗，突破界限为宗旨，这样文字里的人才能在日光和空气中继续生活，每一次描写就是一次换气。如若不是如此，那便是对“真相”的谋杀。这就是我所知道的，关于写作的“真理”。任何人，无论多么位高权重，所能承受的最高荣誉不是勋章和礼花，而是用真相尊重故事中人物的一切，小到呼吸，大到情欲，繁琐到日常阅读细碎到走过的每条街道。如若能承认这一点，那么便是对艺术最好的尊重，这等于承认了艺术存在的价值与重要性。

然而，除了臆想之外，所谓艺术很难一边融入生活，一边又从侧面观察呈现出“生活的真理”。仿佛在半路上遇到一个打着艺术之名的人招摇撞骗，张口却什么也说不出来①。

当你和朋友聊天的时候，你对他提及你的童年，或是听他诉说他的童年，那些细节与童趣往往要比你自己孤芳自赏的回忆往事鲜活真实的多。这些记忆都是真实的，两个人在一起聊天的时候顾不上什么艺术形式，他在听你倾诉的就是童年的事实，而不是你编造的传奇小说。另一方面，你听到的关于他的童年故事多半取决于他的性格。他知道你在听，他也知道你想听什么，于是就拣选你可能感兴趣的话题同你讲。无论究竟讲了些什么，你们花了大块时间再一起回忆，所交换的是真实的而是记忆，绝不是出于文学目的创作出来的奇思妙想。这太让人激动了，以你的朋友为中心，你将听到他故事里可能超过一千个人的相关生活，但你却从不认识他们，或见过他们。但这就是真实的相关性。宇宙中隐藏的每一股力量都相互交错，凝结成真实的网络与源泉。

但如果文字削弱了事实的力度和真实性，又为什么要写作？一部分作家认为，写作也是一种艺术，那么作为艺术家他需要创造的力量②。这样的作家大概不会意识到，漂亮的谎言远不如真相有价值，说

---

① 或是对每一次努力都嗤之以鼻。

② 使用感官和语言是一种致命的习惯。每一个带有艺术性的习惯都在经验评估中扭曲。

得再好看也终究是赝品。另有一部分读者认为，艺术本身就是一部虚构小说而已。另外一部分人认为艺术的最大价值就在于神圣的想象力，好吧，那干脆一股脑让所有艺术作品都去做空中楼阁的地基吧！但它们相互无法融合，每种艺术都自有神明，百家争鸣之间谁的声音都听不见。科学与艺术之间到底有何不同？不是每个人都能成为科学家或者艺术家，在人类的写作历史中，究竟有没有什么办法调和这其中的间隙？

我尽力避免写那些真实世界里没发生过，主人公也不曾想过的事。我想尽力筛选出最重要的写作材料，这些珍贵的观察结晶不是用于艺术，也不是作为新闻题材。我愿意想这些思考和观察作为献礼送给我记忆中所认识的那些真实的朋友们。如果这件工作能对整个事实起到一点点作用，我就知足了。虽然我经常用艺术的比拟手法，好些时候我也以“艺术家”自诩，但在这次写作的工作上，我决定避免太过依赖过去的经验，而是将注意力集中在生活场景的还原上。

所以这可能造成我写着写着就有所偏题，但这样也正合我意。

不要误会我是不是突发奇想才这么为难自己，我是想把过去的经验榨干，虽然这样很痛苦，但时间和公正自会有所定夺，我相信这份工作是有意义的。

时间：一位伟大的艺术家要记录19小时内所发生的事件，可能需要花上七年才能完成，每一幅画还要挂起来晾干。扪心自问，我记录的并不是19小时，而是几周所发生的事情。因此我需要花更多的时间，集中精力来完成这项工作。

公正：虽然我一方面相信万物有乾坤，但另一方面却找不到合适的角度窥探尘埃中的宇宙。无奈只得浅尝辄止。一直以为，所谓公正的一个侧面体现在不把努力和经验画等号①。而我也会一直尽力把努力尝试新的手法和过去的经验分开，以此来公正地判断自己这份工作的

---

① 现在我不这么认为了。

价值。

美好的愿望和突发奇想都要设置在可实现的范围内。我现在最想做的就是尽我最大努力把工作完成①。如果我做不到，那就是对真相的不忠。

简单来说，如果想要沥干经验蒸馏出真理，那必须从四个方面入手：

回忆，认知，沉思，叙事。我在黑暗中种下了沉默的种子，故事从门廊开始，时不时绕回沉寂之中②。

"正在发生"：直接叙述从第一天到最后一天的事，如同坐在船头，水曲十八弯，只身涉险。

在记忆中追溯至今：这是经验的一部分，包括想象力在内。我最反对的就是这种行文。

我自己试图写过的：记录的问题，也是整个经验的有机组成部分。

我的经验同我正在撰写的内容明显有着强烈的冲突，当然，放到其他人身上也是一样。所以可以说，在写下每一笔的时候都是在和自己过去的经验做斗争。

在现阶段处理往事的最好办法就是，割断它与当下的联系。

换言之，关于事物最"真实"的记忆既不是时时刻刻都盯着它，也不是按照编年史的方法从头梳理到现在。而是在需要的时候将它召唤出来，不按照时间顺序，将它安置在过去与未来交接镁光灯下，跨越于固执的经验之上③。

如果这样的办法能够成功，那么这本书作为整体将拥有统一的音律和声调，不像旁白那样枯燥，也不像音乐那样聒噪④。

这是最适合我的法子了，我希望最后能写成这样一部作品。

---

① 而我发现情况更加复杂了。
② 在本书中应该不会出现。
③ 我仍然在寻找合适的方法。
④ 本书的主要形式是音乐、电影、抒情散文、祷告、即兴发挥和录音。

刚刚我谈到“经验”的时候，你可能觉得我有夸大其词之嫌。如果是那样，那你可能是误解我的意思了。所谓“经验”只是一系列复杂，而我认为有趣的东西，比如我在夏天所经历过的一些事，如此而已①。其实我并没有经历什么大风大浪。我一直在谈论“经验”，是因为我尊重它们，也尊重任何人经历的任何事。这些经历过的事被我们体验，被我们记住，向我们倾诉那时那刻的真相（经验并没有温暖或冰冷之分，本身的温度和质地就属于经验的一部分），这些都很吸引我，也对我很重要。而且，正如我之前说的那样，我志在描述真相并讲给他人听，所以我必须声明，我没有自己创造什么概念来混淆视听。当然，作家的工作在读者看来可能真的有点难懂。我认为，经验为写作提供了大量丰富的材料，因此多多积累经验并以得当的方式记录它们对于创作是很重要的。简单来说，任何细节都对于全局的变化有至关重要的影响，前一发动全身，对于写作来说同样适用。我大概就属于那种习惯从全局入手的作者吧。但我还是想稍作解释，不能为了自己方便就什么都不说地从头写到尾，这对读者来说是不负责任的。

我想在艺术的重要性与追求绝对写实之间有一个中间状态，对现实进行阐释和分析的同时，也对艺术提出质疑。这绝不是我个人的发现，而是千千万万有着相同价值观的人们所共同寻找的艺术形式及追求真理的态度。如果想要将这样一种形式也称之为“艺术”，灵活的使用相机是必不可少的条件。这是艺术的一种存在方式，我们知道，在天文物理学、地质学、生物学和（心理学）人类学的交错点上其实并不存在太多的科学信息，反而是人类的存在意义。在这个交集之上，想象力变得无关紧要，感知能力才是最重要的因素，过度单一化的词汇割裂了隐藏在现象背后的真理。

从艺术的可能性出发，去探求人类对于“存在”的态度，就会发现几

① “门廊前”的三个部分写于 1937 年。

乎没有没有任何事再能以实验之名①，不负责任的肆意挥霍人类的经历和记忆力。

如果你信以为真又兴趣盎然，我还是要提醒你一句，你只是在阅读一本书而已。换言之，你应该知道，这本书并不能立刻帮助你改掉某些经年累月攒下来的细管。书可简单多了，只是做了一点点微小的工作，告诉你了一些我认为会发生的事，而你根本没法验证我说的是真是假。那么你为什么选择相信我呢？这肯定不是因为你对我感兴趣，这只是因为，我说的是常识，作为一个正常的人类应当共享的经验而已。

这大概也是阐释真理的一种方法：我选择我愿意相信的去相信。

我们周围太多的土地已经被人类所侵占。他们乐于长眠于此以示主权，或妄想某一日将能成为这块土地的主人。

但是现在，在这个短却极寒的冬天，人们一个接一个地倒下，与自己的影子一起淹没在黄土地上。人类靠这种脆弱的繁衍和迁徙也妄想征服土地，到最后什么也剩不下。慢慢冷却的余烬在城市的方向抽泣着吐出几缕烟，仿佛昭示着曾经都市的繁华。人类在这里聚居生活，选出昏庸的管理者来确保城市还能见到下一个黎明。在这片开阔的土地上，死亡与爱化作天空中遥远的星辰闪烁。所有普通人类的生活都消失了。所有昼行生物都笼罩在阴影之下，渐渐睡去。当太阳偏离北回归线逐渐向南之时，所有的植物都褪去了温润的色泽，蜜蜂在秋色中结束生命，寒冷的空气夹着漫天的树叶席卷而来，候鸟已启程南飞，却没有在天空中留下一丝痕迹。地球作为一个整体，如同人类疲惫的头颅，无精打采的耷拉在脖子上，困意袭来，不住的点头打瞌睡。疲劳顺着神经爬进记忆里，遮蔽了日光，抹去了同年，让人类成为它沧桑的一部分。

---

① 我可以解释一下，原本“门廊前”原本是为了一本更长的书而写的，这一章本打算放在其中一卷里。在这本书里，该部分仍作为序言和开场，也同时为全书提供了一个框架和基础，同时兼有设定阶段的作用。这一部分为其他部分的提供了回顾、预告、启迪以及对比。

死气沉沉的土地，死气沉沉的水域，天空和星星，空气、阴影、成群的昆虫、沉睡在人类文明残骸里的植物，临死的虫子，觅食的爬行动物，缩成一团的鸟类，它们昼出夜伏，拼劲生命的最后力气努力活下去。它们无法承受极端的气候，在末日降临之前恍恍惚惚地度过余日，生活在人类周围。它们或许早就忽略了人类的存在，只当是在一群不熟悉的鱼类擦肩而过，而海洋还是属于它们的。

我当然知道，昼出夜伏的它们在白天并不会在意人类的存在。我也知道，无论我是嗅到、听到、感受到它们征服人类的胜利，也只会作为一个人类而感到恐惧。我们是从小沐浴在父母温暖与呵护中长大的孩子，或许永远不会长大，也不愿长大。我们总以为，父母永远伟岸高大，他们的能力与智慧永远凌驾于我们之上，这样想或许能给我们一种安全感的幻觉。面对野兽，我们盯着它们绿色的瞳孔，是关于白昼的盼望与狂想，是我们想要逃离这片土地的潜在愿望。它只存在于我们的脑海里，存在于尚未发掘的潜意识里，喜怒尚未形于色，就早已刻在我们的血脉之中。很多年，这样的叛逆都在我们小小的脑袋里繁复敲打，岁月逝去也未能忘记，仿佛要铭刻那一去不复返的青春。如果这是关乎到父母或者一个家庭的事情，那么我们必须要认真对待，思考在即将到来的几年里如何在黑暗的房间应对家人的盘问①。或许更严重的是，叛逆会影响到整个种族的利益，这不是诗篇或乐章中几个偶然的颤音或十六分音符那样浪漫，这取决于我们究竟如何规划想要的未来。这比吃饭和睡觉更关乎到我们的存在，我们究竟是谁。

我们知道，几个世纪以来，太阳并不是升起或落下的，地球的表面是个曲面，所以我们才能看到太阳的起落。

多少诗人已经意识到这一事实，并在诗歌有过诸多描写。

---

① 对于某些人而言，黑暗的房间就是夜晚。在这个房间里他们自言自语于寂静中，并从中获益。有时也会让他们的父母大发雷霆。能够理解这种谜一样的青春期的，大概只有神了。

地球绕着轴心前后摇晃，像一个线轴一样遵循着一个微小的角度摇摆着。地轴倾斜，太阳的光线也在两条回归线之间移动，早就春夏秋冬，四季分明。当加拿大进入寒冬时，阿根廷迎来夏季。北半球的夜晚渐长时，南半球在太阳的照耀下一片光辉。多少诗歌、多少艺术都在为这纯真的意识所赞叹，将昼夜交替，将四季轮回写进永恒的乐章。只要看看秋季所代表的凋零美与春季所代表的生机美便可知道，我们总被眼前的事物所蒙蔽，我们甚至无法想象超出视野范围的美丽。这种意识或许是人类的舒适区，是自然设定给人类的，即人类的生活是具有空间和时间局限的。但在某些政治生活中，人类已经发现，我们可以超越这种局限。比如说刚刚提到的两片土地，加大那与阿根廷。我们会记住这些地方，人类赋予了它们名字，在那里生活繁衍的人类，都将以这个名字为自豪。

毋庸置疑，人类的终极目标是支配和使用地球的资源。但我们是否能够胜任这份使命？我们甚至都没有扪心自问，探讨人类能力的极限，却已纵容了野心的极限。

然而人类却自以为是，满心以为自己谦卑又含蓄，其实只不过是自大无知的体现罢了。有时会觉得人类其实和被驯养的猪没有什么区别。他们只会替自己考虑，谋求生存，对周遭的环境熟视无睹，他们只相信自己的直觉，还以为那是来自科学或宗教的神圣之光。

当然，他们只能以更简单的视角来看这个世界。神话与宗教，在牲畜眼里又怎么可能存在。但无论如何，即使卑微无知，它们的存在也是真实的一部分。而人类对自然的疏忽，也是真实的一部分，尽管在我们还是个孩子的时候是以自然为伴，长大了却再也找不回纯真的初心。转瞬即逝的真理，一旦错过时机就再没机会读懂它们。但那其实是与本真的我们呼吸相连的自然法则啊。因人类自己的疏忽造成了与真理的隔阂，人类还要历尽千辛万苦去寻找所谓真理，口口声声说着是为了自己的福祉。

我理解共产主义者，也信仰共产主义[①]。这不仅仅是因为共产主义追求真实，坚持以历史唯物主义作为骄傲，更是因为他们试图克服人类贪婪的本性。社会是最危险的不是傲慢也不是谦卑的态度，而是温和的，让人心悦诚服的自满。

不要妄想共产主义能在一夜之间实现。人们在危机的时候总体现出罕见的灵活和谦卑，仿佛他们正无畏无惧地走向一个已知的失败[②]。事实正是如此，比如艺术家，在苏维埃政权下的他们拒绝了社会地位和金钱，依然追求内心的真实。将高级工人或者贵族阶级从社会中区分出来并不是什么好事，当然我们作为人类总想要享有一些特殊的优越感。当我们不再嗷嗷待哺，茹毛饮血之后，我们就开始有了意识和尝试，开始能够区分什么是义举什么是犯罪，能够分辨事理，指明忠奸。如果这样的明辨是非能够一直照耀人类成长那该多好，你不会退缩，不会逃避，不会幼稚无理的矫情，不会退化回尿床的那个认知阶段。

当然，我们现在不知道，也许永远不会知道所谓的人类真理。但有些人必须承认他们已经受过一定教育，拥有一定知识，这些人一定要好好利用已有的知识。这可能是多此一举，甚至不值得一提。但任由一个受过教育的人满口胡言，其危害可不可估量。

我知道几百码远的灌木丛后有一条小溪，并不是通过声音判别的，而是通过思考。

我们还知道，顺流而下一英里，小溪从高架桥下面穿行，方圆几英尺内坐落着几幢房子。此外我们就不知道什么其他的了。再往远处，小溪的流向超越了我们的经验，我只知道它的发源地和流淌的速度，溪水很冷，在这片土地上蜿蜒流淌，昼夜不息，也许最终它会像大多数溪流那样汇入大江大河，再流向大海。江河湖海的畅想这只存在于我们的想象之中，如同温暖的灯下聚焦的画面，我们只看得到自己与小溪的

① “门廊上”这一部分没有修改，关于这一部分的讨论预计会推迟。
② 或是命中注定。

这一部分,关于其他,全凭猜想。噪音渐渐平息,棕色的溪水温柔的流淌,将河谷的石子重刷得光滑。河道深深浅浅,卷起岸边的泥沙,不知疲倦的建筑着属于自己的航线。大陆表面被河道重刷出千沟万壑,如同一条巨大的不规则的蔓藤在土地上肆意生长。这株水系蔓藤并非是从根部汲取能量的,而是在生长的过程中不断添加新的枝条,完成更宽广的图腾。叶子散落时新的生命轮回也即将开启,如同一棵树,秋季储存养料,等待来年春日刺破朝阳。通过快进的录像带我们可以观察到种子落下最终开花结果的画面。在短短的五分钟之内我们也能够看到河流水系的建立与增长,如同蔓藤那样,以大地为墙体,步步为营。细枝末节的变化最为惊人,仿佛看到橡子落在地上,瞬间长成一棵擎天大树。水流在地表留下一道深深的痕迹,水系之间是广阔的玉米田,这就是密西西比河养育的广袤土地啊。没有什么必要把密西西比河人格化,它的已经足够鲜活,挟风带尘,自成气候,似乎成为地球之上超越万般生物的存在。河流是极少数的生物,它们庞大、优哉却冷漠。它们如母亲一样养育了我们,因而才有人类存在。河岸边有发电机轰鸣,那是文明的声音。我们满怀欣喜,但同时也知道所谓人类的奇迹对于自然的磅礴而言无非如蛛丝般脆弱。水系能够带来肥沃的土壤,养育作物,但也具有强大的破坏力。为此,人们建造堤坝,戴着头盔,挂着吊索,用人类微弱的力量驯服庞大的河流。人类寻找这条蔓藤的弱点,小心翼翼的修剪,用铁索和水泥将它们固定在地球表面。河水蜿蜒环绕在我们的国土上,波光粼粼,闪烁着家乡的美丽风景。任凭多么才华横溢的诗人也无法描绘水域与命运交融的神话。河流在黄土地上留下深深浅浅的沟壑,阳光的照耀下一片金灿灿的明黄。城市如碎钻一般点缀在河岸两旁,玉米田散布其中,景色壮丽。河流劈开山脉,雪顶融化,缓缓汇入干流。闪烁的沙石铺开通往春季的大道,沉睡的河流忽然奔腾起来,穿过新奥尔良黄色的土地,如觉醒的野兽一样奔向墨西哥湾。

对于大多数人来说,做好我们重视的工作,观察我们重视的事物就足够了。对于一个作者来说也是如此，坐在桌边，抓住稍瞬即使的灵感，然后记录下来，写一本好书，这就好像呼吸一样自然。一呼一吸之间，我们才察觉到自己与世界的联系，才发觉自己也是真实世界的一部分，眼之所见即为真实。当然，这只是人生在世意义的一小部分罢了。我们思考着前所未有，闻所未闻的美丽，悲伤与荣誉。万般美好集于一身的孩子们，正睡在离我不远的房间，离我不远的那几户家庭。或许长大之后他们再也记不得我们相处的这些时候，我却不会忘记。

房子前面的土地并不平坦，上面杂草丛生。雨下得很急，连成一片水雾。重新放晴之后，地面上一片泥泞，路并不好走，但好在我已经跟孩子们学会了一套跳跃穿行的法子，也算是新学会的技能吧，让人觉得很有趣。房子后面是一个将近一百尺的深沟，里面是黏拽拽的泥巴和烂树叶，铺开有三五英尺远。这条沟外面是一块玉米田，现在已经荒废成了一片沙地。树木沿着小溪长得高高低低，穿过树林就能看到另一幢房子前的玉米地。沿着树林再往前走是山谷的出口，那对我们来说或许意味着另一种新生活。

服　装

服装

礼拜日，乔治·古杰尔穿着：

新洗的棉纱内衣。

蓝绿相间的丝光袜子上有个拳头大的窟窿，用粉色和绿色的格子抹布补上了。

他穿着一双显脚长的圆头黑皮鞋。鞋和新的一样，还带着釉，上面蹭了几道泥巴。

裤子是用质地较硬的棉毛制成的，深蓝色，上面有浅浅的灰色条纹。这条裤子总是搭配一条四毛钱的腰带。

白衬衫是新洗过的，上面有窄窄的黑色条纹。

毛衣上有着棕色、绿色和金色的宽条纹，是僵硬的仿蚕丝做的。

毛毡帽是很廉价的那种，上面还有廉价的珍珠金线，以及一条小小的黑色缎带。

看上去光彩照人的珍珠，其实只不过是擦了油之后的油光。止汗带和鞋垫都亮黄色的，看样子很久没有穿过了。鞋垫上的皱痕也是黄色的。

裤子上的折痕也依然清晰。

如果古杰尔是个上了年纪的人，又固守传统穿衣打扮比较土气，完全不去赶镇上年轻男士的时髦的话那他大概会用背带而不是腰带来系住裤子，背带上可能还有花纹或者玫瑰蕾做装饰。

他脚上穿的是他唯一的一双袜子。

他不穿外套，也没有外套，更不想买。古杰尔更喜欢穿套头毛衣。

他有两件内衣。今晚他准备穿这件内衣睡，这周的其他时候也都穿着。另外那件已经拿去洗了，下周日他会把它取回来。

在白领子的映衬下，他的脖子显得更红了。刚刚刮过脸，古杰尔好像有点不好意思。

他戴了一会儿帽子又给拉下来，小心翼翼的盖住一只眼睛，又给推回头顶上去像扣了个圆圈在脑袋上。古杰尔小心翼翼地用手摸了摸帽子。

他散了会儿步就停了下来，原来是鞋子磨得脚疼。

周六，古杰尔夫人：

她洗干净脸、手、脚和腿。

把头发扎得比以前更紧。

穿着一双看不出黑白的棉丝袜。

黑色的低跟拖鞋上有一条绑带，上面还有一颗扣子。

她穿着一件新洗的棉质印花连衣裙，在领口别了一根一毛钱的胸针。

戴了一串短粗的黑珠子项链。

一顶帽子。

她有两双丝袜。有时周六去库克镇时她光着腿，礼拜日的时候就要穿上丝袜。

裙子她也有两条，这是其中之一，她不会穿着这件衣服离开家的。尽管衣服都还没被磨破，但刮刮蹭蹭是免不了的。这条裙子和其他衣服一样，也是在家里自己缝制的。用的是精挑细选的印花棉布，根据自己消瘦的身材裁剪而成。能看得出这手艺是从母亲那里继承过来的。裙子是短袖的，裙摆比普通裙子长出一些。没有做成喇叭口，但是在一些褶皱上折了边。这些衣服都是大开领，为了哺乳方便。古杰尔夫人的衣服少说也得有十年没换过了。衣服的线条依然笔直，颀长，款式简单。

帽子的顶并不深，小巧时髦，上面加了波纹装饰。古杰尔夫人必须小心考量是否戴这顶帽子出门，以避免被人说成“同性恋”或者“轻浮”的女人。帽子上面罩着一张紫红色稻草编成的网纱，可以拉下来扣在她的乌发上。由于下雨的缘故帽子有一点点变形。古杰尔夫人总是穿着得体，小巧的帽子戴在她的头上恰到好处，非常好看。

南方的良家妇女都不怎么用胭脂和口红，所以古杰尔太太的脸上总是苍白无光。在她的鼻翼和左耳根处倒是能看到细碎的粉底痕迹。她对穿衣颇为讲究，很有自己的一套品味。她的眼睛时刻不停的观察周围的潮流，眼里带着兴奋与喜悦，也能看到稍纵即逝的悲伤。

周六是她离开农场去库克镇的日子，从一大早起来我就发现她在盘算怎么打扮。匆忙做好家务，帮孩子们都准备就绪后，她洗了澡，开始打扮自己。古杰尔夫人走进卧室，最后把帽子戴上，准备出发。她的眼睛里闪闪发亮，我想告诉她，她真是美极了。这是大实话，丝毫没有奉承的意思。她在城里的一天都是这么昂首挺胸，满怀希望地走着。头上戴着那顶帽子，在马车后哺乳自己的孩子。回家的路上马车吱嘎作响，她累得弯了腰，帽子也滑了下来，眼睛里是沉默与疲惫，怀里抱着最小的孩子，轻轻拍着。

礼拜日和周六没有什么区别。古杰尔夫人没有礼拜日穿的衣服，也没有配衣服的鞋，更别提帽子和首饰什么的了。如果她心情还算不错，就会把粉色的塑料梳子和玻璃假钻石别在头发上作为装饰。

乔治在星期六不穿正装，只穿洗干净的工装。如果工作中午就能结束，他就离开家去洗脚。要是一整天都没工作，尤其是冬季和仲夏，他一周要去刮两次胡子。

瑞科特斯，礼拜日穿着：

不穿袜子。

他穿着一双破旧的黑色皮鞋，礼拜日专用。这双鞋被水洗了太多次鞋子已经走形了。两侧都已经磨得开了胶。

裤子的款式陈旧，颜色很深，裤脚上缝了两道边。背带很新，是白色的，下面有蓝色的条纹，棕色的斑点点缀其中。右侧的吊带夹子生了锈，粘在裤子上了。

衣服是崭新的蓝色工作衫，洗过之后只穿了两次，袖子上绷着扣子，没有领带。

外面套了一件背心，但对他来说太大了，而且有点短。背心很重，破破旧旧的，是灰黑色羊毛制成的。他的怀表链子一直耷拉到腰上。

瑞科特斯戴订古老的黑色毛毡帽，背着一把精致的弓，还有一副喇叭眼镜挂在鼻梁上。

眼镜仅在礼拜日才戴，这样才有去教会的模样，象征着自己是个文化人的尊严。当然，其他人也会带上小镜片。瑞科特斯是在切罗基市里一家一元店里买到的这副眼镜。

伍兹，礼拜日穿着：

他好像总穿着一件套头衫，但我记不清了。

脑海里总有两幅画面，一幅是他戴着一顶粗糙的黄色草帽，一半是机器制的，一半世手工编的，上面有一缎带。另一幅里他带着一个几乎全新的格子帽，能罩上耳朵的那种，但一场雨之后也就毁得差不多了。

鞋子：他穿着一双牛津鞋，那曾经是他配礼服才穿的。伍兹夫人花了一周才清理干净。

裤子：就像十七岁小镇上的男孩儿总想要最好的材质却不想花大价钱，伍兹的裤子也差不多是这个样子。他的裤子是一条粗糙、磨损严重的棉毛裤，笔挺挺的，像是上过胶水。上面有明黄色、灰色和蓝绿色细线交叉形成的条纹，上面结着红色、橙色和紫色的羊毛疙瘩。裤子对他来说有点大，买来时候留下的折痕在膝盖处已经完全消失，从膝盖到裤脚都一气呵成。裤子的吊带上原本是有蓝色的小花作为点缀，但洗了很多次之后已经看不太出来了。

他还有一件带着浅浅棕色条纹的白衬衫。肘部减掉又重新垫了一次,袖子卷起。衬衫上到处都粘的是锈迹,熨斗在心脏的位置留下一块三角的焦印。白色的领子是可以拆卸下来的,因为和其他颜色的衣服一起洗,被染成了灰蓝色,但看得出裁剪得很得体。白色的棉制领带上在两侧分别有两条窄窄的细线,距离约一英寸宽。领带下摆已经磨损的相当厉害,大约有三四英寸的边儿已经挑了线毛。

伍兹很重视修剪毛发。他会把胡须修剪得短而整齐。毛茸茸的薄薄一层,脖颈的碎发都剃干净,用剪刀和剃刀交错修剪,直到漏出苍白的头皮和发根花白的头发。

孩子们梳洗完毕之后还要洗脚和腿,然后穿上干净的衣服。我等一会儿再说他们。伍兹夫人、瑞科特斯夫人和瑞科特斯家的姑娘们都是一样。现在,我再多说说日常着装。

周一的时候古杰尔会穿上他干净的工作服。和他一起工作的另外两个同事洗衣服就没这么勤了,他们总是穿很长时间都不洗,一件衣服能穿两周或更长的时间。我想说说这些工作服:工作服包括鞋子,连体衣,衬衫,头罩等等。当然工厂不是只有他们三个工作,但他们三个已经很有代表性了。

工作服的可选种类很少,花样却很多,所以没办法说"这件就是典型的工装",但大概有如下这几个类型:

鞋子:鞋子是普通的工作鞋,算是比较典型的工作鞋了,之后我会再详细写。他们平时穿的那种旧鞋子,或者是网球鞋,凉鞋,软底鞋甚至赤脚或者靴子,都很常见。还有一种,就是根据个人原因制作的治疗脚气的鞋子。因为大部分男士都喜欢穿带孔透气的鞋,排汗透气,这方面不得不说他们也心灵手巧了一回。在这里很少能看到那种制作精良纯为了显摆的鞋,鞋子都很素,没什么装饰,就算有装饰物也都是很简单的图案,为了满足使用需要而已。一些鞋子已经为主人操劳一生,几乎看不出原来的模样了。这无疑也是一种美丽。我目睹了一双双充满美感的鞋跟着主人去工厂,然后以自己的寿命换取主人的舒适。这正如黑人所做的工作室一样的,但绝不是大多数黑人都能这样"艺术地"作业。

至于工作服,他们所穿的是美国南方的标准工装,蓝色是标配。当然,平时周日穿的旧裤子有时候也能穿到工厂来。除此之外,条纹和卡其色的工作服、工作裤也有人穿来上班。

说到衬衫,蓝色的工作衬衫也是标配,当然也还要灰色和棕色的衬衫。此外,周日穿的(白色或条纹)衬衫也时有人穿。有些工人也穿自己家做成的衬衫、汗衫,带领衬衫和运动衫。

在这些衣物之中,白人工人着装的变化是比较少的,黑人倒是更重视花纹、颜色、纹理的搭配,他们更偏好原始的设计,稍加修饰之后辅以装饰物,看上去更潇洒,更引人注目。

单看帽子,你大概会觉得就是普通的十字路口商店卖的农夫草帽。但其实不然。大部分的佃农都戴这样的草帽,但即使在同款设计,价格相似的草帽中也有很大的差异。草帽的大小,花哨与否,都和佃农所居住的城市相关,不同城市对"典型工帽"的概念也有所不同,我们现在所说的是大一点的阔边帽。

还有稻草也不同,编成的花纹也各有特色。礼拜日戴的帽子大多是一气呵成。小镇的工厂里男士们戴的帽子眼花缭乱,有棒球帽,面粉和油漆工厂的帽子,还有模仿盔甲武士的头盔,殖民者的草帽等等,偶尔也有人自己编帽子。和衣服一样,黑人的帽子花样更多,品种更为丰富。

然而他们却没有时间谈论衣着、帽子、黑人花哨的工装和周日穿什么。在我看来,就算面对黑人充满创意的服装,这个国家的白人工人也没能力表达欣赏之情,他们只能默默看着,然后默不作声的回到自己一成不变的生活里去①。

① 有一大群虔诚的中年黑人,他们在许多方面都反对本族人,且总喜欢模仿地位较高的白人着装。比如说,他们喜欢穿没有花色的衣服,只是纯黑和纯白。但就算这样,黑人与白人的差别还是天壤之别。另外,在南方这些黑人小镇和偏远乡村,黑人的审美正在发生改变。而在北方就是另外一回事了。

说了这么多,从衣服说到白人工人。现在应该对服装总结一下。

鞋子一般是破旧的工鞋或者穿漏了的礼拜日用的牛津鞋。着装是蓝色工作服和蓝色衬衫,不同年龄阶段衣服也有所差别。头上戴的是草帽或者礼拜日戴的帽子,也有一些其他城市流行的帽子。这些东西都是现成的,偶尔他们也会穿戴一些自制的物件来标榜的独特品位。这就是大概衣服和衬衫的情况了。

我国的工作服基本都是差不多的。南方农村的工作服更加古朴更加标准。他们的服装,正如同制服一样划分出了一个阶层。无论在何时,在何地似乎都有这样一种深刻的共识,即农民服装一定是古典的。比如,一个俄罗斯人和一个本国的南方女人,由于他们的衣服属于统一阶层,很难将他们快速区分出来。此外,就算时间上往前或者向后退役,比如,瑞科特斯夫人衣服很可能与五百年前同样的农村妇女没有区别,只不过是款式新旧的分别罢了。

无论他们多么贫困,但至少还能剩下点什么。至少,他们还穿着代表自己阶级的衣服。有些仍然很新,有些已经磨损的看不出纹理和颜色,失去了光彩却如同主人一样坚韧的忍受着岁月的磨砺。

连体衣

用工人们的读法是“凉体衣”。

恕我不能在此多言,但你可以想想,和其他衣服相比较而言,穿上这件衣服会是多么不舒服。衣服贴在腹部和胸前,从肾脏后面的位置开始交叉,搭在肩膀上卡住脑袋。大腿的位置上有一个斜插的口袋,臀部的口袋则是方形的,以复杂的结构缝在衣服上。胸前有一个笔袋,可以装铅笔、尺子和表。衣服刚穿上的时候笔挺挺的,很硬,很难受。穿过一阵之后,出了汗,衣服就好受一些。薄薄的金属按扣从旁边斜出,提着挂带避免在如厕的时候掉落。有些人把腰带绑在中腰上,这样穿起衣服来快速便捷,虽然脱掉衣服的时候要花一些功夫,需要不停地扭动肩膀才能从衣服里钻出来。

连体衣的裤子像烟囱一样堆在腿上(尽管总有妻子劝告他们挽起来一些)。

弯腰工作的时候,布料在肝脏的位置蹭来蹭去,锡制的纽扣硌得人生疼。他们胸前还系了一块围巾,这样能保证他们工作的时候不会伤到自己。

整套衣服覆盖了大腿和腰部,还有背后,体侧。在腹部和胸部加厚了布料,保护重要部位。

整件衣服就像一个巨大无比的罩子,在腿部劈开,缝制的严丝合缝,包括留出一个开档为作方便之用。腰部是水平的,在大腿处有斜插的口袋,臀部和胸前都有按扣,布料裁剪成规矩的几何形状,上面有着功能多变的口袋。与暗色调的布料相称,缝合的线是明亮的,有时是白色的,缝上两三次。所以一件连体工装看上去像一幅地图、一个工人的身体结构图。

衬衫也是一样,裁剪成方形,用结实的线缝制而成。上面有大方块的口袋,还有金属按钮。布料僵挺,没出汗的时候衣服僵硬难耐。衣领是新设计的,在耳朵下方可以立起来。这些新式的工作服呆板的像黄页一样,羞涩又傻气十足。

根据年龄、用途、气候的变化,每人每天所负责的工作也有所不同。

工人们所从事的工作是精美而磅礴的。在原始森林中使用机器雕琢出人工之美。在这个机构的基础上,自然的奇迹被幻化成图像传奇。

经过一段时间的使用,这些连体工装也变得破破烂烂,不再干净笔挺。有些口袋已经漏了,大腿的边缘被拉的很长,有些像鱼鳃一样开了口。明亮的棉线已经掉光,只剩下线头和针孔。布料缩水,所以最开始得买大号才行,但大号穿上有邋邋遢遢。衣服的形状、纹理、色泽到布料的质感全都改变了。先说形状,大腿的侧面和正面本来应该可以显出腿部肌肉的线条的,每个人的衣服都应该能勾绘出他的身体难以言喻的美丽。纹理和颜色总是一同改变。汗水、日晒、洗涤、在不同压力和不同的使用条件下，衣服磨损的程度也有所不同。如同古董店里展示的天鹅绒和丝绸，这些破旧的衣服①也有着只可远观而不可亵玩的威严。从某一个角度观察，则是一种近乎蓝调的质感。微妙，美好，超越了其他一切。如同氤氲的灯光下只属于塞尚的忧伤。手指划过这件衣服，用指尖、眼睛和嘴唇感受它，触感无限延长，而我们却依旧对它一无所知。我似乎看到了一个完全陌生的世界。最后，视线落在经常活动的肩肘处。肩膀总是来回摆动，肩部的布料也磨得太狠了，已修修补补很多次。绷开的布料被再次用线缝上，再破掉，再缝上。针线和补丁叠成厚厚的一层，几乎看不出原来的材质了。有个画面我记得很清楚，乔治·古杰尔穿着这身破烂的工装，肩膀上堆着厚厚的补丁，身后的影子被热烈灿烂的阳光拖拽得很长很长，犹如披着羽毛风衣绝尘而去的托儿铁克王子。

古杰尔有三件连体工装，分别代表了连体工装和工作服的四个阶段。按照时间排序，它们有着各自独特的美感。如果有可能，我真想分门别类的写写这三件工装分别的模样。可惜现在篇幅有限，我只能说他们分别代表古杰尔工作的中早期、中期和中后期的阶段。最新的那套仍然是暗色的，缝线清晰可见，布料也还没有失去原有的光泽。裤腿是沿着腿型剪裁的，看得出来机器缝制的痕迹。半新不旧的那件则有着柔软优雅的纹理，仍然保持着完整，尚没有破的不能再穿。衣料上的霉菌已经遍布全身，接缝是用植物纤维或者动物毛发缝的，纽扣被擦得很亮，泛着蓝光，沉默无语。连体衣上的补丁其实并不多，而且安排的相当得当。右侧②膝盖上有一块，臀部、肘部、两侧的肩膀上都有。这才让衣服穿上舒服一点。最老的那件，布料松松垮垮，从膝盖向下，简直像要饭的穿的，都快拖到地上了。扣子上的蓝色令人炫目，锃光瓦亮如同太平洋的波光，斑斑驳驳的是逐渐脱落的松骨与枝叶。衣服上的

---

① 纹理如同旧纸币。
② 左膝磨损得稍微轻一些，上面蹭着附近田地里金色的泥土。

色泽和布料古老陈旧，可以料想主人穿着这件衣服经历了多少操劳，又在这件衣服里和衣而眠了多少夜晚。肩膀处已经成了密密麻麻的网状，打补丁都无济于事了。在膝盖和肘部[①]厚厚的一层补丁已经看不出原来的布料。袖子软塌塌的，如同折断的翅膀。瑞科特斯在他的照片里穿着一件更为新一些的工作服，裁剪成合适他身材的工作服。但腿部看上去很久，和伍兹那件旧了的衣服腿部一样邋遢。衣服皱皱巴巴，上面沾满油渍和泥土，像一个老人的皮肤一样软塌塌的挂在身上。

鞋子

他们穿的是最普通的一种工鞋。鞋帮到脚踝处，柔软的鞋尖如船头一般，在大拇指根部的地方裂开了缝。脚踝被皮革包住，脚跟有一条环状的皮带。脚趾处做成钝而宽阔的圆头，结实的鞋跟。鞋面上是由简单的圆形和方形组成的，棕色的皮革上钉着大大小小的钉子，粗糙地缝制在一起，承受着人体的重量。一双鞋子要承载比它重数倍的重量，穿着工作服的男人，赤着小腿的女人。脱下鞋来，才发现它精致的如同一幢建筑物一般。

鞋子里面用柔软的皮革做成。鞋底是厚厚的橡胶，却已经磨得相当薄了。我想就算穿着鞋也能感受到地面疙疙瘩瘩的石子路吧。鞋跟被磨得倾向一侧。黏土已经成了鞋子的一部分粘在鞋底，灰尘则松散的覆盖在鞋子表面。鞋子被穿过的痕迹一目了然，歪歪扭扭的皮革已经有了主人脚型的模样，脚印和汗水印在鞋底和鞋帮上。佃农大多不穿袜子，我看他们都是直接把脚塞进鞋里去。男人的鞋要足够长，这样才不会挤脚，衣服和鞋子都能勾勒出身体的形状，穿得久了，也就服帖了。倒是穿新衣新鞋让他们觉得别扭，就好像明明盯着镜子，却看到了别个人的眼睛一样让人恐慌。只有脚下和皮肤的触感才是最真实的。尤其是不穿袜子的时候，脚回到汗水渍的皮革中的触感，真实让人

---

① 通常袖子会卷到二头肌处扎紧，但并不总是这样。和其他地方比这里的补丁算是轻的，但面积比较大，所以很显眼。

踏实。

工作的时候才穿鞋，在家休息的时候男人们总是赤脚的。这不是因为穿鞋不舒服，而是因为他们知道，时常换换环境会更有幸福感。这自然的就像偶尔戴戴帽子和老花镜一样，无伤大雅，但摘下来一会儿又会想再戴上时的温暖和清晰。

据我所知，他们的鞋子机会从来没有修补过，直到磨损成史前动物的皮毛一般，再去买一双新鞋。然后这些鞋子就会丢给妻子，看她们能发明创造出些什么东西来。

瑞科特斯的鞋子总是敞着口，因为鞋子里面太难受了，他必须把鞋子尽量放松才能勉强适应。穿着一双不合适的鞋的痛苦就像是踩在玉米棒子上一样硌脚，未经磨砺的石块滚过脚面，留下血痕累累。差不多有两年，他只能骑着骡子去工作。在试过了一双这样的鞋子之后我也只能一瘸一拐的走路，经常担心自己的脚会不会就断了。我想瑞科特斯大概是最了解这样的感受的人了。我都怀疑，他的脚是不是已经失去了行走的知觉。

帽子

古杰尔、瑞科特斯和伍兹，三个人中竟没有一个人愿意戴普通的佃农草帽，尽管这个式样的草帽在这一带很流行。这可能是因为他们不愿随乡村大流吧。尤其是古杰尔，他脑袋上戴的东西和周日的着装一样，总是有一股子城市气息，和农村生活反倒格格不入。他喜欢把自己打扮的更工业化一点儿，至少看上去像个生意人一样体面。一顶两毛五的技师帽子是由蓝白粗条纹织成的，能看出来一点点格子的痕迹，样式很漂亮。这样一款机器生产的时髦帽子扣在一个乡巴佬的头上，实在有点违和。

伍兹戴着一顶古老的毡帽，呈钻石的形状，上面有不少破洞，像是为了透气特意留出来似的。一般来说，年轻工人，特别是黑人，最喜欢把帽子改良成花里胡哨的模样，像戴着皇冠一样招摇过市。

有相当多的黑人[①]和一部分工薪阶级白人很看重头顶的装饰物，或许是源于古老的传统，人们倾向于把头顶的装饰视作个人标志和尊严（这一点在富裕一点的白人阶级并不那么流行）。比起身体其他部分而言，只有头部的装饰才是个人标志最集中的体现，也是周围人争相模仿的对象。在这个国家，人们太过关注衣着上的符号意象，这让穿着变得太复杂、太颓靡。帽子上的装饰也是如此，选择种类如此之多，让人眼花缭乱、目不暇接。

即便是在这个国家最偏远的地方，男士的帽子都可以在商店里买到成品。所以，瑞科特斯更愿意带着自家制的帽子出席公共场合，这样一来，戴着私人制定款式的帽子会更有特色，也更有面子。一顶帽子可以卖一毛五。但是他和他的家人都带着独特的帽子，他们彼此还会相互交换。有些帽子是用玉米的麸皮制成的，这些麸皮被编织成长长的带子，然后围着中心盘旋而成。玛格丽特和帕拉李一天可以做出来一个。帽子是很浅的椎体形状，直径大约八英寸，很轻，不容易老老实实的扣在头上。帽子并不是完全自家手工制作的，有些人认为这是对乡村农民传统的背叛，但与此同时他们却认为完全自食其力的东方人是野蛮人。我从未在其他的草帽中看到金属光泽，但瑞科特斯家的帽子却有着细细的金属线，绝对对称且结实的结构，每一顶帽子都是完美的艺术品。但它们不具有任何社会意义，这是完全出自真诚与智慧的工艺品。

现在说到古杰尔。他一直穿着款式老掉牙，半新不旧的工作鞋。他有三件工作服和三件衬衫，全都是蓝色的，除了新旧不一之外几乎没有任何分别，裁缝丝毫没有发挥才能的余地。他戴着呆板的机械师帽，长了一张德裔面孔，被太阳晒成了砖红色，胡子和头发都修剪得很整齐。他身高中等，有着像足球运动员一样的肌肉块，身体里像是居住着

---

① 对我来说，他们的一部分造型可能是源于故乡对于头部和首领的尊重。这成为美国黑人热衷于戴头饰的一个背景原因。

一头狮子或公牛一样，长期的劳作让他体魄结实。

我想瑞科特斯的工作服不会超过两件，一件新一点，一件已经很旧了。他的衬衫是一件蓝色的，和一件已经千疮百孔的白色礼拜日衬衫，好像都已经穿了十多年了。他的鞋子已经踩的没了形状，松松垮垮的挂在脚上。头发很久没有修剪了，油腻腻的贴在窄窄的额头上。他有一双闪烁多变，狡猾而疯狂的眼睛，嘴唇上是一撮黑乎乎的胡子。光线照在他的衬衫上，显得更脏了。他身材削弱，有点像女人的杨柳腰，臀部软塌塌的，让人觉得他娘娘腔很重。

伍兹上了年纪，感觉身体很脆弱，但仍然很有男性魅力。轻盈而美丽的身体，真让人怀疑他的祖先是鸟类，而不是寻常哺乳动物。他穿着细长条花纹的法兰绒衬衣，蓝白色相间，稍后我再细细道来。

在家里休息的时候，伍兹总是赤着脚，光着膀子。他的脚很瘦很窄，几乎只剩下了皮包骨头，能清晰的看见骨骼起伏。锋利高耸的肩胛骨和清晰袒露的乳房，如此身材在印度男人当中倒是相当常见。他的胳膊上没什么肌肉，肩膀处松弛成一个椭圆形，一条毛巾搭在肩上。他身上的皮肤很白，上面长着雀斑，然后到脖子处皮肤的颜色一下发生变深了，向火鸡的羽毛一样。风吹日晒的脸，被汗水和泥土拧成柳的头发，像婴儿的胎毛一样粘在额头前，挡住眼睛。他的眼睛亮晶晶的，像是玻璃的碎片一般闪烁着猜不透的情绪，他有着很长的睫毛，这遗传给了他的女儿艾玛。艾玛困倦时候的模样总是风情万种，迷人而无辜。

去工作的时候，他会穿上他的鞋子和衬衫，戴上帽子。

皮质的吊带会不断摩擦他肩膀的疮，破了又好，好了又磨，这间衣服磨损最厉害的就是肩膀部分了。为此，伍兹剪断了工作服前面的围兜，用腰带将衣服固定在身上。这件衣服虽然很旧了，但因为是最舒服合身的一件，他几乎只穿着一件去工作。

这些鞋子是古杰尔最喜欢的款式。但伍兹的鞋皮子更轻，穿了两年，鞋底已经破了，修修补补又用麻绳打结，绑在脚踝处，继续穿。

帽子我已经说过了。

衬衫是肥皂袋改的，洗涤过之后又重新染布，才有了现在这副可观的模样。布料是奶油色的，被压制成八分之一英寸厚的织物，然后切割缝制成一幅。褪色的字体和商标依然依稀可见，穿在身上上下颠倒，能分辨的出是红色、蓝色和黑色的字迹。这件衬衫模仿商店橱窗里的衬衫款式，但由于布料太过厚了，很多细节没法仿制的很像。领子和袖口都做了简化的修改，用手工缝制，在我看来比成衣要结实舒服多了。但是从社会和经济的角度上看，这样的衣服并不如瑞科特斯的帽子那样独具一格。

男士的衣服基本都是成衣，如若穿了自制的衣服倒是会引起别人的注意。

男士的工作服和男孩儿的校服、鞋子和帽子都是成衣，女人和小孩的衣服都是手工制作。如果有人不是这样穿的，恐怕就要被人品头论足一番。

衣服都是用普通又廉价的棉布做成的。布料都是纯白的，很薄，是专门用来做衣服的。

因为家里的开支预算有限，所以有些妻子会用一些其他材料来为自己和孩子做衣裙，把珍贵的布料留给男人们，来做他们工作日时穿着的衣服。反正女人们一直都是呆在村子里，也没人看到她们穿的有什么不同。伍兹夫人和瑞科特斯夫人各有办法，所以其实很难界定什么才是“普通”着装。我记得那个夏天，最常见的服装反倒是各种千奇百怪的材料织成的衣服。他们平时也穿着这种混搭风的衣服。伍兹夫人在打扮自己和家人的时候似乎都不是给人类准备衣装，她家的衣着水准远低于村里的平均标准。瑞科特斯夫人的标准怕是比伍兹夫人还要低。另一方面，因为家里几乎没有适合做衣服的材料，我相信古杰尔夫人肯定承受了很大的社会和精神压力。伍兹夫人和瑞科特斯夫人都是一样的拮据，但我想伍兹夫人的成功很大程度上在于她承受住了社会的压力，同时也努力利用有限的材料自己设计出漂亮又看着高档的衣服。

三位女士的衣裙

古杰尔夫人：我之前已经说过了她的衣服。我想她至多有五条裙子，其中两条从没出去穿过。三条裙子是连衣裙，另外两件则是上下分身的裙子。这些裙子裁剪的方式都是相同的，在布料上用粉笔画好版样，然后裁剪。这些裙子都小巧利落，看得出主人的良好品味，款式简单却不单调。我觉得这些裙子看上去大同小异，但都是古杰尔夫人自设计的，所以非常合身，与她的身材，容颜与气质都很相称。她们的衣着审美还受十九世纪的影响，做出来的衣服都是高裙子，短腰，模仿的是巴特里克式的家庭主妇衣装。这种款式明亮轻快，很符合十九世纪度蜜月之后的气氛。在袖口和领口有红色或蓝色的缎带，修身又苗条，从肩膀到裙摆一气呵成。胸前是一个深 V 字的开领，穿上这种衣服会让她显得像一尊修长的沙特尔塑像。

伍兹夫人：她有两条裙子。这两条裙子都是用装肥料的布袋①做成的。一条是连衣裙，另一条是分身裙。这两条裙子看起来还挺像的，都没有袖子，只是那件连衣裙没有收腰而已。衣服是在两片麻袋上开了两个口，把胳膊的位置留出来。没有领子，脖颈处裁成三角形，卷了两次边，肩膀处也是这样处理的。裙子很宽很大，大概到膝盖以下两英寸，有厚厚的褶皱。细看能够看到布料起的球和黑乎乎的污渍，这件衣服上沾了尘土和汗水，已经逐渐褪色。残存的化肥商标被小心翼翼的绣进接缝里。这条裙子和希腊女性穿的裙子差不多，或者说更像是塞萨利岛或埃维厄岛上的传统服装。

瑞科特斯夫人：我不确定她是不是有多条裙子，但至少每次我见到她，无论什么时候什么地点她永远都穿着同一条裙子。我唯一见过一

① 肥料袋大部分都是细腻的白棉做的，至少我们访问过的一家公司是用细白棉做肥料袋的。

次她拿起针线，是缝一件小宝宝穿的衣服。瑞科特斯夫人的这条裙子是一块粗糙的棕褐色棉布做成的。形状像一口钟，顶部留出一个小洞可以套过头，从颈部到胸前是搭襟的，手臂从两侧穿出来。裙子盖过膝盖下方，没有腰带，又僵硬笔挺穿上这条裙子看起来有些滑稽。裙子很宽，相比之下她的小脚和细腿几乎要支撑不住裙子似的。

瑞科特斯夫人下地干活的时候会戴上一个玉米麸做的草帽，但我从没见过她穿鞋。

伍兹夫人在地里干活的时候会戴上一顶很破很大的草帽，偶尔也会穿她丈夫破了的鞋子下地。

古杰尔太太恐怕是没有能穿出来干活的鞋子。她一直捡她丈夫不穿的东西用。许多时候她都是赤脚在地里的，有时也穿着拖鞋。每次赤脚的时候被我们撞见她都很尴尬，好像在我们面前丢了面子似的。她也不想让我们看到她戴太阳帽的样子，我猜她戴上应该也很好看。

路易斯：她最常穿的一条裙子是由两种材料缝合起来的连衣裙，上面那部分是褪色的黄色格子布做的，下面的裙子是一个半透明面粉袋的碎片拼起来的，修修补补才能结实的固定在胯上。她还有其他两条裙子，是为了礼拜日去库克镇上用的，我想可能以后上学她也会穿这两条裙子。这两条裙子做的很精致漂亮，尽可能的像机器生产的成衣那样。她总是光着脚，带着一顶宽边的草帽。她的母亲很喜欢把她当做洋娃娃一样打扮，所以她看起来比实际年龄小了不少。礼拜日的时候她会穿着拖鞋和袜子，用一条蓝色的缎带绑住头发，再戴上一顶洗的发白的布帽子。

朱尼尔：他有一套连体衣，衣服上的袖口半新不旧。他经常带着一个草帽，光着脚，脚上被石子割破的伤口已经结痂。朱尼尔有一件买来的蓝色衬衣，一件手工做的灰色衬衣，还有另一个小一号的草帽。礼拜日的时候他会把脚洗干净，穿着干净的连体衣，戴一条小领带，再扣上那个干净的灰帽子。

伯特:他有两件衣服可以换洗,一个是连体衣,配两件衬衫,另外一身是一套西装。连体衣是淡棕色的棉布做的。一件衬衫是浅蓝色的,另一件事白色的。这两件衬衫都是上好的棉布做的。领口很服帖,颇有运动感,肩部有点窄,不易舒展开。这件衣服虽然很久,也已经褪色了,但却是家里难得一见的奢侈品,毕竟质量和设计都是上乘的。连体衣的裤子是蓝色的,上面是白色的,还有一个兔子耳朵似的衣领。在腰线上绷了六个装饰性的扣子。

维利·菲尔

为了完成橱柜的备忘录,我在这里也列一下维利·菲尔的衣服吧。他的衣服大多数是纯白色或者格子纹的,包括那只手工缝制的小兔子玩具。他有几件衣服还有黑色、蓝色和红色的领边。相对于家里其他孩子而言,婴儿的衣服显得更多一些。我想这可能基于两个理由。一个是因为这些衣服都是之前哥哥姐姐穿剩下的,另一个是这些衣服也不用花什么钱。家里人能穿的衣服太少,只有在秋天棉花收了的时候才有办法做新衣服。而且对于古杰尔太太来说最重要的是先填饱肚子,然后才是体面的穿着。家里没什么钱,所以在选择买成衣的时候她更倾向于买那种材料结实耐穿的款式。正因为是这样,她才特别看中衣服的质量,每次都精挑细选,和其他家庭相比就拮据很多了。

维利·菲尔的衣服和艾伦·伍兹的衣服一样,都是婴儿穿的。没有开档,裤腰松松垮垮,在脖子的地方有一个按扣,扣子是从背部开的。有的衣服上会有一两个漂亮的口袋,有的衣服上有别口可以穿过皮带。小孩儿穿着这样的衣服在地上爬,活像漫画里笨拙可笑的小狗。

波尔:波尔有一条面粉袋子做的裙子,另一条裙子是肥料袋子做的,第三条则是棕色和蓝色的格子布制的。格子裙是礼拜日才穿的衣服,但她实在太喜欢这件衣服了,所以平常的时候也会拿出来穿,配着棕色的玻璃装饰和戒指,搭配白色的拖鞋。虽然在本卷中无法赘述任务性格,但我想稍微简单说几句。波尔比路易斯更注重着装,与同龄的弗洛拉·玛丽·李和凯蒂不同，这两个小姑娘大大咧咧和母亲很像。伍兹夫人和她的母亲在性方面都很开放，所以家里的女孩子们也都有这样的意识，很早就晓得打扮自己。我希望读者们不要对这些妇女有什么成见，对事不对人，我只是在客观描述波尔的母亲和祖母以及她的童年，她们可能是我见过这个阶层里最自信美丽的女性了，要知道，在南方很难见到这样的女性。

在家里的时候，她同父异母的哥哥托马斯总是赤身裸体。大多数时候他穿着一件破汗衫，勉强遮住他骨瘦如柴的身体。这件衬衫是用枕套改的，两边和上面剪开窟窿，可以把头和胳膊伸出来。

古杰尔夫人虽然没什么钱，但却丝毫没有将就度日的打算，这种信心让她赢得了全家人的尊重。伍兹夫人也没什么钱，所以她只能根据预算来安排生活，时而拮据，时而宽裕，起起伏伏的维持在平均线上下。瑞科特斯夫人比她们更穷，但却几乎没什么作为。

从衣服的外观来看，我推测她是几年前买的这一批布料。虽然最后没有用来做平时穿的衣服，但也足见她对这批布料的喜爱。布料是用大量的粗棉和未漂白的棉花制的，用来做床单和枕套了。布料说不上是灰还是白，这种颜色的布料几乎随处可见，很多衣服都是这样的颜色。其余的料子拼拼凑凑做成了礼拜日穿的衣服，虽然已经穿旧了，但样子还在。礼拜日的衣服总是要更讲究一些，所以制作的时候总是要小心翼翼地裁剪和缝纫。衣服的材质是泥色的，上面还有黑色的油脂和汗水凝固的结块。衣服上有一块补丁，大概是缝了几回了，已经看不出原材料究竟是什么，其他地方的补丁是用面粉袋和蓝色衬衣的边角料补起来的，样子很滑稽。

克莱尔·贝尔穿着一条麻布袋做成的短款连衣裙裙，裙摆到膝盖以上，袖子上和领子上的补丁已经磨白。她的另一条裙子也是麻布袋做的，不过款式更加优雅。那条裙子有一条宽大的裙摆，还配着腰带，有一半的领子缅成了褶花。每次有人和她一起出去的时候，比方说礼拜日或者去镇上的时候，克莱尔·贝尔都要带上一双紧身的粉色内衣。她只有三件衣服看起来还算新，其他衣服都是兄弟姐妹剩下来的，穿了至少三四年了。

凯蒂和弗洛拉·玛丽·李年岁相仿，体型也相近，所以她们俩的衣服就混着穿。这对小姐妹有三条床单做成的连衣裙，都是短袖大裙摆的款式。她们还有几件衬衫，都是面粉袋子改成的，两人都有一件属于自己的背带裤，都是床单改成的。我猜她们穿的内衣是面粉袋做的，像穿尿布那样可以把腿伸出来。她们有时候穿衬衫和背带裤，有时候干脆赤身裸体的打闹。她俩都没有特定的礼拜日穿的衣服，到周日的时候，她们就穿着稍微干净一些的裙子，别上几枚廉价的小卡子，戴上从地摊货上捡来的相连和吊坠。一般情况下，她们用脏兮兮的蓝色发带绑住头发，我也见过她们把鞋带绑在脑袋上。

理查德和加尔因共同拥有的那件连体裤是成衣，但已经非常旧了，他们有三四件衬衫，都是用床单和面粉袋做成的。他们分别还有一条属于自己的连体裤，不过这条就是床单做的了。兄弟俩也有灯芯绒做的裤子，但上面的绒毛几乎都已经洗掉了。他们偶尔也会穿衬衫，但大多数时候他们直接就光着膀子把连体裤或者灯芯绒裤子套上。礼拜日的时候，母亲会把灯芯绒裤子给洗了，再修修补补，丢给男孩儿们容他们继续糟蹋这裤子。白衬衫每周都得洗，礼拜日出去的时候还要打上一条破破烂烂的领带。

出于工作的原因，帕拉李得打扮得很整齐，她平时穿的衣服曾经是她的礼拜服。那是一条半透明的蓝裙子①，上面缀着白色和锈金色的圆环，领子很秀气，袖子上有着窄窄的蕾丝花边，胸前的大片蕾丝装饰已经缩成一团，用脏兮兮的蓝色缎带绑在一起。这条裙子好看虽是好看，但由于穿的次数太多已经从肩膀破到后背了。

① 已经磨出了一道口子。

玛格丽特平时工作的时候会穿一条宽大的黑色长裙，里面套着面粉袋或床单做的衬衫，有时也搭配一条床单裁成的裙子。那条床单做的裙子是她所有裙子里最好的一条。裁剪精良，款式合身。从胸前左侧到肩膀处，蓝色的大领子像斗篷一样挂在后背上，在当时这是很流行的款式。

平时帕拉李会戴上黑色的玻璃珠子作为装饰，有时礼拜日也会特意戴上。玛格丽特就不怎么戴。

我想她们的衣服应该都是换着穿的，虽然在我和她们朝夕相处的时候几乎没看到过她们俩穿过同样的衣服。

玛格丽特有两件礼拜日穿的衣服，一件是自家做的，用的是很薄很便宜的白色棉布做的，胸前的领口处理的毫无技术含量，却很是小心的把脖子扎了起来。这件衣服配了条腰带，但并不适合她，而且也不怎么好看。衣服料子太薄了，脏兮兮的内衣透了出来。不用说，她的另外一条裙子肯定是买的成衣，但却价非所值。这条裙子是曾经流行过的一款裙子的纺织品，而且同时保留着一点点刻意复古的细节。若是放到二十年前，这条裙子大概尤其适合那些染了黑头发，举止优雅，行为得体的中年女性，她们喜欢在正式场合穿着这条裙子。这条裙子有着黑色透明的纱摆，上面缀着一粒粒的小珠。裙子远看倒是很显漂亮，可惜近看就让人大失所望——多处黑色蕾丝花边被扯破，珠子丢的丢断的断，而且因为衣服并不透气，在腋下积累了太多的汗液，每当抬起胳膊的时候，味道骇人，连熟睡的猫都要被熏醒跑得远远的。

帕拉李就幸运多了。她可以穿新裙子，是那种城里的中产阶级女孩儿周六午后穿出来显摆的那种。但帕拉李的裙子和那些姑娘的裙子又不太一样，那些干净的衣服色泽鲜亮，裁剪合身，每一个细节都处理得恰到好处。帕拉李的裙子有着橙色蓝色和白色的条纹，比城里女孩儿穿的那种条纹更粗一些，穿在帕拉李身上显示出她被晒得黝黑的皮肤。裙子运动感十足，彰显出她矫健、灵活的身材。在衣服的映衬下，她那张被晒得发黑，长满雀斑的乡下女孩儿的脸显得格外明亮。每次穿这条裙子的时候，她都会小心打理自己的发型，她把这条裙子当做衣橱里的无价之宝般保存。到了穿这条裙子的时候，她就会非常兴奋，混合着满满的自信与小心翼翼的眼神从她的大眼睛里流露出来，这泄露了她内心的秘密，好像这衣服是赁来的心头好，捧在手里不知如何是好。

女孩子还是得有些好衣服，至少可以把自己打扮漂亮，才比较容易遇到好男人结婚。许多女孩儿是在十六岁结婚，也有不少是在十五岁甚至十四岁，大部分到了十七岁就肯定结婚了。如果到了十八岁还没结婚，就会被人指指点点说是成了“剩女”，对父母来说是个麻烦，在村子里也不受人待见，只能找个角落独自枯萎。帕拉李已经十九岁了，玛格丽特二十岁了。玛格丽特见多了北方中产阶级的中年妇女，她早就心里平衡，不再在乎别人的说三道四了。

瑞科特斯夫人，礼拜日。

她会穿一条用整布做的，长长的裙子。腰臀部别着几枚死板的黑扣子。身上的衬衫和裙子是同样布料，在喉咙处有一枚领扣，袖子到胳膊肘左右。这件衣服没有丝毫富余，严丝合缝的贴在身上。没有斑点，也没有条纹，有几滴水渍凝固在衣服上，她试图把衣服弄干净。裙摆上也没有任何装饰品，她更不习惯戴帽子或者草帽(成衣成帽)。当瑞科特斯夫人需要把棉花送到库克镇上去轧的时候，也会穿上这一身。

伍兹夫人，在库克镇。

在江湖郎中开的药店里她刻意离人群远远的，坐在角落里等着医生来帮她看看肿胀的牙床，与此同时一个站在饮水槽旁边的男人不住的回头看她。她没戴帽子，也没穿袜子，甚至都没穿鞋子。她穿的裙子是家里薄枕罩改的，胸前开了个大领，方便哺乳。没有袖子，裙摆大概到膝盖下面一点点的位置，腰上扎了一条猩红色的皮革腰带，边缘磨损的很严重。衣服的背部被撕开了一条缝，右膝的位置也破了一块，整件衣服看着好像睡衣，上面是脏乎乎的净是污垢和汗渍。她稍息休息的时候，男人们盯着她的另外一只脚看。显然她并没有怀孕。这条裙子下面穿了一件内衣，但因为太薄了，而且夏天容易出汗，难免凸点。男人们一眼一眼的瞥她的乳头，丝毫没有避讳的意思。这就是她周日穿的衣服。

伍兹夫人的母亲：

她穿着宽条的袜子，上面是蓝色和白色相间的条纹。

她还穿了一条黑色的螺纹袜子，在她的腿上皱皱巴巴。脚上穿了一双科迪斯①，脚踝已经补了很多次，鞋底都要穿了。身上是一件男士工作衬衫，虽然已经非常旧了，但依然能看得出来曾经是白色的。一条红色的围巾绑在脖子上，头顶上戴了一顶崭新的男士草帽。

过去：

除了一顶现在经常戴的洋红色的草帽之外，古杰尔夫人还有两顶其他帽子。

有一顶帽子是蛋卷形状的，上面用深红色的稻草和白色细管做了造型，却因淋了雨而失去了巧妙的造型和鲜亮的色彩。在古杰尔夫人之前，已经有十四个人拥有过这顶帽子了。不难想象那些或敏感，或闲散，或狡猾的脸孔在这顶帽子下的神情。

第二顶帽子我之前已经说过了，那顶帽子有一个宽大的边，仿佛如凯旋王冠一样，却被收在抽屉里，毁了形状。看得出那顶帽子是很精心的手工制品。我觉得这顶帽子看上去颇有 1900 年左右的风尚，看上去很时髦，这肯定是她母亲当时做给她做婚礼帽子用的。想得出这在当时是怎样一份厚礼。那时候她才十六岁，皮肤白白净净的，没有皱纹，快乐在眼睛里闪烁，婀娜曼妙的身材恍如昨日。她曾是那样快乐，那样自信，那样美丽，带着这顶帽子的她神采奕奕。她穿着母亲手工缝制的

① Keds，美国著名的帆布鞋品牌。——译者注

白色婚纱礼服,那样荣耀,那样美好。她的妹妹艾玛时年才七岁,围着她大呼小叫,而母亲则和蔼地站在一旁嗔怪她的一惊一乍。年轻美丽的记忆在空无一物的地板上飘荡,旋出窗外,映在玻璃上。她是一首无人可及的诗。

教　育

教育

无论何时何地，无论父母谁人，一个孩子的降生就延续了人类的无限可能。从他的身上，我们看到了自我，也看到人类中所面临的种种困境与肩负的种种责任。在这呱呱坠地的未来身上，善恶良知，都属于造物主的恩赐。

他的一呼一吸，一举一动都是造物神奇。或为人砒霜，或为人蜜糖；或指点江山，或痛苦难耐；或尊为师长，或解救终生，或遗世独立，全然取决于他对生命的理解①。这种价值观将会指引他前行，塑造他对世界的认知与改造世界的能力。有时这是一发摧毁世界的重炮，有时也是救世济人良药，它引领个人与整个人类奔向自由、健康与喜悦的彼岸。

在阿拉巴马，不是所有问题都必须有个答案，我们被自己弄得焦头烂额，在空气里几乎要窒息，却从没想过自己是否够格去问天问地。我们太容易产生怜悯、恐怖、怀疑和罪恶的情绪，这是人类最大的危机之一。我想我只能说，教育的最大功能就是让人产生危机感。最聪明的人都选择接受教育，却在教条中迷失了自己，对世界产生了误解。或许正是我们信以为特权的教育正在摧毁世界，当然，世界自有办法化解这些矛盾。

无论我多么无知、一无所有、就算是不在乎法律、财产、伦理，也无所畏惧，甚至迷失自我，教育就是要为我清除脑中的杂念，消灭我的恐

① 有效的"理解"只是一种形式，有人认为完美的理解是一个内涵极其广泛的领域，甚至包含了许多自相矛盾的内容。神的赐福超越一切理解。瑞科特斯太太和她的孩子们也是一样，理解可能是理解自身，也可能是宽恕敌人。

惧与愤怒。作为手无缚鸡之力的人类，每年都朝圣般的进入教育机器，像坐牢一样听上两个月的课。若是他敢于把自己的想法说出来，社会的洪流一定会将他淘汰。大浪之后，只留下一颗破碎的心，他明知道别人听不到自己的声音，却也仍相信有人会理解他①。

出于各种各样的原因，也许读者会误会我在谴责阿拉巴马的公里学校，或者说这些学校比其他学校"差"，或者"好不到哪儿去"。其实，我对于佃农只能接受几年教育这件事感到非常遗憾。如果他们多受些教育，高不成低不就，反而生活更为艰难；但如果什么教育都不受，在社会里恐怕永世不得翻身，处境更为艰难。无论从哪个角度上来说，佃农都处在相当不利的地位上。

我在阿拉巴马的时候，学校还没开学。所以我对这个问题的研究颇为浅薄，也只能通过间接观察和演绎推理来了解一些情况。从某些方面来说，这种观察不够全面，但从另外一些角度来看，这种观察又是十分必要的。

比如说，据我观察，这里没有职业教师。但我颇为确定这里的学校是国立或者州立的。在这里的大部分都是女性，担任一些教导职务的人要么是失去劳动能力，要么是年老未婚。如果这些女性再聪明勇敢一些，说不定能够上州立师范，也就不至于沦落到如此境地了。她们将全身心都奉献给社区与国家，若是想以教育为业，必须谨小慎微，与时俱进。即使经过系统的审查与指导，她们的读写能力依然有限，就跟别提通过国家要求的专业考试了。于是，她们被困在阶级、州镇、教堂与父母所施加的压力中。来自外界的声音总期望着能从她们身上发现了不起的哲学科学才华。我只能寥寥几笔写下一些她们所承受的压力，不限于此，还有更多的压力限制了她们的成长。面对如此情景，我只能说，即使是最好的、最亲切的、最有天赋的那些以教育为业的人，在如此

① 或许对于教师来说最合适的并不是教授，而是传艺，传授赤诚与鼓励的艺术。

压力下，天才都不一定能被激发出来，更别提普通人了。对心灵与精神的折磨堪称犯罪，但法律却没有制止如此暴行，反而用于惩罚错误的人①。非要把聪明人都折磨致死，非要把天才的萌芽都扼杀，或许这样都不能让规则制定者意识到自己的无知与罪孽深重。

至于说到课程设置，我想没有必要像我一样仔细研究学生的背景，比如经济条件，社会背景，政治倾向等实情。就算查清楚这些背景，也不会有人去区分白人和黑人除了种族不同还有什么差别，更不会去根据不同的学生情况，不同的家庭情况来区别对待学生。或者用他们自己的话说，学校不会去帮助解决那些和“道德”，“社会”相关的压力或根植于此的信仰，而这恰恰才是年轻的孩子们最容易感到困惑的地方。学校甚至没功夫帮着孩子挖掘自己的才能锻炼判断力，更别说质疑“权威”了。连最最基本的学习意识都未被唤醒，学生的天赋未能得到保护，更没人教会他们欣赏美与快乐。甚至没有基础性的文字话语记录下多变的世界，没有人来教授那些基础的知识技能(“农业科学”、“饮食烹饪”、“交易技能” 等等)，更没有人来教会学生认知周围的环境，最让人无奈的是，连唤醒学生的“宗教观”都没有。没人告诉他们什么该“怀疑”，什么该“相信”，他们的精神中缺乏“诚实”，缺乏“惊喜”，也缺乏“勇气”，甚至不懂得情感的微妙，也无法理解人体的健美。没有人告诉他们如何释放对性的恐惧，如何从中获得快感与自由，也不曾开启性的神圣与爱恋，甚至没有给他们一点点知识来保护自己，慰藉他人。于社会，金钱，法律，人类的恐惧与盲从迅速支配了他们的生活。没人告诉他们原因，更没人意识到这种无知正在毁灭幸福，对先入为主毫无疑虑之心，对知识不存在幻想，对恐惧以为拖鞋。我还没有开始调查，就已经意识到了这里存在的严重问题：我得说，这里的教育资源严重匮乏。甚至可以说，只要有人“教”，这里的太多问题都能迎刃而解。我不相信

① 倒不是说惩罚什么“正确的人”就能让情况好一点儿。

学习人生会让人变笨，这些课的意义远大于教授那些死板的科目。若是非要说人生经验无意义的，那绝对是教育的死敌。但如果选择的人生导师不够合格，那所教出来的学生恐怕更具杀伤力。不得不说，这是对宽容的滥用。就算是千分之一的概率被滥用，对这一个体的百分之百传递下去就会误导更多的宽容。可以说，我们必须小心翼翼中学习，才能让宽容成为指路的明灯，而非脚下的陷阱。虽说如此，但我想的也实在太乐观了。我们应当仔细考察一切，远远超出现在的考察范围，将自我的怀疑、责任、信仰都囊括其中，减少潜在的滥用者存在的可能性。从某些方面说，我们至少要从尝试的错误中吸取经验，比如说我们应当敢于去教授马克思试图启迪给后来人的知识，我们应该在卡夫卡的黑暗的文字中点亮灯火，辨认出布莱克和塞林的面孔。

我所提出的这一切已经远超出我想为本地教育做出的改变。这些模棱两可的概念也只是我的设想而已，希望能抛砖引玉，带来好的结果。当然不能仅听我一面之词。但还有一些话我想要说明白：不仅仅是在现在已有的智慧极限中探索，更是在我们所处的位置上，托起未来的年轻人，无论他们是否残疾，是否贫困，都有权利眺望遥远的曙光。在那里，他们将会看到生而为人的尊严，在他们的生命中存在着创造千万世界的可能性，不必担心他人的阻挠，也不必忧虑生活的压力。只可惜，现在他们所受的教育却正在毁灭这千万种可能性，打着“普世价值”的名义，却在做完全相反的事。

然而，在我们所生活的这个世界里，佃农的孩子总是要接受某种形式的教育的，无论是好是坏，可贵的教育资源对他们的未来都将产生深远的影响。

让人发指的是，这里所配备的教育资源远不能够让学生完成自学。这里的环境只会让智力和情感不断萎缩，完全无法顾及到佃农的内心与生活中所承受的压力。如果这里的设施再短缺的话，那就别提什么学习了，连坐在这里可能都有危险。他们学习要依靠一生的手艺，主要是从父母，祖父母那里习得，也是从环绕身边的种种里培植道德，心理的情操，探寻情感与精神的钥匙。或许有人要说，给他们过多的知识也无福消受，反正这里也没什么可读的，没什么可写的，没什么可追求的，学习太多东西到头来还是会被骗；更没有人渴望用文化改变命运；无论男人女人都被极大的无助感压迫着，他们更不会指望自己的孩子有什么出息，能出人头地。虽然口头上说着"蹉跎此生"，但心里或许还暗暗地寄予着一点点期望。

学校一般是在九月中下旬开始上课，一直上到五月一日放暑假。村里的孩子们一般都自带午餐，早上七点半左右出门，搭上公交车，冬季的早晨披星戴月，异常辛苦。虽然有公交车往来期间，但我所熟悉的那三家的孩子还是会徒步上下学。天气干燥爽朗的时候，路途似乎就短了很多。公交车沿着弯弯曲曲的小路到达第二个山谷的一群黑人住户门口时，瑞科特斯家的孩子已经走了半英里，古杰尔家的孩子则走了四分之三英里。天气潮湿的时候，公交车就不冒险走小路了，而是一直沿着高速公路行进。瑞特克斯家的孩子走了两英里的时候，古杰尔家的孩子才在泥泞的土路上艰难前进了一个半英里。

夏天的时候他们会选择走一条碎石子铺成的路。这条路看上去已经有岁数了，但不及他们已经年过四十五岁的父亲老。他们可不能浪费时间用来做无用的事情，又不像他们的黑人邻居一样交不起税。在学期开始的前三周他们并不忙，但在寒冷天气到来之前又忙碌的不可开交。

南方的冬天又湿又潮，黏拽拽的土地让人寸步难行。"出勤率"恐怕是孩子们最痛恨的东西了。比方说，在一百五十天的学期里，朱尼尔·古杰尔缺席了六十五次，路易斯有五十三天没去，其中分别有十一次和九次无故缺席。在三四月份的时候，朱尼尔和路易斯都缺席了二十三天，因为家里的活实在太多了，他们必须在潮湿的天气里在家里帮忙。路易斯升入第二学年的时候，因为家里要她帮忙，所以她就错过了几门很重要的课,也错过了最后的期末考试。她的成绩曾经是班里最好的,但由于她不知道考试日期,最后也没有给她补考的机会,所以她只能留级了一年。瑞科特斯家的孩子出勤率更差,波尔根本就没在考勤上划过勾。

在棉花采摘季结束的后两个星期到一个月学校才开始上课,这样就给学生留出了充足的时间来帮家里采摘棉花。

在这个小乡村,公交车有时刻表,这对于小镇的交通益处良多,特别是对于那些住得偏远的人,公交车的意义非常重大。

在寒冷潮湿的路上徒步行进,一日复一日,披星戴月地奔波在学校与家的路途间,对于孩子们来说实在太难了。

和其他地方一样,人们认为在学校的日子是最枯燥无味,没有工作,也没有收成。更不要提难吃的食物和让人无法下咽的午餐。总体而言,很多人都觉得在学校待着没什么好处。

"出勤问题"不言而喻,故无缺席的学生数目之多让考勤员头大,但也只能睁一只眼闭一只眼。这个问题无法可解,每年开学都会有近三分之一到一半的孩子再也不来学校了。缺勤问题成为完成教学任务的最大的障碍,在竞争压力日益加剧的社会里,镇上的孩子们的一生似乎已经注定。

说道库克镇上的教学楼,那是一座新建成的房子,有着明亮的窗户,红彤彤的砖墙和白色的柱廊。结构精巧,无不展示着美国建筑师们天赋奇才①,在任何机会下都能创造出精美的艺术杰作。这个建筑物是库克镇的骄傲,也努力向邻里们展示着这是一座配得上如此优雅建筑的小镇。近些年来,阿拉巴马逐渐意识到教育的重要性,文盲率大大降低,课本几轮更新,许多年久失修的教学楼都被崭新的学校所取代。为了实现教育振兴的目标,很多学校都扩大了招生规模以申请政府的

① 他们似乎很擅长建造物美价廉的房子。

款项，在这个小镇上黑人与白人的人口比例是5∶1，但政府并不会给黑人学校一个子儿，所以这些漂亮的新建筑都是给白人孩子准备的。与之相较，黑人孩子都像挤在沙丁鱼罐头里一样，成百的孩子们挤在一个热得像火炉一般的松板房里，如果墙壁、房顶、窗子四处漏风，对他们来说可能还好受一点儿[1]。但是，正如一个地主说的那样，“俺也不是反对黑鬼上学啦，上个唔漏年级差不多了吧，再读奏逊了吧。但白娃子还是要上学噶。”

公交服务，白人学校建筑，甚至包括在漫长的泥泞道路上行进，这一切与他们的父母相比都已经进步了很多[2]。而教育本身也发生了很大改变，变得更现代化了。男孩儿女孩儿们喜欢上艺术课和音乐课，有不少女孩子在学校学会了跳舞。教科书很便宜，几乎人人都能买得起，这也意味着，知识其实是人人都能够买得起的东西，很多年前这对佃农家庭来说几乎是个不可逾越的鸿沟。我现在想列出在古杰尔家找到的教科书的内容，为了记录，也为了弄清楚一个普通的成年佃农到底从书本上掌握了什么知识。

开门语言系列：第一册：语言故事及游戏。

我顺着往下看，其中有一些是诗歌，作者有维切尔·林赛（Vachel Lindsay），伊丽莎白·马多克斯·罗伯特，罗伯特·路易斯·史蒂文森等人，还有一篇名为“兔子兄弟的空中秋千”的短片故事，副标题是“南方旧说”。

户外探寻：第二册：自然与科学读者（第一册不见了）。打开第二册，上面写着：“亲爱的小朋友们，在这本书里你将会读到一个关于南南和东东在户外寻找野生动物和植物的故事”。

---

① 除了闷热的房间、不流通的空气和难以集中注意力之外，几个年级得在一个房间里学习，轮流朗读做题，每个人一天只有很少的机会可以和老师沟通。这无疑是对孩子的耽误，对老师的消耗。

② 他们的父母那一辈学校还只是一间木质的小屋。我不是很确定，但至少如今还有白人孩子也在这种学校读书。

生活读者:新旧故事全集:第三读者

里面都是彩色照片。

塔布-斯蒂文·斯佩勒。又是一个斯佩勒①。

冠军算术:五百一十页。一个心理学大咖试图引发人们对数字的兴趣。“珍妮特买了1又1/4磅咸花生,又买了半磅咸杏仁,请问珍妮特一共买了多重的坚果?”

哎!可爱的孩子们啊!

这张清单长得如同一首永远不会完结的诗。文字充满其中,却让人看到了不安与忧虑。在这首诗里,只有无穷无尽的默诵与验算,却没人试图告诉孩子们他们到底在学习什么。我有口不能言,但却想尽一切办法弄清楚教育为什么会这样。若是不问个原因,那它注定是要失败的。

即使如此,我们哪怕只花一点点功夫来思考。

这些教科书是“成人”写的,也必须由“成人”来审核校对,他们可能是校方领导,可能是教师团体,他们也是被其他“成人”教成这样,却也始终只能做个学生。他们不是合格的教师,没有尽力去激发孩子们的天赋,保存他们的好奇心,并提供指导、启发、方法与信息来满足孩子们不断的提问。现在只要再想想那几个字,那几句话,以及那些显而易见的事实:

开门系列:究竟是向谁开放?这无疑是为了孩子争取利益的隐喻啊。

系列书籍:系列之中第一册。鲍比西兄弟的故事时一个系列。流浪男孩儿系列也是一样,或许这些故事只属于城里有权享有快乐的孩子们,而佃农的孩子却无法读到这些故事。或许这些书拿给佃农的孩子们看,都要好过那些刻板无趣的教科书。一个没说服力的课本简直

① 即Speller,也是“拼写”的意思。——译者注

是误人子弟。这些书纯粹是为了成年的编写者写起来方便,但对于孩子来说却如天书一般。

语言:成为一种现代的代替品英语。

我不去想前面的话是否能被人听到,但问题是,无论对于教师还是孩子,是否有新的生活机会。

故事和游戏:这两样都是用教学语言改编而成,且被收编入教科书中。大多数孩子都喜欢玩乐,厌恶无所事事,但他们却缺乏化无趣为有趣的智慧。要想做到这一点,必须得充分利用你的想象力和记忆力来避免在任何游戏中落入执行者的俗套,虽然连成年人都很少做到这一点。

旅行:说到旅行,这里的孩子们除了搭公交车往返于家与学校之间,就再没干过和旅游沾边儿的事了。孩子们多喜欢带自然风情和诗情画意的画与文章,对于虚情假意自然也就看得更加真切。诗并不是旅行,但所目睹的苦难人生却是相仿的。

诗歌:毋庸置疑,受过教育的人更容易拜托死亡荒原的束缚,更容易用诗歌的力量亲近当下。更不用说,诗歌与知识的乐趣,是他们一切欢乐的源泉。

无论是城市还是乡村的孩子,都是老老实实的南方人啊,说着和黑人相差无几的南方俚语。哥俩好!南蛮谣!

户外探寻:自然与科学。第一册:狩猎。亲爱的小朋友们,在这本书里你将会读到(将会?真的吗?)一个关于南南和东东在户外寻找野生动物和植物的故事。小动物生活在野外,“自然”,“科学”,狩猎,亲爱的小朋友们,户外探寻。

真实生活:“真实”的“生活”?这本书里全都是彩色照片。

或者看看上一个版本,有个简单标题:特拉比-史蒂文·斯佩勒,获得了一个重 18 磅的算术奖杯。真让人惊讶,竟然不是拼写冠军。

我在前面提过的地理课本的内容,在这里我必须一再重申,这对于基础教育来说实在必不可少。

我还是放弃吧。回想起自己的求学生涯，我想现在的教育在某种程度上也算是“进步”了吧。现实生活，彩色照片，短途旅行（而不是长途跋涉）游戏，幼儿园，语言，南南和东东，自然与科学，仿古诗，“亲爱的小朋友们”，只是有一件事我不能确定：这些课程以成年人所习惯的阿谀奉承和自满自足为蓝本，可孩子们却对这些丝毫没有概念，如此读书无异于误人子弟，怕是还不如不读的好。

路易斯·古杰尔喜欢上学，特别是上地理和算术课，她的成绩名列前茅，也就是说，她的能力远高于班级平均水准。她的模仿能力也很强，学习新知识很快。她现在上完了三年级，在四年级的课程里她将学习到关于这个国家的历史知识。她的父亲对成绩很挑剔，而母亲却十分欣喜她如此勤奋好学，她希望女儿能够继续学习，保持好成绩，考上高中。路易斯想成为一名教师，或者接受护士训练，但她现在尚未决定。

朱尼尔·古杰尔现在就读二年级，阿拉巴马州法律规定，如果留级超过三年自动升入下个年级。但二年级的朱尼尔仍无法阅读和写作，他身体素质倒是不错。或许他根本不是个读书的料，孺子不可教也。在公立学校学生的智力水平参差不齐，这对于教师来说也是个巨大的挑战。

伯特和维利·菲尔都太小了，还不能上学。我可以预见到以后伯特读书恐怕会有很大障碍。他已经四岁了，心智还不够成熟，甚至连个整句都说不出来，只能发出结结巴巴的音节（但他有很强的节奏和乐律天赋）。只有在他和你熟悉起来，且处于相对平静的状态时，他才能简单说上几句话。波尔·伍兹今年八岁，她有可能会在今年秋季（1936）入学。但这取决于上学的路是不是还通着，如果路途泥泞难以前行，她就只能走很长一段路去搭公交车，或者和瑞科特斯家的孩子们结伴而行。她是个很敏感、细致的孩子，观察力卓越，总带着批判的眼光思考这个世界。她用自己的知识与感官来判别，而绝不会听风是雨，任由学校的老师牵着鼻子走。但她的特立独行很可能在公立学校显得格格不入。

托马斯才三岁，还不够上学的年纪。他是天生的喜剧演员和舞者，对此我深信不疑。像他一样的天才艺术家，或者像朱尼尔一样的天才木匠，不应该在读写中苦苦挣扎，束缚自己。他们天赋独特，有着杰出的学习能力，应该将这种能力发扬光大，而不是被扼杀在摇篮中。

克莱尔·贝尔还有三年才上学，但基本可以确定，她也不是个去读书的料。我觉得，她天生丽质，冰雪聪明，并不缺乏世俗意义上的“聪慧”，但对于这样的姑娘，接受刻板的教育可能百害而无一利。

弗洛拉·玛丽·李和凯蒂都在二年级。虽然凯蒂很害羞，但她还是能积极参与阅读和写作课，并且取得了不错的成绩。她们的母亲说，弗洛拉·玛丽·李比凯蒂成绩更好一些。她喜欢写作，感觉如同“笔尖流淌着乐曲”一般。加尔因和理查德读四年级，加尔因很努力，但他成绩并不好，也不喜欢上学。理查德很聪明，但总是学不到点子上，动不动就开小差。一两年之后他们就成年了，可以承担农场的工作了，到那时就不必再读书了。

玛格丽特读到五年级的时候离开了学校，因为她太刻苦了，视力受到了严重损坏。但那之后读过的书大部分都忘记了。玛格丽特离开学校后不久，帕拉李也离开了学校。她现在也保持着阅读的细管，不至于把词汇文法忘得太快。

毫不客气地说，瑞科特斯家的孩子即使在这种偏远山区也算得上“问题学生”。他们的出勤率奇低，行为粗鲁，总是打架斗殴。有人说他们如此顽劣是因为穷乡僻壤天气恶劣，也有人说从他们衣衫褴褛来看，必定是因缺家教才至如此。的确如此，他们来自白人贫农中的最为贫困的家庭，甚至在佃农中也被人瞧不起。也正是因此，他们怕被人看不起，生性敏感，却装作大大咧咧，实际内心脆弱，在这种复杂情感的交织下他们像小兽一样，既张牙舞爪，也忠贞不贰。他们的确有些“问题”，这些“问题”不能一言以蔽之，在儿童的成长过程中这些问题不容忽视。太多人误会了瑞科特斯家的两个女孩儿，对她们甚至拳脚相加。

瑞科特斯夫人目不识丁。她这辈子只去过一天学校，因为母亲卧病在床，只好辍学照顾家里，于是再也没能回到学校去。有一次她和我说，她还去过学校一次，因为孩子们嘲笑她的裙子，她去告诉了老师，然后老师就打了那些作怪的孩子。但玛格丽特提醒她说，当时她穿的那条裙子本来是给弗洛拉·玛丽·李的，弗洛拉·玛丽·李和凯蒂抗议母亲穿自己的裙子，结果老师是把小姐妹给打了。瑞科特斯夫人想了想，好像是那么回事儿。

弗雷德·瑞科特斯悟性很强。他说自己在一晚上就学会了读歌（他自己说的，“读”歌）。他朗读文章的时候比正常语速要慢一些，总是带着一副高傲的语气——“我要读一篇’总明的唻民’。”他读到五年级，一直名列前茅。当他的老师教他说地球绕地轴自传的时候，他问她轴是不是在脚下？她想了一下，说是的。他说，如果地狱在脚下，那绕着这轴转就到了地狱。但地球还在，我们也还活着，所以哪儿有什么轴呢？“后来老师再也不说虾米了，她一开始就不应该嗦神马地神马轴的”。

伍兹在十二岁的时候离开学校，后来他跑去当了矿工。他能读能写能算，他老婆也有一定文化水平。伍兹能看得懂国家的货币，对性、语言、宗教、法律、社会等等都相当有见识，那可不是什么简单上上课就能明白的。

乔治·古杰尔可以读写自己的名字，除此之外就算是目不识丁了。他上到二年级就出去工作了，况且他脑子也不太灵光，不适合读书。他一直觉得很遗憾没有受教育，如果有机会仍希望能够学习读写和算术。他的妻子试着教过她一些，他也有很强的求学欲，只可惜那些数字和字母对他而言都是眼前沙耳边风，看过听过之后就忘了。

古杰尔太太能读能写，能拼字，能做简单的计算，同时也对地理和天文很有兴趣。在我认识的这三户人家里，古杰尔太太是天资最聪慧的，这很可能得益于她父亲的遗传。只可惜那个聪明的父亲在古杰尔太太出生前就酗酒去世了。

有人说，他们这些人可能天生就不适合学习，有些人在日复一日的工作中丧失了学习的动力。在人生的起步阶段，他们就输在了起跑线上。若是这样说来，我倒是想问问：他们究竟是不适合学习什么？是不适合学习一类内容，还是本身就是教育制度的炮灰？或者说，在这种盲目的教学制度中，他们无法接受所教授的内容？那些教育者，是否有考虑过何为“智力”？他们所承受的社会与生活的压力究竟有没有考虑过？中产阶级和教师对他们是否真的而又资格奚落他们的无知？

假设说有一部分人的确生下来就没有学习的才能，那么更多的生下来健康而有才能的人呢，他们的才能多种多样，宛若星辰。在他们的这一生里，他们所收受的教育却让他们无助而绝望，成为早夭的天才，而后一生都如同牲畜一样劳作，一日复一日，日日成蹉跎。

“识字”，是个褒义词。当“文盲”的比率下降，说明社会进步，人们对此感到欣慰，除此之外也不会再做他想。然而实际上，极少有拿着文凭的博士生是“识字”的，也就是说，他们只知道读和写，却根本不知道字里行间的深意。这也就是说，“识字”一词在很多情况下都被滥用，且被夸大了。一个成年的佃农可能只能认识几百个简单的词，读写断断续续，像孩子一样攥着笔，写不出什么花样文章。但就是这几百个词，他们却能完全理解，无关拼写，无关语法，无关立意是否正确，只是做为单纯描述而用。这样蒸馏提纯的语言，才是最真挚、最美丽的语言。他们作为弱势群体生活在这个世界上，他们太过脆弱，太容易受伤，总会被天花乱坠的“知识”，“主意”所驱。而在超越这些“知识”与“意识”的概念之上，是人与人本能的联系。超越了肉体的存在，用心灵去感受，这是人类唯一的希望、尊严、慰藉与快乐的源泉，只可惜这种感受完全被文字规则蒙蔽了。了解与感受这种能力的存在，就能从黑暗中感受到一种模糊的美丽。无论穷困或富裕,无论是君子还是梁上君子,都要试图接受自己的能力,勇于帮助他人,保护人类珍贵的潜能,守护这份罕见而珍贵的奇迹。

或者换句话说:我相信每个人身上都有尚未发掘的潜能,在"极限"之内,正待觉醒。然而最可怕的是,在潜力发掘之前就被扼杀,这才是犯下了滔天大罪,泯灭人性。发掘并善用"意识",虽然有时意识会让我们迷失自我,但同时却也是人类唯一的救赎与慰藉。

我提出这些想法,不是为了寻求证据或是解决问题。我觉得自己尚不够资格。我只是知道扼杀天赋的罪行正在默默发生着,这与世界上每一个人都息息相关。究竟在怎样的程度上和范围里,有多少受害者,这些可怕的数字都是我们需要考虑的内容。我知道总有解决办法,只是现在还没找到罢了。若是能有办法保护每个人的潜能,那真是上帝的荣宠了。作为个人,以上仅仅是我做的一个简单声明,我不想为自己开脱什么,人微言轻,抛砖引玉罢了。还有太多我无法预见体验的东西,在我脑海中也有太多的浪花随风飘散,我只想力图挽留住它们存在的痕迹。

杂记

若不是在这里真实的生活过,真的很难相信许多显而易见的事实。比如说,关于佃农教育的很多内容只是假大空的写在教科书单里而已。我还没理清思绪,所以我只能将这份记忆默默私藏。另一方面,很多人除了背了二十多年刻板文案之外脑子里一无所有。顺从着社会规则,做着毫无价值的工作。

在这里,我希望能把未来的愿景写下来,而非单纯的记录现状。但上帝不允许我许太多愿望,"我知道世间将会如何,万物自有其运行的轨迹"。但是若是没人说出来,事情恐怕不会有任何改变(人们总说,一切都好,没什么可担忧的)。或许还有一些人会说,好吧,就算是你说出来了,列出了我们现在面临的障碍,那你有什么办法改变吗? 答案是,我不确定我是否真的把所有疑虑都写下来了，但至少我做了，而大多数人都没有。我与大多数人的区别在于，很多人在社会中随波逐流，日益趋同。“教育”正是我所认为的症结之所在，它教导人们接受现实尊重现实，却也破坏了批判思考的能力。这样的填鸭式教育堪称犯罪，没有什么比这种洗脑更恶毒的了。这关系到人类的意识，行为，也关系到人类以整个自然界的关系。科学与宗教都在人的潜能中诞生。无论是好的还是坏的科学或宗教知识，都是属于个人的，也没有可比性。我认为学习的最主要只能是学习成为明辨是非，探因求原，与人为善，自律自足，果敢有担当的人。

哦，我很清楚青少年读到这一段肯定会发笑。但我却要坚持信仰，绝不向现实与嘲讽妥协①。心怀梦想，带着批判的眼光看待世界。若是失去这份信念，那才最可怕的。

我不知道在黑人学校的老师是黑人还是白人。我想应该是黑人吧。如果是黑人，我想他们应该会比普通的白人教师优秀很多。总体而言，和白人相比，只有极少的黑人可以成为老师，而且大多数都是在小镇和农村的小学上。虽然社会不公，只有极少的职位留给黑人老师，但却不妨碍他们成为这个国家最杰出的智力培养者。不能忘记，在南方，传统教育一直以白人为重，极少有黑人受过良好的教育。他们虔诚而卑微，对知识和工作充满敬畏，大多数人都如同汤姆叔叔一样，小心翼翼地生活。知识分子意识到了南方独特的社会环境，却闭口不能言。况且给黑人的教育资源太有限了，只有小学班。孩子们在狭小拥挤的教室里接受零星丁点的基础教育。

关于小学老师的笔记：教师的工资很低，压力也很大，工作让人焦

---

① 最迫切需要研究的东西就是妥协与不妥协的问题。我反对妥协：“我的善意从未实现过任何价值”。自称“现实主义者”的人们总是随时准备妥协，他们似乎从未意识到这是多么危险，他们太快、太容易妥协，然后就放松了警惕。假如说妥协本身并没什么坏处，只不过是因为学会妥协太容易太轻松了，于是这就变成了致命的弱点。而且很多时候，人们还觉得妥协是一种美德。

虑。面对巨大压力，工资却又十分微薄，生活毫无安全感可言，教师也很难保持良好的心态面对年轻的学生，性别差异与道德差异造成了更重的心理负担，无论是天生以教师为业还是命途做指而承担这份工作，几乎所有的教师都要面对这种无处不在的压力。

在发掘学生天性与冷漠的传授知识之间很难划一条清晰的界限，教师与学生的关系也总之在摇摆之中。在世界上的所有地方，都是老师言传身教，学生认真聆听。无论学生是愚钝不化还是天赐聪颖，教师都应该引导他们的天赋，否则只能看着希望之光渐渐衰弱，天才被扼杀，天赋逐渐萎缩。许多年前，美国学生批评欧洲的经院式教育。而另一方面，在他们自己的教学体系里，究竟有多少人学会了阅读？

每一根神经纤维对于“心理教育”这个整体都是至关重要的。如果面对错乱的环境而装疯卖傻装成正常人，那才是真的疯了吧。

我不指望所有人都拥有我所掌握的条件。从哈佛毕业也没什么了不起。

成年人教孩子读写总会进入一个误区，他们照本宣科，以为自己说的都是真理。最常见的是，他们充耳不闻，对自己绝对自信，丝毫听不进孩子们的话语。对小孩子也没有耐心，只是把书本上的内容塞进孩子们的耳朵里。批评那些抗议、捣乱的学生，让他们听话，完全不知道自己是在毁掉未来的天才。

在学校，孩子们如坐针毡，仿佛受刑一般。学生们从老师那里学到的知识，还不如从生活里获得的经验多。很快的，孩子们就会对社会、心理、社会行为以及歧视更加敏感。仿佛生活就是一场血腥无情的战争，而一个人即一支队伍，他们孤军奋战，凭借健康的体魄与坚强的意志战胜恐惧与困惑。穿的衣服，简单的话语，都会对孩子产生巨大的影响。成年人残忍的把世界的真相展现给孩子看，告诉他们一切预定俗称的意义。告诉他们，活着就是如此，在懦弱，残酷中挣扎奋斗。还要告诉他们，要做强者（或乖孩子、健全人、外向的人），否则就是弱鸡。

“美”被“知识”赋予了意义。这个概念打一开始就是病态美学。病恹恹的男人女人站在讲台上教授美学，仿佛苍白病弱和慢慢吞吞才是优雅得体的。实在无法理解为何自然、活力在教科书里不够美。

和一个孩子用音乐快速熟悉起来的办法是一同哼唱儿时毫无韵律歌谣。虽然孩子的“艺术”可能和你所以为的“艺术”并没有什么关系。像前文所说，女孩子才学跳舞，这为她们带来了不少欢乐。有一个佃农的女儿特别喜欢模仿艾莉诺·鲍威尔①，一颦一笑都颇具魅力。更不要说手指画或者莫里斯舞。我希望，只要是库克镇上的人们充满激情去学习去享受的东西，就是值得教授的，就是美的，就是属于艺术的。

学校从未变过，路易斯还是喜欢上学，这实属难得。她照常打扮，聪慧过人，一副严肃而深思熟虑的模样，仿佛她已参透漫漫人生路上的诸多必然，做好准备去接受挑战。她是我所认识的人中内心最强大的姑娘。

或许，有一大半人生来就被道德法律与社会习俗的条条框框所束缚，而另一部分人则在自由的成长中获得了更多的学习机会。但他们也更容易受到世俗社会的冲击。如果从六岁开始，一个人每天都按照律法来学习内容，这样的人生简直生不如死。所以说，意识与天赋是完全平等的。这两样才是教育的标准，而不是律法和习俗。因此，只是不断修补教育大纲而不专注知识与意识的提升，教育是不会进步的。

抽象的概念和复杂的事实都很难被人接受或理解，更不要说是把概念和事实混合在一起，对于佃农来说简直如听天书。某种程度而言，他们像是革命者一样要举起火把与武器来打赢这场战争，只不过他们却并不知道何为“革命”罢了。

佃农的迟钝、愚昧与无助的头脑实在难以言述。就算是食物吧，只要是没听过没尝过的，他们连丁点儿兴趣都没有。除了最基础的知识

① 艾莉诺·鲍威尔，美国舞蹈家、女演员。

和感官体验，其他的一切都与他们的生活毫不相关。也许他们是幸运的。作为一个成年人，一旦革命者告诉他们现在的处境以及他们未来的计划，这些人不用动脑子，跟着行动就行了。当然这很愚昧，甚至让人觉得智商受到了侮辱，可他们也就不过如此了。但孩子们却能学得更快更多。

由于种种原因，我未能成为一名革命者。但平心而论，我虽然赞同他们的立场，却不由得怀疑他们是否真的给出了值得学习的东西。我完全尊重革命者，丝毫没有不敬之意，却依然坚持认为他们给佃农带来了毁灭性的影响。在我看来，他们的忠诚和勇气让一大部分默默无闻的人染上了危险的气息，而最终反而可能叛变革命。

"美的直觉"，究竟是"本能"还是"训练"的产物？无论是本能还是训练，我始终有种强烈的感觉，"美的直觉"是一种阶级特权。根据"阶级"的不同，"直觉"也就被加以了不同的限制，在白人佃农的阶级这种"直觉"几乎不存在，也无法描述（这和其他阶级的审美直觉不同，其他阶级的限制较少。但无论是哪个阶级，阶级属性都对审美有相当的影响）。他们生活在这片土地上，住在自己建的房子里，庸庸于苍空之下与碌碌于四季之间，这一切的美好远超于我能想象。身上所穿之物，情感热烈之时，吐露心声之际，都是如此的美丽而真挚。我又有什么资格持有"意见"或"建议"，又如何敢自信说自己比他们懂得更多？换个角度想，那他们究竟是为何如此如白纸一般？这倒是给了我很好的切入点来思考。是生活习惯吧。但其实并没有可比性，也并不是试图"诡辩"（在这里是褒义）。除了生存的一点点必备品，其他东西都没有存在的理由。食物从土地中来，蜷缩着栖身于陋屋之中，老天爷亦敌亦友。自然中所有的一切都是赖以生存的资本，也是毁灭生命的威胁，一切做的和看到的，平凡又强大，世间的希望、恐惧、机遇与资本都存在其中。此外，最深刻也是最基础的"美"存在于星空的序列，又沉沦于土地的黑暗，幻化孤独，支配着生命最原始的恐惧。的确，从自然中人类能获得的太有限了，于是就不得不学着尊重逐渐消逝的美丽。但实际上，人类很难说自己作为自然的一分子有多么自豪，人造物比纯天然的东西拥有更强大的功能，而也唯独只有人类能企及这样的水准。于是，人们就很难再注意到自然的“美丽”，也不认为自己“美”，更不用说自然界中的其他成员，无论是什么动物，或是什么植物。我相信，很有可能，其他动物比人类对自然之美更敏感，它们会欢愉，会恐惧，有渴望，也有情欲，是真真正正的活着。从这个角度上来说，动物比人类活的更本真。这种存在的本身就是一种美，如此鲜活的意识到自己的存在，生而热烈，死也悲壮。

是智慧让人类免于落入陷阱，而免于夭折。是欢愉，快乐，爱让人以人类的意识而存在，却忽略了本身的自然属性。

工　作

工作

全身心投入一件事的时候，你对这件事的关注度与敬意不断攀升，内心中的不屑慢慢减弱。你知道事情在慢慢变好，也从心底明白你马上就要完成这件事了。我希望在这个过程中我们都能有所收获。因为我无法将想要讲述的事绘成图像呈现出来，也就无法保持它原有的样子。我只能以贫乏的言语来完成本书了。我尚且不知道要怎样写这段开场白，也不知道要如何理清思绪，因此只能在千思万绪中寻找平衡。但我必须要写下些什么，现在就要写下来，于是我们进入新的一章，来从另外一个角度观察他们的生活，即工作。

为了衣物，食物，房屋，为了生存下去，人们不得不工作。为了这份工作和生存，他们的意志力，他们的精神，他们的肌肉都必须持续不断的运作。在不工作的时候，生活变得冷清的可怕，想动物或植物一样蛰伏，等躁动与癫狂吞噬灵魂。从事艰巨的体力工作，大脑近乎一片空白，除了痛苦与沉重的负担就什么也感受不到了，然而他们却没有选择的余地。这种空白从父亲传给儿子，从母亲传给女儿，工作只是为了活着，为了衣服，为了糊口，为了活着。沉重的工作在他们的身上留下痕迹，给他们的意识造成巨大负担，也留下了所谓的休息与空闲时仅有的安慰。工作只是谋生的手段，就算是沉闷无趣的工作，至少能糊口度日。他们耗尽力气，而大部分的钱其实都让他人赚去了。他们与辛苦的工作融为一体，艰辛摧毁了他们的身体，也将血肉之躯融进苦海里。他们什么也留不下，什么也拿不到。在重压与绝望中，他们只剩下无谓的挣扎。

我已经说了三次。如果可以的话，我愿意再一次次重申，一次次面对惨淡的人生。然而只有他们自己才是真正直面艰辛生活的那个。苦涩无处不在，与生活呼吸与共。行文至此，已是哽咽不能言。

用平淡的语气来记录艰难的工作是我认为最难写的东西之一。工作本身辛苦而险峻，却要用平淡无奇的语气来叙说，这个任务实在太过为难。这就像是打个比方，一个女人结婚十几年了，每天都在精打细算地过。一针一线只是她艰难度日的其中过程罢了，疲惫地挣扎着，默默缝出生活的模样。她是如何算计着过日子的？那些数字本身并没有意义，而对于她却是活下去的希望。徒劳的劝慰并没有作用，压在身上的重担才是实实在在。那些岁月的痕迹碾过她的肩膀，蹂躏她的心灵。要怎样书写这些苦难，才能在读者阅读的时候感同身受？通过文字，读者将会感受到最深切的沉重，铁链作响，愧而为人。你是你，你有你的幸福。她是她，她有她的苦楚。而隔着文字，你只能看她受苦受难，却无法替她承受分毫，你从她的身上榨取了太多，过去的你不知道她的存在，现在的你看着她却无能为力。在自己身上，你看到了差异与斗争，你看到了想要为之奋斗的真理，纵使在黑暗中徘徊，也依然要倔强的前行。不能本末倒置，让恐惧迷惑了双眼。在寻觅的途中，你以赤子之心看待每一个遇到的人。是黑头发的年轻女孩儿，是迷茫的人群，是渴望的眼睛，成千上万的个体构成了我们的星球。而这其中有几十万人在痛苦中挣扎。我们要去发掘的真相，为了拥抱每一个颤抖在生活边缘的个体。

而现在，正是一个崭新的开始。

家庭是为了工作存在的，也是为了生存而存在的。家庭就像一个合营的经济体，父亲和母亲有各自的任务，孩子们则是学徒，像父母学习着赖以生存的技能。一个家庭拧成一股力，同心协力。孩子从小就帮助家里干活，并通过不断的付出在家庭中获得地位。他们年幼时过得比较悠闲，孩子们对工作的认知始于玩耍。他们模仿学习大人工作的模样，叮当敲打自娱自乐。随着他们慢慢长大，不断学习模仿，也就逐渐掌握了越来越多的工作技能。

他们学的东西越多，技能越熟练，经过大量而复杂的训练，他们成长为一名合格的工人。这些技能也就成了他们生命中不可或缺的一部分。

除了简单的模仿，一个男人的工作目的一般被分为三个阶段。第一阶段是为父母工作。第二阶段为自己工作，那时他单身，而且有了独立工作的能力。为自己工作，为了生活得更好，为了无所依赖的自由生活。第三个阶段是为了妻子和家庭，寻找雇主，兢兢业业。而女人则是两个阶段，先是为了父母，中间几乎没有任何过渡期，就变成了为丈夫和家庭付出一切。

为父母工作是一回事，为自己工作是另外一回事。两方面的压力都很大，也与一个人如何看待工作息息相关。等到有一天你结婚了，十六岁的女孩儿或者二十岁的男孩儿，钥匙转动，随着一声轻不可闻的响声，你就将自己锁在天地之间。身后的钥匙轻轻转动，操劳的一生拉开序幕，现实残忍而漫长，在永逝降临以前还有近百年要熬。或许最初的一两年还算好过，那时你还年轻，与家人相亲相爱，充满希望，那时你也没有这么多孩子拽着你的裙角。在接下来的十年到二十年间日子最为艰难,孩子越来越多,却都还没长大,你需要人帮你,可叫天天不应,叫地地不灵。说不清的日日夜夜里你要奔波照料这一大家子,要耕种更多的土地,做更多的工来维持基本生活。当儿子或女儿成年的时候,他们要结婚,对你而言又是一笔负担。但无论如何,从那时开始,你的负担就要逐渐减轻,你的孩子和他们的伴侣也要开始承担家庭的重担了。等到年老之际,老伴可能已经去世,子女们都结婚离开家,村子里有年迈的寡妇和坡脚的鳏夫,如同枯枝一般等待着死亡。那时或许过得更容易一些,因为一大家子只剩下你一个。有些人尚有余力就选择继续工作,省得整日无所事事忧虑过多。处于对生命的敬畏也好,出于对死亡的恐惧也罢,人们小心翼翼地活着。妻子去世,孩子离开,漫长而艰辛的人生又回到了孤独的开头。或许你可以再找个妻子重新来一遍,重新做一回少年,正如伍兹那样。

这平庸的人生,却需要极大的勇气才能走完一遭。从曙光到余辉,这一路闪耀着生命的光辉,缓慢,悠长,宏伟,壮阔,如史诗一般波澜磅礴。如同一曲英勇的舞,全身心投入其中,在缓慢而微小的细节中涅槃。从无知到有知,人们不断适应生命的节奏。伟大而微小的种子在伍兹妻子体内孕育,血肉之躯如花朵一般生长。三户佃农家的婴孩以欢快而惊人的速度长大,很快他们就迈开小腿,到田地里跟着父母采摘棉花。瑞科特斯家的孩子如同欢快的小鹿,也像矫健的小豹。波尔褶皱的皮肤;路易斯喜欢在暗处观察你;朱尼尔嫉妒心强却懒洋洋,总以各种理由逃避干活;瑞科特斯家的女孩儿们像矫健的小马驹一样美丽。安妮·梅年芳二十七,安静地做着家务,时不时抬头观望周围;乔治穿着袖子比胳膊短了一截的礼拜服,小心翼翼地四处观看,偶尔会将头偏向一侧,眯着眼睛,眼睛里亮晶晶的像点了一盏灯;瑞科特斯太太,清晨总郁闷地一路大呼小叫回到家,坐在椅子上呜咽着哭个不停,哭湿了精致的裙子;莫莉夫人正使劲全身力气砍柴禾,斧子辟得声声有力;伍兹在地里慢慢摘着棉花，却因病痛不得不时常停下来休息，医生劝他不要下地干活。在这片泥土地里我看到人们用尽生命舞动，尽心尽力完成自己的工作。我希望自己能写下更多，不仅仅只是如相机一般扫过。亘古不变的土地上人们一如既往地操劳，我草草几笔写不出沧海或桑田。

一个男人：乔治·古杰尔，托马斯·伍兹，弗雷德·瑞科特斯，他们面朝黄土，四季如一日，为家庭的生计奔波，教育自己的儿子习得一门手艺。

一个女人：安妮·梅·古杰尔，艾薇·伍兹，赛迪·瑞科特斯，她们勤俭持家，为一家人准备食物和衣物，度过酷暑与寒冬。她们生儿育女，训练自己的女儿成为一名合格的妇人。

孩子们：所有的孩子们，他们的任务就是学会父母教给他们的一切，然后长大，逃离这个家，自立门户，再完成一遍人生的循环。

许多时候这三者相互重合又彼此合作，完成各种各样的工作，尤其是收棉花的时候最需要同心协力。不过大多数时候，女人为每一天殚精竭虑，而男人则要运筹帷幄一整年，他们是一家之主，规划管理一家人的生活。孩子们为父母服务，而且他们也是一家存在的重心。土地，房屋，生活，无论怎样努力工作这些也永远不会属于他们，他们甚至都不属于自己，更别说有什么希望或获得什么收获了。没有食物，也没有钱，劳作就是生活的目的与意义，依靠强大的精神力量苦苦支撑下去，支撑到再一次棉花收获的时候。天地苍茫，佃农面朝黄土背朝天的努力耕耘着。他们心怀敬畏，发自内心的祈祷风调雨顺。在机器逐渐占领的世界里他们悲苦的命运并未能改变。古老的农耕活动从未息止，种植园里的月光恍若千年以前。

工作2：棉花

棉花是一种需要大规模密集人力劳动的作物，大部分的人力密集型作物是直接就能够食用的，但棉花却是个例外。种植棉花需要佃农家庭付出高强度的劳动，他们甚至得不到充足的休息。这也就是为什么棉农看上去总是那么苍老。除了在农场周围兜售少量的棉花之外，他们还要到交易场进行期货交易。这是他们的一项收入来源。虽然赚的钱很可能入不敷出，但一家老小也只能指望这点钱度日了。除了金钱之外，佃农的首要任务是旅行作为佃农的义务，他必须降低自己的需求，将全部生命耗费在土地之上。一种作物，一块土地，一个佃农，一辈子忙碌。所有的辛劳必须转化成金钱才有意义，然后还要向地主缴纳固定金额。大部分佃农都指着余下的这点钱过活，但他们却总是被压榨、被欺骗。人们根深蒂固的认为，只有做佃农才是一辈子的事业，而其他工作都是闲散职业。虽然不是所有佃农都一辈子拴在土地上，但在他们苦涩的一生中，这段时间耗费了他们极大的能量。在我看来，站在旁观者的角度解读采棉工作对佃农究竟意味着什么根本毫无意义。这是他们生存的根本，就算被欺骗、被压榨，却也要坚持下去。额角的汗水如同暮色下的星辰。不过对于越来越多的佃农家庭而言，种植棉花只是诸多生存手段中的一种，从其他职业里，他们也能够获得一个人的生活所需，获得报酬，或是认识到新的工作意义。其他的工作如同一块强大的磁铁一样吸引着越来越多的年轻人，并赐予他们未来的希望。这些新职业的存在对于许多人来说是机遇也是挑战，他们注意力和专注力从单一的工作转移到更多地方，在头脑中掀起一场无声的风暴。

在我看来，只有通过复杂多种的谋生方式佃农才能明白棉花、作物、工作的意义，和他的女人一同成长，自主的去感觉生命的寂静、冷漠、无所畏惧、无所希冀的忧郁与希望。仿佛如同植物一般矗立在辽阔的土地上，仰望天空，神明在上，万物有主。生命中最难的一件事就是为生命绘制主旋律。除此之外的其他工作都只是在这旋律之上加以修饰罢了。究竟是什么破坏了生活的品味、人类的灵魂？是谁在这场漩涡中间作威作福？在人类体内是化学信号支配着情绪，恐惧、愤怒、爱、恨、恐惧。千斤之重于心中时，整个人坠入黑暗，心神支离破碎，毫无诗意可言。

然而这些东西本身就是不可见的，触摸命运的基调需要超越常人的专注与耐心。

其实我并没有用自己的双眼观察过棉农工作的场景，大多数信息都是从伍兹一家人那里听来的。我问过很多佃农，其实每个人在采摘棉花的流程和手法上都会有所不同，所以其实并没有什么“标准流程”或“正确操作示范”，细微的差别只是手法上的不同罢了，人们还是要遵守大致规则和采摘时节而安排工作的。我尊重方言，本地人当然有权使用方言，如果能学会的话，我会毫不犹豫的用方言写作。在这里我还是决定用伍兹家的方言，我还决定加上一些自己的想象，小心翼翼地写作。在这之前必须声明，结论恐怕会有所偏颇。但无论如何，我还是想无畏的将自己的无知呈现出来。

秋季结束，冬季伊始，棉花和玉米在凛冽的风中被吹得支离破碎。棉花枯成棕色和黑色枝丫，与灰褐色的土地融为一体，阳光下泛着微弱的金光，零落成泥，与残枝破叶混在一起，安静平和地回归大地，成为来年新生棉花的养分。村子里的树也是饱经沧桑的模样，仿佛战火燎原之后，一片凄凉。食物匮乏，虫鸟不再，万籁俱寂，树木矗立在潮湿幽暗的土壤里，哀悼着冬日的朝阳和秋季灿烂的日子。所有曾经金灿灿的植物都失去了生命的痕迹。苦涩凝结成冰晶，泥土覆盖在白雪之下，漫山遍野，一片苍茫。冬夜降临，寒冷而漫长的雨似乎永不停息地下着，如泣如诉。

在秋末春初的时候，一个佃农穿着防潮防冻的衣服出没在田野中。他或许只是百万佃农中的一个。没人在乎他究竟是谁。他艰难的行走在田野和森林间，将腐烂的庄稼清理掉，丢在河边，回头整理自家的土地。二月下旬，他要履行对地主的义务，借了骡子，套上马轭，牵到田里①，重新犁地翻土，保持土壤活力。温和的风开始吹起的时候，土地散发着迷人的味道，预示着春天的到来。沉重的农具在土地里沙沙作响，驴子在黎明前缓慢的挪动着脚步，这是一年的开始，佃农要做好准备。大约三月开头，正式开始农耕时节。地主要决定今年种什么，种在哪里，播种的级别和规模，肥料的数量和好赖。如果地主仍有余力，也会指导佃农管理作物和栽培的方法。但是真正的体力活都是由佃农完成的，无论地主有多少雄心壮志，工作都是落在佃农身上。

如何破土开工取决于你有几头骡子，或者是否能从地主那里或者其他佃农那里借到骡子。如果你能的话，最好提早准备。有两头骡子，你就能轻松搞定一切。如果只有一头的话，那可能进展就比较缓慢了，你不得不牺牲休息时间来完成破土。

为了准备破土和撒播，你需要一个用来控制犁的扭转器，并划定一块待耕的土地，带骡子耕作其中。犁刀在土壤中划出深深的条带，你和骡子都必须倾尽全力。此外你还需要两个八英寸宽六英寸深的单马犁，骡子犁起地来就像乘风破浪的小船。

在犁好的地上播种，要把种子放入犁沟铺开的近三尺半的地方，放入肥料，埋好土壤，让种子充分吸收土地的养分。但是如果土地尚未犁完，骡子就体力不支，你可以去铺土床。土床要分两次，第一次铺土床

① 农场遍布整个阿拉巴马州，随着河流带来的泥土堆积，农田的范围还在逐渐扩大。这里是由田地与河流构成的世界吗？正是在这河流勾勒的世界中，形成了近代美国的梯田。密西西比河有着无与伦比的力量，塑造了这一方水土与一方人。

时土壤很硬。

硬性制床:沿着去年犁沟的形状犁出平行的线。土都是向右翻的。用犁头沿着坚硬的土壤来回移动,注意清理已经刨出来的土块。这样在两行之间剩下的就是柔软的土壤了,硬土块已经被彻底犁碎。这就是第一次制床。

然后把秸秆清理干净,用机器或是用喇叭篓撒肥。大多数佃农都没有机器,所以就干脆用喇叭篓吧,没有喇叭篓的可以自制一个,伍兹家用的就是自制的。这东西由一条长长的锡管构成,小的一头朝下,另一头比较大,可以注入肥料。左手握着喇叭篓,指向犁沟,然后又节奏的把肥料灌进去。

把石头都清理干净后,你要用犁头把土翻回来。这就是第二次制床。不铺好这次,田就种不好。如果一切都准备就绪,那么你就可以开始耕种了。

此外还有一个小建议,规划在十英亩上种植多少作物,并不是简单用土地面积和作物种子数量计算就可以的。要计算土地流失的水平,犁头的宽度和夹角,手劲和力道,以及田垄的偏向等等。

地是用八英寸宽六英寸深的单马犁破开的(如果是一头骡子的话是这个数,如果是两头骡子就要翻倍)。测量中间的宽度,然后根据犁沟的宽度戳开一个三英寸半的洞,再分行撒肥。在第一次制床的时候量好长度,第二次制床的时候完成撒肥。每一行都已经用骡子或靠人工犁了八九回,现在只待种植了。

种植

有三种耙子可以用,弹簧齿的耙子最好用。长的耙齿能够将土床捣松,短的耙齿更好一点,但遇到坚硬的石块就没办法,要拔出来重新耙。弹簧齿耙入土地的时候会产生弯曲,似乎能越开坚硬的石块,完成捣土。一次只耙一行,边耙边播种。跟在后面人忙着播种,他就像在给网球场划线那样。一个放了种子的箱子架在两个小轮子中间,一支小犁从下面探出，好像裙子下伸出的脚那样。扒开土壤，然后提起轮子把种子撒进去，再用一个平着的轮子把土压实。轻盈而温和的走着，铁犁像与土地交合一样，用宽厚的手臂抚摸着大地[①]。

根据土壤的水分和营养，五天到两周的时间后棉花就开始生长了。

当棉花长出一英寸之后，耕作就开始了。

耕作

清；扫；掐；置：

第一个工作是清理。

放一个五到六英寸的控制杆，越小越好，然后用控制杆轻轻触碰茎条，小心不要伤害到作物。大概留到手指宽的长度，把泥土掐出来，丢到地里去。沿着犁的外面是一条锡制的防护带，发育不良的作物要从地里清出来，也防止不干净的杂物掉进去。

然后就是四次清扫中的第一次。扫把很钝，样子有点像黄貂鱼。前窄中宽，一下下的把泥土从中间扫到苗床外面。第一次清扫的时候还要用防护栏。技术熟练的话，可以用一根大概十八英寸的杆子拨土。

接下来就是掐掉多余的部分，这需要全家出动，七八岁的小孩子也要来帮忙，这是全家最忙碌的时候。掐顶是一项坚信的工作，烈日炎炎，太阳暴晒，棉花地里又潮又热，热与痒让人坐立不安，这是北方无法经历的春天。简单来说，这个工作就是把棉花的顶芽掐掉。从顶芽到底部大概是十六英寸，两到四朵簇在一起。用一把八到十英寸的砍刀把顶芽削去，这样营养就会供到棉花上了。但是这份工作非常辛苦，棉花数以万计，每一株都要细心对待，十分消耗体力。

第二次清扫要用到二十到二十二英寸的耙子，接着还要用上锄头。这也是一个全家出动的阶段。用喇叭篓或者机器装上苏打，苏打可以

① 我也不是很确定这种种植机，在那里我并没有看到。伍兹描述的和我小时候看到的差不多。伍兹说，一些老农民和黑人都还在使用模具。我虽然不是很清楚模具长什么样，但也很感兴趣。据伍兹说，这东西用起来很方便。大概是一个自制的空心圆木桶，中间是个洞，可以调节宽窄，引导种子流下去。这比手工播种方便多了。

抑制杂草生长。第一次和第二次清扫之后就进入更深一步的阶段。这时你需要松土来给作物根部提供营养。第三次清扫比较浅,以防耙到植物根部造成破坏。

第四次清扫就是轻轻拂一拂土,几乎都算不上一道程序。就好像一个理发师在最后给客人梳梳头那样。棉花也要精心的培植才行。这是最后一次清扫了。杂草根,烂树叶都要从地里清出来,避免和作物争夺养分。

第四次清扫之后让棉花自由生长一段时间。从现在开始到采摘时节,这段时间里农民不需要太过忙碌。一切都指着老天爷,土地爷开恩,棉花自己争气。在这六周之内,农民要抵挡住生活中各种各样的敌人,穷困,失业,饥饿,一家人命悬一线,在可怕的空闲中挨过每一天。棉花正在生长,农民一年的命运就在这几周之内决定,而他却完全没有掌控能力。白色的盛夏,农民守护着自己的田地,如同守护着自己多舛的命运。在这段时间里,他能做的唯有等待。田里初见幼苗,嫩绿的小叶从土壤里冒出来,叶片尖尖的,指向阳光。白色的花在第二天变成粉红色,然后变成紫色,在秋季枯萎,结成一朵小小的棉桃。从幼苗到结出棉桃大概要经过早夏的三周时间,十天之后,天色渐长,酷暑徐来,棉花缓缓地生长,在这段时间里都处于静置状态。花朵要盛开过整个夏季。棉桃越长越大,大得像一个核桃,外面的荚变成褐色,白色的棉絮炸裂出来。五周到八周之后,采摘季节就拉开序幕。

这段时间要对付的祸害可能有:苦草,豚草,石茅高粱,鼻涕虫,夜蛾,还有极端天气。苦草很容易清理干净,不会再长。豚草就要每次都用耙子清理,一波一波的无穷无尽。这种草足够让你的庄稼死绝。石茅高粱需要用剪刀来清理。你不能只用犁和耙子,如果只是用锄头砍断,第二天它还会再长出来。最好的就是斩草除根,这样就不会再长了。

我在地里的时候,觉得鼻涕虫其实并不算什么大麻烦,最麻烦的是夜蛾,这些蛾子简直是魔鬼。最大的蛾子可能有你的手指般大小,它们吃叶子,也吃还没长成的棉桃。一开始,一株上只有几只蛾子,但他们会产卵,长成幼虫,然后再产卵,直到数以百万计的夜蛾把植物吃光。它们啃棉花的声音好像大火燎原,噼啪作响。这些虫子虽然很有威胁性,但也不像鼻涕虫那样难以控制。用含砷的毒药和面粉混合,在晚上(下午)或早晨(清晨)之前撒下。露水会将药效溶解在水里,给虫子致命一击。

想要玉米和棉花都丰收几乎是不可能的,作物长的好不好,主要取决于两个重要因素,其一是日照,其次是降水。棉花需要的水比玉米少,它需要更多的阳光。如果赶上倾盆大雨,那最好是在它开花之前。若是赶上雨季,那雨最好也是在晚上下,因为夜间的时候花会合拢起来,而在白天的时候是呈张开的状态。要是雨落在棉桃里,就容易存水,变酸,腐坏。第二天早晨就变成红色,然后脱落下来。通常棉桃和花会一起掉下来,如果棉桃已经腐坏但尚未脱落,那对整株植物没什么好处。如果雨下的不是时候,哪怕只有一天,也足以把整块棉花地毁了。

因此,无怪乎佃农为什么总是对着老天爷祷告,并不是因为这里的天空有绝美的风景(我真是没见过比阿拉巴马州的天空更壮丽的了)。天空主宰着一切,给人荣耀,也使人潦倒。从古至今,疾风暴雨一直都与绝望相关,一向如此。风、云、电、闪,无一不是佃农生活中的梦魇。我记得又一次和伍兹一家正坐在一起。午后,乔治离开家去工作,紧接着暴风雨来袭,古杰尔太太和她的孩子们急急忙忙和躲进陋屋之中,听木板在风雨中叮当作响。古杰尔说:“老天爷的心思你可别猜。”

采摘时节

8月下旬,一些迟开的花在田间绽放,棉桃越来越厚,白花花的一片在田里如同云朵。千百万朵棉桃连成白色的海洋,叶子逐渐枯萎收缩，棉花显得愈加丰满，似乎胀满了整个宇宙，在漆黑的午夜里闪闪发光。无边无际的天空如同被笼罩在烛光之中，穷尽燃烧，漫天辉煌。接着褪去黛色变成了铜绿，如同青铜一般，点缀在蓬松的棉桃上。这些咧开嘴的棉桃上长出毛刺，刺是木质的，像荆棘那样，每个棉桃下面长了三到五根左右。采摘的开始阶段是相对缓慢的。一次几十朵，两到三天采一片区域，这个时候棉桃还在生长，得等到裂开之后才能摘下来。这个阶段佃农在等待和挑选。过几天，气候日趋温和，佃农凭借自己的经验判断是否还需要多等一些日子，不然一整年的努力又要白费。在时机成熟的是时候，他们要一鼓作气，紧张的进入收割阶段。全家出动，手脚麻利，不能有任何拖延。棉花的采摘工程如火如荼。这是一段长线工程，也是相当庞大的工程。驱车从相间驶过，佃农家庭的全部成员，从老人到小孩儿，都在田地里忙活。这是一年中最忙的时候，棉花采摘之后就要迅速进入冬季了。孩子们，年轻人们，男男女女，老老少少，都埋头摘着棉花，他们兴奋又不安，一朵朵的棉花就是他们生活的依靠啊。在城镇里，棉花意味着财富，盛产棉花就意味着市镇繁华。在一座寂寞的南方城市里，一年里只有这个时候最为热闹，平时就如同大海中的石块，死气沉沉。采摘季到来的时候，这些城镇迅速苏醒，白色炽热的街道迅速换了颜色，整装待发，进入收获的集结。古杰尔和他的妻子，还有瑞科特斯、伍兹，以及百万佃农家庭默默走到自己的田间开始采棉花。他们只是比平时更加沉默寡言，偶尔火车从远处呼啸而过，他们会直起身看看远方，然后继续埋头工作。采摘季是怎样开始的呢？某一天（瑞科特斯家的女人们早在三天前就下地摘棉花了），伍兹一拍脑袋，说：好了！

好了！我们明早就开始摘！

然后第二天早晨，他们起的很早，戴着帽子，提着大口袋和竹篮，默默地走进田里，弓着身子在山野田间工作。走上几百英里，穿过黑色白色相间的海洋，毛刺挂在他们身上，他们享受着收获的喜悦。穿着单衣，走了半个早晨，走过一整年的辛苦与汗水。

这是枯燥又乏味的工作，技术娴熟的话工作就会轻松一些。要么就只能默默忍受着烈日、口渴和劳累，直到燃烧尽你身体的能量。无论如何，采棉花的确是份苦差事。无论对技术娴熟的人还是忍耐力强的人来说都是一样。

想象一下，你的右肩上背了一个长长的白色袋子，有一半拖到地上。你的双手快速稳健的摘着棉花，诀窍是将棉花置于之间之上，一次性夹住低端，把毛刺拔下来。一开始可能不太容易，熟练之后就能够一次性完成了。只不过荆棘和枝干的纤维刺的手生疼。另一个窍门是，观察不同形状的毛刺和它们生长的方向，看准之后再下手，争取一次性拔出来，免得再被扎第二次。当然，其中有一些已经烂掉的刺和脏兮兮的泥土混在一起，没办法判断，那就只能凭借经验了。技术娴熟到摸到棉花就能本能的反应如何摘除毛刺，这样才不会出错，提高效率。第三个诀窍是，在效率和准确率之间，注意不要让毛刺割伤自己的手指。这一点必须小心，一旦毛刺割破手指，就算是极小的伤口，都十指连心，疼痛难忍。要想把毛刺拔出来，还要在手上摸索一阵，有时倒会让刺扎得更深。两个小时的采摘对我来说已经是极限了，但的确学到了很多。一星期之后，手指已经磨出茧子，习惯了这种高速高危的工作。下地三到五次之后，采摘季终于快进入尾声了。如果是个大丰收，那这一年的辛苦都值得了。在采摘的这几周里，你的手要几百次几千次的伸入带毛刺的棉花丛里，每个关节都进行机械性的训练，手指的精确度有所提升。试着练习一下，用五个手指捏住棉花，试图快速把毛刺摘掉，这很难，我建议你练习个三百来次再下田里采摘。整个过程非常快，佃农的手像告诉运转的机器一样精巧。看着佃农劳累的身影，我也有点明白为什么风湿病在这个地方是流行病了。与此同时，你站在烈日阳光之下，站在丰收的大地上，一年一度的喜悦中。阳光流淌在你的身上，你感到肩上是千斤之重，如同沉静的海水般温热而踏实。结实的而身体上肌肉凸起，汗水流淌在脸颊上，整个人晶莹剔透。沉重的热量压在你身上一小时之后，你感到浑身疼痛，如同一只潜水艇一样时刻想要浮上去换气，每根骨骼都在嘎吱作响，大脑的血管撕裂般疼痛，你喘息着，咬住牙，心跳的声音那样清晰。身后的袋子有百斤之重，里面装满了棉花，手头快速剥着毛刺，然后机械地把棉花放入袋子。从一只肩膀换到另外一只，脚下的道路愈发沉重，白色的棉田无穷无尽，仿佛用尽一生也采摘不完似的。而新结出来的棉桃正如同爆米花一样一个个炸开，袋子越来越重，仿佛背着一头野兽一样。棉花都长得很低，所以你必须弯着腰，顶着酷暑烈阳，拖着沉重的麻袋前行。如果你是个孩子，那捡一些就可以换个袋子；但如果是个成年人，就要捡到一满袋子再回去。结实的背部对于佃农来说十分重要。背部要保护肾脏，胸腔，脊椎还要主管脖子和大腿，要负责攀登和行走，以及背负重物，所以后背上的伤特别要小心。如果受了伤，进食一些稀饭和水，走几步看看是否还会痛。脊椎若是受了极小的伤，都要相当的重视，否则就会产生撕裂般的疼痛感。人类的肉体如此不堪一击，主干神经的疼痛超乎你的想象，而在面对镜像般的痛感时，人类总会以为自己足够强大。每天这样的工作都要持续好几小时，没有足够休息，只能短暂的喘息，吃简单的食物，尽量缩短睡眠。在这个季节里，昼夜温差很大，要忍受酷热的白天和凉飕飕的晚上。工作的时候出很多汗，凝在衣服上变得僵硬。一天下来手指僵硬，最大的慰藉就是能稍稍揉揉胳膊和腿，让肌肉得到一些舒缓。佃农的土话是很难形容的，但却很出人意料，有的时候准确得惊人。虽然每天都在听他们说，但我学不来。总有冲动想学，瑞科特斯就趁着晚上教教我。在第一次收割结束之后天气总是很热，除非是下大雨或是货物短缺，要不然他们就会在工作之后休息一到两个小时，坐在音量的地方打瞌睡，或是在晚饭后躺在门廊里眯一会儿。一周一周地过去，时间变得更紧了。地主督促着佃农赶紧采棉花，人们只能着急忙慌地抓紧最后的时间收获。这段时间很多人都不再休息，也不吃午饭①。但我希望他们还是能照顾到自己的身体吧。这并不是同情心作祟，或是想赞美佃农家妻子做的饭菜有多好吃，这只是很基础的共鸣，或者说，这就是我们所说的美国同理心吧。实际上饭菜都是很简单的食物，可能比早夏的时候种类少一些。女人匆匆加热，男人匆匆吃一口，然后又急急忙忙地回到地里。家庭主妇也忙着操持家务，洗衣，做饭，尽可能保证在男人吃完饭之后有衣服可以穿。当男主人从田地回来，她要抓紧时间洗碗，俩人带着草帽一起回到田地里，阳光把他们的影子拉的好长好长，隐没在比棉花袋子更长的影子里。微风吹过，远处的松树和核桃树沙沙作响，棉花长得太矮，无福消受这份清凉。整片田野在午后的炎热中慢慢冷却，与阳光一同熄灭在地平线上。他们的身影在天地苍茫的棉田里显得那么渺小，那么孤单。他们缓缓地移动着，背负着沉重的工作，弯着腰，深情似有无尽的悲伤。如同魁北克的朝圣者，三步一叩首，慢慢地走着，每一步都向神献上一次祷告。艾伦躺在白色的棉毯子上睡着了。斯昆奇捧着衣襟前装满的棉花拿回去给母亲。克莱尔·贝尔在相当段的时间里采好了一大把，然后飞快地冲向母亲，展示自己的劳动成果，她把棉花抛起来，大声笑着，母亲和女孩儿们相互拥抱着，她们心里虽然知道这并不比其他家摘的多，但就在这一瞬间享受劳动的快乐吧。瑞科特斯夫人停了一分钟，将棉絮从她的头发和裙子里清理出来，然后放进袋子，继续转身摘起棉花了。因为肩膀疼痛，伍兹的采摘工作进展缓慢。无论是否能想到其他借口，他都很想停下来休息。但是他不能，他的妻子和母亲都太瘦弱了，不够帮他摘棉花的。但是他也没钱，没办法雇佣他人完成采摘的工作。托马斯还太

① 在大型种植园里，大量的采摘工作通常都是日间完成的。地主骑车来视察工作，对于工作速度不如意的地方要批评和督促。采摘工作一般都是由一家人，父母加孩子一起完成的，但有些地方也不太一样。男主人带领家人在田地里工作，他们也知道地主在一边看，但干活的只有他们自己而已。而另一方面，在城里的地主会观察哪些佃农先出现在镇子里用棉花换钱，谁快谁慢，对于那几个特别缺钱的家庭，地主心里都有数。

小,帮不上什么忙。伯特也太年轻了,他只能做点简单的准备工作。孩子们太小,什么都不会,不能期望他们在田里帮上大忙。朱尼尔虽然摘的不快,但也很尽力了。他工作起来很努力,虽然有时也会和路易斯斗气,或者和伯特打一架。凯蒂干起活来倒是麻利。去年夏天,她和弗洛拉·玛丽·李的比赛里摘了一百一十磅的棉花。今年夏天,她也在田里帮忙,两个手指的指甲都磨掉了,但依然在稳稳当当地采着棉花。波尔·伍兹年岁已经够下地干活了,她能帮上家里不少忙。路易斯是同龄人里伸手最矫健的,她一天能采一百五十磅。瑞科特斯家的两个男孩儿在父亲的指导下也能有条不紊的完成工作。如果瑞科特斯在伐木场赶不回来,那就由他们的姐妹代劳。古杰尔夫人每天的采摘量基本也就是妇女的平均水平,大概是一百五十磅到两百磅左右吧。她一直持续不断地工作着,除非真的是累得不行。“剩下半天我真不知道怎么坚持下去。”乔治·古杰尔的采摘速度比较慢。在他还是个孩子的时候,又一次掉进壁炉,双手烧伤了,所以他的手指只能缓慢地移动。最好的成绩是一天摘到一百五十磅,相较大多数佃农的二百五十磅少了很多。他的背部也是个麻烦,因为背部作痛,只能选择较高的棉花来摘,而且别人休息的时候他也必须继续工作。瑞科特斯夫人以前一天能摘三百磅到三百五十磅,现在因为生病,只能摘到两百磅了。这些数字都只是个大概,瑞科特斯夫人也不是一直都这么干劲十足的。棉花机的效率还不如手工,一天能摘一百磅已经是非常好的记录了。至于其他佃农究竟每天摘多少,我并不是很清楚,他们自己心中自有掂量。有时采摘也是很有乐趣的,不断有小插曲发生。比如两个小孩子比赛,或者追着一条蛇想办法把它弄死。还有的时候大家聚在一起休息一会儿,涝涝汗,喝点儿水,但他们很少聊天,要么说上几句就匆匆赶回去继续工作。在绵延不断的沉默中,他们无声、无言,甚至没有任何表情的坚守在工作岗位上,长长的影子向大地倾诉着寂静的辛劳,在日落西山之时瞥一眼天边的金色,每一片叶子都如利刃一般闪过一道银光,然后消失在夜色之中。土地在夜色朦胧下是紫红色的，叶子隐没成夜色，只有白灿灿的棉花在夜晚里依然亮晶晶的。燥热的气味在星空下逐渐散去，佃农直起腰，拖着一大袋子棉花缓缓地走上回家的路。他们的步调是那样缓慢，如同迷迷瞪瞪的动物，摸索着寻找归途。

通常佃农会把棉花存放在一间小小的仓库里，被称为棉花房。我所认识的这三家佃农家里都没有专门放棉花的地方。古杰尔把棉花放在谷仓的隔间里，伍兹就把棉花堆在门廊前面，用木板围起来。瑞科特斯家就把棉花放在空置的房间里，孩子们喜欢相互抛棉花玩，也喜欢在棉花堆里打滚儿，有时候他们索性就睡在棉堆里。耗子也喜欢棉花，有时就干脆在棉花里筑个洞，直接安居乐业起来了。每个家庭都有一套古老的铁杆秤，最多能称四十磅的棉花。分批称好之后装到车上，再拉到库克镇上进行交易。

车子拖着大量的棉花缓慢地行驶在窄长的高速公路上。棉花高高耸起，远超过了车子的高度。有些人用骡子拉的车，缓慢地在路上行进，旁边的汽车呼啸而过，它们依然不紧不慢的走着。驴子拉的车吱嘎作响，在泥地上碾出一道道车辙。父亲坐在驴子后面，那是家长的位置，如果不是父亲驾车的话，母亲和孩子也可以坐这个位置。丈夫穿着工作时候的支付，妻子和孩子穿着周六聚会时候的衣服，有人还会郑重其事的穿上去教会礼拜时候的礼服。孩子们异常开心，坐在软软的垫子上兴奋地交谈。女人们也收拾得体，坐在丈夫身边。男人抿着嘴唇，直视前方，紧张小心地开着车，像是一位母亲保护自己的孩子那样守护着整车棉花。骡车像节日游行的花车一样，庄严而欢快地驶过漫长的相间泥路。车子吱嘎作响，仿佛费尽全身力气才能挪动分毫，青筋暴起，拼劲吃奶的劲儿向前缓缓移动着。南方的红土地上一车车雪白的棉花堆正涌向一个方向，每条路都有几百码的距离，车顶上坐着黑人或白人佃农家庭，屏住呼吸，将一年辛苦得来的收成送到镇上去轧棉。这一年的收成已然很好，有时候一年才几百磅的棉花。在轧棉机旁，拖车一列列的排起队来，人们在队伍里等着，旁边有一些穿着白衬衫的男人们，正拿着铁叉把棉花拨下来。地主们穿着短袖衬衫坐在轧棉机旁边，或是坐在他们舒服的办公室里，旁边站着戴棒球帽的彪形大汉，手里拿着一把锋利的钩子，在这边以维持秩序的名义寻衅滋事。整个过程艰难又漫长，没人说话，也没有眼神交流，刚才喜悦的气氛顿时全无。轧棉机的金属表面在阳光下灼人目光。阴凉处几个人聚在一起小声地交谈。佃农拿到票号，清点捆数，然后在长长的队伍中安静的等待。前面的车辆陆续被清空，骡子嘶吼着，费力地向前移动，它们昂着头，梗着脖子，看起来已经到达了极限。当把棉花一点点卸下之后，它们摇摇晃晃地把车子从满地的棉花上再拉走到别处。轧棉机工作的时候散发出令人作呕的味道，吞入棉花，将棉花籽与棉花纤维分离，从另一侧吐出来。靠近机器，听到机械轰隆作响，发出极大的噪音。在机器后面像是有个幽灵迅速剥离棉花种子，从管子的一侧递了出来。机器工作的时候像是圣诞电影里的造雪机一样，源源不断的喷出白花花的雪。而轰隆巨响又让人疑心这是一位难产的产妇。机器的正面，可以看到如雪花一般的棉絮冲破铁质的转轮不断地喷薄而出。在短短的几分钟内，一捆棉花被开膛破肚，在压力机下被拆成几组，通过带有黄铜标签的传送带，分别进行称重，然后挂在钩子上送上另一个传送带，马不停蹄地送出去。佃农辛苦收获的棉花就消失在传送带尽头，被制成各种各样的商品，送进工厂，送上前线，送到医院。他把轧棉的凭证拿给地主，换得棉花籽的钱，然后买点东西，叫上一家人一起离开库克镇。昂首挺胸，每一步都走得硬气。每一捆棉花大概需要十八分钟才能轧好，每家佃农带去镇上的棉花数量都差不了太多，等到所有棉花都轧好之后，佃农们就驾着清空的车子沿着来时的路再回到村子里。道路漫长，骡子行进缓慢，加上等待轧棉的时间，等到了家已经是月明星稀了。田地里是太阳照耀过的干涩的味道，曾经闪耀过在这片土地上的汗水已被收割成了丝丝棉絮。人们盘算着下一轮播种与收获，那时可能会有更多的机器取代人工吧。

打包的过程要重复无数次,你的田里可能就要来上个四五次。在这里,轧棉高峰是10月初左右,那时装满棉花的车子在烈日炎炎下排着队等待进入城镇,在无尽的等待中,轧面机车也不停的运作着。在那之后要宰猪来庆祝,如果时间允许,还要煮上农场里的玉米和高粱作为主食。时间太紧的话,就要轮番替代来准备食物。天空越发低沉,空气逐渐变得寒冷,如同夹着黑色的冰晶,地面冻得僵硬,棉花采完之后枯枝上又开出白色的霜。玉米和棉花的枝条枯萎成黑色,猪肉和木炭的香气漫山遍野。冬季的长夜降临,寡言的雨水无情的落下,无穷无尽,没人知道什么时候会停。房子里寒冷彻骨,动物缩成一团打着哆嗦。雨水将土地淹没成汪洋,冬季如诅咒一般降临。

中　场

客厅访谈

1939年五月，《党派评论》[1]在期刊背面向数位作家派送了一份问卷。问卷上面的许多问题让我感到很愤怒，而我也怀着愤怒的心情火速回复了这些问题。我的愤怒和奋笔疾书可能让我显得不近人情，甚至是矫情、愚蠢。后来我又修改了一番，让答案看起来更接地气，也更容易让人接受，并且诚恳地表示这已经是我能给出的最好的答案了。是指责我也罢，说我愚笨也罢，我还是决定将这个答案公布出来。

这样显然并不明智，就算是替我喜欢的那些编辑们想想，我这么做也实在不够尊重他们的了。他们可能会认为我的回复是针对个人的吧。是，也不是。这些文字没有印出来，因为没有杂志社会愿意把批评自己的文字登报的。但我还是要说，我据理力争的是问题本身，而不是杂志社的态度问题。

读者可能会认为，这里印着的内容是关于(a)偏离本卷主旨的，(b)吵笔墨架的，欢迎你们这样想。同时我想感谢德怀特·麦克唐纳先生将手稿交还给我，他知道这份稿件如何使用最为妥当。也希望再次为一切误解、分歧和不同的见解而产生的不愉快而道歉。

① Partisan Review，美国著名左翼文学刊物。——译者注

美国作家当今面临的一些问题

1. 你是否意识到在你的写作中时常存在着一个“可用的过去”？对于大多数美国人而言也是如此吗？你会为人物加上何种特性？比如说，你会认为亨利·詹姆斯[①]比怀特·惠特曼[②]的作品更接近现实与未来吗？

2. 你觉得自己是为一群特定读者写作吗？如果是的话，你怎样描述这些读者？你认为在过去的十年里，美国严肃文学作品的读者有所成长吗？

3. 你重视别人的批评意见吗？你是否同意，在新闻媒体界的压力下，近来自由周刊通过广告填充版面的行为已经使严肃的文学评论受到孤立和伤害？

4. 你是否能够以写自己所想写的东西为生？而不依靠文字编辑或做教职的其他副业？你认为现在的经济制度是否有助于促进文学的发展？

5. 回顾过去的写作经验，你是否发现你的作品是与任何群体，阶级、组织、地区、宗教或思想体系息息相关？还是说你认为作品仅仅是为了表达个人的感受？

6. 你怎样描述自1930年以降的美国文学的政治趋势？你的自我评估又如何？你是否赞同目前被称作“自由民族主义”的趋势？即这一趋势重新定义且将文化中的“美国”元素扩大化了？

7. 你考虑过美国可能会卷入下一次世界大战的可能性吗？你认为当战争降临的时候，作家的责任是什么？

---

① 美国作家，代表作《仕女图》《华盛顿广场》。——译者注

② 美国诗人、散文家、新闻工作者以及人文主义者，代表作《草叶集》。——译者注

在此回答您的问题：

在信中您说："我们认为这些问题对于现今的美国文学至关重要。"

上帝保佑美国！上帝保佑文学！让这两个词都成为您们的专属您们的所有吧！好的作品都是由从不把这两个字挂在嘴边的人写出来的。

您高就的单位应该是"美国"最好的"文学""评论"杂志吧。换句话说，您们深思熟虑的这些问题都已经证明了美国文学以及其评论的"先进性"。可是，这些问题却并不是好问题，他们只能证明您们的杂志与好的文学作品并不相关。《新众》①、克里夫坦·费迪曼②，爱在客厅里闲扯的出版商，甚至是大多数作者自己，都没意识到好的作品正在偷偷溜走。

这听上去就像是维斯理学院③的初级国际联盟会议，或是布莱尔思镇上的会议，或是神职人员和无神论者的之间的对话。

这些问题太糟糕了，太无厘头了，而且根本无法回答。但更让人哭笑不得的是，您们其实只是自认为自知何为好的作品，但却对好的作品毫无敬意。

1. 一个"可用的过去"？（这已经是对"传统"科学，"哲学"和批判语言的礼貌性的措辞了吧）贝多芬"充分利用"了"过去"，但你认为他真的想坐下来回首往事再发出些奇思妙想吗？他会问，"我利用了什么？

---

① The New Masses，美国共产主义杂志，1926—1948年出版。——译者注
② Clifton Fadiman，美国学者、作家、编辑以及广播电视人。——译者注
③ Wellesley College，美国著名女子文理学院。——译者注

什么才是可用的?"

一个人认为过去有用且可用,是因为他完全将现在喝过去分离开来看,并在这两者之间设定了一个"利用"的关系。而且,只有二等人或者更糟糕的人才会用"是否可用"来评判一件事的价值。对于那些这正接受这件事的人来说,才不会这样处理问题。那些举着功利主义大旗的好人们只不过把这样的设定当做自我认知的一部分罢了。

你希望作家"用"过去的人和事来写故事,就像想利用当下的作家一样。许多人或许喜欢被人利用,觉得自己有用并不是坏事。有些人利用你你并不知道,有些人你正在利用或许你也不知道。

当然,这些可用之人只属于他们时空,但从你的纬度来看他们却是近乎永恒不朽的,也是属于全世界的。这种世界化并不是国际联盟,世界语或者马克思主义层面上的意义,而是他们意识到自己已成为人类的解放者。

"可用",每一个杰出的艺术家,每一笔对过去的记录,特别是,所有过去和现在都存在于"真实"的,而非被重新创造的个人经验之上。

克里斯特;布莱克;陀思妥耶夫斯基;布兰迪的照片;每个人的信件;家庭相册;明信片;惠特曼;克莱恩①;梅尔维尔②;卡明斯③;卡夫卡;乔伊斯;马尔罗④;纪德(Gide)⑤;曼⑥;贝多芬;爱因斯坦;多夫申科⑦;卓别林;格里菲思;冯·史卓汉⑧;米勒⑨;伊万斯;卡地亚;莱维特;梵高;比赛记录;斯威夫特⑩;塞林纳⑪……

① 美国作家、小说家、诗人,代表作《红色英勇勋章》。——译者注
② 美国小说家,散文家和诗人。代表作《白鲸》。——译者注
③ 美国诗人、画家、评论家、作家和剧作家。——译者注
④ 法国作家、文人,曾任戴高乐时期法国文化部长。——译者注
⑤ 法国作家、文艺评论家,曾获1947年诺贝尔文学奖。——译者注
⑥ 德国作家、散文家,曾获1929年诺贝尔文学奖。——译者注
⑦ 俄罗斯剧作家。——译者注
⑧ 出生于维也纳的美国电影导演、演员。——译者注
⑨ 美国作家,文学大师。代表作《北回归线》。——译者注
⑩ 英国—爱尔兰作家,代表作《弗列格游记》。——译者注
⑪ 法国作家。——译者注

这些人里，有的是你正在研究的；有的是你正在效仿的；有的是你的目标；有些是激励你的动力；有些是你的兄长，比同事与神明更为亲近；有些扼住你的咽喉，让你无法再继续阅读或工作；但总而言之，你感受到自己沉浸于知识的海洋，与这些伟大的名字相处，远胜于任何团体任何行动任何亲戚，无论死敌还是至亲。

所有不好的，困惑的，自我欺骗的东西。生活；读者文摘；每日报纸；畅销书；党派回顾；现代艺术博物馆。你从腐败与混乱中学到了许多，比从最好的作品中读到的还多。只有过了一段时间才能渐渐意识到，在心里的某个部分，这些东西逐渐开始产生作用了，然后就悄无声息的与你融为一体。

那么这和"美国式"写作有什么关系呢？当惠特曼、贝多芬、布莱克、克里斯特、塞林和托尔斯泰有那么多共同点时，谁还在乎是现在还是将来？

2. 您问卷中所指的"读者"是什么意思？这个词让概念扁平化了，因此不得不拿出来说一说。有的时候你为你的上司和同级同事写东西；有的时候为了给自己留一点空间而写作，不是为了其他任何人而创作；有的时候你试图与外界沟通（也不一定非要沟通）；有的时候你只是试图表明观点，不是非要让谁懂你。您这样设置问题，可能没有哪个得体的作家会对这个问题感兴趣。另外您提到"读者"和"严肃写作"的概念，您可以用新闻记者的眼光来看这个问题，在过去或者未来的十年是否有所成长真的那么重要吗？

3. 我非常重视别人提出的批评意见。我特别重视我所尊敬的作家们提出的评论和意见，但只有少部分是真正写下来的批评意见。我同意那些文学副刊和自由派周刊都已经腐化了。但是更糟糕的是被广告和政治充斥的头脑逐渐倦怠了。我必须补充一点，在这方面，我认为《党派评论》上的所有文章都已经腐化了，而且愈演愈烈。

4. 不，我没有以此为生。我不认为"文学"是一个赖以为生的"职业”。除非你是专业的文学工作者，或者是一位资深的记者，而且是无神论者。我也不认为你想问，在“好的制度”下真正的“作家”可以得到更多的尊重，收到更多的保护。一个好的作者恐怕是社会最致命的敌人；同时也是对社会最危险的存在。无论多么愤世嫉俗，或是从中获益，作者总是社会的隐患。无论发展水平如何，都没有哪个社会已经成熟到去支持一个作家去写反社会的言论。关于作家如何生活这个问题大可不必担心，一个好的作家一定能在人类生活中找到存活办法的。

5. 仔细回想一下，我曾对天主教和共产党怀着将信将疑又十分虔诚的信仰。后来，我对他们越发不放心，最终放弃了追随党派或教义。我对这些形式的事实或者想法总会有一股冲动式的忠诚，但我不想在这儿谈我的这股冲劲儿，也不想说是否有组织或者个人来向我极力推销过他们的团体。我可能算是比较罕见的不和各种利益团体打交道的人吧，但这样的人恐怕不在少数。我们这些人绝不和别人穿一条裤子，也不想别人太过亲近我们。作为自由的人类（或许是其他人的启蒙者吧），在民主、自我妥协与合作的氛围下，我们充分享受着自由的气息。我想，对于一个“聪明”的共产主义者而言，没有比共产主义理论更理想的政府组织形式了。这是我所认同的一点，但也就此而已了。其他形式固然存在，但到头来终究会把社会推向灭亡。我对他人的敌意感到愤怒和蔑视。我将我的工作看作是对我个人的效忠。我对“表达自我”没兴趣，因为作为一个“个体”，我又怎么可能“替别人表达”呢？

6. 自 1930 年以降的美国文学的整体政治趋势简直可以用无言以对来形容。其他别的方面也呈现出类似的趋势。那些高举文学大旗的人却用最恶毒的手段攻击有才华的作者，搞得文学界乌烟瘴气。文学界向着越发暴戾的方向发展。我也不喜欢“民族主义文学”这个概念。不是“和平”，不是“民主”，不是“战争”，不是“法西斯主义”，不是“艺术”，也不是能够通过对话和参与就得到关于革命艺术家的独立性的证据。在这点上没人比格兰维尔·希克斯①了解的更清楚了。

7. 我经常会考虑这个问题(但我更希望自己从没考虑过)。第一次我想,无论如何我都不会参与战争。然后我的困惑、苦恼和间歇性的关注、深入了解和恐惧愈多。我想我可能会应召参军吧。(1)参入到战争中肯定是非常危险的,而且毫无格调可言,至少和我知道的通过"教育","阶级","人际关系"或个人努力而获得的格调毫不相关。出于个人宗教原因,或是出于艺术家的好奇心,我想我还是会参军。(2)听劝加入斯大林党派,然后觉得无聊至极。(3)留在我应该呆的地方,关心我自己的事,拒绝每一次参军的机会,然后独自承受后果。(4)去我能去的地方,然后写一系列关于战争、和平主义的文章,然后把它们付梓。(5)从战场跑回来,然后回到我自己的住处完成我的作品。在这几个选择里我想我最有可能选 1、3 和 5。我立志做一名"负责人的作家",因此觉得自己并不会选第 5 个。第二个我肯定不会。我不擅长将"责任"和"作家"以及"人类之志"混合在一起,我觉得这些定义是不同的,即使没有这次惨无人道的战争,它们也是分别指代了不同的身份。或者,换言之,我认为自己在持续不断的战争中摸爬滚打多年,对停战已经不抱希望。在战争中我所感受到的"责任感",是其他任何事都无法给予我的②。

① 美国马克思主义作家、评论家、教育家,同时也是反马克思主义的先锋作家。——译者注

② 我现在(1940 年秋)必须要为这些不可抵制的邪念加上一些注释。我并不确定自己的信仰,我也怀疑自己是否有能力坚守信念。不管这份答案的草稿怎样处置,国家是否要求个人登记注册参军,或者是以任何形式为社会服务,我都希望能够直视未来。

1941 年 4 月。如果就让这个问题这样静置了未免有逃避之嫌。但我希望即可采取措施,而非犹豫不前。

第三部分

归　纳

欲见主于圣坛之上，

献上欢喜与忧愁，

求上主赐福于我，让我听到您的话语，让我借此抵御外敌。请您让我从柔弱邪恶中脱身。

您赐予我力量，却为什么要将坚强从我身上夺走？又为何让我四面楚歌，身陷囹圄？

请您指引我，照亮我的前路，将我带去您神圣的殿堂。

我欲见主于圣坛之上，献上欢喜与忧愁，我要为神明奏一曲，赞美吾主，赞美吾主。

为何我的身体如此沉重，我的灵魂惶恐不安？

我要信仰上帝，我感谢主，赞美主，因您的宽容我才得救。

归纳

我还清晰地记得在这里度过的第一个夜晚。

我也知道，你们也渐渐、渐渐地与我一同身临其境。

第一

第一次会见

路过法院门口，沃克正同你聊天。弗雷德，弗雷德·瑞科特斯(对你来说太轻松了，你总是那么健谈，在别人的注视下毫无安全感)。那时你就站在那里，当我从法院出来的时候，你们俩坐在门口，旁边是一个勇敢士兵的石像，皱着眉，沉默着面向北方。我们坐下来聊天，或者说是你在说，我们在听。你笑得很夸张，叼着稻草在牙缝里磨来磨去。你透过带着笑意的眼睛小心翼翼地观察我，代表恐惧的一半在内心独白："哦神啊这个人可千万别嘲笑我的袖子，不要欺负我啊。"(我想你可能从没想过这点，当然你怎么会嘲笑我呢。)这时沃克正端着照相机四处寻找拍照的机会(没有拍到你，我发现拍白人要比拍黑人慢得多。谁知道相机是怎么回事？是武器？偷心盗影的工具？还是猎枪？恶魔的眼睛?)。然后两个人走过来，羞涩地站了一会儿。他们是你，乔治，还有你，伍兹先生。你们羞涩而沉默的站在一边，乔治你用黄色的眼睛瞅着我们，伍兹则在一边悄悄磨牙，这就是我第一次遇见你们的场景。

你们是过来看是否已经申请到救济金或是救济工作的。但没有什么救济金可以给你们。因为你们都算是在业者。我们站在那里，相互介绍着自己，闲聊一会儿，眼睛在他人身上转来转去。在这次对话中你们总算收获了一点信心，当我看向你们的时候，你们总会回以一个讪讪的微笑。我开车送你们回家。在你家外面，瑞科特斯，在分岔路最远的一端上。你给我们看了你晒干的玉米，你以为我们是政府的人，能帮你家缓解窘境。在那个门廊附近沃克用他巨大的照相机照了一些照片。我们环坐在一起，吃了一些小甜桃，然后在门廊下面的水池里取了一些被太阳晒暖的水来喝。因为和我们聊天，你迟了一小时才去吃晚饭。我感到很抱歉，很长一段时间里都觉得对你不住。

在那里，我是第一次见到那么多像你们一样的人，也几乎分不出谁是哪家。我记得很清楚，好像是五分钟之后，我们就和你告别了，沿着明亮而曲折的道路离开。许久的沉默如同时间在弦上震动，我才敢稍稍回忆起关于你们的事。帕拉李，你是怎么光着脚背着两个沉重的袋子，顶着一个简单的草帽走过这条泥泞的路？你穿的衣服和裙子已经破了十几次又被重新缝起来十几次，似乎拽掉一根线整件衣服就会散架。这些衣服改了又改补了又补，被做成一件工作服，一年也不洗一次。胸前的衣服破破烂烂的耷拉着，露出花布下的乳房。当你靠近我们，那么害羞，但是却也出于礼貌点头微笑，你友好而美丽的眼睛旁边长着橙棕色的雀斑。我们不会忘记你，不会忘记你的礼貌，以及你对理想深切的渴求。你沾满泥土的双脚双腿，你站在那里对我们微笑。神也不知道，你，玛格丽特，在接下来的一年里将会怎样的无助。你站在灌木后面，好像要将自己藏起来，好像我们是野生动物一样。但就算这样，我们也知道你的美好。有太多事，好的，不好的，烦心的事在我们相处的时候发生。这种不稳定意味着动态的平衡，我从未想过要寻找安全感。

而你，瑞科特斯夫人，你意识到你可怜愚蠢的丈夫可能是你生活的全部。于是你不得不照顾孩子们，他们赤身裸体，光着脚，在路上跑来跑去。在伍兹家和古杰尔家的人都坐在走廊上休息的时候，你不得不下地干活，和脏兮兮的泥巴打交道，让汗水冲走悲伤。对你来说，相机是个威胁。你的孩子与丈夫裸露着身体，将肉体与尊严一同暴露在相机之前，是那么的冷漠可笑。你的眼睛里充满了愤怒与恐惧，你的脖子绷得很紧，一只手不断揉搓破烂的裙摆，好像一个绞尽脑汁要在大人面前背诵诗歌的小女孩。你什么也做不了，什么也做不了，甚至一句话都数不出来。亲爱的，亲爱的，我们把你吓坏了。你的丈夫正在滔滔不绝，而作妻子的保持着妻子应有的沉默。你穿着一身床单做的连衣裙站在那里，后面破了个洞，裙摆差不多到膝盖的长度，没有腰带。你看着我们这群外星人，穿得像那么回事儿，但你觉得自己穿得太不得体，甚至不够遮住自己的身体。然后其他人跟了出来。艾薇，平易近人，从不脸红，带着更小的孩子。有个四岁的孩子穿着一件枕套做的衣服，衣襟到肚脐下面。他正带着一个布娃娃。波尔有着美丽的皮肤，棕红色而性感的眼睛。莫莉夫人，和沃克一起用黑色的盒子搭了一个摇摇晃晃的三脚架，感觉相机放在上面摇摇欲坠。盖上斗篷似的幕布之后，旋转按钮，如同魔术一般，颜色迅速凝固，将时间定格成一瞬。至少你能做到，你做到了，你用积攒的雨水为孩子们梳洗，让他们的脸至少看起来白净一些，然后为他们梳理头发，之后轻轻亲吻他们的额头。你的两个女儿，站在拥挤的门廊里，歪着头，靠在墙边，她们长长的黑发如瀑布一样倾泻下来，如诗如画(沃克拍下了这些照片，你却不知道，你以为他还在测试照相机)。你们到齐了，母亲像领着一支队伍一样，孩子们站得笔直，像神殿门前的柱子一样。他们的眼睛滴溜溜地到处看，后面两个女孩儿在黑影中弯下身子，似乎在聆听什么曲子，又好像随着音乐起舞，像拨弄竖琴一样撩拨她们的发丝。男士们，伍兹、乔治和我(弗雷德还在排队，一次又一次的在照相机前扮鬼脸，不停的笑啊笑啊笑啊)坐在一棵树边慢慢聊天，一个接一个地吃着小桃子，这是多么安静惬意的时光啊。但这个时候我还是特别留意你，瑞科特斯夫人。我不知道为什么我会特别留意你，也不想让你知道我在看你，哦，别害怕，别害怕，别对我们惊慌失措，我们是你的朋友，没事的，没事的。就这样，我一直看着你的眼睛。当他们转过身去的时候，我就试图用友善和温柔的微笑向你传递着一点,传递一些温暖,一些安全感,至少让你能够稍微放松,感受到我们带给你的热情和友谊。但是每一次你看我的时候都带着恐惧,带着原始的惧怕,盯着我们,似乎要刺穿我们(可能由于你丈夫在场,你不好表示不快。我相信你肯定是克制了许多)。一次又一次,逐渐地,才露出缓和的表情。你的眼神变得柔软,恐惧逐渐消失了,但依然没有笑意。但是一颗破碎的心正在逐渐停止流血,你正如同一头陷入陷阱的小兽,没了尖牙利爪,没有了恐慌,随之而来的是平静与妥协。你可以放松钳在我手腕上的利爪了。这只手是怎么回事?这眼里又是什么?在我前额上轻轻抚摸,我露出平静的笑容。我想我笑起来大概像做鬼脸,大概对安抚你并没起作用。然后你观望了一会儿,低头看着地面,眼里再没惶恐与悲伤。你的终于放松了抓紧衣服的小手。

我要将你生活中来来往往的人们用于艺术创作,我想要了解他们的一切,在此基础上再做出一些改变,然后可以让你发在《周六文学评论》上。但我要特别小心的写作,虎头蛇尾就不好了。在生活中这样的事总会发生,一遍又一遍,无一例外。但艺术却不一样,如果你站在我的位置上看,就会发现这与生活无关,这是一种平等的友谊,一种绅士的交往形式,或是对理想主义的一种实践,双方和读者对此都能理解。然而,这只是我表现出对艺术不在乎的原因之一,而且我也不好表现出担心。乔治,你的孩子们还在等着照相,你,路易斯,你,朱尼尔,还有你,伯特。你也来拍照了,你来晚了,因为你住的地方太远了,而且伯特总是磨磨蹭蹭,一边哭一边说要跟着你。还因为你母亲花了太长时间给你清洁衣服,路易斯,你的头发上还绑了一条发带。这是你最好的衣服,比我之后再看见你的时候穿的那件漂亮多了。这件衣服看上去和镇上姑娘们穿去参加排队的礼服一样美。姑娘们和她们的母亲都非常友善,除非袖口粘了面粉,是绝不会说一句闲话的。白色而美丽的裙子,柔软的布料,你站在阳光下如同仙子一般,半身透明,穿着美丽的礼服,全身充满朝气。尽管只是一条简单的面粉袋子做的裙子,在你身上却是那样动人。你的头发上绑着便宜的发带，腰上系着一条明晃晃的腰带，让你的身材看起来纤细了许多。腰带是用缝纫机打的线，又手工绣上了一些装饰。你虽然只穿着简单粗糙的衣服，却也那么美好。然后你把这件衣服送走了，路易斯，你的皮肤上闪着金灿灿的光，比镇上的女孩儿还要好看。美丽的光泽来自大地和阳光，在汗水中练成金色，繁重的工作让你十多岁的脸庞看上去已显得很成熟。你的皮肤像一盏白皙的羊皮灯，你的腿和脚都赤裸着，早晨才洗过，又粘上橙花的泥土。这件衣服可能不是你的吧，路易斯，你只是借来穿穿而已。比起你的着装，我更想通过你的眼睛看透你的内心。和瑞科特斯家的孩子们在一起的时候，我总是反应很慢，所以很难看清每一个人，却也不愿错过你美好灵魂的哪怕一瞬间。我逐渐意识到，当和你在同一个房间的时候，每每看向你，我都忍不住颤抖。这让人感到害怕，如临大敌，如坠深渊。我是个胆小又缺乏冲劲的人，从未经历过这种事情。我们中间没什么不好意思的，但隔阂却愈发增大。老天，世界上恐怕再没想你这样洁白无瑕的人了，温和，敏感，宁静，聪慧，眨着一双灰色的大眼睛，平静地凝视这个世界。就像我之前说的，我一开始只是微弱的察觉，现在在你的注视下已经安静下来，却不知道你究竟感觉如何。是个好孩子，实在太好了。你们三个站在那里，离我很近，离你们的父亲也很近。朱尼尔用让我感到不安的眼神一下一下地看我，用脚一下一下地驱赶苍蝇，另一只脚上生了疮。伯特擦着鼻涕，自言自语着。然后，你，路易斯，坐在他们中间，坐得笔直(我不知道你的眼睛究竟看向那里，有时我注意到你是在看我)，然后，你们的影子被树影遮住。你的父亲不允许坐在门廊上照相，我们得一会儿会给你单独拍一张(他不是故意这么不友好的，只是想显示一下作为家长的威严)。瑞科特斯夫人看到你已经准备好了，然后离开门廊，全身紧张。我知道因为自己的出现让她紧张不已，现在根本不敢盯着她的眼睛看。啊，这一切真是太糟糕了。(我现在写下来的时候都能感受到她当时的无助，但我却什么也做不了)这会儿工作已经完成了，门廊，院子，甚至包括院子里的土都松了一口气。孩子们在一边嬉戏，瑞科特斯夫人赶快回到了屋子里，然后乔治正在试图调整镜头和画面，他不希望把房子脏兮兮的一面拍进去，但却希望有个好看的背景，于是他转来转去寻找合适的角度。家庭合影通常都是在夏天的某个周日下午用银版照相机照的，这一古老的传统已经延续了将近三十到四十年。这次我们拍下的照片背景里是一丛在太阳下暴晒的杂乱灌木。乔治站在他们后面，一只手搭在朱尼尔的肩上。路易斯(她先整了整她的衣服，拢顺头发，摆正丝带)，站在她父亲前面，头靠在父亲胸前，双手平静的交叉摆在腿上，上身挺直，虽然太阳刺眼却也睁大双眼看着镜头；伯特坐在她脚边，盘着腿，好像在走神(路易斯帮他盘上腿，也没能吸引他的注意力)。三个岁数大一点的孩子还在静静地等按下快门的一瞬间。而我一直在看你，路易斯，有那么一瞬间我觉得我简直要爱上你了。我看着你，穿着珍贵的衣服，站在你父亲身边，平静而沉着的注视着镜头，小心翼翼又不露声色，我观察到你悄悄吞了两次口水，嘴角有点抽搐，试图保持围笑，然后尽量不再移动。在阳光下，你的嘴角轻轻上扬，轻灵活泼，对我来说如同一首弦上的歌。

我们总会有个什么特定的理由来想念从身边经过的人们。来来往往，正如我们离开的时候，瑞科斯特夫人依旧无法释怀的脸和眼睛刻着我的脑海里。我想起她，会感到胸口一阵刺痛，但也知道，就算造成更多的痛苦，我们也必须回来。直到有一天她完全接受了我们，不是因为忘了曾经我们带去的伤害，而是因为爱，因为理解，因为信任。

第二

渐进

接下来的几天，几周，我们又回到原来的地方继续工作了。这次我们没有沿着高速公路开，像上次那样略过山间小路上一个接一个的站牌，也不像上次那样激动地一路向东。这一次，漫长的沉默和丁点思绪不断拷问着我。这还不是将一切都告诉给你的时候，我只能说，它会发生。无论拜访你多少次，伍兹，每次和你聊天，聊起我们自己，或是想你寻求帮助，我们都会发现你是那么聪明，你会在指引我们在乡下寻找到需要的信息，无论我们问你什么，你似乎都能帮忙，帮我们寻找住处，帮我们讨价还价。但这里也不是谈论讨价还价的地方，更不是个适合优哉游哉的地方。你们曾很喜欢我们，也希望我们能经常去探望你们，但却最终不再信任我们了。我们也希望能多去看看你们，但你们缺离我们越来越远，我们三人之间再没有人能获得你们的信任了。我们之间到底是有什么误解吗？我们三个都是善于反思也善于自我批评的人，却失去了你们的信任。这不是故步自封，也不是讽刺却友善的谈话。我还记得那个午后你半裸着坐在那张凌乱的床上，身上的抓痕触目惊心，眼里闪烁着愤恨而嘲讽的目光。这些都不会再有“后来”了，我只能说在这段时间里你帮了我们太多，让我们留下来，和你的女婿在一起。介绍给我其他人，年轻的朋友，或者像我一样的中年大叔。我不确定自己是否能和他们处得来，可你总说，何妨聊聊呢？你知道的，不是因为我不相信你，但是我知道，年轻人什么都做的出来，他都可能不知道自己下一秒在做什么。不要浪费那个机会。——当然，当然，我们自然知道。我们自己也年轻过。那时候，艾薇坐在一堆废弃的冰激凌座椅上，她的手放在膝盖上，光着脚踝，上面是厚厚的茧子。另一只脚放在底板上。她笑着自言自语，我没听到她说的话，却也只能小心而充满敬意地回报以微笑。其实完全没必要把事情搞的这么微妙。艾薇是一个壮实、年轻又漂亮的女人，而他却只是一个瘦弱孤单的老头，她了解他，他也了解她，我们都彼此相知。艾薇如同夏季的精灵，她躺在床上睡下的时要细细观察过所有人。他知道如何才能守护她(在这个乡下)。现在，一切都变得开诚布公，而且我们也迅速达成了一致。我们和她的丈夫都懂得相互理解的方式，这就好像加密的协议，我们心知肚明。他抿了抿嘴，直起身子，八英尺外是垃圾和灰烬的酸味。他平静地把猎到的猎物捡回来，剥掉皮毛享用肉食。

恢复

在这一切发生之前出现了一点意外，为后文奠定了基调。就像我刚刚说的，我记得非常清楚，第一晚在屋顶彻夜长谈的时候仿佛才刚刚发生。我们似乎已经认识了许久，许久。在最热烈、最疯狂、最沮丧的时候，根据雇主要求的写作速度，我只能坐回到打字机前，沃克也只好摆弄他的瓶瓶罐罐冲洗照片，但我们仍然与佃农保持着密切的联系，也正如雇主所愿。在持续高强度的工作压得让人喘不过气的时候，我们也会想减缓速度，重新在仲夏时节回到那片蓝天下自由地呼吸。我们还没找到什么可以满足我们的愿望，我们的需求，或是让我们实现真正想成就的事业。为了那一刻，我们破釜沉舟，改变了一切，为自己制定计划。在伯明翰的一两天里，我们不断地工作，并在酒店一间黑漆漆的房间里为沃克搭了一间暗室。我们从新政中获得一些补贴，沃克的职业对申请补贴更有帮助，我在塔特兰市也得到过一些共产党人的帮助。但我们很清楚，关于我们正在从事的事情很难对别人解释，而且这有可能让我们看起来像地方派来的间谍，所以我们尽可能作息正常的吃饭、睡觉、工作、通过走廊，看上去愚蠢又快乐。我们走在一个人口密集的城市里，城市拥有复杂的人口结构和令人惊叹的文化，我们可以在街上走好几个小时，没有压力，没有人跟随，用这双蓝色的眼睛秘密地观察整个城市。我们一边走，一边找可以聊天谈话的人，却又担心吓着他们，让他们跑得更远。这些可怜而孤独的人啊。我们吃掉房间里难吃的食物，喝点小酒，有时站在街上吃东西，有时靠着窗子，看大街上车子来来往往，尾气和煤烟的味道尤其难闻。女人们从窗子里探出头来的时候，男人们或许正在沙漠中绝望地寻找最后的食物和水源。这个残酷而伟大的城市留给我的印象不过如此，好像我十五岁那年刚刚去纽约的时候，那么稚嫩，那么无助。我在一个六月的黄昏走进金碧辉煌的时代广场，看大货车在普拉特河边的路灯下快速飞驰，一辆又一辆，我的内心充满喜悦，几乎要冲破喉咙。乡村环绕着城市，纽约如同一颗璀璨的明珠镶嵌在这片土地上。

但现在是周日的早晨，临近中午。我们坐在图维勒酒店的顶层，在我们身后是一块灰色的两层高的广告版，我们脚下可以看到一个女人正赤身裸体的在阳台上晾衣服，太阳很足，在阳光的炙烤下一切都被脱色成纯白，我们看不清街道上的东西。黑色和白色混杂着的烟雾落在这座城市的屋顶上，炽热的阳光烤的建筑物上的焦油滋滋作响，我们的风扇正有一搭没一搭地转折，给热得脱皮的底板带来一丝凉意。

终于找到沃克搭乘的那辆火车了，然后我们喝了一些兑温水的杜松子酒，读着西班牙报纸上有趣的文章。我决定刮掉胡子，换一件干净的衬衫。我们调试了收音机，能够收到教堂电台的音乐。我俩看着街道上炽热的阳光蒸腾着无影的烟，钟声滴答，如同一首美妙的赞美诗。我打算在晌午十分离开，但外面太热了，所以我们又聊了好一会儿。当我们走下楼梯之后，我先饱餐了一顿，然后再回去。

那是一个明亮的周日中午，这个这家商务酒店装了空调的咖啡厅里开着吸尘器，震耳欲聋。两个穿着礼拜服的中产阶级南方人和他们十来岁的女儿正在一个黑色的桌子旁吃东西，他们很少聊天。当他们说话时也是细声细气的，仿佛怕别人听到了会尴尬一样。他们如银铃作响的声音暴露在冷峻苍凉的空气中。服务员靠墙站着，衣服上有着柔和的阴影，阳光扫过她的妆容，看到一副面无表情却带着不安与克制的表情。或许是因为周日仍要上班，或许是因为这份讨厌的差事。我们吃了一大份昂贵的冷盘作为午餐，细嚼慢咽。对于弥补身体和心灵上的创伤来说，食物都是十分必要的。

一天二十四小时，一周七天，连续几个星期我都和另外一个人在一起。现在我独自一人，在这个明亮的日子里开着车子。压力超出了我的承受范围，在重压之下，我必须去认知它，感受它，才能体会到从未有过的快乐与救赎。我想着沃克可能在伯明翰度过的日日夜夜，这让我感到与他如影随形。高温与喜悦让我变得昏昏沉沉，如同泡了一个舒服的热水澡一样。我面前除了镜子之外什么都没有，一路坦途，我愉快地驾驶着汽车，开在狭窄的混凝土路上，旁边都是陡峭的坡。烟草和速度带来的乐感让我情绪激动。从乡间公路上驶过，我听到噪音，感到轮胎在发动机的驱动下迅速运转，而我又一首一首漫无目的地换着歌，却也乐在其中。我希望能记住这个地方，在这里我们找个妓女聊聊。但这并不让我特别期待，我感觉十分糟糕，感官逐渐变得迟钝。车子靠近加油站和午餐站，我的心思早就飞到前面去了。我把车子停下来，找到妓女，和她用方言聊了会儿，然后把她带到松木小屋的铁床上。太阳从窗户透进光来，窗棂的影子洒在地上，空气中弥漫着松木的味道，黄蜂嗡嗡作响。她的身体沉重，散发着酸味，汗津津的，弄得铁床吱嘎吱嘎的响着，如同海绵一样，让我丧失了兴趣。然后她变得巧妙，像蜜糖一般，轻声喘息。我们很快就结束了交易，然后我悄悄地看着她困倦的脸，那张脸却和我想象的有所不同。她侧躺着，像普利茅斯港泊着的船，举起厚实的大腿。她散掉头发，说着妓女特有的语言，将身体抵在窗边，活像一块奶酪。有时候艾斯特尔也会这样，我现在十分想念她。但这样的牺牲是不值得的，于是我打开了盖着薰衣草色灯罩的床头灯。我赶快回到车上，冲过她的店，然后一路向南开去。我沿着公路一直开到了切诺基市，然后才开始意识到我究竟做了什么啊。缓缓减速，刚才的一幕幕如同幻灯一样在脑海里闪过。我花了好几个小时在外面独自游荡，这样的状况持续了好几天。我想回到切诺基市，找个酒店住下。人直到意识到自己究竟喜欢哪个城镇之前都应该是保持积极态度的。但我知道我要去市中心，在路上却磨磨蹭蹭，一路摇晃，在身后拖出一条长长的橘色的影子。我想在酒店的房间里阅读和写作，哪怕有些酒也好啊。也想去牧场上看看，看看那些黑人的教堂里的集会。现在我在这里，比我想的还要早一些，老天爷大概早就预料到了一切并给了我一个解释的理由①，阳光照在市中心，沿着主大街一路延伸。表情狰狞的白色面孔正朝着我看，我希望上帝能让他们转过头去，但并没有。阳光向商业区移动，我开着车，慢慢地追阳光而去。

这和我预测的有所不同，我想的周末，至少是周日不是这样的。街区里没人，也没有车辆，只有两辆车子停在阳光里被烤得炽热，好像随时都能着起火来。这个街区没有树木，也没有低矮的房屋可以投下阴影保护地皮。所有的建筑物都暴露在阳光之中，地面龟裂，树木和街道都成了耀眼的白色。阳光晃得我赶紧闭上眼睛，街道中间的建筑物像石灰一样白，似乎一触就会变成粉末。一只小狗走在街上，它走得很慢，灼热的地面烫伤了它的小爪子。这一周的每天都这么热，镇上的人们像生活在一个巨大的玻璃罩子里，忍受着高温的煎熬。我减速，下车，刚一推开车门汗水就像泉水一样冒了出来。那个时候我才意识到在这样一个炎热的夏季周日跑来这个南方小镇是多么可怕的一件事。我太同情生活在这里的人们了，也同情这方圆几百英里跟我一同忍受煎熬的人和动物，甚至同情起树木和庄稼了。我们，所有的一切生命与非生命都扭曲在这白色而沉默的梦魇之中。空气中没有风，甚至连轻微的波动都没有。炙热的空气将土地反复煎烤，一切移动都毫无意义，没有方向，没有斗志，整个城市像个单细胞生物一样懒洋洋的趴着。太阳没有边缘，没有大小，仿佛一盏巨大的灯将这片土地扣在下面，刺伤人的眼睛。我所到之处尽是干裂的土地，空气中最后一丁点水分也被蒸干。

终于，有一阵风从我身边吹过，仿佛将我从炙热的玻璃罩子里拉回了现实。现实就是如此，玻璃罩子仿佛忽然破碎，我坠入一片深海之中，终于开始与这个城镇相互接受了。

我缓慢地驶过这寂静无声的街上，每小时五英里，看着主街两旁的

---

① 也正是这个理由让我这个北方佬陷入了窘境。

商铺和树荫投下的影子,走马观花。阴影,木屑,房屋中栖息的最后一个灵魂在炎热的周日午后沉沉地睡去,坠入永逝,再不苏醒。这些房子坐落在深绿的,斑驳的,枝杈遍地的草坪中,树木无精打采的立在院子里,扭曲着枝条,半睡不醒。门廊上没有人,草地上也空空荡荡,只有吊床在树中间无意识的轻摇。透过窗户可以看到屋子里用了二十多年或是四十多年的家具,阳光照在窗户上,反射出白灿灿的街景。没有我想象中穿着白色拖鞋、戴着白色帽子的黑人厨师在草坪上忙碌。或许她们早就走了吧,也或许她们在厨房的灶台旁正打着盹儿。沉默的时空如同沉海的船,引擎息止,船帆收起,绳索掉落,在热浪中缓缓沉没了。我躺在凉爽的灰色门廊里,伸个懒腰,一下子变回童年时那个可爱的孩子。在漫长寂静的空间中睡去,空气蜷伏在金色的兰花叶子上悄无声息。在梦中见到一张不成形的嘴,吐出语音不详的词汇。在梦里,摆脱了重力,在空间中不断扭曲。我还是一个十一岁的孩子,躺在地板上,感受到自己勃起了,而脑子中还想着如何解除世界饥饿的问题。鸟儿在窗外轻快地叫着,我呜咽着、挣扎着、捶着地板、大汗淋漓,想要把脑中关于性与欲望的念头赶出去。我想起了祖父,和他的老房子,也想起了住在那里的老家的亲戚。我永远不会承认自己给他们造成了伤害,如鲠在喉,想说也怕是说不出来。如果可以,我真希望自己从未出生。然后这一切缓缓的过去,就如它毫无预兆的出现。我又回到了市中心,漫无目的地游荡。路过一扇门又接着一扇门。走过一个院子又接着一个院子。在这个与我毫无感情的城市里度过一个绝望而酷热周日下午。如同烤箱一样的天气似乎惊醒了一些正在熟睡的人,有那么几个也走上街来,躲在树荫下,脚步缓慢地寻寻觅觅。他们像是纸片一样,在地面上划出刷刷的响声。在白色炽热的空气中,逐渐开始大声交谈。在这种天气里还是躺在床上更舒服,为什么要出来溜达呢?没什么可做的,没什么可说的,没什么可想的,无精打采,干什么都提不起劲儿来,谁也没力气来管别人的闲事。我知道几英里之外有个游泳池,女孩儿们光着漂亮的双腿,露着胸和胳膊,在粘热温暖的水里游泳。但我知道我不能去找她们,即使她们明朗轻快的笑声可以驱散周日死气沉沉的酷暑,改变南方的苦夏,我也不能跨越雷池半步。在伯明翰与周围其他城市中的一切都在炙烤之中,无处可逃。若是千百年后宇宙中只剩下太阳,地球在烈焰下爆炸扭曲,肿胀成一条明媚的光线,铺满地球的表面,留下无法磨灭的伤疤与病痛。但更糟糕的是,这还不是世界尽头,这是现在,当下,眼前的 1936 年的夏天。这是我们能存活的唯一的世界,属于上亿人的世界,也是那个拥有热到窒息的星期日的世界。就是这样一个世界,我们继续着自己的生活,也并未留下太多美好的回忆。

我去加夫尼的店里吃午餐。那里装了电风扇,相对凉快一些。在远处一个十八岁的男孩儿疯疯癫癫地躺着,没有起来和我打招呼,嘴里胡言乱语。病痛使人绝望,看到眼前真实的生命正在腐朽枯萎,这实在是件让人难过的事,愿他的而灵魂能得到解脱。他转过头看着我,眼神里充满敌意。我也毫不示弱地回瞪过他,可能因为彼此并不熟悉,这仿佛就像一场决斗,虽然我对自己的体格并没什么信心。过了一会儿加夫尼又开始和我说话,我瞥了那男孩一眼,心不在焉地闲聊了起来。番茄三明治上来了,我慢吞吞地吃着,然后又喝了三罐可乐,吸了三支烟。我看到墙上粘贴着的舞蹈广告,还有香烟罐头,糖果包装,以及镜子里那个无精打采的自己。我们聊天的语调并没有改变,我很高兴还能心平气和地聊天。我没什么可反驳他们的,我觉得他们说的都对,若是打起来了恐怕对我是不利的,那样我在这个镇上就再也找不到工作了。我起身买了两包香烟,然后回到炎热的户外去了。在明亮的光线里忽然闪过一丝阴影,我抬头看向天空,什么也没有改变,万里无云。忽然巨大的雷声从地平线上滚来,卷云携风,将光线绕成一团团银色的线。这没有用的,这是夏季太阳常用的把戏,一次又一次地欺骗人们的感情。天空开始变暗,黑得发紫,橄榄绿色的阴影落在地上,空气开始转凉。茶碗大的雨滴噼里啪啦的掉下，很快方圆几十里就湿透了，你听到雨点落在地上摔碎的声音，飞溅着蹦跳着跑到一边。太阳降得更低了，依然闪耀着，想要拨开蓝色肮脏的雨点露出头来。地面上蒸腾着灰尘的味道，我赶忙上了车，车子暴晒了一下午，里面的温度如同融化的奶油。我的汗水流进眼睛里，像快速爬满全身的小虫，在肚子上乱窜。我还没有发动车子，就发现自己已经动弹不得。我坐在那里着挡风玻璃上的白色灰尘消失，捏出香烟想要点燃，却发现已经被我的汗水浸湿了。此刻我真想有个姑娘和我在一起，但不是妓女，更不是我的熟人。我想要新认识一个女孩儿。这样在我们之间才能重新建立信心，重新理解彼此，才有无限探索的可能。她可能是个安静的姑娘，喜欢懒洋洋地、小声地聊天。我们不会激烈地争吵，我们喜欢在柔软凉爽的草坪上躺着，慢慢喝酒，和衣而眠，感受对方跳动的心与温热的爱恋，彼此慵懒地依靠着，倾诉着。我们相爱，我们沉浸在爱情的愉快中，哪怕不说话也不会觉得尴尬。我们的对话冷静又闲适，和她聊过之后会让人如沐春风。这个女孩儿穿着一件白色棉质连衣裙，她曼妙的身材在薄薄的衣物勾了下显得异常柔美。这个夏天热得不同往常，在我们周围的一切似乎都晒晕过去，数百万数千万的南方居民在暴晒中临近死亡。我的额头贴在她冰冷的喉咙上，她的衣服摩挲在我的脸颊，我感受到她的乳房与胳膊，忽然一下意识到我致命的弱点与这个世界无限的美好。我沉默地哭起来，女孩被我吓到了，显得惊慌失措。但我想没人能够理解我。秋天的时候，我们仍会在一个午后在这个商业街上闲逛，却或许再不会有烈日的午后这般温存了。

我将车子开上马德里路，感受着滚滚而来的热浪，大地依旧承受着煎熬，眼前尘土飞扬，在斜阳的尘雾中看到太阳偏向我的左侧，高温阵阵，我的脸颊和肩膀上像粘了湿乎乎的泥巴一样难受。我加速驶过这些熟悉的房子，门廊前零零星星站着几个人，他们抬头看了看我的汽车，然后又慢慢地转过头去，毫无意识地忙碌手头的事。渺小的生命在这混账世界里苟延残喘。我开始想念那个女孩儿。她那么好，那么妙，我想要得到她，想要拥抱她。我这一辈子写了太多文字，看了太多电影，但这都不是我想要的，但我却再没有机会改变这一切了。我是谁？我来自哪里？这些问题困扰着我，我甚至连喝一杯的心情都没有了，大概连死亡也诱惑不了我。我希望人生中没有人和我走得太近，也就不会因为我的存在而受到伤害。没有什么是真实存在的，也没有什么是想象出来的，没有什么是美的，也没有什么是我要关注的。生活在压力之下，还不如投向永恒的自由。我丝毫不在乎，现在我可以将脚放在油门上，然后加速，超过路上所有的车，冲进一片橡木林寻求永逝的降临。这样做造成的伤害恐怕更甚。或者我还是选择继续和她生活在一起，又或者离开她。我的父亲，我的祖父，我所遇到的所有的、超乎寻常的悲惨事情，卑贱的家庭和这城镇里数以百计的人们，没有一个活着自己理想的幸福生活，你不可能自由自在地生活又不妨碍到任何人。我并不是生来与上帝为敌的，我只是纳闷造物主为何要让我们活的如此憋屈。上帝创造的艺术与财富，又将我摆在这个世上。我以耶稣之名发问，我究竟是谁？你可以将艺术与爱情结合在一起，如果你认为这种辩证关系值得去改变的话，你一定要坚持自己的主张。做个有个性的人。但不要做个情绪化的人。所有人都一样。我很快驶过马德里路，开始观察周围的教堂。大约开了几英里之后我开始放慢脚步，走在山谷中看远方高高低低的小山。在我右侧是一座可爱的小农舍，门廊上的男人看了我一眼然后扭头回屋里去了。好吧，我希望下次能碰上友善点儿的人。这时候我特别想念古杰尔，还有他亲切的家人们。他有着黄色的眼睛，说起话来慢吞吞的，不紧不慢地讲着从农会听来的消息。他说话很直接，也很聪明，我多希望能像他学学。但我不知道他们现在住在哪里。我不想把今天留给瑞科特斯和伍兹，他们应该也不会知道我在哪里，这样他们三家人就不会因为我对友谊的偏袒而较劲。我觉得古杰尔与众不同，不知道他们是怎么看的。

我开上一条有灰色房子的路，很快上了第二座山，山顶光秃秃的。在那里我可以看到瑞科特斯的房子，我悄悄地开走了，却并没有很快，看路旁大片大片的棉花地，小心地抬起头看天公是不是要变脸了。

在驶过一片小树林之后，我看到了伍兹的房子，开出大概一百码，除了门廊上坐着的一个小孩儿之外什么人都没看见。

我不知道这是怎么一回事。不想见人，不想讲话，不想让任何人靠近。我就想静静地待一会儿。

地里是伍兹那些低矮干枯的棉花，还有玉米。我转了个弯，他的房子就消失不见了，在下一个转完后又再次出现了。在几百码之外是瑞科特斯的房子，门廊上东倒西歪的放着瓶瓶罐罐，落得满是灰尘。没人在那儿。我开得很慢很慢，仿佛是在试图找回以前的回忆。车子几乎停下的时候我猛地一踩油门，向平静的海岸开去。左手边的田里种着土豆，一群男孩女孩笑着跳着从田里跑上来，追赶着车子。“我一定会回来看你们的！”还有一群孩子挥着手向我告别。我也向他们摆摆手，踩住了刹车。他们迅速地跑过田地，靠在我的车窗上，用小手在我的车上摸来摸去。狗喘着粗气赶上小主人，盯着我们摇尾巴，看上去快活极了。(啊，神啊，我要拿这些孩子怎么办呢?)一时间我说不出话来，只好傻笑着望着他们。然后我和他们对上了眼睛，问：你们的爸爸在附近吗？他们说，没有哇，他不在，妈妈也不在，现在是帕拉李在看着他们，如果我需要的话可以把她找来。我告诉他们：不用了，多谢。我不想打扰任何人了，况且今天时候已经不早了。我只想问问他们的父亲是否在附近，这样我可以顺道问一下乔治·古杰尔先生现在住在哪儿。他们说，他住得不远，过个山就是，很容易找的。为了不走错路，我请他们告诉我怎么走。他们告诉我，沿着这条路一直走到山脚，转弯就看到一片树林，然后向右开，穿过棉花田，你就能看到一块空地，那里只有一幢房子，就是古杰尔的家了。我假装更困惑了，我问：那他们一家要怎么出来？有没有汽车可以到那里的？一个小女孩儿出现在车的另外一侧，她倚在玻璃窗上，笑盈盈地看着我。他们说，当然有啦，有卡车经过那边的高速公路，但已经很长时间没有车路过了，那边现在住了不少黑人。我谢过他们，请他们代我向父母问号，希望以后有机会能再见到他们。小女孩儿继续朝我笑着，胳膊伸进我的窗户来，友善地摆摆手。两个男孩儿正咧嘴笑着，像马儿一样在旁边嬉戏。忽然他们抬起头，看着远处走来的人大喊道："爸爸，爸爸！"然后跑过去拥抱他。

瑞科特斯从后面一瘸一拐地走过来，显然脚伤得很厉害。看到我们之后加快了脚步。我打开门，迈出一条腿，转过身对上他的眼睛，点头说了声您好。他老远就开始说话了，我们握了手，我告诉他刚刚是怎么遇见他的孩子的（忽然记起来，自己的这一系列动作真是幼稚的像个孩子，我把手从他的手里抽出来的时候，他以不可置信的眼神看着我，好像我不信任他似的）。瑞科特斯看着我，眨着眼睛，额头上光亮亮的。从他含着笑意的眼睛里看去，才发现毫无笑意，反而是恐惧。他说他跟我一道过去，那条路他已经走了无数次了。我不知道该怎么拒绝他，虽然不想让他跟着，但若是我拒绝了实在太不给他面子了。于是我就谢过他，然后打开了他那一边的门，掉过头，向孩子们挥手，重新开到公路上。他的妻子还在田里赤着脚忙活着，穿着黑色的礼拜日服。我把手放在帽子上，没有笑，缓缓地开动了车子。她看到我了，就报以浅浅的微笑，脸上再度露出恐惧的申请。我告诉瑞科特斯很抱歉让他的孩子们排队照相，实在是欠他太太一个解释，让他们那么晚才吃晚饭。他说她不会在意的，话里话外好像是"就算她在意也不会怎么样的"的感觉。我告诉他，我不能确定我们接下来的工作是什么，但我希望还能有机会回来看看大家。他说，随时欢迎，他们一直都在。然后他大笑起来，说，是的是的，我们一直都在，和上帝同在。然后笑得更大声了，一边指引我向右拐。他总是这样，笑嘻嘻的，从笑意中暗暗的观察我。这就是和瑞科特斯的相处模式。

如你所见，在这个繁忙的城市，想要事事满意几乎不可能。我们的需求和愿望往往只能顾得上一边，它们往往都是相互矛盾的，持续不断的努力可能会在一瞬间变得毫无意义。你感受到孤独、痛苦，感到耗尽心血做的工作都毫无意义。丧失了冷静，失去了希望，可能会以“艺术家”的方式倒在生活的血泊中。发疯似地弹钢琴，看电影，做爱，摄入酒精，好像要扼住命运的喉咙，四处寻找援助，却把自己弄得窒息。然后你发出颤抖、自责、断断续续的悲鸣，穷途末路，凄凉不已。仿佛是深陷围城，隔着高高的围墙，眺望遥远的灯光，孤独的酒吧，漆黑的夜晚，黎明破晓，坐在年久失修的铁轨上静静凝望天边，坐在锈迹斑驳的公园长椅上等待再一次日落。每个寂寞而温柔的人都带着悲伤睡去，月色如水倾斜下来，流淌在破旧的床上，流进冷掉的咖啡杯里。

这一切带给我的无非是可怕的挫折，让我在这条路上迷失了方向。我不知道自己为何而来，也不知道自己想去何处，我的头脑、血液与身体似乎已经不再属于自己了。我想要告诉你我很满意，很富足，很平和，摆脱了平庸与残缺的肉体，脱离世俗与繁琐的生活。好像重新回到干燥的伯明翰，在烈日酷暑中感受到喉咙的刺痛，然后你一次次的回来，感受有所不同，每一次都比前一次记忆更加深刻。两个“梦想”就要实现了，那些折磨了我整个青春期的幻想，像我在手腕上留下的咬痕，一个人静静品味着孤独的瞬间，轻轻地微笑起来，仿佛一切恐惧都不存在了，只剩下喜悦与欢乐。我握着那姑娘的手站起来，亲吻她，她身上的味道真好闻，她的声音真好听，我倾听着，和她一同走在路上。我聊着我喜欢的音乐，她夸我很有品位，我们在遥远的城市愉快地交谈着，从诗歌音乐到小众电影。我们之间心有灵犀，听不到脑中的杂音，不被周围世界的欢呼与悲伤而干扰。和她在一起，我能真切的感受到心脏的跳动，化作泪水流过脸颊，我们的年龄不同，她那么年轻，来自崭新的未来世界。而我却已经见过了太多从世界大战的战场上回来的穷苦士兵，大家说着不同的语言，以兄弟相称，生死与共。我也见过在内战中回来的士兵，来自一个国家，却反目成仇，看对方都是黑胡子、煤渣糊了眼睛，骂对方狭隘，仿佛完全不是同一个种族。我们的祖先在晚春穿过那条断壁残垣的街道，老人颤颤巍巍地来到沼泽，在此终于与彼此的灵魂相遇。在监狱营地上，我曾看过安德森威尔的照片，拍的是冬日里坚硬的泥土，关闭的栅栏，帐篷里熄灭的烟灰，地上脏兮兮的雪，骷髅一样的脚，关节，和绝望的眼睛。守卫正步走，停下，转身，正步走。南方的冬季有股特殊的气味，在这些俘虏的身上也能闻到。他们缓慢、敏感，面对暴行不能反抗，只好呜咽着哀求。他们的眼睛，言语都带着典型的南方口音。从这里向北一些，是大片大片的南方黏土地。坚硬却不适合建房子。土地被冻住了，一群勇士从积雪中穿过，一片洁白之中的黑色大军，他们英勇无畏，不断前行，一百里，一千里，面对危险也不会退缩。军队穿过雪原，我听到了胜利的欢呼。在星条旗下，我们终于能够回到温暖的家，拥抱我们亲爱的家人。士兵们和他们温暖的家构成了和谐的画面，白色的雪光，温柔的女人，蓬乱的头发，严肃的眼睛，他们为国家而生，却还从未享受过幸福与温暖的生活，等着他们的是性与白色柔软的床。可爱的孩子们，脱下黑色的衣服，那柔和的双眼的相机前显得如此稚嫩。他们受过太多苦难，有人哭着说，“我失去了我最好的朋友”，有人不得强颜欢笑：“我不能哭，我只能笑，只能笑”，欲哭无泪。我需要为自己的离题辩解几句，因为我正是为你写下这首歌，为此时，为此刻。在浩瀚而悲伤的土地上，我看到了你们，在这里安营扎寨。每个人都在装饰着自己空荡荡的家，一千万个孤独的灵魂。耐心，无知，又难以捉摸的心灵在这里被发现，被守护。对你的生活保持耐心，也许你不知道自己正像囚徒一样无尽地等待着黎明，你也听不见他们的声音，却知道在这个星球上有同样孤独的人们与你忍受着同一种情绪。面对危险的勇气，行军时的士气，过去的一切给你如阳光与氧气让你自由、快乐、健康、学识。这时你不再是孤独一人，自人类拥有文明以来，已有无数的人经过漫长的等待，他们度过无助的漫漫长夜，也对星空抱有幻想，亘古以来，无人例外。北域之冠正缓缓降临，在希望破灭无数次之后，对重拾梦想的希冀也早就成了希望的一种。但是毫无疑问，我们在自省中寻找到了真正的灵魂，也唯有此才能与同样纯净的灵魂相遇。无数次的际遇已证明了这一点。

对于口渴难耐的人来说，没有比天降甘露更高兴的事了。没有一丝丝预告，天空变得阴沉，像他敞开胸怀。雨水落在地面上，也落在天堂里。他站在大地上，看着奔流的河水，回过头看到小麦上的方滚滚而动的天空，雨越下越大，仿佛欢呼声响彻寰宇。万物都齐声鼓掌，在上帝面前所有的灵魂都发出了简单而欢快的旋律。正如我所看到的，贝多芬通过托斯卡尼尼传达了他的全部感情一样(此曲只应天上有，人间哪得几回闻)。紧接着是一阵寂静，不同于沉默无声，这是一种无声胜有声的神秘，充满野性。另一种渴望从树林中蔓延而出，诉说着一个凌冽、干净、生机勃勃的春日，水面解冻，溪水潺潺。我仰起头吸吮着雨露，感到一阵清爽。在这里我看到淹没的石头，残枝败叶，灰色的羽毛，密密麻麻地铺成了树林的地毯。我拾起一根羽毛，我要好好珍惜它。我的心里升起一股暖流，温柔的流淌着，顺着我的脊椎节节攀升，仿佛直达宇宙星辰。泉水缓缓地流淌，干净的花朵在旁边绽放。人类能够欣赏它的美，于是将它们从森林移到花房，铺平土壤，浇灌雨露。在我祖父的农场就有这样一间房子，里面潮湿阴冷，却有着黄油般暖人的味道。春天的时候，小屋里堆放着无盐黄油，牛奶和乳制品。我关上门，仍能感受到外面的阳光。屋里也有一盏羊皮灯，春天就这样倾泻而下，地板上有些许碎叶子，灰尘如雪飘荡在空气中。房子下面有湿漉漉的石头，我弯下腰发现有几块正看着我。我伸手去抓，它们忽然动了，原来是黑翡翠色的牛蛙，它们的喉咙不断抽搐，仿佛在愤怒地抗议我的无礼。

赞美歌

我和瑞科特斯一路闲聊着，耳边的风声很大，车子摇摇晃晃地行驶在棉花田间的小路上，车后烟尘滚滚。土路上崎岖不平，车子不时碾上石子,颠簸得很厉害。在这样的路上开车很困难,我要特别小心,灵活地摆动方向盘,调整方向,像歪歪扭扭的乐谱一样。一路上净是泥土,石块,碎片,枝条和严重的积水。挡风玻璃已经一片雾蒙蒙,车子的左侧刮过些许石子,敲到玻璃上,卷进轮胎里,擦得火光四溅。我们在沉默中开过一个又一个的陡坡,穿过一条又一条的岔道(薄薄的灰尘在路上闪闪发光)。我们驶过一片玉米地,橄榄色的叶子油绿得发亮,叶子很高,风吹过的时候噼啪作响。土地是浅黄色和红色的,那是大地的色泽。西瓜大得像小猪一样,长着灰色的条纹。花生长得矮矮的,一簇一簇的,要用工具才能挖出来。然后我们驶入树林之中,沙土又变成了黏土。上坡,下坡,再上坡,远处的泥土在光线下显得颜色鲜亮。我看到了一座房子,这是你的圣屋,乔治,风雨袭来,像魔法中的烟雾一样沉沉地压下来,植物战栗着望向天空,颤抖着迎接暴风雨。房子在风中嘎吱作响,门口挂着一条火腿。风忽然停了下来,仿佛断了电那样,毫无预兆的停住了。暴风雨就要结束了。风声又响起,如同管风琴一般低沉,猛烈地吹过农场,植物东倒西歪,根本直不起身来,连一丝悲鸣都发不出来。气温、气味、声音仿佛都由一双大手操纵着,导演了一出暴风雨来袭的戏码。空气中的味道热腾腾的,紧接着一股冷涩的味道让人打了个寒颤。电闪雷鸣,远处的天空轰隆巨响。紧接着一阵骇人的沉默,雨水急促地落了下来,如雾幕一般垂在大地上。我们迅速穿过院子,冷空气包围在我们四周,草地上腾起灰色的雾,从屋子后面的树林中席卷而来,与我们撞了个正着。车子停下来,我们开门的时候感受到一阵狂风,衣服像是灌满了水,裤腿里塞满了铅块,动弹不得。我俩躲到门廊上,只听得见暴风雨在嘶吼,几乎听不清瑞科特斯说了些什么。他提高嗓门,大声对我讲话。我们站在那里,观察着远处的田野,雾蒙蒙的一篇看不清楚。树木一棵接一棵的倒下,从肩膀处断裂,将骨头摔得粉碎。我听到一声声的呻吟,听到暴风雨鞭笞它们身体时的暴虐,听到四肢粉碎时的哭得撕心裂肺。满地的残肢断体被风吹散,枝叶零落成泥,随着河水奔腾，我们也必须拉住门廊才能站稳。乔治从屋里走出来，看是谁在外面。他看到了我们，并没有特别兴奋，也没有感到紧张。他看到我只是有些惊讶罢了，我们握了手，雨水顺着胳膊留下来。他邀请我们回到屋里，这可能不太妥当，但出于礼貌和外面的暴雨，我们和他一起进了屋。我们来到客厅(对面是一大堆被霜打了的麦子)，然后他快速进去厨房拿了一盏灯，然后敲了敲对面的门。门开了，里面却没人，我们赶快跟他进去。房间里黑乎乎的，死气沉沉，我知道屋里有人，只不过我还没看到而已。屋里的两面墙上装了百叶窗，天花板缺了一块，雨水哗啦哗啦的从那个窟窿里流进屋子。即使在地上没水的地方也是湿漉漉的。我环顾四周，乔治找出一把壁炉旁的椅子坐下。我看到床上有一个女人和孩子，沉默不语地看着我们，小心翼翼地不让我们注意到他们。乔治正在划火柴，火柴头亮了一下，又熄灭了。他点燃了另外一根，还是熄灭了。他捧着湿乎乎的火柴不停地尝试着，终于点燃了一根，将火焰拢在手心里，明亮的火焰吐出黑色的烟雾，徐徐上升。他将烟囱清理好，将火种放到壁炉里，接着四周就变得明亮起来了。光线照在墙上，我看到家具、铁床、女人和孩子的身体、还有他们强装平静的脸上所隐藏的惊恐。

木柴的火光照得墙体发白，和白色的火柴交相呼应。壁炉里是烟灰和黑炭，水落在中间发出滋滋的响声，烟囱里的黑灰和石块也被照得发亮。地板上撒着柔软的沙石，我坐的核桃木椅子有一条腿正立在沙子中。地板很漂亮，是松木做的，每一块木板大约都是一英尺宽。我周围都是木头的，木板被水洗成了白色，露出憔悴的神色。木板也是松木的，材质柔软，做成很宽的条状，有一些已经裂开了。我们刚刚进来的那扇门是用松木板垂直钉起来的。门上有一个很厚的木按钮闩锁，边缘已经有刀修饰过了，由十二颗钉子钉在门上。实心墙和木顶之间形成了一个圆形的阴影(后来我看到大部分木头都是用锯子锯成了拱形)。床脚是铁的，黑乎乎的，漆皮应脱落了。摸上去湿乎乎的。有几根锈了的铁棍已经弯了，像是一个不堪重负的人。台灯放在壁炉旁边的一张小桌子上，桌子上铺着一块面粉袋，依然能看到印刷的字样，最便宜的蓝色和红色线略有一些闪闪发光，但针脚还没有完成。床上铺着白色的床单，但已经洗得很旧了。这是另一种白，至少在锈迹斑斑的床上显得很白。在我的脚和乔治的脚之间，是地板的一条分界线，构成了一条凹槽，我们可以看到雨水正像溪流一样流过这条缝。在乔治身后有很大的雨声，雨水打在屋外的声音好像有人在气势汹汹地撞门。黑暗中，森林的溪流与暴风戏谑的笑声融为一体。在台灯的光线里我看到门外倾泻而下的雨水正顺着木地板流出去。我膝盖右边的水桶正在一点一点的收集漏下来的雨水，可我却不小心把它弄坏了。慌张之后我试图不要动，用影子把它挡住，这样别人就不会注意到我做了傻事。我看到乔治正穿着的他的工作靴，踩在地板上嘎吱直响。我看着他的眼睛，但他却没有看我，似乎正在焦虑不安的等待什么，可能是被不期而至的雷声吓坏了吧。看着那些黑暗里的孩子们，朱尼尔坐在底板上，他正努力的用牙齿啃自己的拇指指甲，时不时抬头看看我。路易斯坐在床的附近，离我不远，她倚在一把山核桃木椅背上，抱着一个小婴儿在怀里，看着我。伯特坐在床上，他蜷着身子，抱着腿，他的身体靠着母亲，脸靠着母亲的腰，无声地哭泣着，用前额一下一下地撞母亲的腰，嚼着她的裙子。你，安妮·梅，是乔治的妻子，我是第一次注意到，当我第一次进入这个房间的时候你躲在黑影中。当我们坐在这里的时候你已经给我留下了深深的印象。你没有说话，更没有抬头看我们，你将额头抵进臂弯里，双手捂住耳朵，眼睛紧紧闭上，身体缩成一团，真叫人心疼。你一直保持着这个姿势，脊椎一节一节的，隔着衣服也看得清晰。你的手指扣在脑后，不住地发抖，前额埋在白色的衣服里，随着每一声雷鸣巨响而颤动。乔治也很害怕，却羞于表现出来自己的恐惧。为了家人，他只好强装镇定，让自己显得很勇敢。每个人对付恐惧的方式都不一样，有人会抱头缩成一团，有的人则喋喋不休。像瑞科特斯，他害怕的时候反而话最多，他觉得在恐怖中保持沉默更让他难以接受。他打破了沉默，不停地大声说话，开着各种玩笑，虽然乔治一点反应都没有，但也好过毫无声音。在这时我除了附和几句："是的"、"对"之外，大概就是一笑了之了吧。他还嘲笑安妮·梅可怜兮兮的缩成一团，好像被魔鬼附身了似的。"哈哈哈"，他大笑起来。乔治只能解释说她特别害怕打闪和打雷。路易斯紧紧抓住她的胳膊，像个小孩子一样看着我。过了一会儿瑞科特斯又说了一遍："哎哟，安妮·梅，至于这么害怕吗？有鬼怪追你吗？"说完自己也打了个寒颤。没人回答他，哦是吧，我看瑞科特斯自己才是鬼上身。怎么能去嘲笑一个害怕打雷的女人呢？他又开始嘀嘀咕咕的了。门口的风依然喧嚣，和雨水一起呜咽。大雨似乎没有停的意思，屋子里忽然陷入一种奇怪的沉默。过了一会儿乔治忽然说：谁有烟？于是我拿出烟盒，递给他们一人一支。瑞科特斯起先是拒绝的，他一直向壁炉里吐口水，然后瘫坐在椅子里，之后好像忽然意识到这不是自己家就立刻恢复了坐像。像以前一样，乔治拿了一根，向我表示了感谢。我后来才想起来到他更喜欢机器生产的烟而不是自己手卷的。他不喜欢手卷烟其实是因为价格贵一些吧，如果要是能负担得起的话他可能也会用手卷烟。在我和路易斯之间，我们彼此心照不宣的关系正在酝酿。像我刚才说的那样，她坐在椅子上，沉默、谨慎、像个小孩子一样。她看上去不比我惊恐，在暴风雨里她就这样默默地看着我，眼里和嘴角都没有笑意。我很快意识到，自从我们进了房间之后，她一直没有把注意力从我身上挪开过，所以我的注意力也自然而然地被他们吸引了。他们注意到我的身体在颤抖，太阳穴一跳一跳的，虽然我之前已经见过他们了，但每一次长时间注视他们我就会恐慌、发抖，我不知道她看我的时候是否会这样。我和她的眼神不可避免的连上了线，我朝她微笑了一下，然后静静地什么都没有说，但只要看她一眼，眼神中的一切不言而喻。我知道她已经看懂了一切，知道我也无法给她一个满意的答案。我能感到她心灵上的渐行渐远，总觉得她不可捉摸，我希望她还能对我有些许尊敬。我们之间是友爱与爱的交互，还有一些远胜于这些的东西。就算没有微笑，没有眼里的笑意，我们依然心心相通。认清这一点之后，我尽力保持冷静，感受我能从她那里感受到的一切。不知用什么样的语言才能够表达我的感受，搜肠刮肚，绞尽脑汁，我就在她的面前却什么也说不出。在我们之间有着奇妙的联系，能将我完全控制住，我如同刚从战场上回来的人，步履蹒跚，然而在她面前我却仿佛获得了新生。我感受到了一个新的世界，不停地看着她，但她却那么冰冷，面无表情。我想要保护她，却觉得自己不够资格。她似乎不再恐惧，而是以非凡的宁静与旁观者的角度看着我，仿佛一切的爱与恨，好奇与倦怠都包含其中了。她的眼神逐渐放松，然后慢慢地、尊贵地垂下眼睛看着自己的胸口。从她的手腕到眼睑，我依然目不转睛地看着她。一会儿之后，她再次抬起眼睛，脸庞变得柔软羞涩，然而眼神还如刚刚一般锐利。这一次是我做出了改变，变得温暖柔和。仿佛是想要告诉她，神啊，如果我对你造成了任何伤害，如果我做出了任何有所冒犯的举动，如果我触碰到你心灵中的秘密角落，请你原谅我，请一定要原谅我，但你千万不要害怕我。我不会伤害你，也无意冒犯你，无论如何我都不会站在你的对立面上。请你看着我的眼睛，无论是是否原谅我，无论是炙热还是冰冷的眼神，懂还是不懂我，都没有关系。这就是我本来的模样。

每隔几分钟，乔治就会站起来，将门打开一英寸左右探出头去看看。在我看来这就像一副剪影画一样。在走廊尽头，雨水和泥混在一起，几乎淹到了家门口。到处都是湿漉漉的，对面的墙、厨房、厨房下的烂叶子、院子里的泥土。大雨倾盆，地面上的一切都不能幸免。鸡舍、花园都遭了殃，花园的土和植被被冲走，连树木都抵挡不住大水的凶猛。雨水沿着土地移动，撞到树木上发出巨大的响声，如同海浪一般。雨声和雷声混在一起，更让人觉得自然可畏。雷声逐渐从长长的呼啸变成短暂的喘息，下了很长一段时间，雨也渐渐小了一些。雨水落在地面的植物上，溅起的水花如同薄雾一般，院子里正电闪雷鸣地绘制一幅水墨画。雷声一直咆哮着奔向西方，乌云密布，但云也只剩下薄薄一层了。闪电在云层里奔腾，雨声如千军万马呼啸而过，在这一切之中我看到的却是路易斯在烛光中略显陌生的脸。伯特已经睡着了，睡眠中的他是那样的放松。瑞科斯特又开始喋喋不休。我们还坐在这里，这时，安妮·梅将双手从耳朵处放了下来，慢慢地抬起了美丽的脸庞，眼睛周围是一条条泪痕，匆匆看了我们一眼，什么也没说。几分钟之后她靠在女儿的胳膊上（她一直坐得很直），问道：小宝宝怎么样了？啊，她恢复过来第一件事就是照顾最小的孩子。路易斯当然明白这一点，于是把婴儿交给了她，她抱着孩子，让他靠在自己怀里，温柔的抚摸着他的小脸。他睡着了，睡得很熟，刚交到她手里时他醒了一下，哭了几声，然后就开始咯咯地笑起来。她看孩子的眼神那么温柔，这时她转过身，拨开衣服开始给孩子喂奶了。忽的一下，百叶窗被吹开了，将台灯掀翻在地上。房间里顿时充斥着一股清凉的空气，像重新换了肺似的。雨水、木材的霉味，猪肉、床上用品、煤油的味道混合在一起，和新鲜空气一同吸入我们的肺中。我们看不清彼此，只能在大风中瞎摸索，这似乎不再是我熟悉的那个地方了。我们仿佛失了声，也动弹不得。我们从窗上、地板上爬起来，冲出屋外看看雨是怎么把房子给毁了的。根据复杂的社会习俗，我们还没有介绍彼此。但就在这个时候谁也顾不上这些了。对彼此只能尽量表现出小心和友善。他们对我说，别担心。我看到他们真的很小心，这让我感到很疑惑，我也是他们中的一员呀。

我刚刚说“百叶窗被吹开了”，但其实这句话我想从另外一个角度来说，因为在这件事发生的时候我是不能对它进行定义的。至少在那一瞬间我不知道是被吹开的还是被雷震开的。但在这件事发生之后我就能有一个判断。我们应该带着冷静客观的角度去看问题，而不是引用没用的长篇大论。所以我希望我只能“描述”我所能“描述”的内容，如果是这样的话事情就不会那么糟。

房间是封闭的，里面充满了发霉的味道。门打开的时候光照了进来，照到了房子的一端。这个时候，清新和霉味混合着的空气里，我才能将每个人的面孔看清楚。气味和光线都产生了变化，我们似乎变得更为宽广，更能够意识到彼此。在暴风雨中，我们这些平凡的自我主义者都是带着旺盛的好奇心来观察周围的环境与周围的人的。我们在暴风雨中获得治愈，自由的空气本身也带来快乐。如同欢快的鸟儿在谷场上欢歌，它们总要振翅飞向黎明。墙壁上的百叶窗都被打开了，房间中一下子变得亮堂堂的。每件家具都在阳光中闪耀着，仿佛挣脱了苦涩的桎梏，终于拥有了自己的人格。它们好像也可以闲庭信步，有的机灵地眨眨眼睛，有的尴尬地坐在地板上。这些当然是背着我们的，它们怯生生的互相观察着，在我们开门的一瞬间它们赶忙奔回到自己原来的位置上。这个房间里的一切都奇怪得那么自然。这里有太多秘密，在没人注意的时间和角落里正悄悄地发生。有人在的时候，它们假装一切正常，而没人看的时候它们就欢腾起来，睁着方形的眼睛，环视着这个乡村的四周，看雨水淅沥沥地落下。

这里的音乐更加欢快，比我能记下来的有趣多了。我只能说说我还记得的。在这个房间十分有个性，仿佛住着一群小精灵，有着属于自己的技艺和灵感。仿佛是轮布兰特的画一样，光线是金铜色的，镀在每一株植物身上，留下一个洁净又古朴的坚硬。铁木床没有阴影，它紧紧的靠在墙边。还有那把已经脱了漆的椅子，还有一根没敲进去的钉子露在外面。我在星期天的傍晚拜访了一户佃农的家。这样的家庭在南方随处可见，他们的生活也平淡无奇，遇见的人也都普普通通。他们生活的目标和意义在我们看来都无法理解，而甚至都没人愿意去替他们解释一番。正如暴风雨过境之后，人们不再害怕，开始恢复工作。每个人都忙忙碌碌，即使有什么事也只能心照不宣，新一轮的沉默又开始了。我希望我还能记得之前聊天时所说的，但是只可惜，无论是我们交谈的方式、形式还是内容，我都不记得了。稍稍替我的采访对象解释一下。或许这并不是很难相信,但确实如此,无论是瑞科斯特还是我都没有和古杰尔夫人聊过太多,她也没有和我们说过什么话。但就这样我就把她也算进采访对象里,不知道是不是合适,但我还是觉得她也是我研究的人物中的一个吧。她现在还能稍微说上两句,她说她很害怕暴风雨,但她没有为自己的举动道歉,而且言语之中也毫无幽默感可言。她说话的方式近乎平铺直叙,措辞礼貌,却毫无亲近感,似乎只是想简单给我解释一下而已。我总觉得她的行为很奇怪,但不想让自己的好奇表现出来。于是我就和她的两个年长的孩子聊天,这样就不会显得不自然了。他们有些奇怪为什么我去找他们聊天,但很快就愉快的融入了谈话的内容。古杰尔太太总是谦虚谨慎,刻意保持着距离。作为一个妻子,一个女人,在这里可不是她用来提问"我是谁、我为何在此"和思考人生的地方,这里是男人们的底盘,她只能坐在这儿静静地看着。但我却能感觉得到,孩子们的眼睛一直在围着我转。有些事情一旦说出来就变得不同了,但是世界上的事却唯有说出来才能让人家明白,可语言的表述却总是有偏差。我总是想试图寻找最合适的方法来表述自己的心情,也对迷惑的一切感到好奇,我希望变得友好,也很尊敬他们,但可能出于我的无知,生活中总会遇到太多的恐惧和无力感,让我不知所措。

院子里的土壤已经完全没了形状,留下的只有雨水冲刷的痕迹,看上去像一张意图不明的地图。母鸡从鸡舍跑出来,四处跑动,钻进屋子下面,惊恐地咕咕叫着,努力想把羽毛上的水扑腾干净。猪在泥巴地里拱来拱去,牛则在木栏边上哼哧,我撇过头,正看到她仰着头哞哞叫。在棉花地外缘,三棵桃树之一被折断了一半。我们看到枝条横七竖八地倒在地上,桃子滚了一地,沉甸甸的。树上还挂着几十个桃子,可怜兮兮地在树枝上晃悠。我们拿了桶来捡桃子,古杰尔夫人和孩子们把负责把能吃的和不能吃的分开,能吃的就留起来晾干,不能吃的就拿去喂猪。古杰尔看我穿着礼拜日的鞋子,担心我弄上泥巴,叫我不要下地，免得把衣服和鞋子都弄脏了。

我们捡桃子的时候看到天边一轮日光逐渐显现，被暴风雨隐没在乌云后的太阳终于回到了地平线上。这是怎样的喜悦！我们充满了希望，感到周身暖洋洋的，心里敞亮极了。每一条树枝和叶子在阳光下尽情的闪耀，这时候的天气可爱极了，仿佛经历了漫长而残酷的挑战后终于雨过天晴，我身上有一股力量正盘旋而生，我感到自己充满了干劲。虽然我并没有因这种喜悦而哭泣，但当我们站在门廊前聊天的时候，我们审视着周围美好的环境，乔治一遍又一遍地说，看啊，我们这个乡村多么美妙，这真是个好时候，这真是个好时候。仿佛是对他起到的呼应，天降大雨也是对久旱的告慰。雨终于落下，漫山遍野，掀翻了树木和房屋，我们看着雨后缓缓蒸腾而起的水雾将村庄笼罩在一片圣洁的白纱之下。

他邀请我留下来吃晚饭并过夜。饭菜很简单，却很可口，但我并不想留下来过夜。每一次他邀请我的时候我都有强烈的愿望想要留下，但却为此感到很难为情，于是我谢过他，对他说还是算了吧。我知道这可能会让他有什么误解，或者造成伤害，但我只能这样说。一步错，步步错，若是真的伤害到了他们，我真该下地狱了。无论如何，我礼貌地和他们道别，我对他们说，真想再次见到你们。瑞科特斯和我一起上了车，我们开在泥泞的路上，眼前的庭院稍纵即逝，再也找不回踪影。

（我开车载瑞科特斯回家，开到高速公路上的时候看到一条岔路，据说那条路也也可以直通古杰尔家。）

第三

第二次赞美

瑞科特斯一直在向我炫耀那些我绝不敢在泥地上施展的驾驶技巧，我开车一向谨慎，连头都不敢回一下。天色向晚，我凭着记忆里的地图在黑暗中摸索着回去的路。绝大部分时间，我的双手都紧紧握着方向盘，车尽可能在二档上缓慢行进，我知道这比不上漂移和开快车豪爽，但我也只能小心翼翼的开，不快不慢，尽量按自己的速度前进。我们附近的大部分地方都是黏糊糊的，毋庸置疑，这样的路非常难走。简直无法控制住刹车和油门，无论是方向盘往哪里转，车子好像都不听使唤。所以在这种时候最好的办法就是缓慢前行，控制速度。在泥地里开车和在雪地里开车不一样，这两种情况差别很大，但都需要十分专业的技术和对环境极强的适应能力。开车的时候，你就是车子的指挥，你要训练用大脑来驱动车子，而不是简单的扭转方向盘。唯有经过认真且大量的训练才能达到这种程度。你的感官通过汽车的周身来表达，你也能感觉到四只轮子着地，如同指尖在地面上的触感。通过意志力来感受汽车，决不能粗暴地踩下刹车油门。然而有趣的是，我真的凭借意志力和意念开了这两英里的路，这一点上我还颇为自豪。但一路都在后悔没有应承古杰尔的热情邀请，而是想了个理由跑掉了。所以每当我开着车忍受着路面的折磨时，我都会想起这种近乎愉悦的羞愧。这样一来，左右轮子所面对的艰难也都不再艰难了。我不知道何时，也不知道怎样来完成自己认为正确的事。所以总是躲躲闪闪，如同在泥泞的道路上一样举步维艰，不知怎样才能逃出困境。但我却必须承认，这一段经历让我愉快，让我尽可能体会到了喜悦的感觉。我开着车子，艰难地上坡，发动机嗡嗡作响空转了将近一分钟，我努力保持着耐心，让自己别显得那么垂头丧气。然后又重新鼓起劲儿来踩下油门，用尽力气、想尽办法让车子再往上一些。可是我越挣扎，车轮在泥地里陷得越深，最后我只能关掉发动机，将灯熄灭，点了一根烟，坐在驾驶位上看着乡村和天空，听到发动机冷却后滴滴答答的响声。

日光逐渐沉落，村野间的一切都黯淡下去。冷空气中闪烁着玛瑙一般蓝褐色的光。我在一个完全静止的世界中凝固了。所有的物件都静止了。来自淤泥、土地、与黑夜的味道沉甸甸的落在了我的身上。我感到在此时此地矗立于天地之间，而不是在车子之中。我或许真的要走过这片泥泞，才能走回到人类文明的平衡之中。土壤中长出一排排的植物，它们的茎叶与根部都是极佳的肥料。人们的生存依赖于它们，而它们也依赖于人类的照顾才能生长。家庭、工作和生活都是如此，正如我眼前点点星光与万家灯火。每一棵树都有自己存在的意义，它们是特殊的，有灵性的。它们站在大地之上，守护着祖先的血脉。在无尽的时间长河中选择了无言的等待。它们如同被困在地上的人，和我曾去参观的监狱略微相似，都是在无尽的等待中沉浸于黑暗之中再不醒来。

我脱下鞋子，换上运动鞋（这个动作没什么意义，我也不知道自己为什么这样做），然后把裤子拉上膝盖，又拿出一包香烟，两支铅笔，一个小记事本，将车窗摇下来，然后把车子锁好。看到车轮深陷在泥潭中，我也毫无办法，只能一个人顺着路走下去，不时回头看看陷在泥里的车子，仿佛是在审视自己刚刚拍下的一张照片。前车灯无助的一闪一闪，保险杠也被抬起来了。我开始感到很滑稽，好像是遇到了新鲜事一样，一个新手经销商，一个乡下的营养师，还是《财富》杂志的编辑写了一篇关于新共和国的文章？我笑起来，也感到很惊讶，在大自然面前我们是多么无力，多么渺小。于是也不禁怀疑起来，我现在究竟在哪里，究竟想做什么？我一直在走路，胸腔内的心脏一直在希冀与跳动，虽然并不是很需要，但我还是不停地看路标（因为我这条路上岔道很多，我还是会担心弄错了方向），然后满怀感激的加快脚步，深一脚浅一脚地走着，感受着这其中的意义。我对即将到来的意义感到羞涩，就好像我刚刚拥有过它们一样。它们在前面默默地等着我，安静而平和地守护着我，也同时防范着我。它们手无寸铁，列队整齐，我必须谦虚、谨慎、满怀敬意、绝不以廉价的态度踏上这片土地。在这里我毫无权利，也没资格获得任何权利，所以我只能为此而书写，为我自己而书写。我一直在走着，走过砾石坑皱皱巴巴的边缘，走过两间黑人的房子的中间，走过许许多多的树林。我在黑暗之中行走，从树荫下走过，树根和石头粘了我一脚的泥，深深浅浅的水洼让我的鞋子湿透。我看着大片大片的玉米地，从我的左侧齐刷刷地倒下来。而在我的右侧，雨打树林沙沙作响，千万亿片树叶在暴风雨后稍事喘息，在枝头发出巨大的轰鸣。它们或许在思考，思考如何度过今晚。地面湿漉漉的，泉水还在汩汩直流，黑暗的空气中是潮湿的味道，而这种味道如此丰富新鲜，比女人身上的味道还要好闻。走路时浑身都是汗，又很快涝干了，衣服内外全是潮的。我就这样摸黑地走在山谷间，想劈开一道浪花，房子与田地都漂浮在上面。山坳里我悄悄摸摸地走着，忽然意识到，我已经走了近一半路了。其实刚刚有想过是不是已经走了一半，现在才完全确认这个事实。天已经完全的黑了，这时候应该已经吃完晚饭，上床休息，结束辛劳的一天了。如果我现在去打扰人家，恐怕会造成困扰吧。慢慢地，慢慢地，我走回去三分之二，打算在车里过夜，或者干脆找个清净的院子，安安静静的住下。我站在院子中央环视四周，周围漆黑一片，没有一点灯光。独自一人站在那里，黑暗包围着我，寂静包围着我。安静地站了一会儿，院子里的风越来越大，我感到一阵寒冷，从脚底升上一股凉气，穿过身体，直达头顶。手像一片枯萎的叶子一样，捧着从胸口溢出的苦水，心里依然苦闷。我还没有走，在这里如同钉在地上一样移动不了分毫，这实在太难堪了，我只是在做无谓的挣扎。我无法向前一步，也无法预知什么事即将发生，车子的轮胎还陷在泥里。我在等待，在怀疑，因充满欲望而感到羞愧。我仿佛被困在真空中，在六面环墙的空地上等待着一个声音，我听到了自己的呼吸，听到自己的心跳，我必须要和谁说说话！就在这时门廊上的木头发出吱嘎一声巨响，然后冲出一条狗朝我狂吠不止。然后就没有声音了。我知道它大概是被我激怒了，觉得我肯定是做错了什么。于是我后退一步，希望让它赶紧安静下来，同时也希望它能让我握着爪子说会儿话。它还在不断后退，因害怕而发出恐吓的咆哮声。我想还是算了吧，我还是赶快走吧。当我走出一段黑影之后前面忽然有人把我拦住了，我听到古杰尔的声音问道："是谁在那儿？想找麻烦吗！"我应了声，然后才从阴影处走出来，我告诉他我是谁，发生了什么，以及为什么我在这儿。我一边说一边朝他走过去。真的很抱歉我打扰到他们，但他大概不觉得有什么问题。我和他一起离开的时候他跟我说，刚才还以为是个黑鬼在那儿。

我走上门廊，十分惭愧地又重复了一遍很抱歉打扰了他们。“没事儿”，他们正要上床睡觉呢，虽然大家都不困。他把披在外面的罩子拉了拉，里面什么也没穿，还光着脚。在黑暗中我悄悄撇过头观察了他一会儿。在他的声音和眼睛里依然流露出恐惧的神情。我知道这不是因为我的缘故，但很可能是因为他把我当成的那个黑鬼。他情绪变化总是慢半拍，一般都是事情先发生了，然后他才感到害怕，等他害怕的时候事情多半都已经结束了。现在的他看起来只是个疲惫的父亲，半个有点害怕的陌生人，并没有什么不妥。人们之间彼此尊重，彼此照顾，这没有什么可喜出望外或者大惊小怪的，其中一种尊重就是不去好奇他人的私生活。所以说，他的话语里没有任何虚情假意，也没有冷淡，大大方方的让我进屋来，他为我准备好床铺告诉我可以睡了，然后他又加了一句，最好先吃点晚饭吧。我真的是饿坏了，但我也极力忍住了，最后还是对着面包和牛奶妥协了。“实在太麻烦你们了”“没事的，不吃晚饭睡不着的，你再等两分钟就好”。然后他把头靠在卧室门口，和他妻子说话，并为她点亮了灯。过了一会儿，我听到她的呼吸声和疲惫的脚步声。她赤着脚走出来，举着灯，刚刚睡得好像个孩子。我感到很抱歉把她吵醒了，值得怯生生地和她打了个招呼：你好，古杰尔太太。我多想告诉她我真的非常抱歉给她添了那么多麻烦。但我只是小声说了一句，“我不用吃很多东西……您告诉我面包在哪里就好了”，我是多么讨厌给别人添麻烦啊。但她只是从我面前走过去，盯着我看了一会儿，垂下眼帘，“不麻烦”，告诉我不用太担心了，然后就走进了厨房。我还没反应过来，古杰尔也跟着进了厨房，并和她一起围在灶台旁边生火做饭。他帮她打打下手。她生好了火，热了饼干，将黄油、黑莓酱和牛奶递给我，又帮我热了豆子、猪肉，还煎了四个鸡蛋，然后她走桌子的一角坐下，托着头，睁着眼睛，看我把食物全部吃完。其间只说了一句："只有这样简陋的食物了，请您千万见谅。"我告诉她不是这样的，一边狼吞虎咽，这顿饭简直好极了。我喜欢吃这里的鸡蛋，还给了我这么多豆子，还有饼干也很好吃！我不停地赞扬他们的食物，也拉近了我们之间的关系，很担心他们以为我有城里人的优越感，只吃优质的食物，肯给面子吃饭已经是对他们很有礼貌了。但其实并不是这样，我诚心实意地赞美他们。他们都对我的胃口感到震惊。

总觉得我现在已经叛离现实了，我不能理解这是怎么一回事。失去现实，坠入奇异空间，仿佛失去了在地表上生存的能力。乡村的道路，气味，声音，踩出来的路，黑乎乎的泥巴，缓慢生长的树木，容易迷路的树林，黑漆漆的房间，咆哮不止的狗，毫无意义的对话……这一切都让人记忆犹新。我们走在树林和墙之间的小路上，坐下聊天，吃点东西，尝了很多种食物，吃得饱饱的，然后等着乡村的夜晚降临。灯光映在墙上，屋子里闪烁着暖色的星光。如此美丽，如此安慰，让人忘却了劳累，沉浸在安静祥和之中。就算是陌生人来到这里，也会被这乡野田间的美景打动吧。这只是我记忆中很小的一部分，我无法用单薄的语言来记叙此等美景。这是一首如此柔美、朴素而高贵的歌，每一个音节都如此纯净。这其中混杂了多少美丽的和弦，却音色分明，我无法用这模棱两可的语言表达出来，真愿读者能亲眼见，亲耳闻。

然后我走到两面墙的走廊之间，上面没有房顶，抬头看能看到辽阔的夜空。旁边是两个昏昏欲睡的孩子，嘴角还挂着笑容，身边散落着盘子和酒具，还有一些食物碎屑在上面。我感觉到自己巡游在一个熟悉又陌生的环境，仿佛在我出生之前就已注定要来此寻找。或许我正坐在自己家里，守着我的弟弟妹妹，而不是古杰尔一家。在这里，和我同龄的古杰尔太太，比我大四岁的古杰尔看上去和我父母差不多，他们包容我，也与我争辩，有时也当我像陌生人一样。所有的这一切奇怪的感觉都包围着我，他们好像我的家人一样，弥补了我已经遗忘了许久的童年与温暖的记忆。我希望这眼前的一切不是做梦，也不是幻觉。我希望我所看到的是真正的生活，是家，是血脉相连，而我未曾拥有过的温暖。一个我享受着这种温暖，另一个我旁观着那个幸福的我。只有在这样平淡无奇的生活里，我才能获得抵御一切的力量，才能成为自己的主宰，不留下太多身外之物，也不留下什么遗憾。一间房子，一首赞歌，每一点一滴都如此敏锐而伤感，我们在其中不停地寻找。在这偌大的迷宫中我迷失了生活的动力，却无法以爱与悲伤为代价来偿还这种奢侈。

古杰尔太太给我的饼干没有特定的形状，不是圆形，上面白乎乎的，也没完全烤熟，细碎的面粉还粘在上面。饼干尝起来像是面粉、苏打和潮湿的盐巴混合起来的食物，在嘴里滑溜溜的。他们给了我最好的黄油和果酱。黄油也是白乎乎的，软软的，没有咸味，质地像冷霜一样粘稠。尝起来有点微妙，像是木头和湿抹布混合起来的味道。果酱是用一些小浆果和很多糖浆熬成的，很稀，在舌头上很容易滑下去。果酱是深紫色的，有一种温暖的甜味，尝起来有一丝铁酸。豆子是橄榄棕的，是扁豆的形状，但比扁豆要大两倍。味道也很像扁豆，应该是某种介于扁豆和豌豆之间的味道。汤汁的色泽明亮，用的是猪肉汤，味道很鲜。我用面包蘸着肉汤吃，里面有一块一块的培根，还有没有化开的盐粒泡在脂肪中，还有几块非常小的瘦肉。肉皮非常硬，咬不动，而且里面都是油乎乎的脂肪。鸡蛋尝起来也是一股猪肉味。两边都已经煎熟了，但中间的部分还没熟。煎鸡蛋的时候撒了太多的盐和胡椒，所以端上桌的时候几乎都是黑色的，边缘非常脆。我不知道怎么描述这里的牛奶，显然是已经经过消毒和脱脂的了，但闻上去还是脏乎乎的味道，有一股呛鼻的血腥味。一个总是很注意卫生的家里面怎么会有这样一股猪肉味，还有汗津津的味道，厨具的边缘似乎都从没洗过，用的碗筷也是一股汗味。在整个屋子里也能闻到皮肤和试衣服的气味，当把嘴巴张开吃东西的时候这股味道就更明显了。如果你还没习惯，那你的鼻子和胃口还得再消化食物之前挣扎一番。站着弄气味和湿乎乎的空气混合在一起的时候就发出一股霉味，让食物闻起来不那么新鲜了，总觉得黏糊糊的，好像里面有看不见的致病细菌似的。但这种味道却和这个家庭很搭，甚至连我也觉得毫无违和之处。我每吃一口都在想这可能才是真正的“家味”，也引起了我的思乡之情，让我毫无顾虑的融入了其中。直到后来，我知道了如果一家人一辈子都在吃这样的饭菜那将是多么可怕的一件事。虽然我最初觉得还不错，但后来也觉得难以下咽，甚至连假装喜欢吃都装不出来了。我这种不挑食的人吃了几周已经觉得难以下咽，想到几百万人一辈子都在吃这种饭菜，心里真是太替他们难过了。这里给我带来的不适感只是微乎其微，这些人可是要忍受一辈子啊。

我们所谈论的这一切除了我断断续续的记忆之外，几乎没有任何文字记录。有些事越简单、越日常我却越难将它们的意义记录下来。我总觉得置身于此仿佛生活在一首十四行诗里，美好又朴实。以十四行诗的形式，我们可以看到两个扁平化的人生活在复杂的文字里，然而他们的生活却非常简单，每日吃饭睡觉下地干活。诗歌的韵律富于变化，如同困倦的双眼缓缓合拢，又如同饥饿的佃农狼吞虎咽，或是光影迷离在墙壁上，摇曳了一地月光。这些有什么用呢？我又能为此做些什么呢？有太多事我还想不明白。是他们从床上爬起来，帮我做了一顿饭。在房间里他们几乎赤身裸体，然后男人和他的妻子过来坐在我旁边，和我聊了又将近一个小时。我们三人间有一种奇特的关系，这不是我们创造的，也和我们的谈话内容无关，只是听彼此的声音，眨眨眼睛，甚至看我狼吞虎咽的窘相就能察觉到彼此的情绪。这大概只有真正的朋友才能做到如此吧。虽然我一直很在意是不是给他们添了麻烦，他们倒也很爽快，一直说着不麻烦，叫我放下心来。在佃农的世界里，很难解释女人在这个社会的地位。但如果你对这种文化略知一二，就会知道，在这里女人很少和男人，尤其是客人，同桌而坐、谈笑聊天。

她们很多人在做好饭之后会悄悄退出去。我感到十分荣幸，她离我那么近，站在我后面等着清理桌子，之前她就坐在我旁边，和她丈夫平起平坐的聊天说话。我甚至都能感受到她操劳一整天之后的疲惫，也能感受到她享受这种温暖惬意的时光，这中间的转换那样自然，她的脸庞如此亲切和蔼，她和她的丈夫之间非常温暖，有说有笑。光线流淌在她细腻的脸颊上，朦胧又美好。我让她休息一下，我来清理桌子就好。我不仅担心她，也希望她丈夫能赶紧休息。坐在这里的时候我一直很愧疚，本来他们是在休息的，现在还要给我准备食物，和我聊天，我知道他们已经很疲惫了，在这么晚了还让他们陪我，实在过意不去。我友善地看着他们，他们经常和我一样喜欢谈天说地。填饱肚子之后我的羞愧感又重新取代了刚刚因获得食物而欣喜的快乐，总觉得自己滥用了别人的善意，好像跳入一个陷阱，现在又爬不出来。他们都坐在这儿了，我也不能风卷残云之后就赶他们去睡觉。所以在聊天的时候我多等了一会儿，跟他们讲，我们必须得睡了。他们很客气，和我说没有关系的，我不必担心他们的睡眠。他们总是那么亲切。我们把椅子拉开，起身，然后她走过来清理桌子(我除了把餐盘递给她之外也不知道还能帮上什么忙)，然后美丽的身影在我身边忙忙碌碌，我却只能看着，什么也做不了。他们告诉我在前面的屋子睡觉，我看到外面的地上睡着孩子们，有一个孩子正爬起来，穿过地板上横七竖八躺着的兄弟姐妹站起来。我举着灯，小心翼翼地走去前屋，为自己占了床而有些孩子只能睡在地上而感到惭愧。古杰尔夫妇给我的是一盏小夜灯，像古罗马灯一样。我对古杰尔太太说，晚安了。她的脸上浮现出一丝微笑，我无法断定她是幸福还是悲伤，只好举着自己的灯转身了。我打开门，进入他们给我安排的屋子，孩子们早把被窝暖好了，我坐在床边上，借着微弱的光线看着这个小小的木屋，从墙角到屋顶，从地板上的缝隙到墙壁上的窟窿，屋外有风的声音，孩子们睡得正香，在床单上摩挲出沙沙的声音。然后我听到一阵脚步声，门口有点点灯光，借着是细微的敲门声，我过去开门，古杰尔和我交换了托灯，然后悄声交谈了几句，我能感受到在黑暗之中他的肩膀一耸一耸的，呼吸低沉，周身都很宁静。

“这一年你怎么样?”

“挺好的，挺好的”。

“安妮·梅让我跟你说，她没有来得及洗床单，她很抱歉。”(天啊别这样!)“她找了一条最干净的给你。”

“哦你们太客气了！请一定转告她我真的非常感激！能让我住在这儿真是太好了！谢谢你们!”

“好说好说，我想你将就一晚上应该没问题的。”

“多谢啦!”

“门在床的右边，如果你要出去就用那扇门。”

我别过头去看了看，然后点点头。“好的，谢谢!”

“晚安!”

“晚安。”

然后，他关上了门。

我独自一人站在门口，下意识的伸了伸左臂，然后把灯换了只手握着，又舒展了一下另外一条胳膊。然后我转身回到屋子中央，准备休息。

房间里:新约

围着我的六面都是松木板做的。底板是松木做的；四面墙壁和与底板相连的四个墙角是松木做的；上面的房顶，房顶外的屋顶和房梁也是松木做的，还有每条板子之间的裂缝也塞了松木。其中一面墙连接着主卧室，另外一面则对着户外。有一扇门连着卧室，另一扇门在我床边，连接着走廊。有一面墙贴着我的床脚，上面有一扇紧闭着的方形窗户。另外一个窗在旁边的墙上。在这扇窗下面有一个小衣箱。在旁边的角落里放着一个小书桌和镜子。右边的角落里是一台缝纫机。

我之前已经写过这里了。但回到这的时候我还是觉得自己又重新认识了一遍这里，在沉默中倾听隔壁我是的沉默。那种熟悉的香气依然源源不绝。这种简单与单调的色彩对我而言还是那样美。家具站在清晰而冷峻的光线里，赤裸裸地看着我。我忽然觉得整间屋子都很像我之前见过的谷仓或是拖车，这里的家具、木板似乎都很脆弱。但我不想误导读者，毕竟这里还是一个佃农的家，在这片土地上还有千千万万的佃农住在这样的房子里。这里是爱、希望、毁灭与生活的场所，是庇护家人与情感的地方，它也许如此普通、如此狼狈，但绝不能和谷仓或拖车相提并论。

尽管如此，我还是想说一说这里薄薄的墙壁和单薄的支架。这些木质结构十分美丽，像是午夜的小船，缓缓地漂浮在黑漆漆而平静的海上。它们越漂越远，几乎要消失在海天相接的地方。船员沉沉地睡去了，我还在四处张望，置身于乡间的感觉如此真实。我顺着墙看过去，那些木头的花纹是多么漂亮啊，我将手指放在木头上摩擦，纹理清晰，真是巧夺天工。墙上摆着还有玻璃和瓷器，还挂着缝制的衣服，都是那么美丽。家具裸露的表面和地面如同镜子一样在月光下闪闪发亮。在缝纫机的附近，一盏年久失修的台灯摆在地上。铁床上铺着古杰尔夫人为我准备的床单，我正坐在床边上，旁边摆着我的鞋子，上面都是泥巴，几乎破得不能再穿了，正像一匹疲倦极了的马沉沉睡去。百叶窗紧闭着，绳子挂在钉子上，墙壁的缝隙里塞的是松木，抹布，报纸和破棉花。地板上有潮湿的水渍和霉斑，墙壁上的木板也因潮湿而弯曲了。一股湿冷的气息环绕在这间屋子里。我尽量什么也不听，什么也不碰，就只想着这小小的一方房屋是多么安稳，这样小而精巧的屋子竟然庇护了人类最缺乏安全感的每个夜晚。我忽然坐起来，挪到壁炉那边的桌子旁，看着那盏台灯，然后点燃它，看火焰跳跃在灯罩里，想着一墙之隔睡觉的那些人。在这里的第一晚我在书桌里发现了一本圣经，是很便宜的那种版本，上面是棕色的人造革，湿乎乎的。这是一本家用圣经，我借着微弱的灯光打开了它，这里是我当时记下的笔记。

标题：

新约

基督的话用红色字标出来

玛拉基书 4：6

他必使父亲的心转向儿女，儿女的心转向父亲，免得我来咒诅遍地。

其他文字是棕色墨水印的，手写文字用的是铅笔。

赠给

乔治·古杰尔

来自：安妮·梅·古杰尔

家庭记录：

父母姓名：

丈夫：乔治·古杰尔

出生日期：9 月 11 日，1904

妻子：安妮·梅·古杰尔

出生日期：10 月 19 日，19_7

结婚日期：乔治·G 与安妮·梅·G 于 1924 年 4 月 19 日结婚

子女姓名：

麦吉·路易斯·G 生于 1926 年 2 月 2 日

乔治·朱尼尔·古杰尔生于 1927 年 9 月 5 日

玛莎·安·G 生于 1931 年 3 月 28 日

伯特·维斯特里·古杰尔生于 1932 年 7 月 14 日

维利·菲尔·G 生于 1936 年 12 月 26 日①

① 实际上他生于 1934 年。

夫妇签名：

乔治×××

死亡：

露拉·伍兹去世于1929年6月7日

玛莎·安·G去世于1931年9月28日

圣经的纸张皱皱巴巴，又潮又冷，握在手里感觉并不好。书本散发出令人窒息的臭味。

室内：在床上

我把手放进被窝里，孩子们已经把被窝焐热了，这样让人感觉很暖和。我坐在床边，把灯熄灭，然后沿着外缘躺下。几分钟之后我又起来，把自己塞进被子里，床上已经人满为患，空气中也散发着一股潮热的气味。外面的空气清冷又明亮，如同睡在一张轻盈的吊床上。床单虽然粗糙，却十分柔软，大概也是由面粉袋做成的吧。中间没有缝，我可以感受到床垫的薄厚以及弹簧的强度。每一次翻身床垫都会发出吱嘎的响声，很担心吵醒别人。枕头很硬，很薄，转头的时候也会发出响声。闻起来有点新鲜血液的酸味，我感觉它简直要爬上我的脸和胳膊了。我用嘴唇碰了碰枕头，感觉像是一个要融化的糖果一样，还有一股旧报纸的潮湿气味。我试图想象如何才能在这张床上行房事，但觉得画面不太美好，于是作罢。我感觉身体上有些小动物在爬来爬去，也并不怎么惊讶，寂静之中只有木板吱嘎的声音。然后又过了一段时间，我想我是不是神经过敏了，皮肤越来越痒，只是虫子而已，我担心自己是不是因为挠而抓破了皮肉，那反而倒容易感染。我躺了一会儿，又不停地翻身打滚，也觉得有点好笑我怎么会对臭虫无动于衷。在法国的时候我曾经下地检查玉米，也没有觉得蚊虫叮咬困扰过我。但现在却很狼狈，觉得虫子正肆无忌惮的在我身上爬来爬去，这样想着觉得更不能忍受了。我仿佛打了一架似的，抓到两只，把它们弄死了，虫子的尸体有着奇怪的味道。它们鼓鼓囊囊的，是吸饱了我的血。我觉得身上可能还有十几只，干脆下了床，点燃了灯，然后用手在身上来回摸索，过了一会儿我觉得应该都打死了，大概没有剩下的了。仔细一看，在枕头和床垫的接缝里有跳蚤，还有一些像虱子似的灰色的小虫子。（我尽量安安静静地做完这一切，不希望惊醒隔壁屋子里的人。）在这里睡觉还是要承担一定风险的，我可能一下没办法打死这么多虫子，那就得一晚上都忍着。但我现在起来了，又看到了更多的虱子，心里可能更不好受，它们比臭虫更棘手。我干脆爬起来离开床铺回到大厅，那只狗听到我的脚步声也起身来，闻了闻我的脚趾头。我把手放在它的头上，它友好的摆了摆尾巴。在漆黑潮湿的夜晚，我光着脚走过房子里冰冷滑溜的木地板。我来到门廊上，靠着墙壁，一言不发，向远方看去。外面漆黑一片，薄雾弥漫，树林与田野似乎消失在并不遥远的天际。我左侧是一片树林，雾很浓，能听到远处池塘哗哗的水声，还有露水滴答掉进草丛的声音。透过薄薄的雾，能看到天空中几颗微弱的星星，发出灰色黯淡的光芒。我走下门廊，走进院子里，脚下的土也很湿很滑，我慢慢转过身去面对着房子。天地苍茫，我觉得在这狂野之上反而更加强壮有力，无所畏惧。我看着房子，感觉那是一种奇妙的船只，我像是在大海里行走，地板在不断下沉，我离船只也越来越近。我抬起头望着天空，发现自己正对着薄雾后的星辰点点颔首微笑。收拾心绪，我又走回到门廊上，脚踩在台阶上，握着把手，轻轻地、慢慢地回到了卧室。我把外套、裤子都穿好，袜子也套在脚上，然后点燃灯，用大衣领子把脖子肩膀都裹住，双手叉在胸前，然后躺下准备睡觉。然而这招也不奏效，虫子还是会爬上我的脸，我的脚踝，我的手腕和我的指关节，我想尽量保护手和脸，但却根本无法幸免。它们咬起人来可是不管不顾，第二天起床一脸花可就惨了。我又折腾了一会儿，尽量把手和脸包起来，将布料裹在身上，还把袜子套在手上，把脚放进短裤里。一切就绪之后，我小心翼翼地躺着。但这也不管用，它们还是会爬上我的后背，我的肚子，通过袖口钻进衣服里。我简直可以感觉到它们正在衣服下面爬来爬去，没办法，我只好做起来然后把它们一只只的掐走。这一次，我只好更耐心一点。我把衣服脱下来，使劲抖了一遍，然后把衣服穿回去，躺在被子外面。这样它们就不会爬进来了。这时候我已经累得什么都想不起来了，只觉得放松，现在终于可以安心了。我可以感觉到它们在咬我，但总是咬不到点儿上。我躺着抽烟，一只鞋子做烟灰缸，抬头看着屋顶上的窟窿。然后我伸出手触摸到墙壁上粗糙的木头，或是用头或者脚去感受床上的铁栏杆，再或者用左手的指尖划过底板上的纹理。我昂着下巴，前额抵在床栏上。比起之前稍微一痒我就要抓耳挠腮，现在已经对蚊虫的叮咬麻木了。我不知道在什么情况下应该感到高兴，但对于我而言，在一个害虫肆虐的深夜，由于困倦逐渐失去意识也是一种全新的体验。就这一点上来看，或许睡在这张床上也是有一定乐趣的吧。我现在实在太疲惫了，全身上下都累得要散了架，但虫子一直在咬我，让人也无法入睡，所以我只能在困意和痛痒中挣扎，一会儿打瞌睡，一会儿又被惊醒，无法睡得很沉。大概是过了很久，古杰尔赤着脚，举着等走进来，我才意识到自己已经睡着了。我迷迷糊糊地看着他，又看向那些泛着微光的家具，然后听到屋子里有轻微的穿衣和走动的声音，从墙壁的缝隙里透进来一束黄色的光线，温柔又悲伤，儿时的回忆鲜活的如同已故亲人的灵魂。我听到他悄悄走来，他的鞋子大概还放在外面，然后他走到我的窗边对我讲话。太阳还没有完全升起来，山峦上面的天空干净的好像白色的骨瓷一样，又是晴朗的一天，没有一丝云彩，昨日的倾盆大雨仿佛是做了一场梦似的。房子墙壁的木头是红色、黄色和斑驳的蓝黑色（像乌龟壳那样的颜色）相间的，太阳照上几个小时就会变得白灿灿的。地面还是湿漉漉的，但已经露出光滑的表面。灯光用不上了，古杰尔太太将它熄灭了。现在热腾腾的早餐端上来了，可我依然感觉很冷，还没有完全睡醒。

我们抄近道走了山间小路，之前踩出来的路都已经被水冲没了。

有一些地方的路很滑，大部分是时候我们都是走在泥地里，深一脚、浅一脚，浑身都是湿乎乎的泥巴。棉花和其他植物刺伤了我们的膝盖，但我们没时间管，只能继续赶路。

道路两侧的泥巴都已经干了，这个时候把车子弄出来就容易多了。我们花了大概十分钟左右，直到艳阳高照，我们已经大汗淋漓，后背上的汗干了又湿、湿了又干。然后这也才只是把轮胎挪动了一点点。接着我们使劲把车向前推，将轮胎抬出泥地，接着我向右转，感觉车子正缓缓地离开那片黏糊糊的地方。然后一种熟悉的驾驭感回到握着方向盘的手上，车子终于出来了，我感到一阵轻松。

向前开了大概三英里左右，终于重新回到了库克镇，再次看到镇上矮小可爱的房屋。古杰尔告诉我向右转，靠面粉磨停下。路又变成了泥泞的土路，但是路很宽，有很多沙子，虽然湿漉漉的但却并不难走。我开了大概三十五分钟，轮胎碾在沙石路上吱吱直响。这里虽然贫穷，却充满新鲜感，我们一路开过被大雨冲垮的土地和断壁残垣的庄园，大自然自给自足，只要不放弃希望，农田也总会恢复生机。雨后的阳光清晰又明亮，不由得让人对世界都充满了希望。我驶过许多小型农场，每一个看上去都不是很富裕，很多佃农不愿意在这种农场工作。沿途能看到点点炊烟，如同慵懒的猫咪摆着尾巴一样，在境况稍微好一些的农场也能嗅到早餐的香气。一个家庭就像一棵树一样，一天之计在于晨，也正是这棵树最饥肠辘辘的时候。

沿途有两三个邮箱，这条路又窄又长，一些男人们倚在邮筒边吸烟。路过第一个邮箱的时候我开始减速，古杰尔说卡车在我们另一侧。因为所有的行李都在后座上，我俩只有前排很小的空间。当我们超车过去的时候，卡车司机向我们投来冷冷的目光。大概过去了四五辆卡车，所有司机都看向我们，毫无笑意。

我们沿着陡坡开上一片长满黑松的山顶，那里有一座没有上漆的小教堂和一片墓地。下山的时候要小心一些，所以我开得很慢。古杰尔说，开到山脚下之后右转。我向右转，但轮子正好打在一块石头上，倾斜了一下之后，陷进湿漉漉的草地里了。我又使劲打了一把轮，碾碎了黑莓丛，水和汁液溅到了挡风玻璃上。两百码外的树林又高又密，另一侧则是土地松软的高地。道路又变成了沙路，古杰尔说要走右侧的路，我们就像开进一个隧道一样，高大的树木林立在两侧，空气很冷，阴暗却使人清醒。我记得自己还是个孩子的时候经常爬进类似的山洞，坐下来静静聆听周围的声音。沙子铺成的路是湿乎乎的，有一辆车子在我们前面停下。那时一辆马车，被一团灌木团团围住，无法抽身。车上的男人们左右环顾，有两个黑人，两个白人。白人举起手来，黑人点点头，开始抽打骡子，企图让它们能用点力气把车子拖出水坑。路上的积水颇深，灌木又将道路挡住，我看不出轮子在哪里，也不知道要怎么才能将车子拉出来。于是和古杰尔点燃了香烟在一旁看着。这时是六点二十一分。只听骡子一阵嘶吼，车子从水坑里踉踉跄跄地出来了。古杰尔说，“我们来得可真是时候”，然后我们向他们表示感谢，紧跟在他们后面，也轧过了那个水坑，听到咕咚一声和水花溅起来的声音，然后轮子又重新回到结实的大地上。白人向我们举起手示意，黑人又是点点头，他们好奇地看着我们，“向左走！”然后，我们抬眼看到了潮湿却明亮的光线。我们顶着太阳穿过一片湿乎乎的草地，那里堆满了黄色木材。或许正是这样，我们的森林大幅度减少了。然后我们又看到一辆货车向这个方向开来，在潮湿泥泞的草场上轧出一条深深的车辙。货车从古杰尔那一侧开过，司机向我们举起手示意，看得出来司机对我们这辆小轿车和田纳西车牌很重视。此时古杰尔的手表显示六点二十三分。

我们坐在车里，把刚才一直在聊的话题讲完。在车子行驶的时候，我们开的很慢，也没有聊很多。大多数的话题集中在佃农的生活、地主的生活、以及怎样帮佃农穷苦的现状。古杰尔点了一支烟，我们轮着抽，沉默了一会儿。但是这种沉默并不尴尬，我们彼此了解，也彼此相知，有太多话可以慢慢聊。在我们说话的时候，我一直在环顾四周。锯木厂在很遥远的地方，还笼罩在清晨尚未醒来的树影中。太阳正在逐渐攀升，照耀在松树的顶端，一片绿油油的如同林海。树木在太阳的照耀下飞快的生长，草地与溪流在明亮的阳光中混成一盘色泽清新的颜料。白色雾气蒸腾，在阳光的温度中化作云朵。阳光普照大地，空气变得清澈透明，仿佛被细细雕琢过的玉石一样。卡车已经开进林场，打开门，车里的工人陆续走下来。这辆车里坐的是来自库克镇的黑人和白人们，他们开始了一天的工作，吵吵嚷嚷，打破了森林的宁静。我在旁边细细观察着每一个人，静静地看着他们，但却没有人看我，更没有人和我打招呼。一个黑人带头抄起工具，他的队伍跟着他鱼贯而入。他大声唱着歌，迎着太阳开始了一天的工作，仿佛身体里正生长着一株欣欣向阳的树木。古杰尔说，他要去上班了。我再次向他致谢，谢谢他昨晚肯收留我在家里留宿。他说，很荣幸，然后热情地拥抱了我。

第三部分完

绿影树林

两张照片

绿影树林，阿拉巴马州，1936 年 7 月

我们走进树林旁边的一个巨大的方形白色教堂。里面的椅子是用没上漆的松木做的，教堂里有许多窗户，用白色的窗帘遮挡起来。教堂里还有管风琴，椅子和神父用的诵经台。外面有一片墓地大约五十乘一百码的面积，用铁丝网围了起来，里面没有一棵树，只有柠檬马鞭草和一小株木兰。这里都是红色的黏土，没有杂草。

墓地前面，隔了一条路，是一块玉米地。然后，再远一点是棉花地，和一片树林。

树林里大部分都是松树，在离教堂和墓地比较远的地方长着一些矮小的树木，树冠茂盛，树干敦厚。在午后的阳光里，树木落下的影子顺着墓地的方向冲进玉米地里。在沉重的寂静与芳香中，树叶在自己那一方孤独的世界中顶着太阳冥想。

有一些墓有独立的墓碑，那些树了碑的墓地都比较大，是属于地主的。有一块厚厚竖起的石灰岩上刻着“伍德曼”，另外两个较小的墓地分别只有一块扁平的枕石。

有一些墓前摆着一只小小的瓷碟，石碑上刻着一双交叉的手，手腕和指甲的细节都不相同。

还有一个墓前摆着一只装了水的花瓶，里面插着的花已经都枯死了，瓶底锈迹斑斑，脏兮兮的水也所剩无几。

在一些墓碑前摆着不少我从未见过的东西。比如一些破碎的瓷器碎片,可能是逝者家人做的;还有几张逝者的照片,应该是在镇上的照相馆找人拍的。我记得有一张照片是一个大约十五岁的男孩穿着一条礼拜日的裤子和一件格子套头毛衣,他一只手捋着自己的头发,另一只手上扶着帽子,坐在一台拖拉机上咧着嘴笑。他眯着眼睛,鼻子和嘴之间形成一条影子,旁边有一条卷起袖子的胳膊正对着他,未出镜的人应该现在还活着吧,人们只是无法把那个人从照片里裁掉罢了。还有一张照片应该是在照相馆拍的写真,是人物特写,不是在自然光线下。照片里是一个年轻的女人,她身子向前倾斜,微微笑着,一只手放在脸颊上。她不算是个大美人,但脸上放松而明媚的神情让她显得格外美丽。她穿着一件明亮的新衣服,裁剪得中规中矩,衣服上的扣子排成一个规则的图案,在光线下闪闪发光。她的脸色温柔,鼻翼两侧的线条被淡化。她琥珀色的头发像是新洗过,服帖的垂在两耳后面。这张照片应该是在第一次世界大战结束后不久拍摄的,照片中间有一道折痕,四个边缘已经开始泛黄了。

我认为这里是小佃农的墓地。

还有一些其他的证据来佐证我的观点:这些墓地看上去都非常破旧,应该是属于最穷、生活最拮据的一批人了。这些墓前没有石碑,甚至连一棵树都没有。

这些坟还很新的时候,它们的特点还是相当明显的。大部分的墓地都是用黏土堆成的狭长的椭圆,中间一道拱起,形成一道脊状,像一艘翻过来的船。稍微宽一点的地方是正方向,窄一点的地方是下面。有好大一部分的墓碑已经被磨平了,其中的一部分形状像沙漏一样,中间凹陷下去,仿佛一个很细的腰。墓碑上的日期和名字是很多年之前写上去的,有的是用铅笔,有的是用蜡笔,有的是刻上去的。大部分的字体都保持这刚刚刻上去的原样。有的墓碑已经倾斜,有的已经倒下,许多墓地没有精心规划的形状,如今只剩下一条浅浅的轮廓。这些坟墓的大小与逝者的年纪有很大关系,有的只是一块浅浅的墓地,那里埋葬的是夭折的孩子，大概只有两英尺长，非常矮，彼此相邻。有的墓地前连根木头都没有，直接入葬，时间久了再也看不出曾有人在此安眠。还有一些比较大的，大概七八英寸长，上面有标记，哪怕是最简单的石灰石，上面刻着名字的缩写或者全拼。更多的墓碑上未曾有过任何标记，没有任何装饰，就连摆在墓前的花都没有一朵。有的墓碑有白色贝壳做装饰，有的用的是花朵，有的是花朵和贝壳都用上了。在一个相对比较大的平坦的坟墓上，有一支电灯泡镶在墓板正中间。其他的墓板上也有奇怪的东西，比如马掌钉，或者是灯泡之类，还有两三个墓地上有蓝绿色的玻璃珠子。我看到有几块埋葬女性的墓地上有古老而漂亮的瓷片，一块是蓝色的，一块是淡黄色的，还有一块上面画了母鸡，另一个画了牛奶色的篮子。其他墓碑前放着从一元店买来的糖果碟和彩虹花瓶，上面画着白色或者五颜六色的纽扣图案。有的墓前放着奶白色的骨瓷碟，这些碟子经常在午餐时用到。在雨水的作用下，碟子已经脏兮兮的了。旁边的坟墓上放着一个玉米蕊做的管子。埋葬小孩的坟墓上，放着漂亮的玻璃和瓷片，但装饰品的尺寸都非常小，有的是动物形状的，有的是小人造型，还有一些玩具——红色或者蓝色的玩具车，火车和消防车，娃娃茶壶，锡水壶和茶杯，橡胶玩具，玻璃珠子，瓷的牛、马、狮子、小狗、老鼠和漫画小人。路易斯告诉我她特别珍爱她的瓷狗，也特别喜欢那支镶了蕾丝边的茶杯托，但很可能会被父母收走。我们买了一套茶具送给克莱尔·贝尔，小姑娘高兴极了，给我们跳了一支舞，但很可惜那是我们看到她跳的最后一支舞了。简直不能奢求她可以长命百岁。伍兹家的小女儿也是一样，她只活了六个月，在她短暂的生命里父母没能为她做什么。她有一只小茶杯、一支可可杯和一支牛奶瓶，但她现在埋葬在这里，头枕着一块小石头，脚踩着软绵绵的土壤，墓碑上是她六个月的照片。她穿着洁白的衣服睡在这里，眼睛紧闭，一言不发，睡得正沉。墓碑上刻着：

人生无尽欢
爱女随主去

我们的女儿，乔·安，与主同在

或许这话并不是给可怜的小乔·安说的，也不是给任何一个挚爱写的，在苦难众多的生命中无数次被爱人亲人离弃，这恐怕是最让人无法承受的，也是最致命的。我甚至不敢对视你的眼睛，或许在不久之后，也许两年，也许五年，也许四十年、五十年，我们也会以这种形式重新与大地融为一体。我们希望我们的孩子们能过得很好，也希望子子孙孙能过上好日子。若是有一日能过上丰衣足食的日子，只盼家祭无忘告乃翁！那个时候，一切病痛、一切苦楚、一切伤感都能被治愈了，为了等待这一天的到来，我们决不能对人性丧失信心，也不被现实的苦楚打败。我们不会屈服，我们能够翘首以盼。

天上的父，愿人人皆尊父的名为圣；愿父的国降临，愿父的旨意行在地上，如同行在天上。求父宽恕我们的过错，如同我们宽恕别人的过错，不要教我们遇见引诱，教我们脱离凶恶；因为国度、权柄、荣耀，皆属于天父，直到永远。阿门①。

① 摘自《主祷文》，此文记载于马太福音 6:9—13 及路加福音 11:2—4。——译者注

两张照片

本书的最后一段话已经写完，以下内容严格来说并不是“文字”，而是两张图片的描述。第一张是斯昆其·古杰尔和他的母亲在大厅里；第二张是艾伦·伍兹正躺在门廊的一角里。两张照片都摄于一个如烈焰炙烤的夏日午后。

他母亲坐在一张山核桃椅里，膝盖放松，赤着脚踩在地板上。她上衣敞开，露出一只乳房。她的头稍稍转了一下，换了个角度低下头，静静凝视着自己的儿子。他头部的影子摇晃在阳光里，落在院子里、地板上、墙壁上。她的胳膊骨骼修长，有着宽于常人两倍的手腕。她的手抱着孩子，让她枕在自己的臂弯里。他的衣服掉在一边，身上光溜溜的什么也没穿。他的头和身子相比显得太大，身体十分娇小，从颈部延伸到脊椎弯成一条曲线，然后拱起膝盖，抬起脚丫，好像在水里游泳似的，然后作出一副从水中挣扎而出的模样。他正在吃奶，小手在母亲的乳房上乱抓，每一个新生命都是这样长大的。他们哭着，笑着，沉浸在爱中，吸吮着母亲的乳房，仿佛一连串轻盈却深刻的吻，听到湿嗒嗒的声音，他们闭上眼睛，享受着乳汁的滋养。他松开乳房，大口大口地喘着气，发出一连串低声的呢喃，手和眼皮都逐渐放松，然后又恢复了吃奶的姿势。这时候他的小脸涨得通红，一副安静又可爱的天使面孔。她温柔地看着他吸吮着自己的乳汁，脸上的神情与手臂的姿势丝毫没有改变。他像沉浸在柔软的云朵中，嘴巴里流出乳汁，身体全然放松，惬意地打着饱嗝。小孩子都是天使,我仿佛看到了麦当娜抱着自己的儿子,人类的神性全然体现在十字架前的圣母身上。身体与灵魂,都来自母亲温润的滋养。

艾伦躺在耀眼的阳光下休息,她很平静,像个小孩子一样把手臂叠起来枕在头下,手掌放在地板上,脸上盖着一个面粉袋。她双腿弯曲,膝盖稍稍错开一些,脚底板向下。她的肚子似乎一起一伏的,白得像面粉一样。明亮的太阳似乎能照透她的血管,动脉鲜红,静脉蓝紫,整个肉体都暴露在阳光下,在地板上投下漆黑的阴影,如同血色的生命之源一般。生命是多么奇妙啊,呼吸、绽放、寂静的如同一团烈焰,绽放出无穷无尽的能量。一呼一吸之间,生命的火焰在熊熊燃烧,这种力量无法估量、不可征服。我相信,生命的力量比太阳更耀眼,也更温暖。

现在，让我们赞美伟大的人

书名解释

我现在要赞美伟大的人、就是要赞美我们的列祖。

至上的主赐给他们极多的荣耀、他们从古以来就是伟大的。

有坐王位掌管世界的、有因势力而声闻普遍的、有为明智之议员的、有为无所不见之先知的、有为精明政治而作异邦公侯的、有为审察事理的领袖、而为人民所信任的、有用巧妙的言辞教诲人的、有述说遗传下来的格言的。

有按着方法着作诗篇的、有着作箴言于书籍上的。

有用资财、又凭藉着势力而支持的、有住在自己的居所而享安逸的。

这样的人都是为同时代的人所钦敬的、他们在当时得了荣耀。

有的人留名于后世、受人的称赞；

也有不能留名的、他们死了、也就没有人称赞他们；这样、他们虽有若无、他们的子孙也是如此。

如果他们是虔敬的、他们的幸福必不断绝、他们的后裔必享受他的遗产、也必子子孙孙世代相承。

上帝与他们所立的约、他们的后裔也必遵守、照着祖宗的行事而为人。

他们的名声世代传留、他们的善事没有人忘记。

他们的身体平安葬埋、他们的名声传留万代。①

---

① 《次经》便西拉智训 44:1—13。——译者注

笔记与附录

1.

建议参考：

威廉·福克纳[1]作品中的手势、景观、服装、气氛、行为、神秘传说和一系列偶然事件的细节。

马克·吐温，托马斯·沃尔夫[2]和欧斯金·考德威尔[3]作品中的诸多段落。

大卫·弗雷德恩特欧[4]在佐治亚州画下的草稿。

卡尔·布朗(Karl Brown)的电影《直截了当的爱》(Stark Love, 1927)。

A·玛丽博士所拍摄的玉蜀黍疹照片，哥伦比亚有限公司出版。

亚历山大·多夫任科(Alexander Dovschenko)所写的情景剧《边境》(Frontier)；已婚女人布鲁斯，约翰·艾斯蒂斯困了(Sleepy John Estes)，迪卡之音。

"新咸狗之歌"和"慢一点，妈妈，慢一点"，由咸狗山姆演唱，俄亥俄州。

"谁是约翰?"，"我可怜的母亲死于尖叫"，由米切尔基督歌手乐队演唱[5]，迪卡之音。

美国摄影展，摄影沃克·伊万斯；现代美术馆。

---

① 美国小说家、诗人和剧作家。——译者注
② 美国小说家。——译者注
③ 美国作家。——译者注
④ 美国画家、艺术家。——译者注
⑤ Mitchell's Christian Singers，美国嬉皮士乐队。——译者注

所有南方城镇的报纸及明信片。

南方中部的公路地图及等高线图。

2.

贝多芬奏鸣曲即平静本身。

圣弗朗西斯科，12月6日(上午)—“贝多芬”，赫尔伯特·考夫曼法官说：“怎么会扰乱治安?”所以他释放了鲁道夫·莱麦特，一位因在街市上演奏贝多芬而被指控扰乱治安的69岁盲人。“我的荣幸”，莱麦特昨日发表声明，“这是我终生奋斗的荣誉”。

——《纽约太阳报》①

3. 关于照片的笔记

玛格丽特·波尔克-怀特的发现：
享受生活的美好时光，就是与她的相机在一起。
著名摄影师：记录所见，南方小组分享会。
作者：梅·卡梅隆

(赫谢尔·布里克尔的书评五天前在此展览过)

不知要从何落笔写起玛格丽特·波克尔-怀特，因为她是太多人的集合。“你不会认错她的”，波克尔-怀特女士的秘书告诉我，“她穿着全世界最红的那件外套”。

用波克尔-怀特女士的话来说，那件外套叫做“红色战袍”，她总是拿那件衣服开玩笑。衣服是由霍华德·格雷尔②为她设计的，如果你不是像我一样总醉心与电影杂志，那我还是提示一下，格雷尔的标志是一枚小小的南瓜。实际上，有很多出名的女演员如迪特里希和赫本都

① 一份保守党报纸。——译者注
② 好莱坞时尚设计师。——译者注

穿着他设计的衣服。

波克尔-怀特女士是刚刚三十岁，是好莱坞最受欢迎的杰出摄影师。在不到八年的时间里，她已攀上自己事业的巅峰。除了电影明星之外，她现在是美国收入最高的女性之一。光是想想她身上的光环就让我觉得眩晕，但是我必须完成这个任务。在这里的每一分钟都是非常昂贵的，毕竟玛格丽特·波克尔-怀特的每一分钟都值不少钱。

这位年轻的女士在过去的两个月时间里总结了之前两年旅行时带回来的照片。大部分照片来自南方的农村，展现了旅游路上的贿赂、哄骗的情景，以及在旅途中拍摄的黑人，与她聊天的佃农和地主。有七十五张照片收录在《记录所见》这本书中，这本书由欧斯金·考德威尔负责文字部分。

鼻烟壶、“宗教”与救命药

在她从事工业摄影中从未有机会来做这样的创作，所以在那本书里也写了很多关于制作照片方面的内容。有一张令人印象深刻的照片，抓住的是一位黑人传教士在感情爆发的瞬间。波克尔-怀特女士跪在讲台前拍下的这张照片，传道者完全沉浸在自己的情感中，忘记话筒还在噼啪闪着电光。她那些罕见的照片呈现的都是一种仪式感的过程，仿佛这种仪式真的存在。在一个洁白的教堂里这种通过摄影而呈现的仪式感成为可能，因为牧师也不会来组织你拍摄，毕竟他都不知道你的摄像机到底在做些什么。

当玛格丽特·波克尔-怀特立起三脚架开始拍摄的时候，小镇的演说家和政客已经滔滔不绝地高谈阔论了。她相信她的拍摄不会打扰到他，就算是个陌生的摄影师也不会打断政客的演讲。这本书里还有一张情侣的照片，为了获得这张照片波克尔-怀特女士和欧斯金·考德威尔不得不向他们支付一笔费用。

玛格丽特·波克尔-怀特解释说：“据我们所知，他们没有任何食物，却会为了得到一个鼻烟壶而乞讨。一般鼻烟壶分两种，一种是黄油盖的，一种上面画了只公鸡。他们希望我们能给他们点咖啡，这样他们就能和着烟草一起嚼了。但只要你有鼻烟壶，他们就什么都不顾了。他们会告诉你，有了鼻烟壶你也不觉得饿了，也不觉得牙痛了，你总是能感受到一种奇妙的爱意。这就好像生活在鼻烟壶的宗教中，虽然这也算不上宗教，但这绝对是他们的救命药。”

“考德威尔的新剧‘旅人’里写了一个关于白人教堂集会的故事。但情况在黑人教堂里却完全不同，更让你震惊，也有更强的感情代入。也许你会觉得黑人就是有表演天赋，就是感情热烈，但与白人一样，他们都知道这个地方让人绝望。这不是他们的教会导演的把戏，而正是我们所熟知的宗教。这是一个让人能在地上打滚，大吼大叫的地方，人们在地上殴打，他们的生活就是如此绝望、荒芜，什么都没有。每一个周日都是他们向世界宣泄的唯一窗口。”

今日崛起的照片

波克尔-怀特女士拍了许多关于发电机、起重机、涡轮机以及各种各样体现工业化细节的美丽照片。她先后几次前往俄国，为观察一个农业国怎样转变成为一个工业国家。她感到这些巨型机器背后人类的智慧不可估量。

“我喜欢拍工业照片，也对一切机械着迷，它们让我感到非常兴奋，至今仍是如此。但在几年前，我开始觉得，我应该做一些更有价值的东西，一些更能够永存的东西。”她说：“在俄罗斯，我看到人与机器的关系，以及工人与雇主之间的关系，这让我眼前一亮。我想，在美国这件事是怎么发生的呢？也许在我们的国家情况更为复杂，但我想对每天发生的事情做一个记录，不一定是新闻，只是想知道那片早就成了我们国家今日崛起的土地，究竟是什么模样。”

“我厌倦了拍假大空的照片，厌倦了拍漂亮的场景、毫无表情的波特,造型优美的汽车。我拍摄工业照片是因为它们有趣。比如去年我去巴西的咖啡种植园拍了一组照片,这件事我从未做过,我还拍了飞机的照片,也很棒。”

“我也相信,照片是对真相的一种解读。一张照片也许能骗人,但一组照片就不会了。比如,我可以拍一张佃农的在抠脚玩手指显得很开心的照片。但如果我拍了一组照片,你就能看到墙上的裂缝,麻木的群众,落寞的申请。然后你会得出一个综合的分析,照片总是要呈现真相的。一组照片所阐释的,就是集成的真相。无论你写作时切入的角度如何,是否带着成见还是有所偏袒,当你用照相机记录的时候,按下快门的一瞬间,光影就以唯一的方式呈现在你的面前了。”

她说,大概是在哥伦比亚经营了七八年照片生意之后,波克尔-怀特女士才开始体体会到其他生活的乐趣。她是个探戈高手,也喜欢戏曲,热爱游泳,滑冰,滑雪,骑马。有时她解释说,每天花上几个小时与光影打交道是最好的,其他时候她更愿意骑在马背上让阳光直接照到身上。她周末的时候通常在纽约看电影,最多的时候一天能看五部。除了摄影的兴趣之外,她几乎什么都热衷。①

4.

定义

佃农就是字面意义的“佃农”。如果从狭义来看,我所指的是居住在美国南方地区的农民。佃农通常有两个级别,一种有自己的家具、家庭、牲畜和农具;另一种什么都没有,也不需要家具,也没有牲畜。这两类佃农都要他们向地主租地,种植一两样作物,然后向地主交租子。

地主要向这些没有骡子和生产工具的佃农租借房屋,家具和土地,然后佃农则向地主支付一半的棉花和三分之一到一半的玉米作为代

---

① 这段报道由《纽约邮报》重新印制,《纽约邮报》是一个自由派报刊。——译者注

价。这类佃农也叫半农①,因为他们只能拿回一年收成的一半。从狭义的角度上来说,大部分南方的佃农都属于这个等级。

根据不同的社会情况,等级划分也略有不同。但通常语境下,佃农和小佃农的意思是一样的。

根据我们的调查,在所有关于佃农的词汇中,如地主、店主、老乡、小佃农、佃农、非自耕农、和来自本地的黑人和白人,不管是新政支持者还是共产主义者还是自由主义派团体,最少用到的词汇是"小佃农"。

然而在美国的北方,特别是北方沿海一带,美国大部分文字作品的大舞台上,"非自耕农"一词才是最上得了台面的术语。从字面上来看,这个词指代的就是没有自己土地和生产工具、需要和地主分享作物的农民,然后在北方作者的笔下脱离了南方社会语境,成为北方文坛的"术语"。然而,目前看来,用学术语言来讨论南方棉农实在是有点脱离实际,这就造成了读者与真实情况脱离的问题。不仅仅是词语的谬用,还是对当地方言与文化的忽视。一位受过教育的人应当知道什么话能说,什么不能,而这一切都必须要在准确理解一个词语意义的基础上,否则就不能乱用。语言的传播非常迅速,在短短几年时间里,现代词汇吸收了许多新鲜词汇,比如马克思主义、新闻主义、犹太、自由逻辑、情感诈骗、黑鬼、迟索转让、阴茎嫉妒、妇科病征和各种形容腐坏气味的词汇。成百上千的人会使用这些词汇,也许有细心的人会去查找这些词汇的准确含义,然后用这些词汇就可以辨别他人的身份与特征,成为一个人的标签。

注:用到的其他的盎格鲁-萨克逊语词汇有:

神,爱,忠诚,荣誉,美丽,义务,诚信,艺术,艺术家,宗教,真理,科学,诗歌,文化,法西斯主义,共产主义,辩证唯物主义,同伴旅行者,无

① 原文为 Halvers-hand。——译者注

政府主义者,哲学无政府主义者,马克思,语义,忠诚,法郎,希特勒,杜克,委员会,朋友,敌人,国家,极权主义国家,精神状态,声明,教育,学生,老师,大师,女人,男人,女人,男人,人性,绑架,警惕,性恶魔,歪曲,正常,天才,保证,和平挑衅,集体谈判,黑人,黑人,犹太人,犹太人。

笨蛋,黑色,黑色,铁锹,闪耀,烟雾,黑社会,爱斯基摩人,犹太人,反犹太人,秋千,猫,鳄鱼,恶心,古怪,舔,热血,原始风格爵士乐,桶柜,管道,棍棒,茶,郁郁葱葱,老天,肿胀,唉,好的,糟透了,优雅,优秀,优秀,美好,美丽,壮观,好极了,杂种狗,处女,寒冷,妻子,丈夫,刺,盒子,泡泡,胶着期,摇摆乐,矽肺,梅毒,瓦塞尔曼,性别,性,同性恋,异性恋,双性恋,无性,仙女,三色堇,女同志,女同性恋,劳工,作家,作者,音乐家,作曲家,工作室,工作室,书房,拍摄,图片,像素,角度,联系人,徕卡,坦率,生活,玛格丽特白酒,超自然主义,摄影,摄影师,纪录片,梵高,达利,毕加索,莎士比亚,评论家,评论家,权威,书籍,出版商,画廊,展览,戏剧,展览,舞台,戏剧,悲剧,讽刺,真诚,小心羊,老人,斯大林主义者,自由主义者,小米诺士,绅士,斗篷,葡萄园,飞行,驾驶,洗澡,提示,复兴,集体戏剧,团体,团体意识,运动,约翰福特,迪斯尼,舞蹈,巴勒多鬃毛,左派,编辑,幼崽,黑客,商店,抑制,复杂,区域主义,民族主义,沙文主义,爱国主义,美国主义,利他主义,分裂主义,营养不良,首都,神秘主义,智力,情感出路,逃避主义,意识形态,商业,大企业,大经营者,布局,设置,推诿,科学家,科学,医疗,外科,内脏,小提琴,义肢,坦率,诚实,乱伦,赞助,电影院,电影,投手,对讲机,生殖器,碎片,私人,理想主义者,精神病,精神,精神分析,身体,神经,情感,直觉,粗暴,清晰,清洁,沟通,文学,理解,感觉如何,同情,同情者,厨房,机器,笑,虐待狂,球,坚果,暗夜,肮脏,品味,服务,值得,过错,父亲,母亲,爸爸,妈咪,爸爸,爹地,奇怪的,舒适的,可爱的,令人满意的,恭喜的,同情的,性交的,恐惧的,可怕的,敬畏的,讨厌的,肮脏的,肮脏的,畏惧的,伟大的,光辉的,最伟大的,最好的,最糟糕的,灿烂,我的意思是,另一方面，看在老天的分上，碟子，焦虑，专辑，耶稣，基督，耶稣基督，耶稣·H.基督，老天爷，拿撒勒人，拿撒勒木匠，伽利略，我们的主，我们的救主，神，神明，救世主，清醒，亵渎，神圣不可侵犯，圣礼，侵犯，发展，健康，心理健康，颓废，堕落，不礼貌，不礼貌，不道德的，善良的行为，交往，关系，与生活，睡觉，情书，情人，阴茎，诅咒，脱落屋顶，不适，期间，朋友，艺术宝藏，美国人，民主，慕尼黑阴谋，捷克斯洛伐克沦陷，不列颠之战，决定论，阶级意识，斯坦贝克早期，贝多芬晚期，奥森浪潮，汤姆·沃尔夫，斑苏粗安岩，第五列，反动派，煽动者，闪电战，防守。

5.

愤怒的虎比只会说教马更为聪明。

离经叛道引领你去向智慧的宫殿。

审慎的人生让人举棋不定，连以为富有而丑陋的老处女都追求不到。

修葺后的道路是通途大道，而未加修葺的曲折小路才是天才出没的森林。

勇于怯懦之人，必然工于心计。

狐狸虽然狡猾却只够养活自己，而上帝更倾心于狮王。

除非你知道什么是过度，否则绝不知何为满足。

孕育这个世界的巨人正被锁在世界之外，他的一呼一吸皆为生命动力。链条虽然不足为据，却无法改变他被驯服的头脑，也正如谚语所说，勇于怯懦之人，必然工于心计。

因此，一部分的他是缔造者，一部分的他是吞噬者。吞噬者以为缔造者锁在链条中，然而并非如此，他们是一个整体，相杀相生。缔造者若失去了吞噬者，也就失去了缔造的意义。

或许有人要问，上帝莫不是缔造者？我只能回答，上帝只是一种存在，或是人，或是神。

地球上总有两类人，他们彼此为敌，一方总想将另一方置于死地。

愚人若是能大智若愚，那也不失为一名智者。

一切值得相信的事只不过是真实的幻觉。

思想足可以充满整个宇宙。

相互赦免，即是天堂之门。

真理绝不是只能理解而不能信仰的。

在此之中，一切皆为圣洁。①

① 本段摘自英国第一位重要的浪漫主义诗人威廉·布莱克的作品。——译者注

门廊前：3

门廊前：3

从树林出发，沿着山道走上好长一段，就能听到一种新奇的声音。

大地之上是无尽的黑暗，黑暗之中尽是嘈杂之音。我们开始逐渐熟悉这种源自寂静的嘈杂，而在这之后迎来的是更加强大的沉默，循环往复，在无声与有声之间相互转换，两者相互依托相互存在，如同两张面对面的镜子中无穷无尽的彼此。

若是我们率先沉默，那这回声就要比我们更寂静千万分。我们之间没有眼神的交换，更没有言语上的沟通，但彼此却能感受到一种新的、明朗的愉悦感。但是，这种愉悦主要还是体现在用听力进行分析，这种快感非常强烈，仿佛我们的全身全心全部记忆都转化成了一只倾听的耳朵。

我要如何形容这种声音呢？大概最贴切的比喻是，火焰靠近倾斜的管口的时候里面的氢气发出的声音。这声音与女高音一样有着相仿的音域，却有一种女低音的沉稳。这个声音如此清冷，如同大雪封山时远处山羊幼崽的眼睛，比单簧管要低。那是一段快板，打着轻快的拍子：

哒—哒—哒—哒—：哒—哒—：哒—哒—：

每个音符都清晰伶俐、不拖泥带水、干干净净，单音长短有序，恰到好处。每一个音都是以严谨的方式发出声响，每个音符之间的短暂沉默增强了曲子的紧密型，也保持了音乐良好张力。每小节的前七个音总是以相同的强度奏出，第七个会稍稍加重一些，将调子引向高潮，如同小锤一样叮当作响，而最后一个音则是轻声细语，让人遐想无限。

然后这个声音忽然之间变得响亮，我们并不知道它离我们到底有多远，或许很远，或许其实很近，或许永远也找不到。而在这个时候，耳朵需要眼睛的帮助。我们初步判断这是来自山地房屋的左侧，又过了一会儿，声音变得更为清晰，但似乎并不来自低矮的灌木丛，而是在对面斜坡上的某一个地方。再过了一会儿，我们大概能够确定声源来自山坡中下方，我们越走越近，将目标锁定在大约 8.25 英里左右。这对我们来说是个了不起的进步，以为在遥远的地方我们尚可以靠听力来识别，而走近之后就需要全身的协调来判断位置。感受声音的力度，凝神屏息，专注地寻找声音的来源。很快，第二组声音响起，这无疑对我们定位声源更加有利(第一组响的时候我们总会手足无措，而第二组响起的时候就会知道该往哪个方向去了)。第二组的音调与第一组完全一样，但似乎来自很远的地方，声音听起来更高亢，更空洞，更稀薄。虽然不是很明显，但我们仍然听到一声声之后的回音。

这一组响声更加神秘，实在是难以用语言来描述。第二组声音的主人似乎处在不同的距离，来自不同的方位，它们的性格与身份大概也大有不同。大概是因为这个原因，我们产生了一种错觉，认为那声源是被什么追着跑的。然后，我们又听到非常近的地方传来声音，很近。自认为有信心找到它的我们立即行动起来，所有人都行动起来，热切的搜索着附近的一草一木，连石头底下都要掀开看看。这连续的两组响声是相辅相成的，它们之间是相互影响的关系。第一组声音渐强，第二组也强；若是第一组声音近乎平息，那么第二组也变得轻不可闻。我们侧耳倾听，听得全神贯注，仿佛已是震动的空气中的一部分了。

我们将自己置身沉静之中，尽量不干扰两组声音之间的对话，这两组声音之间保持着固定的节奏，似乎在一问一答。有时也有重叠，延长或者加重意义不明的音符，兴许是在高谈阔论午夜的光景，又或许是在说着我们不知道的秘密。在歌舞杂耍表演中有一种老套也并不好笑的表现手段，就是通过建立一个特定的场景，用不同的声音与姿态来演示一个不同的“你”。我觉得这两组声音的呼应似乎也有异曲同工之妙，不过它们的表现效果显然更好，因为艺术本身就十分精妙，这种对白给听众带来了更多的神秘感，让人兴奋不已。没有任何一方改变了音符，甚至连节拍都没有变过一下。如果它们其中一方变换了音调或是音色，那大概是为了唤起对方的回应，而人类的听力正巧可以敏感的捕捉到声音里的情绪。不过当然，一方变换的时候，另一方也会做出相应的变换。一会儿是关于性的挑逗，一会儿是关于闲言碎语，一会儿是警告与恐吓，一会儿是对我们的评头论足，一会儿是努力而绝望的挣扎，一会儿是讽刺与嘲笑，一会儿是笑声，一会儿是趾高气扬，一会儿是模仿林海欢歌，一会儿是为风声伴奏……每一声都如歌如梦，如泣如诉，似乎为听众营造了一个忧郁而高贵的幻象，无人不为之而臣服。这是一出伟大无私且雄心勃勃的歌剧，不为任何人而写，也不为任何人而奏。

我们搜肠刮肚地想着究竟是什么动物，或是什么鸟发出的声音。但毫无线索，也没有对动物熟悉的队友来帮我们指点迷津，所以只能胡乱猜想。我甚至都不知道它距离我们到底有多远，(通过声音的高地与颤抖方式)我猜想应该是一种长着皮毛的动物，体型可能并不大，大概也许是一只狐狸吧。身处陌生的环境里，对周边动植物的不确定性让我们获得了一种奇妙的新鲜感。

现在我写下这些内容只是为了记录当时的感受。在听到第一组叫声的时候，整出音乐剧就拉开了序幕。剧本早就已经准备好了，开场是一组神秘的曲调，听似拉家常，而后续的走向却完全无法预测。乐曲编排巧妙，经常出人不意，如同勃拉姆斯式的惊喜。从一开始，整首曲子所塑造的世界是一方冰天雪地，第二组叫声响起，随着作者渐渐深入，一探究竟。当第二组声音开始独白的时候，第一个声音却没有回答，听众如同第二个声音的主人一样心里空落落的，觉得世态炎凉，人生苦短，无人能懂。第二个声音的主人等得专心，我们也听得专心。在漫长到近乎时间凝固的沉默中(沉默的出场是缓慢的，懒散的，如露水一般自然，伴随轻声的蛙歌虫鸣，夜莺轻啼)，我们与第二个声音的主人都显得不耐烦了。于是它又发出了一遍声响,同样的,归于沉默。然而,依然无人应答,因此沉默的也更加凝重。一段时间的等待之后,第一个声音又重新出现,唤起听力的记忆,絮絮叨叨,声音逐渐扩大,我们屏住呼吸等着最响亮的一声。之后,轻巧的节拍,愉快的节奏,我们的心跳也跟着起起伏伏,总期望着它对刚才失望的第二主角做出回应。在这个声音的呼唤下,我们感到身体里蕴藏的情绪终于得以爆发,是喜悦,是悲伤,是无数种感情如鲠在喉,最终化成一阵比哭泣更绝对的笑声而释放出来。这种笑法我之前从未经历过,哪怕是沐浴在天才的莫扎特谱写的最邪恶最纯真最刚烈的火焰中,也不曾有过类似的体验。忽然想起莎士比亚的台词:“仙女啊,你做祷告切莫忘记替我忏悔。”①走在街道上,或行驶在乡间小路上,看黑人来来往往,看女孩对你露出甜美的笑容,她的眼神柔美,昂着高雅的下巴垂下睫毛看着你。你感受到一种近乎恐惧的温柔,因为她的柔光正顺着她柔软的胳膊洒到你的头顶与身体上。在这个时候温柔与信任的意义远大于任何其他,就像你睁开眼睛,开到生机勃勃的世界正在闪闪发光,此时你知道,无处不在的上帝正与你同在,全然平静,你并没有被喜悦冲晕头脑丧失理智,你想或许再也看不到那样美好的眼眉了吧,然后感觉自己坠入到一个无知无罪亦无情的空间中去了。②

在爱情的这个阶段,任何深陷热恋的人都必须要经历人类文明中最痛苦、最残酷的考验。即使是自己一人独处,也必须与自己身体内、脑海内的敌人作对,哪怕只有几秒钟,他们也足以爆发出极大的痛苦或喜悦,然后迅速将你蒙蔽在波涛汹涌的情绪中,或是爱之深,或是恨之切,两种感情美丽而暴虐,如烈火燃烧。

在暴虐的火焰及全身心的热恋之时,身体与头脑都很难冷静下来,

---

① 《哈姆雷特》第三幕第一场。——译者注

② 痛苦和喜悦的本质是相同的,两者都是不可思议的体验造成感官上近乎白热化的兴奋而已。

理智早就飞到就要云外去了。此时，整个人都像一个高度集中的镜头，只盯着一点点养分与荣誉活着，而其他的美好早就在爱恋的重力下轻如鸿毛，成为生活中微乎其微的小事。在那个时候，生活在记忆中比生活在现实更为安全，再不需要一鼓作气，也不会伤心落泪，更没有怜悯与心碎，爱将你们紧密联系在一起。你们之间有许多羁绊，是智慧，是洪福，是尊重。即使爱恋消失，故人不再，你也不会失去爱人的能力，你可能失去的，只是盲目的本性而已。

在那些狐狸的叫声中(假设它们是狐狸)，我听到了更多的喜悦之情，极少有悲伤的感觉。听到自然界的对话让人又惊又喜，而生而为人，可惜听不懂它们的语言，无法与它们沟通。虽说很遗憾听不懂内容，我只能安慰自己说还好它们的沟通和我并不相关。就好比热恋之中，我们发现自己全然沉浸其中，押上自己的能力与责任，赌上精神与灵魂，力量与软肋，酸甜苦辣和七情六欲与女孩①热恋。你爱她，甚至想要为她而死，或许那时最浪漫的死法就是在她脚下血流成河。爱人膏肓的时候似乎失去了自由，然而对于热恋中的人却只能感受到简单而纯粹的快乐，这种力量超越了生物学的范畴，正如乳房会失去花朵般的美丽，而我们也会变得习以为常。上帝对人类掌握的话语权越少，世俗生活的变数就越大，高质量的快乐正来源于此，而因此庸庸大众也就更庸庸碌碌。

两个小生物相互呼唤的歌曲如同一首诗，或是一段音乐一般。听者有心，比它们更智慧许多的人类却根本不知道它们在哪里，也根本毫无可能明白它们对话的内容。弄懂它们的对话对人类来说毫无意义，可人们还是乐此不疲的分析、猜测、寻找。

对歌仍然在继续，却不是单调的重复，而是遵循着艺术的方式高低吟唱，这首歌剧大约持续了二十多分钟。仿佛是被包裹在黑漆漆的麻

① 这是一种爱到极致的比喻，于同性恋或异性恋都是一样。

袋里粉墨登场的演员，摇摇晃晃的伴着月色起舞，和着夜风鸣唱。演员戴着面具，唱腔清亮，声音洪亮，表演精彩绝伦，它们轻盈又狡黠，踩着无声的鼓点跳了一支不可思议的舞。然后忽然归于寂静，歌声不再，曲终人散。

它们唱完之后我们开始轻声交谈。通常我们喜欢东拉西扯，在劳累的一天之后说一些无关痛痒的话题，好让这一天的辛劳得以缓解。我们发现在最孤独最无助的时候，人的嗓音会发生变化，听众是可以通过比较分析而知晓一二的。但现在这个时候，我们因听到动物的叫声而感到格外新鲜，之前的话题全然放在一边。我们的对话中不再沉默，却而代之的是思考，分析与记忆。用艺术家的方式为过去，现在和未来祈祷。愿你们在每一个即将成为永恒的瞬间都能清净，睿智，骄傲，直到我们坠入永眠。

图书在版编目(CIP)数据

现在，让我们赞美伟大的人/(美)詹姆斯·艾吉(James Agee)，(美)沃克·埃文斯(Waler Evans)著；程玗译.—上海：上海人民出版社，2018
书名原文：Let Us Now Praise Famous Men
ISBN 978-7-208-14634-1

Ⅰ.①现… Ⅱ.①詹… ②沃… ③程… Ⅲ.①长篇小说-美国-现代 Ⅳ.①I712.45

中国版本图书馆 CIP 数据核字(2017)第 166986 号

责任编辑 赵 伟
封面设计 陈绿竞

现在，让我们赞美伟大的人
[美]詹姆斯·艾吉 [美]沃克·埃文斯 著
程 玗 译

出 版 上海人民出版社
(200001 上海福建中路 193 号)
发 行 上海人民出版社发行中心
印 刷 常熟市新骅印刷有限公司
开 本 635×965 1/16
印 张 27
插 页 1
字 数 286,000
版 次 2018 年 6 月第 1 版
印 次 2018 年 6 月第 1 次印刷
ISBN 978-7-208-14634-1/K·2666
定 价 78.00 元